Nuova Narrativa Newton
637

Titolo originale: *Without You*

First published in Great Britain in 2014 by Piatkus,
an imprint of Little, Brown Book Group

Impaginazione e traduzione dall'inglese di Sandro Ristori
Prima edizione: ottobre 2015

Roma, Casella postale 6214

ISBN 978-88-541-8487-9

www.newtoncompton.com

Stampato nell'ottobre 2015 presso Puntoweb s.r.l., Ariccia (Roma)
su carta prodotta con cellulose senza cloro gas provenienti
da foreste controllate, nel rispetto delle normative ambientali vigenti

Saskia Sarginson

Eva 17

Newton Compton editori

Per Hannah, Olivia, Sam e Gabriel

Prologo

Era aprile quando sono annegata, un mese dopo il mio diciassettesimo compleanno. Eravamo in mare, il cielo si è oscurato fino a diventare nero, è scoppiato un temporale improvviso, dal nulla. Siamo corsi ad ammainare le vele e accendere il motore. Alla barra del timone, papà ha cercato di stabilizzare la barca. Le onde erano enormi, non era facile resistere, beccheggiavamo e rollavamo. Ho sentito la vetroresina che si spezzava, l'acqua che si riversava sul pontile. Non eravamo mai stati in mare con un temporale così terribile. Avrei dovuto essere impaurita. Però non credevo che sarei morta. Non che avessi una cieca fede nelle abilità al timone di papà; ero furiosa con lui, la rabbia mi faceva sentire invincibile.

L'onda ci ha colpito di lato, l'ho vista con la coda dell'occhio: un muro di acqua che incombeva su di noi. Quando si è abbattuta, il boma deve aver girato improvvisamente fino a urtarmi sulla nuca, perché ho sentito un colpo sul cranio, e poi stavo cadendo, scivolavo sul pontile inclinato, oltre il bordo. Come in una scena al rallentatore ho visto papà che allungava la mano, apriva le dita. L'acqua si è chiusa sopra la mia testa e poi non c'era nulla a parte l'oscurità e il freddo.

È strano, perché non ricordo il risveglio, solo la sensazione di *esistere* a una grande distanza, sospesa molto sopra il terreno. La luna girava sopra di me. L'universo era ricco di stelle, un'immensa spruzzata di pianeti, e io orbitavo insieme a loro. Sotto vedevo la bianca spuma dei flutti che lambivano la spiaggia, un elicottero che compiva un lento cerchio sopra il mare, le luci del villaggio che scintillavano nel buio. Ho notato una forma distesa sui ciottoli della spiaggia: era stata portata a riva dalle onde. Non capivo cosa fosse: forse un tappeto arrotolato e zuppo, magari un grande pesce. Ho guardato di nuovo, ho riconosciuto la curva di un fianco, un braccio tirato indietro, i capelli che si aprivano in tutte le direzioni come alghe marine. Una ragazza, ricurva, immobile.

E poi un'altra figura, in piedi, è entrata nel mio campo visivo: un'ombra solida che si muoveva verso la ragazza morta, i suoi piedi si trascinavano e calpestavano la superficie irregolare. Un uomo. Si è fermato improvvisamente quando l'ha vista, si è lanciato in una corsa, si è messo in ginocchio al suo fianco. Sono rimasta a guardare la scena senza provare un vero interesse. Mi sentivo stanca, calma, nello stomaco un'adorabile sensazione di leggiadria, fluttuante, come solletico di ali di farfalla.

L'uomo ha mosso la testa della ragazza e il collo è ricaduto di lato, così sono riuscita a vederle il volto. Mi sono ritrovata a fissare i miei stessi lineamenti, oscurati e confusi dalla notte, ma senza dubbio miei. Una voce distante nella testa diceva che era molto strano essere così in alto e tuttavia, allo stesso tempo, osservare i dettagli della mia bocca aperta, i denti in mostra tra le labbra smorte, le punta delle sopracciglia bagnate. Avevo una ferita sulla guancia. Ho pensato che sembravo in pace. Svuotata.

Ho guardato l'uomo che si accucciava sul corpo. Ha tirato indietro la testa e urlato qualcosa al cielo. Era ridicolo, disperato. Poi mi ha messo una mano sotto il mento, sollevandomi il viso; le sue dita sono scivolate nella mia bocca, allargandola con forza. Volevo lasciare lì i due umani, la ragazza morta e l'uomo vivo. Ma era come se fossi diventata più pesante. Sono precipitata attraverso strati di cielo notturno, più vicino all'uomo. Ho notato le sfumature dei capelli ricci e unti, la lana del maglione che si scuciva sul gomito. Sotto le sue spalle, ho visto il petto della ragazza che si muoveva, un sussulto, la cassa toracica si alzava e si abbassava. La mia cassa toracica. Mi ha tirato indietro con il suo respiro. Faceva male. Con un profondo shock ho percepito lo sgraziato allineamento di ossa e cartilagine sotto la pelle, la densità della carne. Venivo strappata via dalla leggerezza, risucchiata in me stessa, schiacciata dal peso insopportabile del corpo.

Mi sono svegliata con lui sopra di me, la bocca che copriva la mia. Labbra prepotenti, calde. I polmoni mi bruciavano nel petto. Il suo calore era dentro di me. Ho lottato per mandare giù aria fresca, poggiandomi su un gomito; e poi i conati, la sensazione di soffocare. Si è fatto indietro per lasciarmi vomitare sui ciottoli, il sale nella gola, l'oceano si riversava fuori da me. Avevo tanto freddo. Le sue mani sulle mie spalle, le dita si stringevano forti contro il mio maglione bagnato. Si è chinato su di me, ho sentito l'odore dei suoi abiti ammuffiti, della pelle non lavata. Mi ha sussurrato all'orecchio: «Grazie a Dio ti ho trovato». Mi sono sforzata di comprendere. Tremavo così tanto che riuscivo a sentire ben poco a parte i miei denti che sbattevano furiosamente, ma mi è sembrato di udire: «Lei ti ha mandato. Sei mia».

Prima parte

Persa

1

Suffolk, luglio 1984

Ci sono dei ragazzi a caccia di granchi vicino alla banchina. Mi blocco subito sotto al sole, sbatto le palpebre, incerta. Poi mi tranquillizzo, è tutto ok, non c'è nessuno che conosco. Sono solo ragazzi di città venuti qui in vacanza. Sono chini sopra i loro secchielli, stanno punzecchiando i granchi che hanno catturato – hanno usato delle cordicelle su cui hanno attaccato fette di bacon. Stranieri dalla pelle pallida e l'accento buffo.

C'è la bassa marea, perciò mi metto a sedere in fondo alla banchina, lasciando penzolare le gambe oltre il bordo. C'è solo mezzo metro d'acqua intorno alla base di legno limacciosa, mucchi di alghe marine si ammassano sotto la superficie. Anche se fossi tanto stupida da cadere, toccherei comunque, affondando le dita nella fanghiglia. Fa già caldo. Il cielo è terso, la brezza è abbastanza forte da smuovere gli alberi delle barche. In alto volteggiano i gabbiani, occhi alieni alla ricerca di bocconi di bacon, le ali luminose contro il sole.

Ted, il guardiano della banchina, si avvicina con una matassa di corda sulla spalla e mi scompiglia i capelli con la mano massiccia. «Oggi niente granchi, Faith?». Parla con voce normale, amichevole, ma lo sguardo con cui mi fissa è identico a quello di tutti gli altri – pieno di pietà per la sorellina della ragazza che è annegata. Mi concentro sul bambino grassoccio che tira su la cordicella, con gesti lenti e attenti, sporgendosi per controllare se ha preso qualcosa. All'estremità penzola un granchio pieno di cirripedi, le chele strette sul pezzo di bacon. Ma mentre il ragazzino allunga la mano per afferrarlo, il granchio cade in acqua con un tonfo. Quelli che sono già stati catturati sanno esattamente quando devono lasciar andare la presa, fuggendo con i bocconcini rubati tra le abili tenaglie. Guardo il ragazzo, spalanca la bocca, arrossisce. Mi fissa rabbuiato.

Chiudo gli occhi di scatto e mi volto, dicendo a me stessa che devo ignorarlo. Le parole non possono ferirmi. Comincio a fischiettare sottovoce: «*Hello Dolly, You're still glowin', you're still crowin', You're still goin' strong...*».

Le barche sul fiume filano via sospinte da folate decise. Vele rosse, bianche e marroni al vento. Un tempo tra loro c'erano anche papà e Eva. Fin dalla spiaggia si sentiva mio padre che urlava. Mamma diceva che era imbarazzante. Papà ha sempre avuto un caratteraccio. E in barca era anche peggio. Eva lo ignorava o rispondeva a tono, immersa in acqua fino alle ginocchia, mentre papà si dava da fare con le funi: «Tienila ferma, dannazione!». Ma poi partivano e quando tornavano, sferzati dal vento e con le guance rosse, erano tutti un sorriso, scoppiavano di orgoglio, parlavano della distanza che avevano percorso, allontanandosi dall'isola, in mare aperto.

Dopo l'incidente papà non ha perso il caratteraccio. Non riesce a ricordare quello che è successo il giorno in cui sono finiti dentro il temporale. La barca si è capovolta, ha perso conoscenza. È stato tirato fuori dall'acqua dalla guardia costiera ma non hanno mai trovato mia sorella. Il dottore dice che papà ha innalzato delle barriere nella sua mente e io so che mamma è arrabbiata con lui perché continua a tenere su le barriere anche se ci sono così tante domande a cui rispondere. Hanno ritrovato il giubbotto salvagente di Eva che galleggiava. Mamma continua a chiedere perché le ha permesso di stare senza giubbotto e papà giura che lo portava. Sicuramente Eva aveva addosso il giubbotto salvagente, giura. Ha venduto le barche, dice che non navigherà più. A me non importa. Io non vado in barca. L'incidente è stata una tragedia. Ma quelle barche erano anche di Eva.

Senza smettere di canticchiare, mi schermo gli occhi con le mani per fissare bene l'isola. È distesa dietro la foce del fiume, più o meno ottocento metri al largo. Tanto tempo fa era collegata a una lingua di terra che correva lungo l'altro versante del fiume. Ma le maree e le onde l'hanno spazzata via. Senza le barche, senza mia sorella, non ho più alcun modo di tornarci. È privata, accesso vietato. Quando io e lei sbarcavamo lì dovevamo fare tutto in segreto. L'isola è acquattata all'orizzonte, le pagode si innalzano come strani camini. Sbatto gli occhi contro il bagliore del sole intenso e penso all'ultima volta che sono stata lì con lei.

La barca scivolava sulla superficie dell'acqua, la schiuma si alzava dalla prua. Le stelle salivano dal fiume scintillante, le vele erano gonfie di vento. Eva, seduta al timone dietro di me, aveva già abbassato la testa, pronta per l'arrivo del boma.

«Ehi gamberetto, diamoci da fare!», ha urlato e io ho regolato il fiocco. La barca ha girato e si è infilata sulle acque increspate dalle onde. Poi con una raffica improvvisa il vento ha strattonato le vele. Ho tirato più forte che potevo, le mie dita strette intorno alla corda bagnata, ed eccoci, volavamo sull'acqua verso l'isola. Non avevo paura in barca con Eva. È brava in mare.

Siamo arrivate alla spiaggia. La barca ha fatto un suono graffiante, le pietre grattavano contro lo scafo, scrostando la vernice. Eva ha sussultato. Papà si sarebbe arrabbiato. Abbiamo lasciato la barca nascosta, tirata a secco, con una grossa pietra sopra l'ancora.

«A chi arriva prima dall'altra parte!», ha detto Eva. Non era una corsa leale. Ha sette anni più di me e le sue gambe sono lunghe il doppio delle mie. L'ho seguita, scivolando sulla fanghiglia, inzuppandomi in ruscelletti e pozzanghere. Ero felice di essere scesa dalla barca, sollevata dalla sensazione della terra sotto i piedi. L'isola si alza bruscamente dalle acque diventando ben presto pietrosa e secca. Il ginestrone cresce rachitico, aggrappandosi al crinale ghiaioso e spazzato dal vento. E poi la terra scompare e non c'è nulla se non il grigio Mare del Nord, i gabbiani che volteggiano e urlano come se volassero sopra il confine estremo del mondo.

Eva si è tolta i jeans e la maglietta, si è tuffata tra le onde con addosso solo le mutandine e il reggiseno. Io sono rimasta sul ripido pendio di ciottoli, l'ho osservata. Non sono brava a nuotare. So fare il cagnolino se proprio devo, tenendo sempre la testa sopra l'acqua, la bocca aperta ad annaspare aria. Le onde mi spaventano. Ogni volta che mi avventuro in acqua, mi fanno perdere l'equilibrio e mi trascinano contro pietre aguzze, buttandomi il sale negli occhi, strappandomi il fiato dai polmoni. Riemergo coperta di ferite. Detesto bagnarmi così come detesto sentire freddo.

«Smettila di fare la fifona!», ha urlato. «Non c'è nulla di cui aver paura. Fatti trascinare dalla corrente. Lascia che siano le onde a fare tutto il lavoro per te».

Non capiva proprio che cosa significasse aver paura delle correnti, di pesci invisibili che ti sfiorano le gambe, di un'onda che ti trascina in mare aperto. Quando ero piccola mi misero un giubbotto salvagente e mi legarono una fune alla vita, lasciandomi ballonzolare in acqua. Credevano che avrei imparato a nuotare come aveva fatto Eva. Ma non ci riuscii. Urlai e piansi finché mamma o papà mi tirarono su, asciugandomi il viso, guardandomi ansiosi.

Tra i brividi ho guardato Eva che nuotava avanti e indietro, battagliando contro le grandi onde marroni. Le sue braccia scintillavano quando hanno aumentato la velocità sollevandosi sopra la testa, tirandola avanti. Ha continuato solo per un po'. Era troppo freddo, persino per lei.

Quando nuotava i suoi movimenti erano esatti ed eleganti, ma è impossibile camminare con dignità senza scarpe sui ciottoli. Ho riso quando l'ho vista barcollare, incespicando in punta di piedi sulle pietre, muovendosi goffa come una bambola di pezza. Per vendetta mi ha spruzzato con i capelli scuri bagnati. Si è messa in ginocchio al mio fianco, ansimando, i vestiti in mano. Sentivo la sua energia, luminosa come le gocce sulla sua pelle. Eva sembra più viva delle altre persone, della gente normale.

Si è distesa appoggiandosi sui gomiti. Eravamo solo noi due sulla lunga spiaggia deserta, pareva fossimo le uniche persone in un mondo fatto di ciottoli, mare e cielo.

«Che casino», stava dicendo, osservando l'immondizia che galleggiava trasportata dalla marea: bottiglie di plastica, confezioni di yogurt, sugheri, funi e scarpe spaiate catturate dalle alghe e dai detriti. «A volte mi chiedo perché amiamo così tanto questo posto».

Ho seguito il suo sguardo. Certe volte finiscono sulla spiaggia delle cose disgustose, come assorbenti e pannolini. Ma non ho visto nulla di rivoltante. Eva ha preso una sigaretta dalla tasca della giacca e l'ha accesa con difficoltà, stringendo le mani a coppa intorno alla fiamma e girandosi per contrastare il vento. Le dita erano scorticate e graffiate dall'acqua di mare. Ha fatto un profondo respiro, ha sussurrato: «Forse perché appartiene a noi».

L'isola non apparteneva a noi. Apparteneva al Ministero della difesa. È ancora così. Non avevamo diritto di stare lì. Metà dell'isola è recintata da cavi e occupata da capannoni in rovina, strade collassate, filo spinato e pagode di cemento. La gente dice che erano laboratori, venivano utilizzati per le ricerche sulle armi atomiche. Il progetto è stato abbandonato e gli edifici adesso sono deserti, off limits per tutti. Non mi piacciono, soprattutto le pagode. È come se ci fossero dentro delle cose che ti guardano, anche se non ci sono finestre. Le mura lisce ti fissano. Il fumo di Eva mi faceva prudere il naso. Ho girato la testa dall'altra parte. Se mamma e papà l'avessero scoperta sarebbe finita nei guai.

«In verità, nessuno dovrebbe possedere questo posto», ha continuato. «Nemmeno noi. È troppo selvaggio per appartenere a qualcuno, no?». Ero distesa, il volto sulle pietre, mi sono girata a guardarla. Non si asciugava, non si era vestita e non sembrava intenzionata a farlo, anche se aveva le labbra viola per il freddo e la pelle d'oca. Sulle mutandine c'era una targhetta con su scritto LUNEDÌ. Aveva tutti i giorni della settimana, ma non si metteva mai quelle del giorno giusto. Tutta la sua attenzione era rivolta al lento movimento della sigaretta che si avvicinava alle labbra, alle pigre nuvolette di fumo che uscivano dalla bocca mezza aperta. Stava perfezionando la sua tecnica.

«Attenta al petrolio». Eva ha indicato la macchia appiccicosa che permeava le pietre mentre spegneva la sigaretta su un legnetto. Ho mosso la mano. Le verruche erano ancora più brutte sotto la luce del sole. La prima mi era venuta quando avevo cinque anni. Un bozzolo che mi era spuntato sul ginocchio dopo un graffio. Poi me ne sono venute altre, come funghi che crescono di notte, su mani e ginocchia. Le odio.

Si è rivestita e ci siamo incamminate verso i confini dell'isola, nel punto in cui ci sono le foche. Vicino al ginestrone c'era una volpe morta, mi sono chinata per esaminare la pelliccia che era venuta via a mucchi, rivelando la pelle in putrefazione. Si vedeva il bianco delle ossa che spuntava da sotto, come lo scafo di una nave dopo un naufragio. Dentro la carcassa brulicavano delle cose vive. Le avevano già mangiato gli occhi. Ben presto l'avrebbero ripulita. Ce l'avrei fatta a convincere Eva a farmi portare lo scheletro a casa, se fossimo tornate entro un paio di settimane?

«Dio!». Eva si è girata di scatto, portandosi le mani al volto. «Che puzza!».

Meglio mandare giù l'odore di una volpe morta, ho pensato, *che i fumi della nicotina*. Era cambiata. I suoi nuovi interessi – ragazzi, sigarette e feste – facevano scomparire altre parti di lei, la spingevano a comportarsi come un'idiota. Faceva finta di aver paura di ragni e volpi morte.

«Sai una cosa?», mi ha chiesto mentre camminavamo sul finocchio marino. «Ho conosciuto una persona».

Sono rimasta in silenzio. I gabbiani scendevano bassi sul fiume, la marea si ritirava, le barche si giravano sugli ormeggi.

«È... diverso», ha continuato. «È davvero figo. Più figo di tutti i ragazzi di queste parti». Si è esaminata le unghie e mi ha lanciato un'occhiata. Ero contentissima perché voleva confidarsi con me.

Ho frugato nel cervello per trovare la domanda giusta. «Dove l'hai conosciuto?».

Lei ha fatto un sorriso. «In un club. A Ipswich. Mamma e papà pensavano che fossi con Lucy. Viene da Londra. Ha vissuto persino in America. È un musicista. È molto appassionato di roba goth». È arrossita e ha annuito come se fosse un'informazione importantissima. «Si chiama Marco. Non ho intenzione di dire niente a mamma e papà. Non può piacere a quei due. Solo perché ha qualche anno più di me, ha un tatuaggio e si tinge i capelli di nero. I suoi genitori si sono trasferiti a Ipswich, ma lui non sopporta quel posto. Vuole tornare a Londra».

Pensare a quel ragazzo l'aveva portata in una specie di trance. Ha chinato la testa all'indietro, lo sguardo perso nel cielo. «Mi fa sentire… non lo so. È come essere ubriachi senza aver bevuto», ha detto a bassa voce. «Mi fa sentire come se potesse accadere qualsiasi cosa. Qualsiasi». Mi ha stretto le mani e ha cominciato a danzare la polka: «Uno, due, gira e salta»; e io sono stata catturata in quel movimento vorticante, incespicando, i capelli svolazzavano alle nostre spalle. La sua stretta era forte. Il cielo e la spiaggia si sono fusi in un fuoco d'artificio di lampi blu e verdi. E noi eravamo proprio al centro – il centro luminoso e vorticante. Il mio stomaco si è contratto mentre danzavamo sempre più forte, mi girava la testa, avevo le vertigini. Senza fiato, ci siamo staccate, lasciandoci cadere sulla spiaggia. «Forse mi sono innamorata», ha detto.

Siamo rimaste lì, ansimanti, a gambe e braccia larghe, osservando i frammenti di nuvole che ci scorrevano davanti veloci e gli uccelli che volteggiavano contro il sole. Mi sono chiesta come fossimo io ed Eva viste da lassù, con gli occhi di un gabbiano, due punti fissi dentro il duro scintillio del suo sguardo. Eva si è rimessa in piedi quando la spiaggia ha smesso di vorticare, mi ha tirato su. Pochi attimi dopo avevamo raggiunto la punta dell'isola, ho visto i corpi grassi nel fango.

«Foche», ho sussurrato mentre le indicavo, e lei mi ha fatto l'occhiolino.

Si è fermata. I capelli, asciugati dal vento, le ricadevano intorno al volto. Aveva un'aria seria. «Promettimi che non dirai a mamma e papà di Marco. Giuralo sulla tua vita».

Si è sputata sulla mano, un'esplosione di piccole bollicine appiccicose, e me l'ha tesa. Intrecciando le dita alle sue ho sentito l'umido della saliva.

Ci siamo messe a quattro zampe, abbiamo strisciato in silenzio in mezzo alla vegetazione, i ciottoli aguzzi ci ferivano palmi e ginocchia. Il vento soffiava nella nostra direzione, perciò siamo riuscite ad avvicinarci alle foche fino a vedere i nasi incorniciati dai baffoni, sembravano gatti troppo cresciuti. Avevano occhi lucidi, come se fossero pieni di lacrime.

«Sono selkie. Mezze donne e mezze foche», ha mormorato Eva.

«Secondo te sono tutte selkie o solo alcune?»

«Ah, be', non possiamo saperlo», ha sussurrato. «Solo di notte le foche si liberano della pelliccia e diventano umane».

Avevo sentito quella storia un sacco di volte. Ma non mi stancava mai.

«E poi diventano donne», la sua voce era sognante, «scivolano fuori dal corpo di foca, danzano sulla spiaggia tutta la notte con i loro piedi palmati. Se una di loro si innamora di un mortale, magari un affascinante pescatore, rinuncia alla natura animale e vive da umana». Eva mi ha sorriso. «Ma suo marito deve nascondere la pelliccia da foca, o il mare la richiamerà a sé».

«Dovremmo venire qui di notte», ho suggerito, eccitata da quell'idea, «prendere la barca e vederle».

«Avresti il coraggio di farlo?». Ha inclinato la testa. «Dovremmo fare attenzione a non farci beccare dalle selkie, o da loro...». Con uno scatto del capo ha indicato le pagode di cemento senza finestre. «Solo Dio sa che cosa si annida là dentro».

Ho avuto un brivido sotto la luce del sole. Gli occhi di Eva erano neri come la liquirizia – come quelli di una selkie, di sicuro. Mi ha sfiorato le dita, mi ha preso la mano, me l'ha stretta. Non le importava delle verruche. La sua testa ha toccato la mia, ho sentito l'odore della nicotina nei suoi capelli e il profumo del mare.

Mi manca.

Mi mancano anche le sue sparate da sorella maggiore, quando mi sbatteva la porta in faccia e mi diceva di andarmene al diavolo. Una volta mi ha chiuso nella credenza sul pianerottolo per un'ora. Ma la sua camera sembra vuota senza di lei, senza i profumi troppo forti, senza le urla e i balletti improvvisati, senza Police e Culture Club sparati a volume troppo alto.

È scomparsa da tre mesi.

Pochi giorni prima dell'incidente, sono entrata nella sua camera e l'ho trovata seduta davanti allo specchio, le mani strette in preghiera. Aveva gli occhi chiusi. *Qualsiasi cosa*, l'ho sentita implorare, *farò qualsiasi cosa, ma non voglio imperfezioni della pelle questo weekend*.

Ho sbuffato, tappandomi la bocca. Eva mi ha gettato una spazzola addosso. Mancata. È una mezza sega nei lanci.

«Non credo che a Dio gliene freghi qualcosa se ti viene un brufolo», ho detto, raccogliendo la spazzola. «Deve pensare alle guerre, ai bambini che muoiono di fame, alla gente sfregiata dalle pustole, sciocchezze del genere».

«Le pustole? Tipo le tue verruche?», ha esclamato con gli occhi spalancati.

«No...», ho cercato di spiegarle, ma già non mi calcolava più.

Mamma dice che un giorno mi sveglierò e le verruche non ci saranno più. Fino ad allora, mi tengo le maniche tirate giù. Ho pensato che forse Eva si sarebbe stancata di guardarsi allo specchio e mi avrebbe parlato. Sono rimasta lì sulla porta, le maniche sfilacciate strette in mano, i fili sciolti mi facevano il solletico. Ma lei mi ha lanciato un'occhiata impaziente e basta.

Non so perché Eva si guardasse così tanto allo specchio. Il riflesso è sempre quello, no? Ha la bocca larga su una mascella squadrata, zigomi pronunciati, lineamenti da gatta. Pelle brillante, di ambra lucida, una scintilla di oro scuro. Il mio colorito invece è pallido, la pelle sottile come un foglio di carta.

All'inizio mamma si rifiutava persino di sollevare il mucchietto di vestiti sporchi gettati a terra in camera di Eva, anche se poi finivano sempre lavati e stirati nei cassetti. Entro e sfioro i suoi soprammobili, i suoi conigli di porcellana e la rosa del deserto; a volte mi provo la sua collana di perline. Scintillano tra le mie mani, sembrano trattenere il calore della pelle di Eva. Se prendo i suoi vestiti, ne faccio un fagotto e ci ficco dentro il naso sento ancora il suo odore. Una volta ho preso la sua camicia da notte da sotto il cuscino, c'era impigliato uno dei suoi capelli scuri.

Odio quando le persone parlano di lei perché fanno una vocetta flebile, come se fossero in chiesa. Dicono che *era* fatta così, che *faceva* così. Ma non è annegata, rispondo io. Loro scuotono la testa, mi fanno i loro sorrisini preoccupati, distolgono lo sguardo imbarazzati.

Non è morta. Non come nonna Gale, fredda in una bara nel cimitero. Mi manca anche la nonna. Viveva in un camper nel nostro giardino. La sua mancanza è come un dolore sordo nelle ossa. Ma il fatto è che lei era molto vecchia e non aveva paura di morire. Mi ha detto che era stata una vera benedizione trovare l'amore alla sua età: «Dopo più di quarant'anni da sola, pensa un po'», diceva. «Ma niente dura per sempre, cara. Alla fine dello spettacolo cala il sipario, è inevitabile». Eva è troppo giovane per morire. Ha solo diciassette anni e si è persa in mare aperto, in profondità, lontano dalla superficie, lontano da qualsiasi voce umana. La mancanza di Eva è un dolore acuto che mi fa battere troppo forte il cuore.

Ci sono delle creature in mare: esseri antichi, che superano ogni immaginazione e conoscenza. Non si fanno vedere. Quando hanno guardato attraverso le onde e hanno visto i ricci scuri di Eva e la sua pelle dorata priva di imperfezioni devono essersi innamorati di lei, come una selkie che vede un marinaio. Mia sorella piace a tutti. I ragazzi che bivaccavano alla fermata dell'autobus la chiamavano, fischiavano, incidevano il suo nome sul legno della pensilina con i coltellini. Robert Smith la seguiva fino a casa da scuola. Si appostava dietro la quercia centenaria dall'altra parte della strada, teneva d'occhio la finestra di camera sua. Quando se ne andava io mi avvicinavo alla quercia, c'erano mozziconi di sigaretta, la pallina dura e rosa della gomma masticata, un vero macello. «Che pervertito», commentava mia sorella quando la avvertivo che Robert Smith si era piazzato là. Ma lo diceva ridendo.

«Non montarti la testa», l'ha ammonita nonna Gale quando ha ricevuto cinque bigliettini per san Valentino. Io non ne avevo avuto nessuno, a parte quello di mamma. L'aveva infilato nella cassetta ma si era dimenticata di mettere il francobollo, quindi ero sicura che ce l'avesse messo lei. Papà diceva a Eva che era troppo giovane per avere dei ragazzi. Litigavano per tutto: quante sere a settimana poteva uscire, a che ora doveva tornare. «È come vivere in una prigione!», urlava. E papà continuava a ripeterle che se si impegnava a scuola si sarebbe aperta delle possibilità, avrebbe potuto scegliere, spalancarsi le porte del mondo. «Hai tutto il resto della vita per pensare ai ragazzi», diceva.

Papà la chiamava "duchessa". Era uno scherzo, la prendeva in giro per le arie che si dava; ma Eva aveva un modo di camminare tutto suo, come se tenesse in equilibrio sulla testa una pila di libri, e possedeva una regalità quando si tirava indietro i capelli, se qualcosa la infastidiva… davvero, non era difficile immaginarsela con un lungo vestito frusciante addosso mentre la servitù si affrettava alle sue spalle, pronta a obbedire a ogni suo desiderio.

La guardia costiera si è data da fare per trenta ore prima di dichiarare chiuse le ricerche. C'era un elicottero, delle barche. Un mese dopo, mamma e papà hanno tenuto una cerimonia commemorativa per lei. La chiesa era gremita – la gente si accalcava nel cimitero, piangendo, cercando di intonare inni con voci rotte dall'emozione. *Oh Cristo! Le acque hanno udito la tua voce, hanno calmato la loro rabbia alla tua Parola.*

Il prete che parlava di Eva dal pulpito: la tragedia della sua breve vita. Altre persone che si alzavano in piedi per leggere poesie e narrare aneddoti su di lei, si fermavano per asciugarsi gli occhi e pulirsi il naso. Non sembrava che parlassero di mia sorella, ma di una persona troppo buona per essere reale. Come una santa. Io ero nella panca in prima fila, tra mamma e papà, non riuscivo a cantare, il libro degli inni chiuso nelle mie mani, fiori bianchi che rilucevano nella luce attutita, spandendo il loro profumo nauseante.

Eva, se mi senti, spero che tu non sia fredda e sola. Di sicuro senti la mancanza di mamma e papà, dei tuoi jeans topshop e del tuo vecchio orsacchiotto. Voglio che tu sappia che non mi sono arresa. E mi dispiace di aver usato il tuo rossetto per disegnare fino a spuntarlo. Ti voglio bene, Eva. Troverò un modo per riportarti indietro.

2

Non mi ha rivelato il suo nome per molto tempo. Ma una mattina mi ha detto di chiamarsi Billy. Un suono dolce e innocuo sulle mie labbra, un sussurro melodioso, due sillabe simili al richiamo di un uccellino. Io gli ho detto il mio nome fin dall'inizio, perché mi sono ricordata di aver sentito da qualche parte che è importante diventare una persona reale, fare in modo che il rapitore ti veda come un essere umano. Ma lui continua a chiamarmi "ragazza".

Tossendo e vomitando sulla spiaggia, i polmoni in fuoco, non riuscivo a vedere chi si era piegato sopra di me. Ero confusa e debole e lui non era altro che una sagoma incerta, oscura contro l'oscurità. Mi ha preso tra le braccia, sollevandomi come una bambina. Ansimava, faceva fatica a tenermi, i suoi piedi affondavano e scalpicciavano sui ciottoli. Io sobbalzavo, la testa rimbalzava contro la sua spalla mentre lui risaliva una ripida collinetta sdrucciolevole. Pietre che cadevano e rimbalzavano dietro di noi. E poi un altro tratto di strada – adesso su una superficie piatta. Siamo entrati in un edificio, così nero che era come se mi avesse bendata. Mi ha posato a terra: qualcosa sul mento, un'ispida coperta che mi faceva il solletico, un tessuto ruvido contro il volto. Ho sentito odore di chiuso e di muffa, mi sono ricordata che dovevo chiedere dov'era papà, se stava bene, ma non ne avevo la forza.

Quando mi sono svegliata nella debole luce della prima mattina mi è parso di udire il rumore del mare. Mi sono guardata intorno, voltando il collo cautamente per osservare le mura scrostate, prive di finestre. Avevo la testa pesante, ferita. Mi pareva che le onde fossero dentro il mio cranio, si abbattevano contro il cervello. Sono rimasta a guardare, spaesata, dei fili rotti e sfibrati che penzolavano da una grata di tubi corrosi sotto la volta del soffitto. Era una specie di rifugio abbandonato. Ho sentito il morso della paura. Sapevo che sarei dovuta essere a casa, o addirittura in ospedale. C'era qualcosa che non andava. Avevo il respiro spezzato, rapido. Ho mosso le labbra secche, la lingua gonfia, cercando di trovare le parole, di chiedere aiuto. Di scoprire dove fossi. Di chiamare papà.

Una creatura senza volto incombeva su di me. Il suo palmo mi ha sigillato la bocca, la pressione delle dita che fermavano le mie urla. Ho fissato un paio di occhi grigi, privi di espressione come pietre. Il resto del viso era avvolto in una sciarpa di lana blu. Con un brivido ho cercato di farmi piccola piccola, come se potessi restringermi dentro la pelle, tremavo negli abiti zuppi. «Allora sei sveglia». La voce era bassa, attutita dalle pieghe della sciarpa. «Hai sete?».

È stato allora che mi sono resa conto di avere i polsi legati.

Adesso non perde più tempo con la sciarpa. Non ne ha più bisogno. Gran parte del volto è coperta da una barba folta, castana, ha i baffi lunghi, i capelli arruffati e ribelli che gli cadono sugli occhi. Non sopporto quando si avvicina e sento la sua puzza di sporco. Mi fa venire da vomitare.

«È ora di scendere nel buco». Indica il cratere in mezzo al pavimento. «Devo andare a fare provviste».

«No». Non lo accetto. Il mio cuore batte più forte. «Non fuggirò». Nella mia voce c'è di nuovo quel tono di supplica che detesto. «Ti prego, non lasciarmi laggiù…».

«Nah», scuote la testa, un sorriso furbo, sembra quasi divertito, «ci hai provato anche troppe volte. Vieni qui».

In mano ha una corda. Spessa e lunga. Mi sono rintanata in un angolo. Uno spuntone di metallo che fuoriesce dal muro mi punta contro la schiena. È inutile provare a combattere, a divincolarsi. Sotto la barba e i vestiti luridi, è giovane e forte, più alto di me. Forse è alto quanto papà. Porta un coltello alla cintura. Mi ha detto che un tempo era un soldato; è stato addestrato a uccidere la gente. L'ha già fatto. Ha ammazzato delle persone. Quando ho cercato di scappare, mi ha preso il braccio, me l'ha messo dietro la schiena e mi ha puntato una lama alla gola con un unico movimento fluido, premendo la punta acuminata contro la pelle, fino a farmi sentire il battito del sangue che pulsava.

Aspetto nell'angolo. Non posso andare da nessuna parte. È troppo veloce per me. «Ti prego». Cerco di sembrare ragionevole, ma la mia voce è un roco sussurro. «Ti prego, Billy».

Sobbalza quando sente il suo nome. Con un veloce borbottio, a testa bassa, mi afferra i polsi. Mi assicura la corda alla vita, poi se la stringe ai fianchi. È pronto, mi fa un cenno, annuisce, mi dice di fare un passo indietro, verso il bordo, così può calarmi nella fossa. Billy dice che un tempo ci depositavano le bombe atomiche. Siamo in una delle pagode di cemento dell'isola. Appena l'ho capito, tutto è stato chiaro: ecco spiegati gli alti soffitti a volta, le cavità senza finestre tra i piloni, le strane protezioni di metallo e l'equipaggiamento abbandonato.

Io e Faith ci siamo avventurate sull'isola un sacco di volte ma non ci è mai venuto in mente di entrare nelle pagode. Ci sono cartelli di pericolo vicino al filo spinato, c'è scritto chiaramente di non oltrepassarlo e tenersi lontani dalle mine inesplose nascoste sotto la sabbia in quella metà dell'isola. E sapevo per che cosa venivano usate le pagode, perciò pensavo che l'aria fosse contaminata, avvelenata dai fumi degli esperimenti atomici.

I piedi scivolano sul pavimento di cemento; la corda mi scava nella vita. Stringo con forza la fune sfilacciata e contorta, con tutte e due le mani. C'è un buco di tre metri sotto di me. Mi sbuccio le ginocchia, cerco disperatamente di non perdere il controllo mentre mi inabisso lentamente nella fossa umida. Appena metto i piedi sul pavimento, Billy mi fa segno di slegare la corda, così può tirarla su. Mi getta una bottiglia di plastica piena d'acqua.

Sono paralizzata da una paura familiare. Le pareti alte e lisce sono tutte graffiate e bitorzolute. Trattengono delle ombre scure, gonfie di aria consumata. Quaggiù non c'è niente a parte lattine che si arrugginiscono, tappi di bottiglie e vetri rotti, fogli appallottolati e uno sgabello a tre piedi che l'esercito deve aver abbandonato. Molto sopra la mia testa sento Billy che si muove, e poi i suoi passi quando si allontana. Mi dice: «Non ci metterò molto. Tu non ti allontanare, eh».

Sono nuovi, questi improvvisi lampi di humour. Suppongo che siano crudeli, sarcastici, ma è un miglioramento. La prima volta che mi ha lasciato qui non ha detto nulla. Ho cercato di divincolarmi quando mi sono resa conto che voleva ficcarmi nel cratere. Mi ha ferito le braccia mandandomi giù con la forza. Sono inciampata, dondolando sulla corda in fondo alla fossa, graffiandomi la guancia contro le pareti ruvide. Quando l'ho guardato ho avuto la certezza che stesse per tirare fuori una pistola. Ho chiuso gli occhi. Intorpidita. Fredda. Non potevo scappare. Non potevo nascondermi. Dietro le palpebre serrate ho visto lampi su lampi, ricordi che scorrevano, una vita intera che mi passava davanti confusa come un film proiettato a velocità troppo elevata. Quando ho riaperto gli occhi, lui non c'era più. A quel punto mi sono resa conto che può uccidermi anche senza premere il grilletto. Non deve fare altro che lasciarmi qui.

È intollerabile, anche adesso che so che non resterò nella buca per più di un paio d'ore. Puzza di piscio rappreso e metallo. La claustrofobia mi assale, mi sembra che lo spazio ristretto diventi sempre più piccolo, le mura si chiudono, mi schiacciano a morte. Il panico che gli possa succedere qualcosa, lasciandomi qui per sempre, mi corrode l'animo. E niente può scacciarlo. Mi sento male per l'ansia. Sono così inerme e impotente che la disperazione mi scava lo stomaco, mi accovaccio sull'immondizia, la schiena contro il muro, chiudo gli occhi. Sento il debole sciabordio del mare, gli ossessivi versi dei gabbiani che volano sopra il tetto piatto della pagoda. Ogni tanto un uccellino entra per sbaglio, sbatte le ali confuso, lascia spruzzi acri bianchi e verdi.

Le mura sono lisce, le rientranze permettono solo di infilarci un dito. Ho cercato di scavare con il bordo appuntito di una lattina la prima volta che mi ha lasciata qui e mi sono tagliata il dito, il sangue fluiva in rivoli accesi sul polso. Un'altra volta ho urlato fino a perdere la voce, a graffiarmi la gola. In seguito ho potuto solo sussurrare per giorni. «Non c'è nessuno che possa sentirti», ha detto, in piedi sul ciglio del buco, con le mani sui fianchi. «Urla quanto vuoi». Adesso aspetto pazientemente, in ascolto, ma si sentono solo gli uccelli marini e il suono del vento e dell'acqua. Un giorno – mi aveva trovato da poco – ho sentito le pale di un elicottero sopra la pagoda, il suono di voci lontane. Penso che mi stessero cercando, volevano individuare il mio corpo sulla spiaggia. So che hanno rinunciato perché quei suoni non sono tornati. Contro il muro sporco vedo foto di papà e mamma e Faith. Mi dico che papà è vivo. Che non è annegato nell'incidente. Aveva il giubbotto salvagente e nuota bene. Molto bene. Devo credere che è sano e salvo. È vivo, a casa, bada a mamma e Faith. Pensare a loro tre insieme mi fa sentire più forte, ma ho paura di dimenticare i loro volti così continuo a disegnarmeli in testa. Vorrei avere un foglio di carta e una matita. Invece faccio finta, lambiccandomi sui dettagli: dov'è esattamente un neo, qual è il colore cangiante di un'iride, come cadono i capelli su una fronte. Mi immagino delle scene, le trasmetto senza sosta nella mia mente. Faith che danza intorno al tavolo della cucina, i suoi arti magrissimi improvvisamente fluidi. Mamma rannicchiata su una sedia, rapita da un libro; papà che tira giù le vele, il vento tra i capelli. Penso a Silver, il suo pelo morbido sotto le mie dita, il naso umido premuto nel palmo della mia mano.

E poi c'è il cibo, il cibo di prima: non ne ho più sentito il sapore o l'odore da quando sono qui. Quel cibo che prima scansavo nel piatto, guardandolo schifata quando credevo di dover perdere peso. Ci penso in continuazione. Mi viene l'acquolina in bocca se immagino il pollo arrosto, la carne insaporita dal burro, la pelle croccante e dorata; il mio gelato al cioccolato preferito, cristalli di ghiaccio che scintillano dentro cucchiai cremosi. Voglio fette di pane nero con la marmellata di fragole. Bicchieri di succo di arancia appena spremuta, i semi che galleggiano dentro il liquido dello stesso colore del sole.

Billy ha detto che qualcuno mi ha mandato qui per lui. Subito dopo aver smesso di fare il soldato, una voce gli ha detto di venire sull'isola. Ha sognato una ragazza. Le salvava la vita e poi doveva tenerla con sé fino a che non avesse capito con certezza qual era il vero obiettivo.

Ma quale obiettivo? Non ho il coraggio di chiederglielo. Mi sembrano i deliri di un pazzo. È folle. Non gli credo. Ci deve essere un'altra ragione. Perché mi ha preso? Non ha mai parlato di soldi. All'inizio gli ho detto: «I miei genitori non sono ricchi, non possono pagarti un riscatto». Lui è scoppiato a ridere. Una risata breve, gracchiante. Se mi vede che piango, mi guarda stupito. Una volta mi ha posato una mano sulla spalla. «Ti ho salvato», ha detto, come se questo spiegasse tutto.

Si arrabbia spesso. Il secondo giorno ho cercato di scappare, mi sono messa a correre, mi ha preso per il collo, mi ha fatto cadere all'indietro. Ho sbattuto il coccige, mi sono fatta male alla gamba. La maggior parte delle volte rivolge la sua rabbia contro se stesso: sbatte la testa contro il muro, si tira i capelli aggrovigliati, strappa intere ciocche, i ciuffi gli rimangono impigliati tra le dita come erba marrone. Quando si stufa di avermi tra i piedi mi lega caviglie e polsi con forza, mi dice di tapparmi la bocca. All'inizio mi faceva dormire così; lo fa ancora a volte, se lo faccio arrabbiare. E allora il sangue mi ristagna nelle mani e nei piedi, li fa diventare blu, intorpiditi. Ha gli incubi. Distesa, sveglia, lo sento dall'altra parte della stanza. Urla, grida parole che non riesco a comprendere. Il cuore mi salta in gola, ho paura che si svegli e mi faccia del male. Ma non mi ha mai fatto del male. Non ancora.

Si sporge sul bordo della fossa, guarda in basso. Sono felice di vederlo, contenta che non sia stato arrestato o investito da una macchina, che non abbia deciso semplicemente di non tornare più. Tiene per le orecchie la carcassa di un coniglio. La fa oscillare sopra di me. Le gambe penzolano senza vita. «L'ho trovato nella trappola mentre venivo qui».

Fuori dalla buca, piego e muovo le dita doloranti, mi tasto la vita nel punto in cui la corda ha tagliato la carne. Sussulto quando mi sfioro la ferita. Lui mi ignora. Pensa che stia solo facendo una scenata. Si accuccia sul pavimento sporco, soddisfatto di se stesso, il cacciatore che fa ritorno. Ha riempito i contenitori di plastica di acqua fresca, ha riportato due zucchine e qualche carota. Deve andare sulla terraferma per comprare questa roba, perciò di sicuro ha una barca nascosta da qualche parte. Ma dove può averla lasciata? Trovare la sua barca è la mia migliore speranza, il modo più sicuro per fuggire. Potrei anche farcela a nuoto ma le correnti sono forti. Non ho mai nuotato così tanto. In ogni modo, siamo sul versante dell'isola che dà sull'oceano aperto, ci teniamo lontani dalla zona da cui si vede la terraferma. E quando siamo fuori dalla pagoda mi lega le mani e mi tiene d'occhio continuamente.

Le carote sono in una busta di carta marrone, scommetto che non le ha comprate. Credo che rubi il cibo dalle bancarelle che la gente del posto allestisce per vendere i prodotti dei propri orti. O forse prende direttamente ciò che trova nei campi: dopo il raccolto rimangono spesso patate e carote, roba buona, basta andare a prenderla. Il coniglio morto giace nella polvere, denti da roditore che premono tra le labbra, occhi velati, fissi, opachi.

«Hai fame?». Si siede al mio fianco, prende il coltello dalla cintura e, lacerando e strappando, apre il soffice stomaco del coniglio. Un brano di pelle contorta gli sguscia tra le dita, rilasciando l'odore metallico delle viscere e degli intestini. Faccio una smorfia. Lui scuote la testa, divertito da quanto sono schizzinosa, mentre tira fuori il cuore nero e sanguinante. Se ci fosse Faith non distoglierebbe lo sguardo, anzi vorrebbe avvicinarsi, ansiosa di esaminare il groviglio rivoltante che ha in mano.

«Accenderò un fuoco, quando sarà sceso il buio». Si dà da

fare, scuoia il coniglio, tira fuori le carni, ne esce una cosa nuda e lattiginosa, venata di blu. Vedo i contorni scioccanti degli arti e del torso, il collo e le spalle, e penso a un bambino, il corpo morto di un bambino.

«Ti ho preso questi...». Con un calcio spinge verso di me un mucchietto di tessuto, è un paio di jeans da maschio, un po' umidi, sanno di detersivo. Me lo vedo mentre li ruba, sono stesi ad asciugare, le sue dita veloci li tirano giù dalle mollette, poi una corsa furtiva fino ai cancelli. E poi c'è un maglione pesante e unto. Non chiedo da dove provengano. Me li stringo al petto, grata. Le notti sono fredde nelle prime ore, quando la nebbia avanza dal mare e riempie di grigio il nero della pagoda.

3

Clara apre gli occhi e fa una smorfia. È così che inizia ogni mattina. Con un'unica parola nella testa: «No». A volte lo dice ad alta voce. Le sue giornate non sono più un dono, ma uno shock di realtà. Sua figlia è morta. Ogni oggetto nella stanza, sfocato e implacabile dietro le tende chiuse, le ripete insistentemente che è vero. La sveglia inizia a suonare. Sono le sette. Deve alzarsi. L'altra figlia è viva, deve fare colazione, bisogna mettere una firma sul diario, lucidarle le scarpe. Faith ha bisogno dell'amore di sua madre.

E non è amarla la parte difficile per Clara. Sono le azioni che l'amore le richiede. Ha le membra pesanti, inutili; il suo cuore è una pietra che le schiaccia le viscere, le impedisce di far arrivare l'aria ai polmoni. Dal cuscino sente la voce attutita di un uomo, l'intonazione modulata di Radio Quattro. Max ascolta il notiziario in bagno, come ogni mattina. Le sembra così strano che le vecchie abitudini continuino a portarli avanti giorno dopo giorno; le cose che fanno, l'infinita successione di compiti e rituali ripetuti ancora e ancora. Lei non può ascoltare le notizie, la politica non le interessa, non vuole sentire altre tragedie. Il mondo è pieno di conflitti: la battaglia di Arthur Scargill contro la Thatcher, i militanti Sikh che lottano per il Tempio d'Oro nel Punjab. Ha visto i titoli che annunciano la riforma delle valutazioni scolastiche, sa che deve informarsi per Faith.

Sotto la radio che blatera, sente i rumori di Max che si muove, il gorgoglio dell'acqua nei tubi, spruzzi improvvisi e il rumore di una porta che si chiude. Deve alzarsi dal letto, mettersi qualcosa addosso prima che lui entri nella stanza. Non vuole più che Max la veda nuda.

Lotta contro un paio di jeans. Ormai indossa gli stessi vestiti per molti giorni. Mentre infila le braccia nelle maniche della maglietta sente gli uccelli che cantano in giardino, una musica estatica. Per un momento immagina come sarebbe vivere la vita di un usignolo, l'aria che si innalza in una corrente calda, accesa dal polline, dalle vibrazioni di insetti. Non essere se stessa. Poi si ricorda che in quel periodo dell'anno i piccoli cadono dai nidi. Ha visto i genitori disperati svolazzare inutilmente sopra i loro cuccioli, un gatto che si aggirava furtivamente in mezzo alle petunie e ai lupini.

Max si affaccia alla porta. Si sta mettendo la cravatta. Deve essersi vestito in bagno. Clara pensa che suo marito è a disagio quanto lei quando è nudo. Fa tutto parte dello stesso processo. Stanno chiudendo fuori tutto ciò che può essere naturale, come il dolore vivo. C'è troppa rabbia in lei, troppo senso di colpa in Max: non possono rischiare nulla di diverso dalla nuova cortesia su cui si basa adesso il loro rapporto. «Vuoi che vada a preparare la colazione per Faith?». Ha il respiro pesante, come se avesse corso.

«No, sono quasi pronta». Si china per tirarsi su i calzini.

Lui la guarda, si sfiora il labbro inferiore con il pollice. «Non devi alzarti per forza... Ci penso io».

«Non essere sciocco». Clara si sistema i capelli dietro le orecchie. «*Naturalmente* non torno al letto».

Per settimane, dopo che Eva è scomparsa, Clara si è aggrappata alla possibilità che fosse viva. Che in qualche modo fosse stata raccolta da un'altra barca o fosse stata portata via dalla corrente per miglia e miglia e non fosse ancora riuscita a tornare. Ma ogni giorno che passava diventava sempre più improbabile. Eva era scomparsa nelle fauci del mare, inghiottita in un solo boccone dalle acque. Quando Clara ha finalmente permesso a se stessa di comprendere questa verità si è messa a letto ed è rimasta lì. Ha portato con sé una vecchia maglietta di Eva e ha sepolto il viso nel tessuto, respirando le tracce della sua pelle, il profumo dei capelli, il contorno incerto del lucidalabbra che aveva macchiato il colletto.

Una mattina ha sentito Max e Faith che parlavano fuori dalla sua porta. Faith aveva perso la gonnellina per educazione fisica. Max non aveva idea di dove fosse. E Clara sapeva che era appesa nell'armadio riscaldato, sapeva che doveva alzarsi dal letto, prendere la gonna e metterla nello zaino di Faith. Era ora di alzarsi, di affrontare il mondo, di essere una madre per la bambina che le era rimasta.

«Mi dispiace». L'ha presa in braccio, ha baciato i capelli ribelli mentre le passava la gonna. «Da oggi in poi starò meglio. Lo prometto».

«Va tutto bene, mamma». Faith le ha passato le mani sulla schiena, una carezza calma e consolatoria, come se fosse lei l'adulta e sua madre la bambina. «Ti capisco».

Clara si è sentita piena di vergogna. Basta restare a letto. Ogni giorno è una lotta. Ma è determinata a non deludere più Faith. Faith, la sua bambina del miracolo, la figlia che non aveva mai pensato di poter avere. Da piccolissima era tranquilla, dormiva sodo la notte, felice e soddisfatta di starsene semplicemente seduta sul culetto fino a che non aveva avuto quasi quindici mesi. Nonostante le gambette sottili, era sorprendentemente forte, non si ammalava quasi mai. Da piccola si piegava sui polpacci per esaminare insetti e fiori, giocava tutta contenta nelle pozze di fango, fischiettava. Era troppo facile dimenticare che Faith aveva bisogno di lei come la rumorosa sorella maggiore, dato che richiedeva così poche attenzioni. «Se la famiglia è un carro, Eva è la ruota che cigola», diceva sempre la madre di Max.

La cucina è piena di vapore, Max agita le mani per dissipare le bianche volute. «Maledetto bollitore», dice. «Deve essere saltato qualcosa».

C'è un mucchietto di vestiti non stirati in un cestino sul pavimento. Silver gratta alla porta, vuole uscire. Faith sta sbirciando nel frigorifero. «C'è un po' di formaggio?», chiede. «Devo portarmi il pranzo».

«Mi sono dimenticata di comprarlo». Si morde il labbro. «Scusa». Si volta verso la maniglia, il cane le sfiora le ginocchia e si precipita in giardino. Il cane di Eva. Osserva l'animale che scorrazza sull'erba, agitando la coda. C'è una lettera non aperta sul tavolino all'ingresso. Il veterinario. Clara sospetta che sia ora di portare il cane a fare i richiami. La lista delle cose da fare inizia a ruotarle nella testa, vorticando qua e là. Una pulsazione familiare le accoltella le tempie.

Faith sta mettendo una mela e del pane imburrato in un contenitore, nel frattempo si ficca un biscotto in bocca. È ora di uscire se non vuole far tardi a scuola. Clara si è dimenticata il pranzo. Ha fallito. Non ha sfamato sua figlia. Ha fallito.

«Quella non è una colazione». Clara sbatte gli occhi per liberarsi del dolore lampeggiante che le oscura la vista. «Aspetta, ti preparo un po' di cereali».

Allunga la mano verso un piatto, si volta per prendere la confezione e Max è proprio là, anche lui si sporge verso di lei: «Ci penso io, non preoccuparti…», dice, e lei è sul punto di protestare quando il lungo braccio di suo marito rovescia la bottiglia a terra. Vetri in frantumi, latte che esplode e si riversa sulle mattonelle. Pozze scintillanti si formano intorno ai loro piedi. Clara si piega a raccogliere un grosso frammento di vetro e soffoca un gemito. Una scheggia le spunta dal dito. Un piccolo pugnale blu. La tira fuori. Liquido rosso che sgorga dal polpastrello pulsante. Gocciola sulla mano, macchiandole i vestiti, cascando a terra. Nel latte si formano grumi rosa.

«Dio, Clara!». Max è lì vicino. «Sembra profonda. Tieni su la mano».

Lei sente le dita del marito intorno al polso, calde e forti. Vuole che la tenga così, che non vada via. Il suo tocco l'ha sempre fatta sentire al sicuro. Rimane rigida, immobile. Chiude gli occhi. «Corri a prendere un cerotto», lo sente sussurrare a Faith.

Lei allontana di scatto il polso. «Non c'è bisogno di farla tanto grossa. Sto bene». La stanza vortica e gira. Manda giù aria, si concentra sull'obiettivo di spazzare via la nebbia tremolante, di allontanare la confusione che rende incerte le cose e permettere alla chiarezza degli oggetti quotidiani di centrarla.

«No, non stai bene». Max le stringe di nuovo il polso e si avvicina al lavello, apre l'acqua fredda. Clara osserva i lembi della sua carne dischiudersi sotto il getto dell'acqua, le spirali rosse dentro il fiotto chiaro. Un morso così acuto che è quasi un sollievo. Il dolore al dito trascina via il dolore oscuro e profondo che ha nel cuore.

Faith torna, passa la confezione di cerotti al padre dandosi un'aria di grande importanza. «Va' a prendere lo zaino, Faith», le dice mentre tiene la mano di Clara sotto il rubinetto. «Ti porto io a scuola o farai tardi».

Appena la bambina si allontana, Max si sporge verso di lei, le avvolge un cerotto intorno al dito. «Hai bisogno di una mano, Clara», dice piano. «Dovremmo prendere una ragazza alla pari. È una casa molto grande. Hai troppe cose da fare».

Lei si gira, guarda il giardino. Un merlo picchietta l'erba con il becco arancione. Riesce a sentire il basso piagnucolio del cane che vuole rientrare.

«Mi sembra la scelta più giusta». La guarda. «Anche solo per le vacanze estive. Ne abbiamo già parlato. Pensavo che anche tu fossi d'accordo. Lascia che chiami un'agenzia. Sono preoccupato per te. Ti prego».

Clara scuote piano la testa. «Non so se ce la faccio ad avere qualcun altro in casa». Le si spezza la voce. «Un'estranea. E i soldi… è una spesa extra di cui non abbiamo certo bisogno».

«Clara, guardami».

Lei solleva piano gli occhi, vede che si è tagliato facendosi la barba, ha dei pezzetti di carta igienica incollati al volto: punti scarlatti che fioriscono in mezzo al bianco. «Sanguiniamo entrambi», mormora.

«Farebbe bene a Faith», dice con voce decisa. «Un po' di compagnia».

«Va bene». Clara si tira su. «Ci penserò». Guarda il disastro sul pavimento, i cereali che nessuno ha mangiato nella scodella. Deve raccogliere i vetri prima di far rientrare il cane. Silver abbaia là fuori, un guaito frustrato. Ha fame. Non sa da dove iniziare – il latte o i vetri? Scopa o straccio?

Dà un'occhiata all'orologio. «Dov'è Faith? Dovete andare».

È colpa mia, pensa. *Sono inutile. Egoista.* Le viene voglia di darsi uno schiaffo. Forte. Svegliati, dice a se stessa, rabbiosamente. Afferra la scopa e comincia a spazzare il casino appiccicoso ammucchiandolo tutto insieme, bolle di liquido le gorgogliano ai piedi. Faith è trascurata; Max è infelice. Problemi che non sa risolvere. Forse Max ha ragione. Pagare una persona, farsi aiutare: è il primo passo.

Sente la macchina che si mette in moto fuori e lascia cadere la scopa che sbatte rumorosamente a terra. Corre verso la porta. Faith si sta mettendo la cintura. Al volante, Max si volta, un'espressione sorpresa dipinta in viso. «Chiamerò un'agenzia», gli dice. «Lo faccio oggi stesso».

Faith guarda sua madre, posando la mano sul finestrino del passeggero, i polpastrelli bianchi contro il vetro. Anche Clara allunga la mano, allargando le dita per ricalcare quelle della figlia, polpastrello contro polpastrello. Ma ciò che sente davvero è solo il vetro freddo che le divide. «Ciao, tesoro. Buona giornata», sillaba mentre la macchina parte.

Clara costringe i muscoli del volto a dischiudere le labbra, a formarle l'ombra di un sorriso. La saluta, più allegramente che può. Le pulsano le dita; il cerotto è appiccicoso, il sangue filtra, lo macchia.

4

Puoi andare dove vuoi con la mente. Chiudo gli occhi e sono di nuovo in camera mia, apro i cassetti, frugo in mezzo ai vestiti: ecco la gonna verde in lurex che ho trovato al mercatino, la mia T-shirt, quella gialla con FIORUCCI scritto a lettere rosa. Trovo il vestito nero che lascia scoperta una spalla, sbroglio un paio di calze bianche, le userò come guanti, una striscia di tessuto nero da passarmi nei capelli. Sarò uguale a Madonna, con un sacco di braccialetti e le labbra piene di rossetto piegate in una smorfia.

Immagino lo sguardo di Marco su di me mentre entro nel locale. La musica che pompa dalle casse, qualcosa dei Joy Division o dei Cure. Lampi di luce strobo nell'oscurità. La macchina del fumo riempie l'aria di nebbia. «Sei incredibile», dice, le sue labbra mi sfiorano il collo, la pelle bianca scintilla. Posso far dire a Marco tutto ciò che voglio. Ma che ero fantastica me l'ha detto davvero. Mi ricordo come mi si è strizzato il cuore in quel momento.

Mi concentro, cerco di restare aggrappata al sogno dietro la stretta gabbia delle palpebre chiuse. Voglio che rimanga qui. Ma sta già svanendo, il volto di Marco scivola via, la sensazione di trovarsi a casa si dissolve. Sento Billy che si muove in fondo alla stanza.

Apro gli occhi, riluttante. La pagoda si mette a fuoco intorno a me. Questa è la realtà: queste mura graffiate e senza finestre, questi abiti luridi, questa vecchia coperta sul pavimento. È questa luce incerta che svanisce, le ombre che abbracciano gli angoli e gli anfratti. Mi massaggio il volto, premendo contro le rientranze e le sporgenze del cranio, ho bisogno di ricompormi, di rimettermi insieme. Voglio tornare a casa, alla mia vera casa, non al posto nella mia immaginazione. Il desiderio crea un dolore acuto come i crampi del ciclo.

Stringo gli occhi per scrutare gli squarci oblunghi del cielo nelle fessure tra muro e tetto, deve essere sera. Il che vuol dire che c'è un'intera notte da superare. Anche se è estate, il pavimento è sempre gelido, il freddo filtra attraverso la coperta. Posso girarmi come voglio, c'è sempre uno spiffero sulla schiena che mi fa rabbrividire. Dentro l'oscurità mi sforzo di ascoltare i rumori di Billy. Di sentire il suo respiro, i suoi bisbigli e le urla improvvise. Se non riesco a dormire, le ore si allungano e si aprono in un vuoto fatto di attesa, mentre aspetto che arrivi la luce; ma se riesco a dormire, a dormire davvero, allora è una specie di fuga.

Mi brontola lo stomaco. Siamo a corto di cibo. Oggi ho mangiato solo una manciata di semi. Si vede che non ha trovato nulla nelle trappole stamattina e oggi non pesca; dev'essere sabato o domenica perché dalla riva si vedevano delle navi, e Billy ha detto che è troppo rischioso uscire in mare. Mi dà la mia razione di acqua fresca ogni mattina e devo farmela durare, sorso dopo sorso. Non riesco a smettere di pensare a tutto il ben di Dio nei cassetti della nostra cucina a casa. Anche se ogni tanto la cena era troppo cotta o molliccia, ero sempre sicura di trovare delle confezioni di cereali e di biscotti per fare uno spuntino, al limite una fetta di pane da tagliare.

Billy è in piedi sopra di me. Mi dà un colpetto con la punta dello stivale, uno spintone indifferente alla coscia. Da questa angolazione vedo le ossa degli zigomi sporgenti, i tendini delle braccia. Nonostante la barba incolta e gli abiti troppo larghi, deve aver perso peso da quando siamo qui. Sono dimagrita anch'io, suppongo. Mi sono abituata alla fame. Ma non sopporto la sensazione dello sporco sulla pelle. Muoio di prurito sotto lo strato di sale e sporcizia.

«Alzati, ragazza», dice, sollevando una corda. «Le barche sono andate. È ora di pescare».

Il cielo è già buio, le nuvole oscurano le stelle, dobbiamo avanzare senza luna. Seguiamo la strada cementata, superiamo capanni vuoti, scavalchiamo il filo spinato. Affrontiamo la salita, circumnavighiamo il ginestrone e attraversiamo la distesa di ciottoli. Le onde lambiscono la spiaggia ripida, ritirandosi sopra le pietre con un sospiro e un crepitio. È difficile camminare con le mani legate dietro la schiena, seguendo Billy che non rallenta per aspettarmi. Sceglie un punto vicino all'acqua e si ferma piegandosi sui polpacci, con un tonfo lascia la canna, il secchio e la fascina di legna. Mi metto in ginocchio al suo fianco, sbatto gli occhi, mi devo abituare alla cortina di nero, imparare a riconoscere le diverse sfumature di grigio. Pian piano la notte imperscrutabile diventa di un blu limpido. Il mare nero si muove, la sua patina argentea non conosce sosta, si allunga verso l'orizzonte.

È strano pensare che io e Faith ci siamo sedute su questo stesso lembo di spiaggia in pieno giorno, la barca tirata in secco sull'altro lato dell'isola. Mi chiedo che cosa stia facendo adesso. Ha paura dell'acqua. Non salirebbe mai su una barca da sola, perciò non verrà, grazie a Dio, perché che cosa succederebbe se arrivasse sull'isola e Billy la prendesse? È al sicuro a casa, sta canticchiando una qualche vecchia canzone imparata da nonna o da Jack, colleziona pezzi di osso e di felci, aiuta papà a fare torte in una cucina piena di vapore, le dita sporche di farina.

Billy mi ha detto che ha gettato in mare il mio giubbotto salvagente, l'avranno trovato in acqua. Penseranno che non lo avessi addosso, o che non l'avessi legato a dovere. Billy dice che non sarei sopravvissuta senza giubbotto. Impossibile. La gente si perde in mare. I corpi non vengono mai ritrovati.

Nessuno mi sta cercando. Non più. Penso alle ultime cose che ho detto a papà. Cose cattive. Gli ho detto che lo odiavo. A quattro anni mi ha insegnato ad andare in bicicletta senza rotelle, correndo accanto a me, urlando, incoraggiandomi. Mi ha costruito una slitta, mi ha tirato su trainandomi con la corda in spalla. Abbiamo fatto insieme pupazzi di neve. Mi ha aiutato con i compiti. Mi ha preparato torte di compleanno. Si è messo a sedere al mio fianco quando avevo gli incubi. Ma non mi ha detto la verità. Ha mentito. Mamma ha mentito. Questo pensiero mi fa sentire debole, senza sangue, come se un vampiro mi avesse svuotato le vene.

Billy mette il verme sull'amo e lancia, il filo saetta lontano nella notte. Il galleggiante atterra invisibile. Rimaniamo in silenzio insieme, in attesa. La corda mi graffia la pelle sui polsi. Adesso le spalle iniziano a farmi male. Scruto l'orizzonte, cerco qualche segno che indichi la presenza di una barca. Ce n'è solo una, si staglia tra mare e cielo. Anche se qualcuno puntasse un paio di binocoli verso di noi e riuscisse a distinguere due piccole sagome, penserebbe che non ci sia niente di strano: anonimi pescatori su una spiaggia, niente di più. Il tempo passa, le braccia si sono intorpidite, ho le dita addormentate. Sposto il peso del corpo sui sassolini freddi, cercando di mettermi comoda. Se avessi un qualche oggetto da nascondere in mezzo alle pietre, qualcosa che avesse un significato particolare per me, forse qualcuno lo troverebbe e comprenderebbe che è un indizio. Ma non viene nessuno, e Billy mi ha portato via gli orecchini d'argento e l'orologio. Anche i vestiti che porto addosso non appartengono alla mia vecchia vita.

Le nuvole sono scivolate via, rivelando chiazze brillanti di cielo. Ci sono così tante stelle. Sembrano più grandi qui, più accese. La Via Lattea è un'immensa striscia di luce più chiara. Billy non sta guardando le stelle; si è rannicchiato nel giubbotto, fuma. L'odore acre mi sfiora il volto, mi irrita gli occhi. Muoio dalla voglia di farmi un tiro. Non fumo da quando sono qui. So che non me ne darebbe mai una. Si raziona il tabacco, conta quasi filo per filo quando se ne rolla una. Osserva le onde come se stesse chiedendo ai pesci di abboccare. Deve essere affamato quanto me. Chiudo gli occhi e appoggio la fronte sulle ginocchia. Rimaniamo seduti vicini, fianco a fianco, senza parlare, come una vecchia coppia sposata da tempo.

Voglio sentire la voce di Marco. Voglio sentire la sua mano che sfiora la mia. Come starebbe senza tinta nera ed eyeliner?

Non so qual è il suo colore naturale. Ha gli occhi color nocciola, caldi e dorati, non come quelli di Billy che invece sono di un grigio vitreo. Penso che ci voglia coraggio a truccarsi, soprattutto nel Suffolk. Marco mi ha detto che non appena finirà il college tornerà a Londra e si concentrerà sulla musica. C'è una band che è interessata a lui. Vorrei che mi portasse con sé. Se ci sposiamo, potremmo fare un matrimonio goth. Mi metterei una lunga gonna nera con lo strascico con il pizzo viola, mi cotonerei i capelli e li decorerei con delle rose purpuree.

C'è una foto di mamma e papà il giorno del matrimonio, in salotto. Erano gli anni Sessanta e mamma indossa un vestitino con delle margheritine stampate intorno all'orlo. Ha in mano delle margherite vere e sorride a papà. Sembrano così felici. Ma quando mi ricordo che cosa mi è successo la notte prima che arrivasse la tempesta, improvvisamente la fotografia con cui sono cresciuta non ha più lo stesso significato, tutto è confuso, sbagliato.

Billy riavvolge la lenza con movimenti rapidi. Un grugnito di trionfo gli esce dalle labbra quando si fa indietro per tirare a riva un pesce. Gli toglie l'amo. È piccolo, ha il ventre color argento, il dorso maculato. «Solo un merluzzetto», si lamenta. Si agita sulle pietre: occhi lucidi, la coda che sbatte furiosamente. Lo fissiamo per un secondo poi Billy prende una grossa pietra e gliela abbatte sulla testa. Un tempo sarei stata assalita dal ribrezzo. Adesso ho l'acquolina.

Quando fa buio, Billy si arrischia ad accendere un fuoco. Il legno scarseggia – ci sono solo un paio di alberelli rachitici – perciò raccogliamo quello che viene portato a riva dalla marea e lo mettiamo a seccare nella pagoda. Libera un quadrato di terreno, sistema il ramoscello, si piega per soffiare sulla fiamma. Il fuoco prende vita, crepita. Mi slega con uno sguardo tagliente come a dire: *Non pensarci nemmeno*, mi passa il pesce eviscerato su un bastoncino, mi fa segno di tenerlo sul fuoco. Mi si scaldano le dita. L'odore del cibo mi fa stringere lo stomaco. Fisso il pesce, osservo la pelle che trasuda e ribolle. I cerchi dorati intorno agli occhi si offuscano; le scaglie luminose si abbrustoliscono e si scuriscono mentre la pelle si secca intorno alla carne.

Mi passa dei pezzi rosa e fumanti, me li fa cadere sul palmo. Mi brucio la lingua, mi riempio la bocca di carne tenera. Mi fermo appena per tirare fuori una lisca appuntita, passandomela tra i denti, prima di riprendere a masticare e inghiottire. Anche Billy mangia avidamente, rannicchiato sul fuoco mentre si ficca in bocca pezzi di pesce con tutte e due le mani. Se si strozzasse potrei fuggire. Forse mi darebbe abbastanza tempo per arrivare dall'altra parte dell'isola e trovare la barca.

Billy si volta e mi fissa come se sapesse che cosa sto pensando. Gli occhi si stringono in falci di luce. Il grasso gli gocciola sulle labbra, ha dei pezzi di pesce nella barba arruffata. Penso al mento liscio di Marco, ai suoi capelli neri sempre puliti sotto le mie dita. Abbasso gli occhi ma non posso smettere, continuo a divorare il pesce. Mangiare è un sollievo così immenso che mi fa venire voglia di piangere. Piccole braci ardenti si alzano nel cielo. Scintillano dorate sopra le nostre teste e scompaiono morendo nel vento.

«Lo sai dell'invasione tedesca nella seconda guerra mondiale? È successo qui», mi dice tutto d'un tratto.

Sorpresa, scuoto la testa. «Qui? Sull'isola, vuoi dire?».

Annuisce. «Ma l'esercito inglese sapeva che stavano arrivando». Si sfiora il naso. «Avevano una sorpresina pronta per Jerry». Indica il terreno alle nostre spalle, allungando il pollice in direzione dell'acqua invisibile. «Hanno dato fuoco al mare. Petrolio sulla superficie. Li hanno bruciati tutti quando hanno cercato di attraversarlo. Il cielo era in fiamme. Di sicuro si sentivano delle belle urla».

Parla con tono piatto, tranquillo. Solleva i resti del pesce abbrustolito alla ricerca di altri brandelli di carne. Il fuoco gli getta strane ombre sul volto, gli allarga le narici, dipingendogli caverne cupe sotto gli occhi.

«Per settimane la corrente ha trascinato a riva corpi bruciati». Morde la testa, usando pollice e indice per tirare fuori un occhio annerito, se lo mette in bocca, manda giù. «Il ministero ha tenuto tutto sotto silenzio. Acqua in bocca, segreto assoluto. Churchill pensava che sarebbe stato un brutto colpo per il morale della popolazione». Si lecca le labbra. «Ma mio nonno me l'ha raccontato. Tutta la gente del posto lo sapeva. Il governo li pagava in sigarette per sbarazzarsi delle prove».

Faccio un rutto, coprendomi la bocca con la mano, l'abitudine della cortesia permane ancora. «Davvero?». La mia mente corre all'impazzata. È la prima volta che mi dà un indizio sul suo passato. Non ha l'accento del Suffolk, ma non sono brava a giudicare come parla la gente. Da come allunga le vocali avrei detto che provenisse da qualche parte su al Nord. E poi c'è qualcos'altro che non riesco a identificare, una specie di vibrazione nasale. Non avevo pensato che fosse del posto. Pian piano sto accumulando informazioni su di lui. Mi sembra una cosa importante.

«L'esercito è pieno di bugie, di storie di copertura. Non ne hai idea». Mi punta il dito contro, le labbra piegate verso il basso.

Rimango in silenzio, ho paura di farlo arrabbiare di più.

«Quello che è successo ai tedeschi era roba per ragazzini in confronto a quello che fanno adesso». Mi guarda. «Proprio sotto il naso della gente». Gli balla l'occhio sinistro. Un breve spasmo, nervi che si tendono sotto la pelle.

Scuoto la testa, prudente.

«Bastardi. Tutti quanti». Si tira su di scatto. Il petto si solleva pesantemente, stringe i pugni. «Copri il fuoco. Controlla che non resti nulla».

Con gli occhi bassi, mi affretto a raccogliere le pietre, con mani e piedi getto sassolini sulle braci ardenti. Le pietre sbattono tra loro quando le sposto. È un suono allegro, come se stessi facendo un gioco. Cerco di sfruttare fino in fondo la possibilità di muovere le braccia, scacciando via i crampi. Billy nasconde i resti del pesce. Sta già tirando fuori la corda dalla tasca, controlla il mio lavoro, rivolta le pietre con il piede finché non è soddisfatto. Mi afferra i polsi, li stringe con la corda, ha il respiro affrettato, veloce.

Sotto di noi, in profondità, sepolti sotto il legno annerito del nostro fuoco e dello scheletro del pesce, ci sono le ossa dei soldati tedeschi. Penso alle loro famiglie, in Germania. In attesa di ricevere delle notizie di un fratello, di un marito, mentre gli anni passavano, senza mai sapere che cosa fosse successo, e nel frattempo le ossa perdute si disfacevano, alla deriva in mezzo alle pietre, anonime, dimenticate.

5

Dondolo le gambe mentre mangio un uovo sodo, il duro bordo della sedia di legno mi batte contro lo stinco. Mamma l'ha tenuto troppo a lungo nell'acqua, il tuorlo è gommoso. Non ci posso inzuppare il pane. Sophie, la ragazza alla pari, è arrivata nel pomeriggio. Papà è andato a prenderla a Ipswich. Si è presentata con uno strano affare di vetro, papà ha detto che era una macchina per il caffè. Mamma l'ha portata dritta nella sua camera prima che potessi guardarla per bene.

Mamma si china sopra il lavandino. Incrocia le braccia. «Sembra a posto», dice a papà. «La stanza le è piaciuta. Ma ancora mi chiedo se stiamo facendo la cosa giusta».

Lui sospira e si passa le dita tra i capelli che rimangono dritti, sparati in aria. «Ne abbiamo già parlato, Clara, eravamo d'accordo», dice piano. «Non voglio che tu stia male di nuovo».

«Ma è successo tanto tempo fa». Mamma fa un suono buffo con la gola. «Sono sicura che andrà tutto bene. Lascia perdere».

Seguo questo scambio senza muovere la testa, scavo il tuorlo gommoso con un cucchiaino, lo cospargo di sale. Nessuno mi ha chiesto se mi piace la nuova ragazza alla pari. Sono troppo grande per aver bisogno di qualcuno che mi tenga d'occhio, che si preoccupi per me e mi dica cosa fare. La mamma lavora solo quattro giorni a settimana, e in quei giorni posso rientrare da sola da scuola, prepararmi qualcosa da mangiare. Me la cavo bene. Prima che se ne andasse, Eva preparava toast e latte e cioccolato per tutte e due. Se ne stava in cucina senza scarpe, la cravatta della scuola slacciata.

«Andiamo, Clara, pensa soltanto», dice papà, sforzandosi di

tirar fuori una voce allegra, «che avrai più tempo per leggere e potrai lasciare che sia qualcun altro a bruciare la cena».

È la sua idea di una battuta divertente. Molto buffo. Ah ah. Mamma non ride. Rimane girata di schiena, guarda fuori, sollevando la sua tazza di tè.

Papà mi guarda mentre prendo un mucchietto di sale. Mi metto in bocca l'uovo, lo guardo. «Ci hai messo un sacco di sale». Mi fissa accigliato. Gratto via il guscio, cospargo di bianchi cristalli le ultime briciole, mando giù tutto, inghiotto in fretta, è amaro.

Lo guardo, in attesa, voglio vedere cosa fa. Nei giorni prima dell'incidente mi avrebbe fatto la predica su quanto fa male il sale. Forse si sarebbe messo a urlare, di sicuro l'avrebbe tolto da tavola. Vorrei mi urlasse contro adesso. Se non altro saprei che riesce a vedermi. È da un po' che sono invisibile. Come un fantasma. Mamma beve il tè in piedi davanti al lavello, guarda il giardino. Papà piega le spalle e fa un timido sorso di caffè.

Mi chiedo se lui pensi mai a quel giorno di qualche anno fa. Era estate e noi eravamo una normale famiglia seduta al tavolo per colazione: due genitori, due figlie, nessuna ragazza alla pari. Io ed Eva avevamo mangiato uova sode, anche quel giorno, avevamo bisticciato. Ricordo mamma che allungava la mano per prendere il burro, piegandosi per baciare papà sul collo. Fu in quel momento che Eva urlò, lasciando cadere il cucchiaino. Il rumore fu forte. Si portò le mani alla bocca.

«C'è qualcosa qui dentro, oh Dio». Allontanò la sedia dal tavolo. «È un pulcino...».

«Fammi vedere!». Mi lanciai in avanti, guardando l'uovo di Eva.

«Oddio, oddio! Adesso vomito!». Eva era in piedi, le tremavano le mani. Gli occhi sgranati.

Riuscii a scorgere un lampo di piume bagnate rannicchiate dentro il guscio, la piccola curva di un becco, prima che papà lo prendesse. La creaturina era stata cotta nel suo stesso albume appiccicoso. Poi papà buttò tutto quanto, uovo e pulcino, nel cestino in mezzo a bucce di carote e lattine vuote. Il coperchio si richiuse, si ripulì le mani sui pantaloni.

«È tutto finito», disse, tirando Eva a sé. Lei si lasciò stringere anche se all'epoca doveva avere sui quindici anni. Nascose il volto tra le sue spalle. Lui le asciugò le lacrime, il viso corrugato, gli occhi lucidi, e l'improvvisa paura che volesse più bene a Eva che a me si fece largo nella mia testa.

Eva singhiozzò e si rintanò ancora di più contro di lui, la testa premuta forte contro il suo mento. «È stato orribile... l'abbiamo bollito vivo?»

«No». Mamma parlava con voce rassicurante, sicura. «Di certo era già morto».

«Non mangerò mai più un uovo», sussurrò Eva.

Papà le carezzò i capelli con dita incerte, le posò un bacio sulla fronte. Morivo dalla voglia di frugare nell'immondizia, volevo trovare il pulcino e portarmelo in camera, tenerlo nella mia scatola delle meraviglie. Avevo già il delicato teschio di un uccello, uno scarafaggio morto con l'esoscheletro ancora lucido, una collezione di pietre bucate dal mare, pezzi di corna di daino e una manciata di denti di squalo fossili ritrovati nel fango.

«Ti prego! Lo terrò in una scatola di fiammiferi», lo implorai.

«Marcirà e farà una puzza infernale», esclamò mamma. «Non dire sciocchezze, Faith».

Eva mi diede un pizzicotto mentre sparecchiavamo, impilando i piatti nel lavello. Era di nuovo la solita Eva. «Ma che malattia hai? Che te ne fai delle ossa e di tutta quella roba?».

Le feci la linguaccia.

Sophie vaga per la cucina, sbadiglia. Le lancio un'occhiata, non voglio che pensi che la sto fissando. Noto il trucco blu intorno agli occhi, la luce che le cade sui capelli. Tutti sorridiamo educatamente, usiamo parole semplici, parliamo come se fossimo pessimi attori. Papà sembra imbarazzato. Sposta il peso del corpo da un piede all'altro, le dice qualcosa in francese. Lei risponde in inglese. «Scusa», le dice, a voce troppo alta, «ho del lavoro da fare». Quando lascia la stanza mamma offre a Sophie una tazza di tè, ma Sophie dice che beve solo caffè. Mamma è agitata, si mette a sedere di fronte al tavolo di pino scheggiato e le spiega quali sono le faccende da sbrigare, di che cosa ho bisogno io, quali sono i giorni in cui rimane al lavoro: fa la bibliotecaria dal lunedì al giovedì.

«Avete una casa grande», sottolinea Sophie, fissando il pavimento in pietra, l'alto soffitto. Mamma fa una specie di versetto di approvazione. «Sicuramente...», Sophie si acciglia, come se stesse cercando la parola giusta, «riscaldarla costa un sacco di soldi».

E infatti aspettiamo novembre per accendere il riscaldamento, e per giunta lo teniamo in funzione solo per un paio d'ore al giorno. I radiatori sferragliano ma non danno mai caldo come si deve. In compenso abbiamo un fumoso camino in salotto. Io ed Eva di solito ce ne andiamo in giro con le borse dell'acqua calda legate intorno allo stomaco, guanti e cappelli calati in testa anche dentro casa. Non credo che Sophie reggerà tutto un inverno qui dentro.

Capisco che mamma si sente a disagio perché si sposta nervosamente sulla sedia, si schiarisce la gola, si rimette a posto i capelli dietro le orecchie.

Non abbiamo mai avuto nessuno che ci desse una mano in casa prima. Lei dice che non accetta di assumere una persona che faccia il lavoro sporco al posto suo, anche se da piccola in Egitto aveva una tata e un sacco di domestici. Ha scritto una lista per Sophie e la biro ha perso un po' d'inchiostro, macchiandole di blu le dita. Le spiega che la stanza di Eva deve essere pulita, ma per il resto tutto deve rimanere assolutamente com'è. Nulla deve essere toccato. Si interrompe. Mi mordo il labbro, spero proprio che non si metta a piangere. Sophie incrocia le gambe e annuisce, muovendo il mento con gesti ampi e seri. Il suo volto è una maschera. Non riesco a capire che cosa provi, che cosa pensi. Ha quest'abitudine di esaminarsi le unghie, come se ci fosse qualcosa di molto interessante là sotto.

Mamma mi lancia un'occhiata e dice: «Perché non porti

Sophie a vedere il castello?». Io la guardo storto e faccio di no con la testa, in fretta, alle spalle di Sophie. Ma mamma si tocca la tempia, lasciandosi impronte di inchiostro sulla pelle. Chiude gli occhi, sembra che le faccia male qualcosa, mormora che forse una gita nel villaggio farà bene a Sophie, la aiuterà a orientarsi, e io capisco che non posso dire di no.

Il castello è in cima a una ripida collina al limitare del villaggio. È una fortificazione del dodicesimo secolo. È famoso. Sophie trascina i piedi al mio fianco mentre ci avviciniamo alla piazza del mercato. Indico le merlature che sbucano sopra le cime degli alberi. Non sembra affatto colpita.

«Dove vivi in Francia?», chiedo.

«Parigi».

Penso alla torre Eiffel. Ho visto delle foto. Un edificio strano, mezzo finito e mezzo no, con delle costole di metallo in bella mostra, una punta in cima che sembra un ago che perfora il cielo. Deve essere persino più alta del castello. Non sono mai stata a Parigi, ma so che è la capitale.

«Perché volevi fare la ragazza alla pari?»

«*Je me suis échappée*...». Alza le spalle quando vede la mia espressione perplessa e dice cautamente: «Per andare via da casa».

«Oh», aggrotto la fronte, «allora non ti piace Parigi?».

Mi guarda, sollevando le sopracciglia. «*Paris, c'est la meilleure ville*».

La guardo, non la capisco. Fa un gesto impaziente. «La città migliore. La migliore del mondo».

Siamo arrivate all'entrata del castello. Incombe su di noi baciato dalla luce del sole. Sophie lo guarda con un'espressione neutra, indecifrabile.

«E allora perché volevi venire qui?». Faccio un gesto come ad abbracciare tutto quello che ci sta attorno, l'erba rada e il vecchio cannone ai piedi della collina.

Si ficca le mani in tasca. «Era il primo lavoro che l'agenzia... mi ha offerto». Tira su con il naso. «Fai un sacco di domande».

Apro la bocca e la richiudo subito. In realtà ci sono molte altre cose che voglio sapere. Mi fa un sorriso inaspettato e improvvisamente vedo quanto è giovane e carina. Mi chiedo se possiamo davvero essere amiche. Non è molto più grande di Eva. Indica il castello. «Allora, me lo fai vedere?».

Dentro la prima stanza si sporge per ammirare il panorama assolato da una feritoia. Mastica una gomma a bocca aperta, mollemente. Manda un odore pesante e dolce di fiori. Gigli, come quelli che c'erano alla funzione in ricordo di Eva.

«Vuoi andare su in cima?», chiedo, i piedi sul gradino circolare. «È parecchio alto».

Nel suo alito sento odore di menta. Scrolla di nuovo le spalle. Lo prendo per un sì.

Corro su per la stretta scala a chiocciola, i miei piedi colpiscono la pietra consumata con forza, uno schiocco rumoroso. Migliaia di piedi nel corso dei secoli hanno calpestato questi stessi scalini. Dame con gonne dai lunghi strascichi e soldati appesantiti dalle cotte di maglia. Dal tetto si vede tutto il villaggio e gli acquitrini fino al fiume, e poi il mare dietro. Con le mani sui fianchi rimango in piedi a scrutare la sagoma allungata dell'isola. Dalla finestra di camera mia la prospettiva è diversa. Sophie ha il fiato corto quando fa capolino alla porta. Si appoggia alla merlatura e si scosta i capelli scuri dagli occhi. Un grande gabbiano sfreccia sopra le nostre teste strappandole un grido, urla qualcosa in francese.

«*Putain*!», mi ripeto nella testa, sforzandomi di tenerlo a mente, perché scommetto che è un'imprecazione.

Ai piedi della collina vedo Robert Smith, del villaggio, insieme a un paio di tizi. Lui è sopra il motorino, gli altri in bici. Si sono fermati per fumare una sigaretta e fare due chiacchiere. Hanno le spalle rilassate, le mani a coppa intorno alle sigarette. Anche Sophie li ha visti. «Io scendo», mi dice. «Tu gioca da queste parti...», indica i terreni del castello. «Ma non te ne andare».

Rimango sul tetto, sfiorando l'antica pietra grigia della merlatura, sentendo la venatura ruvida sotto le dita, pietra calcarea con piccoli fossili catturati all'interno. Gratto la superficie con le unghie, mi chiedo fino a che profondità dovrei affondare la mano per tirare fuori un mucchio di antiche ossa di pesce o un cumulo di ammonite. Guardo la distesa dei terreni oltre il muro, noto che l'erba è poco curata. Quando Eva è scomparsa era un velluto verde. L'estate l'ha colorata di un giallo malaticcio e di marrone, punteggiato da margherite. È già passato così tanto tempo.

Sophie sta scendendo la stretta scalinata scavata nella collina. Da questa angolazione, la testa che ballonzola su e giù sembra troppo grande sopra le gambette, come un pupazzo attaccato allo specchietto di una macchina. Sta raggiungendo Robert e i suoi amici. La osservano con delle occhiate viscide. Lei muove i capelli e si mette una mano sul fianco, sfrontata. Vedo che chiede qualcosa, poi si sporge in avanti per prendere una sigaretta da uno dei tizi. Il vento trasporta il frullio della sua risata.

Mi abbasso sotto la merlatura. Non voglio che mi vedano. Nessuno di loro. Mi ignorano se li incrocio per strada o sul lungofiume, guardano dall'altra parte, sputano o fischiano. Mamma dice che sono imbarazzati. Non sanno che cosa dire su Eva adesso che se n'è andata. Un uomo arriva sul tetto e mi fa un cenno. Ha delle basette lunghe e folte e occhiali con lenti verdi. Sta studiando una guida.

Mi chiedo che cosa stia leggendo. Forse sta scoprendo quant'era diversa la costa nel 1100. Ogni anno dei pezzi di terra cadono nel mare. La costa si sta ritirando, protetta da dighe e difese contro il mare. Gli stranieri ci restano di sasso quando seguono delle strade che non portano da nessuna parte e terminano all'improvviso. Ci sono delle case costruite troppo vicino al mare che sono scivolate nell'acqua, mattoni e letti e fili della biancheria sparsi qua e là. Più su lungo la costa, interi villaggi sono stati divorati dal mare, campane delle chiese suonano sotto l'acqua.

Il turista si appoggia ai merli per guardare il panorama. Sembra malinconico, o forse annoiato. Sono sicura che la storia dell'Uomo Selvatico gli piacerebbe, quello che rimase catturato nelle reti da pesca subito dopo la costruzione del castello. Ma mamma mi ha fatto promettere di non parlare mai con gli estranei. Perciò non gli racconterò di quella mattina in cui i pescatori tirarono su le loro reti, i muscoli forti nelle braccia bruciate dal sole, e scoprirono qualcosa di molto strano.

Le reti dovevano essere pesanti, sicuramente gli uomini sorridevano per quella bella pesca. Tirarono il carico sulla barca, pesciolini che si liberavano dimenandosi mentre i più grossi restavano a dibattersi prigionieri. Mi piace immaginarmi la loro sorpresa quando lo videro là, bloccato in mezzo, le membra avvolte nella rete, non un pesce, ma un uomo nudo con i piedi palmati. Era coperto di pelo scuro. La pelle pallida aveva una patina blu, era vissuto così a lungo lontano dal sole. Gli occhi neri fissarono gli sconosciuti. Quando lo presero a calci, lo buttarono fuori dalle reti, aprì la bocca e fece strani suoni gutturali, parlando un linguaggio che nessuno degli uomini aveva mai udito prima, versi spezzati come se qualcuno gli avesse tagliato la lingua.

Nella guida c'è scritto che venne condotto al castello, messo dentro una gabbia di ferro e percosso per costringerlo a parlare. Lo tennero prigioniero per sei mesi. Non disse mai una parola comprensibile. Alla fine, riuscì a fuggire e tornare al fiume. L'ultima cosa che videro di lui fu la testa scura in lontananza che ondeggiava in mare. Papà mi indica sempre i ritratti dell'Uomo Selvatico scolpiti sul davanti della chiesa. Dice che ce ne sono molti altri nei fonti battesimali delle chiese di tutta la zona. È scritto nella guida, quindi è storia, storia vera.

«Forse c'era una Donna Selvatica che lo aspettava», diceva nonna, «una sirena solitaria che si struggeva di dolore per lui, che nuotava vicino alla riva e guardava il castello, ma non poteva risalire la collina per raggiungerlo».

Un paio di anni fa, di ritorno da un'uscita in barca, vidi qualcosa in acqua. All'inizio pensai che fosse una foca. Ma no, qualcosa non tornava: vedevo lunghi capelli intorno a una testa umana semi sommersa. Mi sporsi oltre il bordo, guardai quel volto peloso prima che scomparisse in profondità. Lo dissi a Eva, ma lei rispose che sarebbe dovuto essere troppo vecchio. Avrebbe dovuto avere centinaia e centinaia di anni, com'era possibile? Ma l'Uomo Selvatico non è proprio un essere umano, e se altre creature, come le tartarughe, possono vivere per centinaia di anni, allora può farlo anche lui. Cerco di ricordare i suoi lineamenti, ma sono confusi, incerti.

Il turista con i basettoni mi fa un rapido sorriso e poi lascia il tetto, piegando la testa per non sbatterla contro la bassa architrave. Rimango in attesa per un istante, per dargli tempo di arrivare giù. Le spesse mura del castello sono fredde persino d'estate. Dentro l'angusta scalinata a chiocciola mi viene la pelle d'oca. Io ed Eva rotolavamo giù per le ripide colline intorno al castello, rigirandoci ancora e ancora nell'erba alta, il cielo che compariva e scompariva di continuo, arrivavamo alla fine con la testa che girava, confuse, e non vedevamo l'ora di farlo di nuovo. Eva si tirava su, con un ampio sorriso e fili d'erba nei capelli scuri. So che Sophie non vuole lanciarsi giù per la collina, non ho neppure bisogno di chiederglielo. È ancora con i ragazzi, seduta sul motorino, fuma e parla.

Non c'è molto da fare, qui da sola. Lunghe ombre ricadono dietro di me. Il sole è più basso adesso, il pomeriggio si perde nella sera. La terra intorno alla scarpata è scavata e asciutta, ha un colorito smorto, di un marroncino stinto. Chiazze spoglie in bella mostra come croste di ferite. I lotti di terra intorno ai campi sono diversi, pieni di foglie arricciate e belle piante verdi. I piccoli giardini sono stati innaffiati con amore e protetti dal sole. Anche nonna aveva un campo. La scorsa estate ci ha fatto una festa, là.

«Guarda». Eva si è messa a correre per i terreni del castello. «Le lanternine!».

Piccole candele brillavano in tutto il campo della nonna. Fiamme minute dentro il vetro, gialle scintille luminose dai cuori blu. I rigogliosi viticci delle piante di fagioli e della cicerchia vibravano di ombre tremolanti. Il campo odorava di cose verdi che spingevano da sotto il suolo, di terra umida e del delicato profumo dei fiori. I moscerini si radunavano in fitte nuvole, svolazzavano senza emettere alcun suono.

Pensavo che ci sarebbe stata altra gente. In zona si conoscevano tutti, si prestavano attrezzi, si spalleggiavano lamentandosi del vicino che non si curava del giardino e se ne stava sulla sdraio a bere vino nei giorni di sole. «Che spreco quel campo». Scuotevano la testa quando si sporgevano sopra le palizzate per commentare: «La terra gela presto quest'anno», o «I tassi hanno mangiato di nuovo le zucchine». Ma alla festa c'era solo un'altra persona, un uomo dai capelli bianchi che è uscito dal capanno tendendomi la mano. Non l'ho riconosciuto, aveva le dita tutte rovinate, le nocche ferite, viola. Quando gli ho stretto la mano le mie dita sono scomparse nella sua presa. La pelle era calda, ruvida.

«Lui è Jack», ha detto nonna. «Jack Train. Ha rilevato il campo di Nancy. Jack, loro sono le mie adorabili nipotine».

Allegre melodie, note di archi e pianoforti si libravano dalla radiolina macchiata di vernice di Jack. *Cheek to Cheek* e *Face the Music and Dance*. Ci siamo seduti sulla panchina fuori dal capanno di nonna ad ascoltare musica, a bere tè dolce da una bottiglietta e a mangiucchiare delle fette di una torta al limone appiccicosa. Nonna faceva le torti migliori del mondo e per fortuna ha insegnato la ricetta a papà. I tentativi di mamma collassano sempre al centro oppure escono dal forno fossilizzati.

La vecchia coppia si è alzata per ballare. «*I've got you under my skin*», cantava nonna Gale con la sua voce piatta e stridula. Volteggiavano e ballavano, danzando lungo i sentieri pietrosi intorno alle aiuole, entrambi avevano la schiena dritta e il volto sorridente. Jack aveva una bella voce, profonda e dolce come il miele.

«Da ragazzino cantavo al coro», ci ha detto. «Vuoi ballare con me?». Ha allargato le braccia.

Ho scosso la testa. «Non so come si fa».

«Allora è ora di imparare». Mi ha stretto come un vero ballerino della televisione, uno di quei tizi in smoking di *Come*

Dancing, le spalle tirate indietro, la postura eretta. Mi ha mostrato qualche passo. «Questo è un foxtrot», ha detto. Le candele tremolavano e le falene svolazzavano, le ali sbattevano contro gli aloni di luce. Alle nostre spalle il cielo si era colorato di viola, gli altri campi non erano che una sfilza di sagome nere. Avrei dovuto indossare un vaporoso tutù pieno di lustrini.

I miei piedi grattavano sui ciottoli, inciampavo. Jack mi teneva e continuava a danzare. Piano, piano, veloce, veloce, piano. Ho fissato il terreno e lui si è fermato alzandomi il volto con la mano. I miei piedi hanno cominciato ad accompagnare i suoi, ho sentito la struttura della danza, il ritmo con cui ci muovevamo seguendo la musica. Mi ha fatto volteggiare.

«È come volare, no?». Le sue mani erano come cuoio, ho sentito il tabacco e l'odore di muffa nei suoi vestiti.

Eva non voleva ballare. Ha detto che non le piaceva la musica. A me invece sì. Mi faceva sentire al sicuro, felice. Si sentivano anche i testi. Jack aveva preso di nuovo nonna tra le braccia. Lei svolazzava come uno scialle vicino al petto di Jack. La teneva come se fosse fatta di un materiale delicato che poteva andare in mille pezzi.

«Non sei troppo vecchia per avere un ragazzo?», ho chiesto a nonna. Eva mi ha dato un calcio alla caviglia.

«Non si è mai troppo vecchi per innamorarsi». Jack ha riso e la risata si è trasformata in un colpo di tosse, un rombo che montava dal petto come il motore di una vecchia macchina. Non aveva l'accento del Suffolk. Ha detto che veniva dallo Yorkshire. Gli ci era voluto un bel po' per abituarsi a quel terreno privo di colline. «Ci ho messo vent'anni per sentirmi a casa», ha aggiunto.

«Il suo campo è quello accanto al mio», ha spiegato nonna. «Mi ha chiesto se poteva prendere in prestito una pala».

«E io ti ho fatto i complimenti per le tue piante di piselli!», le ha ricordato Jack.

Hanno riso, si sono avvicinati l'uno all'altra. Jack le ha scostato un corto riccio grigio dalla tempia con quel dito rovinato.

Eva ha alzato gli occhi al cielo. «È disgustoso», ha sussurrato.

«E tu?». Nonna aveva visto tutto. «C'è qualche amore nella tua vita, Eva? Un bel giovanotto che ha perso la testa per te?».

Eva si è rabbuiata e ha infilato la punta delle scarpe tra i ciottoli del sentiero. «Forse».

«Non devi dirmelo per forza se non vuoi», ha detto nonna. «Sto solo scherzando».

Capivo che Eva moriva dalla voglia di dirle di Marco e degli abiti goth e di tutta la musica che ascoltava e dei posti in cui era stato. Sapevo che si era stufata di raccontarlo a me. L'ho osservata dibattersi nel dubbio un momento. Ma ha resistito. Ha scosso la testa e ha distolto lo sguardo, strappando una lunga strisciolina di una pianta per mangiucchiare i baccelli.

Jack ha avuto un infarto ed è andato in ospedale una settimana dopo la morte di nonna. Quando mamma mi ha detto che aveva avuto un colpo mi sono ricordata il colpetto che aveva dato a nonna sulla guancia, il modo in cui le aveva sfiorato la pelle sottile. Ma mamma si riferiva a un'altra cosa. Ha detto che gli era venuto un coagulo, il sangue non arrivava più al cervello. Qualcun altro ha preso il campo di nonna. Hanno messo i tappi argentei delle bottiglie di latte in cima alle canne. Nonna ne sarebbe stata contenta. Quanto vorrei poterle parlare di Eva e dell'Uomo Selvatico. Perché lei capirebbe che è stato lui. E che la tiene da qualche parte sull'isola.

«Ti avevo detto di non allontanarti!». Sophie è al mio fianco, il fiato rotto. Sembra accaldata. Allunga la mano e mi tocca il braccio nudo.

Faccio un passo indietro. «Ma se sono stata sempre qui!».

«Non riuscivo a trovarti». Inclina la testa di lato, si incammina. «Ero preoccupata. Vieni. Andiamo a casa».

6

Max è seduto su una poltrona, un vecchio supplemento della domenica abbandonato in grembo. Respira a bocca aperta, butta giù aria consumata, filtrandola tra i denti come se potesse impedire a se stesso di inghiottire germi e batteri che si immagina fluttuare tutto intorno come granelli di polvere. Odia le sale d'attesa dei dottori.

«Max Gale?». La receptionist si sporge sulla scrivania, gli sorride. «Il dottore può riceverla adesso». Si alza, si volta per lasciare la rivista su un tavolino, sbatte contro una carrozzina vuota che scivola in avanti con uno scossone. Posa una mano sulla maniglia argentea per bloccarla. Tutti alzano gli occhi, sente la curiosità della gente che lo segue, i loro sguardi di simpatia o di sospetto, oppure di semplice interesse. Dopo l'incidente l'intero villaggio conosce la sua storia. La tragedia è già una specie di mito locale: il padre ritrovato in vita con la sua barca che affonda, la figlia persa tra le onde.

John McGee ha in cura tutta la famiglia fin da quando si sono trasferiti nel villaggio. È andato a cena da loro con la moglie, la figlia era un'amica di scuola di Eva. Una sensazione di familiarità che un tempo piaceva a Max. Adesso è opprimente. Brama l'anonimato.

«Come va?», John si piega per controllare il cuoio capelluto di Max. I capelli sono ricresciuti, meno spessi e forti, la pelle è contratta in una linea bitorzoluta sulla nuca. Max sente le dita che premono leggermente. «È guarita bene», dice John. «Qualche miglioramento con i ricordi?»

«No». Max si posa delicatamente le mani sulle ginocchia.

Le sue mani e i suoi piedi sono così grandi che non sa mai dove metterli. «Niente».

«Ci vuole un po' di pazienza». John torna alla scrivania. «Non soffri di amnesia, ma il cervello è una bestia complicata. Ha dei modi tutti suoi di proteggerci dai traumi».

«Sì, immagino di sì. È solo che è… frustrante».

John piega la testa, perplesso. È un uomo bassetto e robusto, Max visualizza all'improvviso l'immagine di un pettirosso nel giardino, gli occhi all'erta come perle nere. «Come dormi? Vuoi che ti prescriva qualcosa?».

Max muove le mani, stringendo più forte le dita sulle grandi ossa delle ginocchia. «Quello non è un problema».

«E Clara?»

«Lei non dorme». Max si massaggia le tempie. «I primi tempi non riusciva a scendere dal letto e adesso rimane sveglia tutta la notte, è già in piedi alle prime luci dell'alba ogni mattina. Sono preoccupato per lei».

«Ma certo». John distoglie lo sguardo, fissa il taccuino. «Dille di venire da me. Anche solo per una chiacchierata se vuole».

Quando Max chiude la porta dello studio viene colpito dalla certezza che deve portare Clara e Faith lontano da lì. Non possono rimanere a Holt House, non possono rimanere al villaggio. Non si libereranno mai dell'incidente se rimangono lì. Faith lo preoccupa. Sembra sperduta in un mondo immaginario per gran parte del tempo. Ha trovato una risposta alla tragedia della morte della sorella. Ha inventato una creatura mitica, un Uomo Selvatico tutto suo, si è convinta che abbia rapito Eva e la tenga prigioniera sull'isola. Max ne ha parlato con John, il dottore lo ha rassicurato, non è una reazione insolita per una ragazzina dall'immaginazione fervida come Faith. «È la sua forma di protezione», ha spiegato, «come la perdita della memoria è la tua».

Da quando Eva è annegata le dinamiche della loro famiglia sono cambiate. La passione e l'energia si sono estinte. Il cuore è stato tagliato via. La negazione di Faith, lui e Clara che non riescono ad affrontare la cosa. Una formalità cortese e insincera si è riversata negli spazi che li dividono, si è solidificata, intrappolandoli in una teca di vetro priva d'aria. Deve trovare un modo per cambiare le cose, per scappare dalla soffocante letargia che li ha imprigionati. Riunire la famiglia. Trasferirsi farà bene a tutti. Ne è sicuro. Ed è altrettanto sicuro che Clara non vorrà vendere, la vedrà come una fuga, come una disonestà. Max attraversa in fretta il villaggio, le mani in tasca, si ripete tutti gli argomenti che può usare per convincerla. Sente la mancanza di sua madre. Grace gli avrebbe dato dei consigli, gli avrebbe detto se dovevano andarsene o rimanere. A volte Max si trova a immaginare che cosa avrebbe pensato lei, sente la sua voce nella testa.

Suffolk, 1963

Se ha conosciuto Clara è stato solo e soltanto grazie a sua madre. Grace voleva sempre andare a teatro per il suo compleanno. E nonostante tutte le difficoltà di mettersi in viaggio in quello che si stava rivelando uno dei più lunghi e freddi inverni della storia, Max era riuscito a tornare a Ipswich per portarla allo spettacolo di venerdì del Regent Theatre.

Il teatro buio era semivuoto. Fuori, le strade erano imbiancate dalla neve fresca. Febbraio era alle porte e pareva che il freddo dovesse durare per sempre. L'età media del pubblico era intorno ai sessanta. La programmazione che teneva in mano annunciava *L'importanza di chiamarsi Ernesto*. Non aveva mai sentito nominare quella piccola compagnia. Max sospirò. Aveva cercato di convincere sua madre ad andare a Londra per vedere un vero spettacolo – sulla West End davano *Me and My Girl* – ma lei gli aveva riso in faccia. «È uno spreco di soldi. Gli spettacoli del Regent sono sempre più che dignitosi». Nel suo appartamento a Hammersmith lo aspettava un sacco di lavoro arretrato. E adesso, con tutta la neve che era caduta da quando era arrivato nel Suffolk, aveva paura di restare bloccato. La neve era ammonticchiata ai lati della strada in cumuli alti più di un metro mentre lui guidava lentamente per le vie della città, la sua vecchia Austin 7 sbandava in curva.

Lady Bracknell era una vera beniamina della folla, una donna corpulenta di mezza età che interpretava la parte con la giusta dose di esasperazione e spocchia. Le confezioni di dolcetti frusciavano. Scoppi di risa. Ma fu solo quando Jack chiese la mano di Gwendolen Fairfax che Max si sporse sulla sedia, il cuore che batteva più forte. L'attrice che impersonava Gwendolen aveva un fisico slanciato, la pelle e i capelli quasi dello stesso colore. Una sfumatura che gli faceva tornare in mente un qualche ricordo: color caramello, decise, quei dolcetti cremosi che rubava dalla borsetta di sua madre da piccolo, la mano che frugava dentro la carta bianca, l'acquolina in bocca.

L'attrice si tirò goffamente in piedi, come se fosse finita sul palco per sbaglio, recitò le sue battute facendo delle pause sbagliate nei momenti sbagliati. A un certo punto pareva che avesse completamente dimenticato le parole, Max sentì un disperato bisbiglio dalle quinte, il pubblico anziano era indeciso, metà dei presenti ridacchiava, l'altra metà sospirava. Trattenne il fiato. Ci fu un momento di silenzio carico di tensione, Gwendolen, o meglio – controllò febbrilmente il programma – Clara Allen, fissava furiosamente la ribalta. Max studiò il suo volto tetro e sentì il cuore che si contraeva nel petto.

Il suggerimento arrivò di nuovo, questa volta perfettamente comprensibile anche per il pubblico. Gwendolen/Clara capì e recitò le parole in un fiotto affrettato, senza prendere fiato, mentre spingeva via l'attore che impersonava Jack, i capelli che svolazzavano all'indietro, prima di abbandonare il palco.

Devo conoscerla, pensò Max, guardandosi intorno per trovare la porta più vicina e fiondarsi dietro le quinte.

Sua madre si voltò e lo fissò. «Ma che diavolo ti prende? Ti agiti come se avessi un formicaio nelle mutande».

Attese che calasse il sipario e il fiacco applauso scemasse; il pubblico si incolonnò nei corridoi, abbottonandosi i cappotti e rimettendo i cappelli. «Dammi un attimo», sussurrò a sua madre. «Ti raggiungo nel foyer».

Si aspettava di dover superare buttafuori e guardie severe mentre avanzava negli angusti corridoi. Ma non c'era nessuno a fermarlo mentre apriva la porta del camerino. Se la ritrovò così, seduta di fronte a un grande specchio, girata di schiena. Si stava spargendo della crema fredda sul volto. La ragazza che faceva Cecily era seduta sul tavolo accanto, indossava una vestaglia, dondolava le gambe e fumava. Smisero entrambe di parlare e lo fissarono, Clara studiò il suo riflesso nello specchio. Aveva occhi giganteschi nella maschera gelatinosa e bianca.

Una gracchiante radio a transistor trasmetteva *Please Please Me* dei Beatles. Max deglutì e si schiarì la gola. «Clara Allen?»

«Sì?». Voltò il viso luminoso e sudato verso di lui, perplessa.

La convinse a prendere un caffè con lui il giorno dopo e si arrischiò ad affrontare strade ghiacciate per tornare in città. Si videro al Ponderosa Café proprio all'angolo della pensione in cui abitava lei. La vide dall'altra parte della strada, camminava con un libro aperto davanti al naso. «Non vai a sbattere?», le chiese. E lei sorrise come se avesse detto la cosa più ridicola del mondo.

Era più piccola e più fragile, seduta di fronte a lui sotto la luce del mattino, rispetto a come gli era sembrata sul palcoscenico. Pareva stanca, il trucco era colato, macchie scure sotto le sopracciglia. Gli faceva venire voglia di prendersi cura di lei. Si mise a sedere, fece respiri profondi, ordinò a se stesso di rilassarsi. *Non scappa mica*, ragionò tra sé e sé, *basta non spaventarla*. Anche se a vederla così, appollaiata proprio sul bordo della sedia, non ne era poi sicuro.

Ordinarono delle fette di torta alla frutta e tè forte, lo bevvero in tazze di porcellana verdi. Lei mordicchiò minuscoli pezzetti di dolce, mangiandolo briciola dopo briciola.

«A proposito», disse, «ti prego di non sforzarti troppo per cercare qualcosa di positivo da dire sulla mia performance. So che sono pessima», lo guardò, sollevando il mento. «La recitazione non fa per me. Proprio per niente».

«E allora perché reciti?», chiese, esitante. «Ti piace?»

«Se mi piace?». Scoppiò a ridere. «Non entri in un campo come questo per una cosa sciocca e impalpabile come il "piacere". No, non mi piace. Lo adoro. Voglio dire, come si fa a non amare il teatro? Le attese infinite che il telefono squilli; i provini in cui ti danno tre minuti prima di dire "il prossimo"; le pensioncine con i rubinetti che perdono e i materassi sfondati».

Lei lo guardò sollevando un sopracciglio.

Max sorrise. «Ok. Sono confuso. Ricomincia da capo».

«Lo adoro perché», parlava lentamente come se lui fosse un po' duro d'orecchi, «posso far finta di essere qualcun altro».

«Non ti piace essere te stessa?»

«No, proprio no». Alzò le spalle e poi arrossì e aggiunse: «A parte gli scherzi, una delle cose migliori della recitazione è il cameratismo. Quando lavori a uno spettacolo entri a far parte di una specie di famiglia. Per un po', almeno. Ed è una cosa che amo alla follia».

Lui le disse che aveva iniziato da poco a lavorare in uno studio, ma segretamente temeva di non essere abbastanza tosto o abbastanza furbo per diventare un bravo avvocato. «In realtà volevo solo fare il marinaio», e lei cominciò a rilassarsi, alla fine tirò su le gambe, mettendo i piedi sotto le cosce. Annuì e sorrise tutte le volte che doveva sorridere mentre lui parlava. «Mi piacerebbe vederla», disse, quando lui descrisse la costa del Suffolk con gli acquitrini e le selvagge spiagge di sassolini.

«Ho passato l'infanzia in Egitto», gli disse quando glielo chiese. «Me ne sono andata a dieci anni». Sbatté gli occhi e distolse lo sguardo. «E dopo, collegio e vacanze con i vecchi zii nel Wiltshire». Le sue labbra si sollevarono in un mezzo sorriso. «Non mi sono mai sentita a casa, da nessuna parte. Non sono mai tornata in Egitto. Strano, ma è quello il posto che io sento come "casa"». Max notò quanto erano piccole le sue mani, l'orologio le ciondolava lungo il polso. Sentì l'impellente bisogno di stringere quel piccolo osso tra le dita.

Il giorno successivo la portò al Gondolier. Era tetro e affollato, l'aria pesante per il fumo delle sigarette, un jukebox suonava *Return To Sender*, in continuazione. Bevvero caffè amaro da tazzine di vetro, aggiungendo cucchiai di zucchero di canna. Lui girò troppo forte, rovesciò il caffè. Clara pulì il casino che aveva combinato con dei tovagliolini, senza lamentarsi, anche se aveva delle belle macchie sui polsini color crema. Si sedettero vicini, le ginocchia si sfioravano sotto il tavolo. «È triste; credo di essere più brava a comprendere le opere che a interpretarle», disse, facendo oscillare la tazzina tra le mani. «Quando leggo il testo, mi sembra di conoscere i personaggi. A volte li amo davvero. E poi mi escono le parole di bocca, ed è una frustrazione così grossa. Mi sento come se li deludessi». Indossava un vestitino con dei giganteschi bottoni sulla schiena. Max pensò a cosa avrebbe provato se li avesse fatti passare nelle asole, la curvatura così soddisfacente sotto le dita… e poi si sarebbe chinato per baciare la pelle all'inizio della spina dorsale, nel punto in cui si chiudevano le collanine. Moriva dalla voglia di seppellire il volto tra i suoi capelli, sentire la fragranza del suo sapone, scoprire qual era il suo shampoo preferito, indovinare il suo vero odore, sotto a tutto il resto.

«Forse è solo che non hai ancora trovato il ruolo giusto», disse. «Sai, quello che ti definirà. Come», si sforzò di trovare un esempio, «come Judy Garland nel *Mago di Oz*».

«Uhm», disse lei, inarcando il sopracciglio, «non sono sicura che sia il ruolo che ho in mente, per quanto adori Judy. Purtroppo», sorrise, «è impossibile fare l'attrice interpretando solo una parte».

Il giorno dopo se ne sarebbe andata a Birmingham. Anche lui doveva tornare a Londra. Fuori, sul pavimento gelato, rimasero sotto la fredda luce. Clara aveva la punta del naso rosa, le guance screpolate. Un gabbiano volò sopra di loro, penne bianche quasi invisibili nell'aria pallida. Max si chinò e trovò le sue labbra, lei rispose al suo bacio, urgente, famelica: una fame che lui non si aspettava.

7

Joanna Price non è mia amica. Ma mamma pensa di sì, perciò l'abbiamo invitata a casa. Arriva con sua madre, le guardo camminare sul sentiero del giardino da dietro le tende della camera. Entrambe hanno i capelli rosso chiaro e occhi piccoli e attenti. La signora Price è grassa come una matrioska, il volto che si incastra sul corpo rotondo senza nessun collo in mezzo. Indossa un vestitino con fiori scarlatti sparsi qua e là. Joanna ha dei pantaloncini rosa molto corti, le coprono appena il sedere, e un top giallo con merletti sul collo. I colori stanno così male insieme, un vero pugno negli occhi.

«È difficile tenerle occupate durante le vacanze, non è vero?», chiede la madre di Joanna alla mia. «Queste vacanze estive… sembra non debbano finire più. Joanna è sempre così contenta di venire qui, non è vero, Jo?».

Se ne stanno in piedi all'ingresso, Joanna si volta a guardarmi mentre scendo le scale. Cammino lentamente, appoggiandomi al corrimano. Mi fissa quando le offro un ciao. Silver ringhia e abbaia dalla cucina. Odia gli sconosciuti. Di sicuro avrà tutto il pelo irto, le orecchie tirate indietro. Vorrei che mamma lo facesse uscire. Non le morderebbe, ma mi piacerebbe vedere la loro faccia.

«È un buon cane da guardia, non è vero?». La madre di Joanna indica la cucina, nervosa.

«Mi dispiace di tutto questo chiasso». Mamma sorride. «In realtà è solo una sceneggiata. Non farebbe del male nemmeno a una mosca».

Alzo le sopracciglia. Odia le mosche. Le cattura e le tiene

in bocca. Si sentono le ali vibrare dietro i denti. Silver era il cane di Eva, un levriero grande e veloce. Lo ha salvato da dei turisti. Per settimane dopo l'incidente, Silver è rimasto ad aspettare nella stanza di Eva. Si è piazzato sul pavimento accanto al letto come una sfinge, immobile, attento. All'inizio si rifiutava di mangiare, ma pian piano mamma lo ha attirato in cucina e il cibo che gli aveva lasciato è scomparso.

Joanna vaga in camera prendendo cose a caso. «Non hai neanche una Barbie?», chiede. «Io ho la nuova Barbie Pesca e Crema. Ti danno anche un paio di scarpe in più e una spazzola».

Decido che non le mostrerò la mia collezione di meraviglie. Rimarrà nascosta sotto il mio letto nella scatola di cartone; il teschio dell'uccellino e la chela di granchio sono al sicuro da questa ficcanaso. Alzo le spalle. «Mamma non mi permette di avere delle Barbie».

Joanna mi scocca uno sguardo di compassione. Non le dico che non mi permette neppure di avere i Troll. I ragazzi a scuola hanno intere famiglie di Troll, li tengono sotto il banco, se li mettono di nascosto in grembo durante le lezioni, pettinano i lunghi capelli verdi o arancioni, se li scambiano a ricreazione.

Joanna sta fissando il poster di uno scheletro umano sul muro. Papà me l'ha portato dal museo di storia naturale. Fa una smorfia. «Non ti fa venire gli incubi?».

Si morde le unghie, mi fissa. «Che ne dici di un po' di musica? Hai qualcosa?»

«Uhm», frugo nella piccola pila di singoli sul pavimento. «Ella Fitzgerald?», propongo.

«Ella chi?». Mi guarda perplessa. «Non hai Sheena Easton? Bananarama?».

Scuoto la testa, lascio scivolare Ella di nuovo sul pavimento.

«Ma non c'è nulla da fare qui», si lamenta. «La tua casa è noiosa. Non ci volevo venire».

«Potremmo andare al fiume», suggerisco, guardando fuori, il sole e l'acqua luccicante all'orizzonte.

Mamma mi dice di portare Sophie con noi. Busso alla sua porta, mi affaccio, lei abbassa la rivista che sta leggendo e mi guarda accigliata. E comunque non voglio che venga con noi. «Vado solo a fare un giro», dico. Mi ignora e torna alla sua rivista.

Joanna mi ha seguito sul pianerottolo. «Quante stanze avete?»

«Sei».

«Se siete tanto pieni di soldi, perché è tutto così vecchio e rovinato?».

La guardo con aria assente. Non ci avevo mai pensato. È casa mia, tutto qui.

«A che vi serve una tata?», chiede mentre percorriamo il sentiero fino agli acquitrini. Joanna ha un paio di sandali di pelle bianca. Sono così raffinati rispetto ai miei sandali marroni che mi fanno sembrare un maschio, oppure una bimbetta. Sono tutti consumati sulle punte.

«Non è una tata. È una ragazza alla pari». Ma a giudicare dall'espressione di Joanna è evidente che questa risposta non migliora affatto la situazione.

Abbiamo raggiunto gli acquitrini, le morbide cime delle piante marine lasciano spazio a banchi di fango, gonfi di finocchi marini, punteggiati da limonio viola. Piccole insenature disegnano delle rientranze, scavando minuscole isole, aprendosi in pozzanghere di fango scintillante. I trampolieri becchettano la superficie, disegnando delle tracce dietro di loro, sembra quasi un codice. Le beccacce di mare e i piovanelli infilano lunghi becchi nel nero dell'acqua. Stringo gli occhi, scruto il fiume, conto tre barche a vela che si muovono lentamente: un Mirror e due Wayfarer. Oggi non c'è molto vento. Le vele ricadono ciondolanti.

Joanna indica il fiume e il mare che si apre al di là. «Chissà se lo scheletro di tua sorella galleggia da qualche parte. Oppure ormai è tutto a pezzi, un osso da una parte e uno da un'altra?». Sembra che stia parlando di una cosa qualsiasi, del tempo per esempio. Mi lancia un'occhiata furtiva da sotto le sopracciglia. «O forse qualcosa l'ha inghiottita tutta intera. Ci sono gli squali nella Manica. Mio zio fa il pescatore, me l'ha detto lui. Belli grossi». Apre bene le mani. «A volte rimangono nelle reti».

Finisco con il culo a terra. All'improvviso mi tremano le gambe. I ciuffi di finocchio di mare sono un cuscino spugnoso. Il fango sul sentiero è pieno di crepe, asciutto, si spacca disegnando forme simili a stelle. Abbasso la testa. Adesso i capelli mi coprono il volto, mi piego per grattare il dito contro le stelle fangose. Anche Joanna si piega al mio fianco, facendo attenzione a non sporcarsi i pantaloncini rosa.

«Mia madre pensa che è stato tuo padre a buttarla in acqua», continua. «Non facevano che litigare quei due, no? Tutti li sentivano gridare e strillare».

«Non l'ha spinta. La barca si è rovesciata». Ho l'unghia bordata di nero. Terra secca compatta tra carne e unghia. Prude. Ho inciso una lettera sul fango rappreso.

«Ma tua sorella era un tipo strano, no? Era capace di mandare ai matti chiunque». Joanna mi fissa piegando il capo. «Una che portava guai, mamma lo dice sempre».

Mi tolgo i sandali ed entro nella pozzanghera di fango umido. Cede sotto il mio peso lentamente, è scivoloso contro la pelle. Vedo le confuse impronte lasciate dai vermi e dai cannolicchi. Piego le dita dei piedi. Il fango gorgoglia e sputacchia, riempiendo lo spazio in mezzo alle mie dita come delle pieghe di morbido velluto. Sotto la superficie verdastra e marrone c'è il nero oleoso. Sento l'odore di viscere di pesce e di cose nascoste.

«Non è morta», dico.

«Ma certo che sì. È scomparsa da mesi ormai». Ha le narici dilatate. Il naso di Joanna è piccolo e corto, come quello di una Barbie. Sembra sbagliato dentro il faccione da luna piena che si ritrova.

«No». Scuoto la testa. «È stata presa dalle selkie. O dall'Uomo Selvatico».

«Sei fuori di testa». Ride. «Che mucchio di fesserie. Favole».

Guardo oltre l'argine e le distese di fango verso la sagoma dell'isola. «È là, sull'isola», sussurro.

«Cosa?». La bocca di Joanna è spalancata, un sorriso troppo ampio. Stringe gli occhi. «Che hai detto, pazza?»

«Dai, perché non vieni anche tu?». La guardo. «L'acqua è fresca, meravigliosa».

«Non se ne parla». Fa una smorfia. «Puzza».

La prendo per il polso grassoccio e tiro. Cade, è sorprendentemente facile farle perdere l'equilibrio, scivola giù dall'argine. Per un secondo, non è che un fagotto inerme. Poi, non appena le sue ginocchia toccano la fanghiglia, urla e inizia a dimenarsi, lottando contro di me, cercando disperatamente un appiglio.

«Guarda che cosa hai fatto!». Sdrucciola sul fango, chiazze nere sulle gambe bianche e sui pantaloncini rosa.

Scivolando e sbandando mi scalcia, un colpo secco alla caviglia. Cado, atterro sopra di lei, la inchiodo a terra. Riesce a liberare una mano e la agita in alto, afferrandomi sotto il mento. Fa male. Una fitta ai denti. Mi sembra di sentire il sapore del sangue. Sono invasa da una limpida, squillante sensazione di benessere, quasi di gioia, quando le afferro il polso che si muove impazzito e lo tengo giù, lo affondo nel fango. È in trappola. Tengo prigioniere entrambe le mani. Le sto sopra, lei si dimena, urla sotto di me. Ha delle macchie e delle lingue di nero su tutto il corpo. Anche io sono coperta di sporco. Ha i capelli arruffati, annodati. Il fango marrone sembra verde contro il rosso dei suoi capelli.

«Stronza!», sta urlando. «Lo dirò a tutti! Vedrai adesso che ti succede!».

La sua bocca è un bavoso buco rosa, si apre e si chiude. Afferro una manciata di fango e glielo ficco in bocca per cancellare il rumore. Sbuffa, si strozza. Guardo i suoi occhi che si stringono e si chiudono, il suo volto che diventa rosa, più rosa. Il corpo rotondo si agita violentemente sotto di me, come se delle scosse elettriche le percorressero la spina dorsale. Cado di lato. Si è rigirata, tossisce, tossisce.

Striscia sul terreno scivoloso, fradicia, come uno strano mostro di fango. Sui pantaloncini non si vede nemmeno un brandello di rosa. Anzi, non si vedono proprio, i pantaloncini, solo le pieghe e la linea in cui incontrano il rigonfiamento della coscia grassa. Si accuccia sull'argine, sputando, tra i conati. Dal mento le gocciola un liquido scuro. Tutto intorno a noi ci sono le tracce della nostra lotta – lampi di oscurità più profonda nella superficie fangosa.

Si sta allontanando, barcolla. Sento la sua voce, è senza fiato, dice in mezzo ai singhiozzi: «Tu sei pazza... mani piene di verruche... dirò tutto alla mamma...».

Sta svanendo: la pesantezza dei suoi passi, lo strillo acuto della sua voce. L'aria si calma, si posa, obliterando ogni traccia di Joanna. Rimango distesa di schiena sull'argine, bagnata, appiccicosa. Il sole è caldo, asciuga il fango in un abbraccio sempre più stretto sulla mia pelle. Adesso sento tutte le cose giuste: lo sciabordio delle onde, il richiamo degli uccelli, le vele che sbattono lontane. E sotto il pulsare del mare, l'acqua che ricopre i ciottoli e si ritira, i movimenti rapidi e fruscianti di pinne che esplorano gli abissi dell'oceano, creature più grandi che si spostano, invisibili piedi palmati e dita che si fanno largo nell'acqua e tra le canne.

Mi tiro su a sedere. Non c'è nessuno. Faccio respiri profondi, lascio che l'aria mi calmi come un bicchiere di latte. I segni della nostra lotta spariscono man mano che il fango riacquista la sua forma, ammorbidendosi e affondando in una superficie piatta e liscia. Ben presto la nostra lotta sarà persa. Le mosche si radunano sopra la pozza. Una libellula sfiora le cime delle canne, le ali scintillano di un verde dorato.

Mi distendo di nuovo, mi rotolo di pancia sul finocchio marino. Rimango a lungo, credo. Il fango è duro sulla pelle, adesso sembra meno un abbraccio e più un'armatura friabile. Gli insetti ronzano e girano. Continuo a scavare lettere dentro la dura superficie del sentiero. EVA, scrivo ancora e ancora, il suo nome diventa una decorazione. Distesa con il sole sulla schiena canto *Love is the sweetest thing – what else on earth can bring such happiness to everything... love is the oldest yet the youngest thing*. Fischietto quando dimentico le parole. Immagino la voce di nonna che canta insieme a me. Così va meglio. Un'altra canzone. Mi stringo tra i denti il labbro inferiore, riflettendo, incomincio: *I wish that little girl could see... why was I so careless of that basket of mine!* Mi immagino una ragazza con le trecce che dondolano al vento, indossa un vestitino a quadretti, le mani sui fianchi, ha perso il cestino sotto un melo.

So che potrei essere amica di una ragazza come quella. La vedo in un frutteto, la luce del sole le accarezza il vestito, aspetta pazientemente che la trovi.

Mamma mi sorprende. Mi raggiunge silenziosa in mezzo all'erba alta. Respira a fatica, capisco che ha corso. Credevo che si sarebbe arrabbiata molto. Ma si lascia cadere al mio fianco e mi attira a sé. Sento che deglutisce, la saliva che le scivola nella gola. Uno strano suono, mi bacia la fronte. «Ero preoccupata». La sua voce è tesa.

Chiudo le dita a pugno e rimango distesa sul suo grembo, rigida. Mi piacerebbe piangere, ma è come se qualcuno mi avesse cucito la gola.

«Andiamo», dice, con la sua solita voce efficiente da mamma. «Sei sporchissima. Adesso ti faccio un bagno».

Mi alzo, mi sento le gambe strane, tremano, metto la mano tra le sue. È bello non pensare, farsi portare via da lei, essere di nuovo una bambina. Voglio diventare più piccola, sempre più piccola, come Alice nel Paese delle meraviglie. Voglio restringermi fino a diventare una bambina non più grande di una ghianda, così la mamma mi terrà nella calda, scura cavità della sua bocca.

Sono nuda nella vasca, i contorni della stanza sono annullati dal calore, lo specchio annebbiato dal vapore. Mamma si alza per aprire le finestre: «È una sauna qui dentro», dice. I miei arti sono rosa, scintillano allungandosi fuori dall'acqua grigia. Mamma mi ha riempita di sapone, mi ha pulito per bene, le maniche tirate su. «Mai visto prima un fango così tenace», dice. Non so che cosa voglia dire "tenace". Sono troppo stanca per chiederglielo, troppo presa dal piacere: la mamma che si prende cura di me, che mi dedica tutta la sua attenzione. Una sensazione calda e confortante, come l'acqua che mi vortica intorno.

Mamma dice che l'ha saputo dalla signora Price: bussava alla porta, Silver abbaiava come un pazzo. La signora Price urlava contro di me, diceva che ci avrebbe mandato il conto per i vestiti rovinati di Joanna. Ma mamma pensava soltanto a me, tutta sola nel fiume, perché non so nuotare.

«Che cosa è successo?», chiede.

«Joanna era cattiva. Ha detto brutte cose su papà». Mi mordo il labbro. «E su Eva».

Mamma si rabbuia. «Che cosa ha detto?». Sospira e si avvicina al bordo della vasca. «Lascia perdere. Non ha importanza. Questo è un piccolo villaggio, tesoro. La gente parla. Non ha nulla di meglio da fare». Mi scosta i capelli dagli occhi. «Devi provare a ignorarli. Hanno torto, non dovrebbero dire certe cose. Ma quando reagisci passi tu dalla parte del torto».

Uno scatto delle labbra, gira la testa improvvisamente. Mi ricordo i bagnetti quando eravamo piccole. Mamma inginocchiata al mio fianco come adesso, schiuma di sapone sulle sue mani. Io ed Eva facevamo spesso il bagno insieme, lei rannicchiata vicino ai rubinetti, mi schizzava quando mamma si distraeva. Vedo le sue sottili dita marroni che si allungano fuori dall'acqua, sollevando giocattoli dai colori accesi, paperelle e macchinine, una dopo l'altra, ridendo mentre io cerco di afferrarle.

«Vuoi riprovare a prendere lezioni di nuoto?», chiede mamma, risciacquando la mano nell'acqua sporca. «Potremmo iscriverti a un corso in piscina».

«Non voglio».

«Ma dovrai imparare prima o poi». Mi tocca la spalla.

«Non navighiamo più», ribatto.

«No», concorda lentamente mamma, «ma l'acqua è sempre lì, Faith».

«Non costringermi». La guardo, mi volto dall'altra parte.

Avevo cinque anni quando ci ribaltammo. La barca si capovolse, tutti cademmo nell'oscurità, bolle verdi dappertutto quando aprii gli occhi nei confusi vortici dell'acqua. Non vedevo gli altri. Ero sola, il mondo esterno irraggiungibile, troppo lontano. Una figura emerse dall'indistinta nebbia sotto di me, una figura con braccia e gambe. Cercò di prendermi. Le dita si chiusero sulla mia pelle, uno strattone alla caviglia. L'acqua era nei miei occhi e nella mia bocca e su per il naso. Era salata e forte e accecante. Agitai le braccia fino ad arrivare in superficie, annaspando, vidi le vele in acqua, bianche e morte come l'ala spezzata di un uccello. Papà e mamma gridavano. Il suono scoppiò nelle mie orecchie: lo schiaffo delle onde, le urla dei gabbiani, il ruggito del motore di una barca. Papà afferrò il giubbotto salvagente arancione, mi tirò a bordo.

«Andiamo, forza». Mamma ha in mano un asciugamano aperto. «Meglio uscire».

Mi avvolge come una prigioniera, sfregando la pelle attraverso il tessuto. Ho le braccia inchiodate ai fianchi. Si sporge e mi annusa i capelli, mi bacia l'orecchio, un'esplosione bagnata. «Sai, sei così preziosa per me», dice piano. «So che è dura senza Eva. Ma io ti voglio bene; papà ti vuole bene». Le trema la voce, s'interrompe, fa un profondo respiro. «Tutti sentiamo la sua mancanza. Dobbiamo essere gentili gli uni verso gli altri». Per un momento mi stringe fortissimo, come se mi volesse spezzare le ossa.

«Ma mamma, non penso sia morta», le sussurro contro il collo.

La sento sussultare. Si tira indietro, mi tiene a distanza così può guardarmi con la massima serietà. «So che vuoi che sia viva. Tutti lo vogliamo».

«No, non è solo che lo voglio. Lo sento».

Allarga gli occhi; muove le labbra come se stesse cercando le parole. Poi dice: «Pensi che l'abbia presa l'Uomo Selvatico, vero?».

Annuisco.

«So che sei cresciuta sentendo quella storia. Ma è solo una storia, Faith». Le sue dita mi stringono le braccia. «Non è reale. Lui non è reale».

«Una volta l'ho visto...», comincio, ma poi la mia voce si perde nel silenzio perché sul volto di mamma è calata una maschera. E anche se è così vicina che posso vederle i pori sul naso e la pelle lucida della fronte, è come se fosse lontanissima. Rabbrividisco.

«Dobbiamo affrontare le cose giorno per giorno», sospira. «Supereremo questa prova insieme, io, tu e papà. Il tempo porterà via un po' di dolore. Vedrai». Si costringe a sollevare gli angoli delle labbra. «Ecco qui, tutta asciutta». Mi lascia andare con una leggera spintarella sulla schiena. «Va' a vestirti».

8

Sta urlando. È troppo buio per vedere qualcosa. La sua voce è tesa, urgente.

Sbircio nell'oscurità, traccio i contorni del suo corpo mentre balza in piedi. È una sagoma oscura, incombente, un'ombra che vacilla nell'angolo più lontano. Colpisce, il suo pugno accoltella l'aria. Si muove di scatto, un altro pugno per abbattere un nemico invisibile. Un urlo lacera la notte. Il suono mi gela, rabbrividisco sotto le coperte, il cuore che batte. *Ti prego, non guardarmi. Ti prego, non toccarmi*. Rimango assolutamente immobile, gli occhi chiusi, in ascolto. Poi fa un gemito e sento il fruscio, qualcosa che gratta, si è messo in ginocchio. Prego che torni a dormire. Silenzio. Ma mi ci vuole molto tempo per smettere di tremare, il mio cuore si dibatte come un pesce preso all'amo.

Mi risveglio con il suono delle onde che si infrangono a riva, i resti di un sogno mi accompagnano: il sussurro di voci maschili. Perdo il significato di quelle parole quando mi sveglio del tutto, sbattendo gli occhi nella luce del primo mattino, sbadiglio. Meccanicamente fisso i muri, tracciando i contorni delle tubature di rame. Il mio sguardo assente corre sulle linee delle condutture metalliche e sui numeri dipinti sul muro con la vernice nera. È così che faccio passare il tempo. Ormai conosco ogni singolo dettaglio di questo posto.

Le voci non se ne sono andate. Sono un borbottio basso. Lo shock mi riduce a un'immobilità differente, tutto il mio corpo è all'erta, in ascolto, capisco che sono voci reali, non è un sogno. Mi sforzo di udire le parole, mischiate alle urla degli uccelli marini e al rumore delle onde. Adesso mi sono tirata a sedere, il cuore in gola. Non sono sola su quest'isola con Billy. Ci sono altre persone. Persone che possono aiutarmi.

Lancio un'occhiata rapida a Billy, controllo che stia ancora dormendo. È rannicchiato in fondo alla stanza, girato di schiena, immobile. Con un po' di fortuna sarà esausto e dormirà profondamente. Come al solito, ho le caviglie strettamente legate. Ma mi ha lasciato libere le mani. Mi sposto con la massima attenzione, tenendolo sempre d'occhio, mentre le dita sfiorano la corda ruvida, tirando il nodo stretto. Le unghie rotte grattano contro la fune. Troppo stretta. Più in fretta. Mi tremano le dita, la mia presa è incerta. Sento ancora il mormorio delle voci in lontananza. Non me lo sto immaginando. Ci sono delle persone poco lontano. I loro volti si poseranno su di me quando urlerò, i miei piedi che calpestano i ciottoli verso di loro. Billy si muove, mi congelo. Un altro strattone e la corda si allenta, lasciandomi lo spazio per infilare le dita, posso aprire il nodo.

Non so dove sia la chiave del lucchetto. Forse la tiene nel cappotto, che si è tirato addosso come una coperta, o magari nella tasca dei pantaloni. La mia sola speranza è che sia nel cappotto. Ho la bocca secca quando mi metto in piedi. Il fruscio dei vestiti, persino il flettersi dei muscoli, mi paiono tutti rumori udibili, fortissimi. Costeggio il muro verso di lui, gli occhi fissi sulla forma inerte. Il cuore mi batte impazzito quando mi piego vicino alla linea curva della sua schiena. Il giubbotto è scivolato di lato, buona parte del tessuto ricade sul pavimento. Lentamente allungo la mano e la infilo nella prima tasca che trovo. Le mie dita sfiorano il metallo. Respiro. Lui mormora, schiocca le labbra. Con la mano immobile nella tasca, guardo la sua spalla, la pallida punta del suo orecchio. Poi la chiave è tra le mie mani, e io in piedi, mi dirigo diretta, veloce, verso la porta.

Un uccello atterra molto in alto, in cima alla pagoda. Sbatte le ali. Cade una piuma, scende in spirale in mezzo alle particelle di polvere. Sento le viscere che si stringono. Raggiungo la porta, inserisco la chiave, provo a girarla, ma non si muove. Billy si sposta nel sonno, allungando la mano dietro di sé per grattarsi la gamba con dita pigre. Senza girarsi, tira il cappotto, rimettendoselo sopra. Aspetto che si fermi prima di provare di nuovo, muovo la chiave con tutta la delicatezza che mi concedono le mani tremanti. Ci riesco, la porta si apre, faccio scivolare l'arco metallico sopra il lucchetto. La porta è pesante. Si apre a fatica. La luce del sole si rovescia nella stanza dietro di me, sento Billy che mormora. Barcollo nello stretto corridoio, verso le porte a grate.

Tutto il mio corpo è incendiato dall'azione. Le gambe mi trascinano nella luce accecante del giorno. Mulinando le braccia, mi lancio in una corsa lontano dalla pagoda, volo sui ciottoli, supero il cartello che dice: PERICOLO, MINE INESPLOSE, inciampo, vado verso la strada piena di crepe e fenditure. Il piede scivola in una buca e si gira, il dolore è acuto, una scintilla che mi percorre tutta la caviglia. Tremo, mi mordo la parte interna del labbro. Ma continuo a correre. Riesco a vederli. Un piccolo gruppo di uomini, le canne da pesca alzate: sono solo forme nere sempre più piccole che si stagliano contro la luce. Si dirigono verso la spiaggia, sono molto lontani. Non permetto a me stessa di credere che siano *troppo* lontani. Devo raggiungerli.

L'adrenalina ammazza il dolore, costringe le gambe a funzionare. Non devono fermarsi. Arrivo alla strada di cemento, ne seguo la linea dritta in una corsa barcollante verso il filo spinato della recinzione. Un coniglio mi sfreccia in mezzo ai piedi, le orecchie abbassate. Inciampo, prendo fiato, mi costringo ad avanzare, mulinando le braccia, con il fiato rotto supero i capanni vuoti, le finestre spalancate dietro pezzi di vetro rotti. Il piede perde l'appoggio sulla superficie sdrucciolevole, piccole pietre schizzano via sotto di me. Adesso sento la caviglia – un dolore ululante. Dei passi alle mie spalle, un respiro. Mi lancio in avanti, apro la bocca. Dalle mie labbra esce un suono, un suono che non riconosco, come un animale.

Il suo corpo sbatte contro di me, è pesante, mi fa perdere l'equilibrio. Cado a terra, agitando inutilmente le mani. Il mento si infrange sulla strada, il petto atterra pesantemente, mi strappa il fiato dai polmoni. Ha il respiro affannato, fa forza sulla mia spina dorsale, le sue dita mi trovano la bocca, si stringono intorno alle labbra. Cerco di respirare dal naso. Lotto. Sento il petto che sta per esplodere.

Mi fa girare, chino su di me, le mani su tutta la mia bocca.

«Nemmeno un respiro», mi dice, «nemmeno un cazzo di respiro».

Rimango immobile, annuisco. Mi lascia la bocca e inalo profonde boccate d'aria. Alza lo sguardo, verso l'orizzonte.

«Non si vedono più», dice. «Alzati».

Forse troveranno i resti del nostro fuoco. Però anche nel caso forse penserebbero soltanto che prima di loro siano passati altri pescatori di frodo, gente come loro. Sto piangendo. Non voglio che mi veda. La rabbia e la paura e la delusione cancellano il dolore alla caviglia e al mento. Lo odio. Mi tiene per il braccio, le dita strette sul mio gomito. Torniamo lentamente alla pagoda; sto zoppicando, il dolore si riversa nel piede quando ci carico sopra il peso del corpo. Fa un sospiro frustrato e mi stringe per la vita, mi prende in spalla come un vigile del fuoco con la vittima di un incendio.

Sospesa inerme, la testa rimbalza contro la sua schiena, il suo maglione nel volto. Ora che sono così vicina la puzza di marcio e umido della lana è soffocante. Piego il collo per vedere alle nostre spalle. Il mondo si è rovesciato: smorte macchie di ginestrone, i capanni riversi in uno sprazzo di cielo e nuvole. Le fitte, i brividi a ogni suo movimento. Non c'è nessun pescatore. Saranno in mare, nascosti, invisibili dietro la banchina di ciottoli, tutti presi dai loro galleggianti e dai loro ami, mentre aprono fiaschi di tè dolce e parlano di risultati di calcio e dell'esca migliore per lo sgombro e il merluzzo. Le lacrime, come lumache, mi lasciano la loro bava sulla fronte, si perdono nei miei capelli luridi.

Dentro la pagoda mi mette a sedere sull'unica sedia e mi

solleva il mento per contemplare bene i danni che mi sono procurata. Fa male. Ci passa sopra il pollice, vedo una striscia di sangue. Solleva una bottiglia di acqua potabile, si inumidisce un lembo della manica sporca. Mi sfiora il mento. Sussulto. «Rimani immobile», mi dice. È così vicino che vedo la sporcizia adombrargli la pelle, croste secche che gli piagano le labbra. «Vuoi farti saltare in aria?». I capelli gli ricadono in una matassa inestricabile sugli occhi. Il volto sottile contorto dall'irritazione. Adesso che ha la barba più lunga sembra il protagonista di un film su un naufragio. O Gesù. «Io ho visto che cosa succede», dice. «So che cosa rimane di una persona. E non è molto, te lo garantisco».

Distolgo lo sguardo, mi chiudo in me stessa, lontano da lui. «Non avresti dovuto farlo», mi dice. «Non avresti dovuto fuggire di nuovo. Mi costringi a farti del male. Te l'ho già detto, non volevo farti del male».

Il suo alito è caldo, rancido. Me lo sento sulla lingua. Trattengo il respiro, chiudo gli occhi. E poi sento le sue dita, spazzano via le mie lacrime, le cancellano con colpi precisi e secchi, come vernice da una tela. Apro gli occhi. Ci guardiamo. «Lasciami andare», sussurro.

C'è un momento, un solo momento, in cui mi sembra di sentire il suo cuore che batte.

«Non camminare sulla spiaggia». Mi guarda senza sbattere ciglio. «Non da questo lato del filo spinato. Ti prenderò un po' d'acqua per la caviglia quando la costa sarà libera». Guarda la porta. «Fino ad allora ti terrò bendata».

Si accuccia e riduce a striscioline una coperta per fasciarmi la caviglia pulsante. È preciso, metodico. Si vede che l'ha già fatto in passato.

«Non correrai proprio da nessuna parte per un bel po'». Intravedo uno scatto, un movimento sotto la sua barba, la flebile ombra di un sorriso.

«Bastardo», dico piano, ma non ho più voglia di lottare. Sono sopraffatta dalla disperazione. Voglio che arrivi papà. Come possono avermi dimenticato? Perché non viene nessuno?

9

Eva nuota, risale dagli abissi. Io guardo in basso, scruto l'acqua tremolante, i contorni annebbiati del suo viso che si stagliano contro l'oscurità. Mi fissa con occhi immobili, dalla sua bocca una fila di bollicine. Le dita abbrancano l'acqua. Non riesce a spezzare la superficie. Mi sta implorando con gli occhi, affonda, capelli e vestiti fluttuano intorno a lei, sembrano alghe. Sta affogando. Non posso aiutarla. Ho paura. Non so nuotare.

Mi risveglio con un singhiozzo, sento il feroce frastuono della pioggia sul vetro. È il primo giorno che piove durante queste vacanze. Le tende sono aperte solo di uno spiraglio. E da quella sottile fessura intravedo un cielo nero con nuvole che si muovono veloci, la pioggia quasi invisibile, precipita in frecce d'argento. I rami dell'albero di acacia oscillano. Anche la finestra è appena socchiusa, lascia entrare l'odore terroso che si alza dal giardino.

Mamma è in cucina, sta mettendo dei fogli nella borsetta. Si sta preparando per andare a lavoro in biblioteca. Esce dopo aver fatto colazione con papà. La vecchia Austin di nonna è capricciosa, ma quando funziona mamma prende quella. Una volta papà ha promesso a Eva di usarla per darle lezioni di guida. Mamma esita alla porta, mi guarda, si morde il labbro.

«Che fai oggi?», mi chiede.

Mi sento proprio come quando mi lasciava all'asilo. Voglio stringermi alle sue gambe come facevo allora, attaccarmi forte alle sue ginocchia. E invece piego le spalle, non dico nulla. Mamma sbatte gli occhi. Suggerisce con voce allegra: «Perché tu e Sophie non fate delle belle patate decorate o una ciotola di cartapesta?». Non ho intenzione di alzare gli occhi. Non farò finta di essere entusiasta. «Ci sono un sacco di giornali vecchi accanto al camino», continua, «e penso che ci sia della colla nel cassetto della cucina». Indica i fornelli. «O magari potreste fare un po' di crema parigina…». La sua voce si spegne. Era quello che facevamo sempre io ed Eva nei giorni di pioggia; l'odore del burro caldo e dello zucchero che si scioglie. Ci bruciavamo la lingua quando leccavamo il liquido appiccicoso dal cucchiaino.

Dopo che mamma e papà se ne sono andati, Sophie accende la radio, mette una stazione di musica pop, alza il volume. Silver dorme nella sua cuccia vicino al termosifone, il naso sulle zampe allungate. Sophie butta le cose della colazione nel lavello, inizia a darsi da fare con la spugnetta, posando ciotole insaponate e tazze sullo scolapiatti. Canticchia *Time After Time* di Cyndi Lauper. La canzone mi fa pensare a Eva nella sua stanza, Eva che canta alla spazzola. Quando le passo la tazzina vuota di papà, mi accorgo che ha un livido sotto l'orecchio, verdastro contro la pelle pallida del collo. Si accorge che la sto fissando, sposta la testa in modo che i capelli scendano sul davanti.

«Che cos'è questa roba? Stampini per patate?». Si appoggia sul piano della cucina, abbassandosi le maniche con le mani bagnate.

«Sono delle forme per ritagliare delle figure nelle patate», spiego. «Poi le immergi nel colore e le premi forte sulla carta».

Sospira. «E tu vuoi fare questo?»

«In realtà no».

«Vuoi fare… la crema parigina?». Inarca un sopracciglio.

«No», rispondo in fretta. «Voglio scendere un po' al molo. Devo vedere un'amica», invento.

Sophie guarda la pioggia. «Ti bagnerai».

«Non mi importa».

«Tua madre non sarà contenta».

«Lei mi lascerebbe uscire. Se fosse qui». Incrocio le dita dietro la schiena.

Sophie alza le spalle.

Mi tiro il cappuccio sulla testa. La pioggia batte forte, mi inzuppa i piedi e le gambe. L'acqua corre in rigagnoli sul lato della strada, gorgoglia nelle fogne. Mi piace la pioggia. Mi fa sentire al sicuro. Sono nascosta sotto il cappuccio, irriconoscibile. Non ci sono più le folle dell'estate. Il fiume è deserto. Solo i gabbiani scivolano sulla superficie frastagliata, in mezzo alle barche ormeggiate, vuote.

La rimessa è piena di dinghy e barchette. In gran parte sono girate o ricoperte da cerate. Vago in mezzo alle pozzanghere, le mie dita sfiorano vetroresina e plastica. In fondo alla rimessa, sotto a un cespuglioso biancospino, c'è una vecchia barchetta. Un paio di remi ficcati sotto la seduta. Gli scalmi penzolano legati con corde sfilacciate. Il fondale è pieno d'acqua: una pozza sporca con mosche morte, pezzi di foglie e i resti ingialliti di petali di biancospino che galleggiano sulla superficie. Sembra abbandonata, o quantomeno ben poco utilizzata. La controllo, alla ricerca di qualche falla. Stringo forte lo scafo e tiro. Inamovibile. Piego le ginocchia e provo a dare uno strattone con tutta la forza. Non si sposta nemmeno, oscilla solo lentissimamente verso di me, grattando contro i ciottoli. Mi raddrizzo e guardo tutta la distanza che devo coprire per portare la barca in acqua. Una fitta al cuore. Non posso farcela da sola. Impossibile.

«Che stai facendo?».

Mi giro di scatto. È solo un ragazzo. Lo guardo meglio, lo riconosco, è il ragazzino grasso del molo. Quello che aveva perso il granchio. Il cappuccio verde gli scende sulla fronte. Goccioline d'acqua scivolano sulle guance, rosee e gonfie come palloncini. Gli occhi pallidi, le sopracciglia zuppe.

«Niente». Gli restituisco l'occhiata gelida che mi ha lanciato l'altro giorno.

Lui mi fissa, calmo. «È la tua barca?»

«Forse».

«Non è tua, vero?». Sembra allegro. «La stai rubando?».

Lo fisso. «Forse».

«Per farci cosa?». Tira fuori una caramella da una busta di carta e se la mette in bocca. Adesso le sue guance sono ancora più gonfie. Mi passa la busta, scuoto la testa.

«Voglio andare laggiù». Mi tiro su le maniche per liberarmi le dita, indico la distante ombra dell'isola al di là del tratto di acqua grigia.

Succhia rumorosamente, cercando di mettere a fuoco l'isola in mezzo alla pioggia. «Che ci vai a fare? Sembra spaventosa».

Esamino il suo volto, voglio vedere se si sta prendendo gioco di me. Ma i suoi occhi non sbattono, non sfuggono via in quel modo furbetto e infido che conosco bene. È fermo sotto la pioggia, deciso, interessato. Non è un ragazzo del villaggio, ripeto a me stessa. Non sa che tutti mi prendono in giro e che dovrebbe farlo anche lui. Tiro indietro le spalle. «Penso che mia sorella sia laggiù. Devo trovarla». Vorrei potergli spiegare meglio. «Qualcosa l'ha presa».

E adesso scoppierà a ridere. Invece annuisce, riflettendo. «Che cosa, tipo un mostro o un assassino?»

«C'è un Uomo Selvatico nel fiume. Penso che sia stato lui». Sono stupita della sua reazione. «Io… È solo che io so che è viva». Scalpiccio, i piedi bagnati. «Non è affogata come tutti credono».

«L'Uomo Selvatico?». Solleva le sopracciglia.

Inclino la testa verso il fiume. «Centinaia di anni fa un uomo è stato preso nelle reti da pesca da queste parti… viveva in mare. È ancora là. Io l'ho visto».

«Tipo una sirena?». Morde il dolce, spezzandolo tra i denti.

«Sì, ma senza coda. È tutto coperto dalla pelliccia».

«Niente vestiti? Solo pelliccia?».

Annuisco.

Fissa l'acqua. «Vorrei averlo visto». Si volta verso di me. «Tua sorella», dice, «da quanto tempo è scomparsa?»

«Più di tre mesi».

«E non c'è nessuno che ti porti là», scruta la massa lontana dell'isola, «per andare a prenderla?».

Scuoto la testa. «È proprietà privata, appartiene all'esercito.

E nessuno mi crede». Faccio spallucce. «Sembra davvero una cosa stupida, no?»

«A me non sembra stupido».

C'è una figura che si avvicina sotto la pioggia. «È Joe», dice. «Vivo con lui ma non è mio fratello. Siamo stati adottati».

Un ragazzo magro con un impermeabile chiaro di plastica avanza con cautela in mezzo alle pozzanghere. Si vede che non può proprio essere il fratello dell'altro ragazzo perché è africano. È in piedi davanti a noi, magro, ha la pelle scura, occhi neri e capelli scuri e ricci, sotto le scintillanti gocce di pioggia.

«Ora di pranzo», dice Joe. «Stufato di fagioli. Devi tornare». Non posso fare a meno di fissarlo. Ha lo stesso colore del tavolo del nostro salotto. Denti grandi, appuntiti.

«Fagioli?». Il ragazzino grasso si lamenta, spalanca le braccia. «Di nuovo?».

Scuote la testa, borbotta: «Fish and chips sarebbe meglio. Siamo in un cazzo di posto di mare, no?».

Si incammina, l'altro ragazzo trotterella dietro di lui.

«Dove abitate?», urlo mentre si allontanano.

«Al parcheggio dei camper», dice il ragazzino grasso senza girarsi.

Guardo i due che avanzano in mezzo a barche e pozzanghere, pensando alla canzonetta dell'asilo su Jack Sprat e sua moglie. Il ragazzino grasso inciampa in una pozza, lo sento imprecare in lontananza, l'altro ride.

Solo quando se ne sono andati mi ricordo che non gli ho chiesto il suo nome. «*Putain*!», dico ad alta voce nella pioggia. Sono zuppa e non sembra proprio che stia per smettere di piovere. L'acqua era diversa sulla pelle di Joe, più luminosa. Alice Redgrove una volta ha detto che mia sorella ha un po' di sangue nero. L'ho colpita sul naso. Un rivolo di sangue le è sceso da una narice. È scoppiata a piangere, mi hanno messo in punizione, in piedi in un angolo della stanza. La pelle di Eva è scura, ma non come quella di Joe, proprio no. Si nota tanto perché in famiglia siamo tutti biondi. Eva una volta ha chiesto perché la sua pelle era diversa dalla nostra e perché lei ha i capelli neri. Mamma le ha spiegato che aveva una bisnonna ebrea portoghese. Ha detto che la sua bisbisnonna era una donna stupenda, una bellezza esotica, con una pelle color oliva; queste cose spesso saltano diverse generazioni. Vorrei aver ereditato un colorito esotico, così forse non mi scotterei al sole e non sembrerei anemica. La nonna ha detto alla mamma che dovrei prendere dell'olio di merluzzo, e mamma mi costringe a berne un cucchiaio ogni giorno.

Penso alla barca, alla sua pesante struttura di legno, mi chiedo come farò a trascinarla in acqua da sola. Anche se mi facessi prestare un rimorchio, dovrei caricarci la barca. Mi è sceso il cappuccio. Ritirarlo su è inutile. Non posso bagnarmi più di così. Ho ciocche di capelli tutte incollate sulla fronte. Cammino lentamente, i miei piedi sguazzano nelle pozzanghere. Eva ha bisogno di me. Devo trovare un modo per spostare la barchetta. Un'anatra attraversa la strada, tre anatroccoli la seguono. Rimango in piedi con le mani in tasca, li osservo scomparire dietro una siepe. In mezzo a brandelli di fazzoletti e pezzi di biscotto in fondo alla tasca sento la curva liscia di un dente di squalo fossile. Un tempo, squali preistorici nuotavano su questa terra. Hanno lasciato i loro denti, scuri e scintillanti, sparsi sulla costa, conficcati nel fango. Joanna mentiva quando ha detto che uno squalo ha mangiato Eva. Lo so. Non ci sono squali mangiauomini nel Mare del Nord. Non più.

Mi avvicino alla casa, la porta si apre, esce qualcuno, la testa china contro la pioggia. Ho già aperto il cancello del giardino, la mano poggiata sul cartello che dice HOLT HOUSE. Troppo tardi, non posso evitarlo. Percorro il sentiero. Piante incolte mi sfiorano le gambe con viticci fradici e foglie. Il cuore mi salta in gola quando vedo che è Robert Smith. Ci incontriamo a metà strada.

«Deve essere bello avere la mammina e il papino tutti per te, no?», mi fa l'occhiolino. Non so se sta scherzando. «Non mi hai visto, vero? Io non ero qui». Adesso la sua voce è più dura. Fa una pausa, si tocca il naso. «Neanche una parola. Se hai un po' di sale in zucca, tieni la bocca chiusa». Ha il volto livido di nei. Occhi cattivi, troppo vicini tra loro. Non si muove. Esco dal sentiero, faccio un passo sull'aiuola fradicia per superarlo. Le spine mi si impigliano nei jeans.

Il cane comincia ad abbaiare. Lo sento che gratta contro la porta della cucina. Si vede che l'hanno chiuso dentro. Sophie ha messo il piede sul primo gradino delle scale. Sembra più allegra. Si porta una mano ai capelli disordinati, rimette a posto una ciocca che le era scesa sulle guance accaldate. Si avvolge i capelli intorno al dito e ride: «Sembri una che è… affogata». Solleva un sopracciglio. «Fatti un bagno caldo, no?».

Rimango in piedi all'ingresso, la osservo mentre sale le scale. Mi tolgo il cappotto zuppo che mi si è incollato alle spalle e le scarpe. Intorno ai piedi si è formata una pozza. Silver guaisce. «Solo un attimo», grido, mi tolgo i calzini, le dita fredde sul pavimento. Sopra, sento una porta che si chiude, una radio che suona, musica pop che si spande per la casa.

10

Ho il ciclo. Sono i giorni peggiori, quelli più umilianti. Ho dovuto chiedergli di andare in farmacia la prima volta che mi è venuto. Lui è arrossito, ha abbassato il mento. Non mi compra nulla. Dice che non ha i soldi e in ogni caso potrebbe attirare l'attenzione. Perciò ho dei pezzi di un vecchio tovagliolo e un secchio di acqua di mare per lavarli. Le striscioline di tessuto ripiegate sono ruvide e ingombranti, è difficile camminare. Ho scoperto che cosa dovevano provare le donne dell'epoca vittoriana.

Mi fa male lo stomaco. A casa, mamma mi avrebbe dato una delle sue pillole e una borsa dell'acqua calda. Immagino la sensazione delle sue dita sulla fronte. Riesco quasi ad avvertire il suo profumo: pompelmo, foglie verdi, fiori gialli. Mia madre. Un tempo viveva in Egitto, una ragazzina che aveva perso i genitori, uccisi da una bomba. Non riesco nemmeno a immaginarlo. Cosa provi quando succede una cosa del genere ai tuoi genitori? Com'è vivere in una casa bianca con le finestre che si affacciano su un deserto? Da camera sua vedeva cammelli e palme. Vorrei averla conosciuta all'epoca. Vorrei poter tornare indietro nel tempo e farle delle domande. Le chiederei perché mi ha mentito.

Non c'è nemmeno un lavandino che funzioni. Mi accuccio davanti al muro esterno della pagoda per fare pipì, schizzo il cemento e le erbacce. Se devo fare qualsiasi altra cosa devo chiamarlo e andare insieme a lui vicino alla recinzione di filo spinato. Si può scavare nei ciottoli dall'altra parte, è sicuro. Quando devo, gratto una buca in mezzo alle pietre, togliendo ciottoli e terriccio con le mani. Abbiamo dei pezzetti di un foglio di giornale rovinato da utilizzare. Quanto vorrei dei rotoli di carta igienica bianca. È buffo, non avrei mai pensato di poter dire una cosa del genere. Non posso avere una vera privacy. Rimane sempre vicino a me, pronto a reagire a ogni movimento improvviso. A volte penso che la mia sia una punizione per qualcosa che ho fatto: perché sono cattiva, perché sono ingrata, perché sono sporca; o perché non dovevo proprio nascere, fin dall'inizio.

Mi annoio così tanto. Ucciderei per un romanzo, o anche meglio, per il mio album. Vorrei sentire le pagine spesse sotto le dita, il tenue fruscio quando le rigiro. Se faceva abbastanza caldo, il mio posto preferito per disegnare era una delle altalene che papà ci ha costruito sotto il castagno in giardino, con la corda e un pezzo di una vecchia panca di una barca. Nonna Gale mi ha trovato lì, un giorno, con le cesoie strette tra le mani coperte dai guanti da giardinaggio. «È il tuo diario?», mi ha chiesto. Ho scosso la testa, le ho mostrato quello che stavo facendo. «Ah, un altro tipo di diario», ha detto, annuendo e sbirciando il foglio. «Sei una brava osservatrice. Hai talento».

Ho sorriso, pensando a come ritrarre il suo fisico snello, il cappello di paglia tutto rovinato e la sciarpa drappeggiata sulle spalle strette.

«"Non viaggio mai senza il mio diario", ha fatto dire Oscar Wilde a un suo personaggio, perché "bisogna sempre avere qualcosa di sensazionale da leggere sul treno"». Mi ha fatto l'occhiolino. «Ma non dovresti mai stare senza le tue matite. Un vero artista non smette mai di lavorare, sai?». Ha indicato le cesoie. «Porta il tuo talento con te ovunque, Eva. Non lasciarlo mai».

All'epoca non ho capito che cosa volesse dire. Adesso sì. Billy ha un libro che si chiama *Il Profeta*. Gira le pagine sottili lentamente, leccandosi le dita, interrompendosi per rileggere certi passaggi. Lo guardo, adesso, tutto ripiegato nel suo mucchio di vecchie coperte, il nido in cui dorme, mentre fuori la pioggia picchia forte. Tira in dentro il labbro inferiore quando è concentrato, come un bambino. A volte le sopracciglia si sollevano lentamente sulla fronte, due bruchi che strisciano sulla sua pelle, come se fosse preso dallo stupore.

«Che c'è?». Ha sentito il peso del mio sguardo.

Io abbasso il capo. «Niente».

Chiude il libro. «Suppongo che tu sia un topo di biblioteca, vero? Una di quelle che si sono lette metà dei libri del mondo».

Alzo le spalle. «La cosa che preferisco è disegnare. Ma leggere mi piace. Mi piacciono le storie».

«Non ho mai davvero capito che senso ha», dice. «Ci sono i film, no?»

«E allora perché tu leggi quel libro?»

«Potrebbe essere qui dentro». Picchietta brevemente la copertina. «In codice. Quindi devo leggere piano e con attenzione».

«Che vuoi dire?»

«Il messaggio che sto aspettando. Quello su di te. Potrebbe averlo nascosto qui da qualche parte».

Guardo il libro logoro tra le sue mani e sento qualcosa che si contrae dentro di me. È pazzo. Come si parla a un pazzo? Come ci si ragiona? Si alza e si avvicina per passarmi il libro. «Per oggi basta. Puoi leggere tu un po', se ti va».

Mi sporgo per prenderlo, carico un po' di peso sulla caviglia per sbaglio. Sussulto.

«Fammi vedere». Indica il piede. «Ti dà ancora fastidio?».

Tiro su la gamba dei jeans. La pelle è gonfia e arrossata, la caviglia pesante, deforme.

Mi tocca e io annaspo. «Ti prenderò altra acqua di mare». Si acciglia. «Avresti dovuto dirmelo».

La porta è chiusa a chiave. Mi siedo da sola sull'unica sedia con il libro tra le mani. Scorro le pagine, gli occhi che studiano gli sciami di lettere nere. Sono così affamata di storie, bramo qualsiasi cosa che mi porti via da questa stanza vuota. Ma questo non è un romanzo, è un po' più simile alla poesia, ci sono delle immagini. Sono sorpresa. Non sembra una cosa adatta alla personalità di Billy. Non mi pare tipo da amare la poesia. Muove le labbra quando legge, sillaba silenziosamente le parole, come se si sforzasse di comprendere.

Trascina il secchio, l'acqua che trabocca da tutti i lati. Lo posa ai miei piedi, mi fa cenno di metterci dentro la caviglia. L'acqua del mare è fredda.

Inclina la testa, indica il libro che ho in grembo. «Me l'ha dato un tizio quando ero dietro le sbarre. Ha detto che io ne avevo più bisogno di lui».

Sbarre? Lo fisso. È la prima volta che parla della galera. Apro la bocca, non ho il coraggio di chiedergli per quale crimine è stato imprigionato. «Parlami del sogno», dico invece. «Quello su di me».

Si tira la barba. «Il sogno… non lo so». Si acciglia e guarda da un'altra parte.

«Ti prego», dico piano. «Mi interessa».

Mi scocca un'occhiata sospettosa, sostengo il suo sguardo senza sbattere ciglio. Il suono delle onde e del vento riecheggia tra noi. Annuisce, come se gli avessi fatto un'altra domanda. «Una voce mi ha parlato», dice lentamente. «A quel tempo ero nei guai. Non sapevo dove andare, non sapevo che cosa fare. Mi ha detto di venire qui sull'isola». Alza il mento verso l'alto soffitto della pagoda. «Appena l'ho vista, ho capito che era il posto giusto. Si vede da ogni lato. È un bene per la sicurezza. Mi sono preso una canna da pesca. Potevo sopravvivere con quello che la terra mi donava. Ho sentito la voce di nuovo, una settimana dopo. Mi ha detto che avrei trovato una ragazza e che le avrei salvato la vita». Piega le spalle. «Era buio, pioveva. Io correvo, cercavo, volevo trovare la ragazza che dovevo salvare. Ma anche loro erano qui».

Mi guarda stringendo gli occhi. «Mi hanno seguito per molto tempo. Sono vicini. Sempre all'erta. Dobbiamo essere prudenti. Qui siamo protetti. Finché facciamo quello che dice la voce». Tira fuori la lingua, si bagna le labbra, annuisce. «Sto aspettando di sapere che cosa devo fare adesso. È per questo che non ce ne andiamo da nessuna parte. Non finché lei non avrà parlato».

Non so che cosa rispondere. Non voglio provocarlo. Perciò non dico nulla, piego e sposto le dita del piede contro il ruvido fondale di plastica del secchio. Le sue parole mi scorrono nella testa. Sento una pulsazione nella tempia, mi stringe come una benda sulla fronte, un mal di testa come quelli di cui soffre mamma.

Sta seduto con le gambe incrociate, annuisce. «Vediamo un po' come va ora».

Mi stringe la gamba bagnata, mi prende il piede, se lo mette sul ginocchio. Il gonfiore è un po' diminuito. Dentro, nella carne, sento una debole pulsazione. Mi posa le dita sulla caviglia ingrossata. Scioccata, trattengo il fiato. Ma il suo tocco è leggero come una piuma, mi sfiora appena. Lentamente, i polpastrelli scendono sulla pelle gonfia. Sento un ronzio che mi percorre tutto il corpo. Mi ha preso il piede con l'altra mano, comincia a stringere pollice e dita intorno al piede, su ogni singolo dito, premendo deciso sulle rientranze, massaggiando le giunture, seguendo le linee di ogni unghia. Le mie ossa sembrano fragili nella sua stretta. Sono rigida, fisso la pelle sofferente e le unghie annerite. La sua mano è incrostata di terriccio, le unghie spaccate, rovinate. Resto in silenzio. Ho una strana sensazione alla bocca dello stomaco: come un groviglio che si snoda.

Non so che cosa significa. Non so perché lo sta facendo. Il suo tocco mi disgusta. Sono all'erta, impaurita, temo che questa intimità cresca, si trasformi in qualcosa di diverso. Incrocio le braccia al petto, stringo forte le ginocchia. Lo ucciderò se prova a fare qualcosa. Mi ammazzerò. Il sangue mi pompa nella testa: una tempesta nera, gonfia. Mi rendo conto che sto stringendo forte i denti. Il suono graffiante riecheggia nelle profondità del mio animo.

Mi lascia il piede facendolo cadere nel secchio d'acqua come le lische ripulite di un pesce. Mi fissa, i suoi occhi sono luminosi, accesi. «L'angelo… un suono meraviglioso». Ha la voce secca, tesa. «Ogni giorno aspetto di sentirla di nuovo. È come un dolore qui…». Si tocca il lurido giubbotto, sopra il punto in cui batte il suo cuore. «Lo so che tornerà».

Un paio di ali che si agitano sopra la nostra testa, un fruscio di piume. Entrambi guardiamo in su. Un gabbiano è atterrato di fronte a noi. Vedo il bianco delle piume della coda, la sagoma delle ali che si aprono.

Immagino il suo angelo, una creatura gigantesca e scintillante, un'impressionante apertura alare che si libra sopra l'isola mentre dormiamo. Le do occhi brucianti e una voce bassa e profonda. Forse piange quando vede che cosa ha fatto Billy, spinto dalle sue parole. Forse guarda nella pagoda e ci vede rannicchiati sotto le nostre luride coperte, capisce di aver commesso un errore. *Parlagli di nuovo*, la imploro. *Digli di lasciarmi andare. Digli che mi ha salvato proprio per liberarmi*. Ma non c'è nessun angelo.

Mi riabbassa i jeans e si tira su, togliendosi invano la polvere dai pantaloni. Fissa la pioggia, non ha mai smesso, si ingobbisce. «Esco un attimo», dice. «Terrò d'occhio la porta».

I passi di Billy svaniscono, alla fine rimane solo l'insistente battere della pioggia, il tonfo e il ritrarsi delle onde sulla spiaggia. Rimango seduta con il piede nel secchio, china in avanti. Mi sento svuotata, esausta. Una volta scienziati e soldati si accalcavano in questa strana stanza per lavorare; mi chiedo se i loro fantasmi si muovano intorno a noi, invisibili, efficienti, registrando misurazioni e dati.

Mi poso la mano sullo stomaco dolorante e chiudo gli occhi. Devo andarmene da questo posto. Farò un altro piano quando la caviglia starà meglio, quando non avrò il ciclo. Voglio andare a casa. Mi sento come Dorothy nel *Mago di Oz*. Ma non ho le scarpette rosse, io. Mi concentro, mi sforzo di pensarmi a casa, e adesso volteggio via dalla pagoda, lontano da Billy, volo sopra il mare, dall'altra parte del fiume, fino a Holt House, dove il mio spirito si infila nelle fessure della finestra di camera mia.

Vedrò mamma e papà e Faith. I loro volti si illumineranno

di sorpresa quando comparirò in salotto. Silver mi annuserà dalla sua cuccia in cucina, le orecchie abbassate, un sordo ringhio in gola. Voglio stringerli tutti, annusarli, sentirli, ma mentre fluttuo giù per le scale comincio a dissolvermi, le parti del mio corpo si sparpagliano, si annullano, si perdono nel niente. Sento la mia famiglia, ma sono giusto dietro l'angolo, nella stanza accanto, non riesco a vederli.

11

Clara è distesa nella stanza tetra, uno straccio bagnato sulla fronte. Ha preso un paio di pillole. Finora, nessun effetto. Luci brillanti scintillano ai margini del suo campo visivo. Fa male aprire gli occhi, perciò li tiene chiusi. È delusa da se stessa. È la prima volta che si mette a letto nel cuore del giorno da settimane. Le sembra un passo indietro.

È sabato mattina. Faith è entrata in camera sul presto, stringeva qualcosa tra le mani. Ha aperto i palmi, le ha mostrato uno scarabeo nero, morto, grande. Clara si è tirata sui gomiti, la luce della mattina già troppo intensa. Un'emicrania le grattava dietro le palpebre, qualcosa che veniva trascinato dai suoi sogni, una creatura non diversa da quella che era poggiata sul palmo di Faith: nera, oleosa, zampe veloci, squamosa.

«Bellissimo, tesoro», ha mormorato.

Max ha tirato di nuovo le tende, le ha preso uno straccio e un bicchiere d'acqua, ha portato giù Faith. Ha sentito le loro voci allegre che svanivano, il cane che abbaiava, e poi la pace. Solo colombacci fuori dalla finestra. Persino il loro debole tubare la infastidisce. Brama il completo silenzio, la completa oscurità.

Pensa all'espressione di Faith quando le ha offerto l'insetto affinché lo ammirasse. Da dove nasce l'ossessione della figlia minore? Fin da quando era piccola ha sempre collezionato ossa, sassi dalle forme strane, fossili, ficcandoseli in tasca, nascondendoli nei cassetti. Faith non ha paura di nulla di selvatico. Se incontravano una vipera ai margini del sentiero, Clara ed Eva facevano un passo indietro, spinte da una paura istintiva, ma Faith si chinava sopra il serpente. «Non vi farà del male», diceva, con una sfumatura di disprezzo nella voce, «ha più paura lui di noi di quanta ne abbiamo noi di lui. Non è bellissimo?».

Clara sente l'improvviso ronzio del phon in un'altra stanza. Sophie. Che la ragazza viva insieme a loro è ancora uno shock per lei. A volte dimentica che è in casa, sussulta quando appare silenziosamente alle sue spalle. È strano pensare che è solo un po' più grande di Eva. Ha la bellezza della gioventù, proprio come Eva, quella rara freschezza del fiore che sboccia illuminando la pelle da dentro. Ma a differenza di Eva, Sophie si porta addosso un'aria annoiata, con le spalle afflosciate e le mani che penzolano comunica che ha già visto tutto quello che c'è da vedere. Ma ripensandoci forse è la cosa migliore, una ragazza alla pari che rimane indifferente di fronte ai silenzi pesanti, alla tensione. Sembra essersi ambientata sorprendentemente bene in quella casa, senza strappi, e Clara le è grata per questo, una gratitudine mista a senso di colpa quando Sophie si infila in camera sua dopo aver svolto il suo dovere. Ma non dà l'impressione di soffrire la solitudine. È solo indipendente. Deve essersi fatta degli amici al villaggio, esce quasi tutte le sere. Clara temeva che una ragazza alla pari si annoiasse lì, soprattutto una di città.

Si stiracchia nel letto matrimoniale. Le sue ossa sono più pesanti, affondano nel materasso, nel languido, stucchevole abisso delle pillole. Fuori dalla finestra i rumori si attutiscono: il gutturale verso dei piccioni, un ramo dell'acacia che si spezza, soffici ali che sbattono. La stanza si ritrae. Ricorda la luce del sole, un pomeriggio della scorsa estate.

È in piedi nel bacino allagato, insieme alle sue ragazze. Il cielo si piega sopra di loro, blu e chiaro. Acqua piatta che tremola e si increspa, mossa dal vento. «Guarda», sta urlando Faith. «C'è qualcosa sotto l'acqua!».

Tutte e tre si stringono, i sandali affondano nel fango ai bordi del bacino, le spalle che si scontrano con le spalle, Eva che urla, i suoi piedi scivolano. Guardano la distesa d'acqua, cercando di vedere attraverso i movimenti ombrosi. Faith ha ragione. C'è qualcosa proprio sotto la superficie dell'acqua; sembrano due corna che perforano la linea tra acqua e aria.

«Un cervo», dice Eva, le trema la voce.

Clara segue la forma delle corna, curvate come alghe secche, capisce che sono davvero piccoli palchi ancora in formazione. Su un muso che oscilla leggermente, puntando verso la superficie, un paio di grandi occhi guardano in su. Sembra che il cervo stia osservando proprio lei. Clara rimane a bocca aperta, un gemito bloccato in gola. Naturalmente è morto. Cieco. Sta ben dritto sulle zampe, il pelo gentilmente mosso dall'acqua. Deve essere rimasto incastrato, poi è affogato quando l'acqua si è alzata. Le piccole zampe affilate sono strette nella morsa del fango.

Eva si piega sui polpacci. Si volta, la bocca aperta. «Poverino», sussurra.

Faith annuisce. «Orribile». Ma sta fissando affascinata il cervo, rapita.

Clara si dimena fuori dal ricordo, apre gli occhi nella stanza oscura. Aveva dimenticato quel giorno, il cervo affogato. Un pomeriggio di caldo piatto, la coda delle vacanze, dopo un temporale estivo. Pensa a Eva, la mano sulla bocca. Erano rimaste tutte e tre in silenzio, come se fossero davanti a una fossa aperta, poi si erano voltate e si erano allontanate, intimidite, nel pomeriggio alterato.

Clara sbatte gli occhi per cancellare quella memoria, togliendosi di scatto la pezza umida dalla fronte. Non è più fresca, il tessuto umido si è riempito del calore del suo corpo. Lo lascia cadere a terra in un mucchietto fradicio. Si volta con un gemito, premendo il volto nel cuscino. Si costringe a svuotarsi la mente. Rotola nel nulla. Se non altro adesso può dormire.

C'è un respiro accanto a lei, il respiro di una bambina: quello sbuffare dolce, piccoli polmoni che si sollevano e ricadono. Clara sa che è Eva, anche senza guardare. Rannicchiata nelle coperte, uno stretto bozzolo, il piccolo volto contorto, chiuso.

Clara è riempita da una totale felicità. La sua piccola dorme al suo fianco. Non c'è nulla di più bello, nulla di più perfetto. Il cigolio, lo scorrere di una porta che si apre. Una lama di luce le taglia il volto. Apre gli occhi e li strizza nel bagliore giallo. Il fruscio dei vestiti la avverte che c'è qualcun altro nella stanza, un movimento goffo, sagome che si piegano ai lati del campo visivo. Clara costringe la testa a sollevarsi dal cuscino. Sopra di lei, stanno prendendo Eva dal lettino. Sono in due. Cappucci neri sopra la testa, ampie maniche che si gonfiano, mani piccole e bianche intorno a sua figlia. Eva comincia a piangere, una singhiozzante, incerta protesta.

«Non sei brava», dice una delle figure a bassa voce. «Non sei una brava madre».

Clara cerca di lottare, di scendere dal letto, di impedire alle creature di prendere Eva, ma è incatenata, pesante e debole, gli arti legati strettamente. Non può muoversi, non può gridare. *No*, cerca di urlare. *Non prendete la mia bambina.*

«È meglio così», dice la voce. «Starà meglio senza di te».

«Ha una nuova madre», sussurra un'altra voce. «Una nuova famiglia».

La porta si chiude.

12

C'è un cervo volante morto dietro la porta della cella. Di solito li trovo in mezzo alla legna accanto al capanno. Ha delle corna rosse, quindi è maschio. Nel Medioevo pensavano che fossero servi del demonio. E a quanto pare lo pensa anche mamma, perché appena gliel'ho mostrato ha fatto una smorfia, rabbrividendo di fronte alla corazza nera e alle corna. Non si è alzata stamattina. È rimasta a letto, una delle sue emicranie, la porta della stanza chiusa.

Avanzo in punta di piedi sul pianerottolo perché non voglio darle fastidio. So esattamente come muovermi per non far scricchiolare le assi del pavimento. I piedi nudi non fanno nessun suono sulla moquette logora. La porta di Sophie è aperta. Sbircio nella camera, la vedo che si pettina davanti allo specchio, la testa inclinata di lato. La spazzola si muove su e giù, fendendo quel luminoso sipario di capelli. Delle ciocche svolazzano qua e là ribelli. Catturo una scintilla di oro rosa intorno al suo collo. Poi capisco. Indossa le perle di Eva. Intravede il mio riflesso e la sua mano corre alla collana, la stringe tra le dita.

I nostri sguardi si incrociano nello specchio. Non sbatte gli occhi, non sembra imbarazzata. Sono la prima a voltarsi. Continuo a camminare, il cuore che mi martella dentro la gabbia toracica. Non so che cosa fare. Mi fermo fuori dalla porta di mamma, in ascolto. Non sento nulla se non un'onda di silenzio, un'impalpabile traccia di un respiro. Mi mordo il labbro, la mano che si posa sulla curvatura del pomello. Immagino mamma che alza la testa dal cuscino, sbattendo gli occhi nella fioca luce, mi guarda, la voce attutita e tesa. Lascio la maniglia, mi precipito giù per le scale in cucina.

Sono sollevata quando vedo papà in piedi davanti al lavello, mangiucchia un pezzo di toast e ascolta la radio.

«Ciao, gamberetto», dice, la bocca piena di pane e crema. «Vuoi fare colazione?».

Scuoto la testa.

«Non hai fame?». Deglutisce. Le sue dita sono unte di burro, lucide. «Più tardi voglio guardare la cerimonia di apertura delle Olimpiadi alla tele. Mi aspetto che sia il presidente a fare gli onori di casa... quell'uomo adora i riflettori». Mi guarda. «Tu lo sai chi è il presidente degli Stati Uniti, vero, Faith?».

Scrolla le spalle.

Lui alza gli occhi al cielo. «Ronald...», inizia a rispondere, ma poi mi guarda per bene. «Ehi, ma che c'è?»

«Sophie», dico, sfregando il piede sinistro dietro l'altra caviglia. «Penso che si sia messa le perle di Eva».

Mi guarda severo.

Rimango in equilibrio sulla gamba destra. «Sai, quelle che ha preso dalla zia comesichiama».

Il sorriso si spegne sul suo volto, mi sento in colpa perché mi ricordo che è questa la sua espressione consueta ormai. Gli ho rovinato il buonumore.

«Sei sicura?». Si gratta la nuca. «È un'accusa grave, Faith».

Annuisco, mi sento malissimo. «Gliele ho viste addosso».

Sospira e per un attimo guarda il soffitto, so che sta pensando alla mamma, addormentata in una stanza buia con una pezza fredda sulla fronte. Si asciuga la bocca e dice: «Benissimo, allora». Abbassa le spalle. «Sarà meglio andare a scambiarci due parole».

Non so cosa fare, da sola in cucina. Ha smesso di piovere e il sole è color cappuccino sopra gli alberi. Colombacci tubano sulla quercia in fondo al giardino. Immagino il fiume, gonfio di corrente, pieno di vele tese al vento, voci di gente in vacanza che mangia a un picnic. Non sopporto l'idea di Sophie con addosso le perle. Anche se non abbiamo mai conosciuto la zia che le ha date a Eva, anche se Eva diceva che non erano nel suo stile, anche se non le metteva da anni. Non importa. La collana appartiene a lei. Mi appoggio al lavello, guardo le rose appena fuori dalle finestre, petali cremosi che cadono aperti. Api che sciamano. Il loro basso ronzio è un suono amichevole. Sono all'erta, pronta a cogliere ogni rumore sopra di me: voci arrabbiate, urla. Che cosa dirà papà? Forse la licenzierà. Lo spero.

I passi di papà sono pesanti alle mie spalle.

«Devi esserti sbagliata, Faith», dice, scuotendo la testa. «Non ha la collana». Attraversa la stanza ma non mi guarda. Butta le briciole del toast, mette il piatto nel lavello. «Sta pulendo il bagno».

Mi metto un dito in bocca, mordo l'unghia, ne strappo un lembo. Voglio prendergli la manica, sentire i muscoli forti che guizzano nel braccio. Voglio che la smetta di parlare e che mi abbracci. Voglio dimenticare le perle.

«Era stravolta e non posso biasimarla». Si gira verso di me, è seccato. «Anzi, è stata molto comprensiva, date le circostanze. Ha detto che tutti possono commettere un errore». Si addolcisce. «Dobbiamo sforzarci di essere gentili, tesoro. Sophie è sola qui, ricordatelo, sola in una terra straniera. Pensa a come ti sentiresti tu».

Apro la bocca per protestare, rammentando il livido sul collo, Robert Smith che esce da casa nostra con un ghigno in faccia. Voglio dire a papà che non mi fido di Sophie. Aveva la collana, lo so, ne sono sicura. Ma non voglio farlo arrabbiare di più.

«Senti, so che è dura in questo momento, ma ho bisogno che tu ti comporti come una ragazza grande per me». Allunga la mano, mi trascina vicino a sé. Mi stringo contro il suo petto imponente, sento una traccia di detersivo, l'odore intenso di dopobarba. «Sai come sta mamma. Non vogliamo metterle altri pesi addosso, vero?». Scuoto la testa, strusciando la guancia contro la sua maglietta.

Il parcheggio dei camper è fuori, ai confini del villaggio. Dopo la pioggia, l'aria è complicata. Sento gli odori che si raggrumano nell'acqua, petali e foglie, cose che marciscono, piscio di volpe che evapora nella luce pesante. La nebbia si incolla e si divide mentre cammino lentamente in mezzo al caldo, su per il sentiero che supera il castello e la fattoria dei Robinson, scacciando mosche e moscerini con bruschi gesti della mano. Devo superare il bungalow di Joanna, sento la sua voce nel giardino, ride con un'altra bambina. Sono sulle altalene. Catturo un lampo di un vestito rosso che vola su, il piede che scalcia dentro sandali bianchi. Accelero il passo, la testa bassa.

Ci sono una ventina di camper nel campo, macchine parcheggiate là accanto, e un gruppo di tende nell'angolo più lontano. Un cane è legato fuori dal camper più vicino. Abbaia forte. È un pastore tedesco dal pelo lungo e rovinato. Tendo la mano verso il muso, come mi ha insegnato Eva. «Dagli il tempo di annusarti prima», diceva.

«Devi avere caldo», mormoro. Il suo naso nero e umido mi sfiora le dita, agita la coda.

«Che stai facendo con il mio cane?». Una donna magra con un naso affilato, una sigaretta ficcata in bocca, si affaccia alla porta del camper.

Faccio un salto. Scuoto la testa.

«Meglio se stai attenta». Stringe gli occhi, mostrando la pelle sottile e blu delle palpebre. «Le ragazzine come te se le mangia a colazione».

Faccio un passo indietro in fretta, la mano che mi ricade lungo il fianco.

Ride, un suono gracchiante, oscilla le dita, tra nuvole di fumo. «Sto solo scherzando, amore. È dolce come un cioccolatino, ecco com'è».

Incoraggiata, le chiedo se sa qual è il camper in cui vive Joe. Stringe le labbra e scrolla le spalle. «Io qui non chiamo per nome nessuno, sono arrivata solo l'altro giorno».

«Joe è africano», spiego.

«Oh, il piccoletto di colore. Sì», indica l'altra parte del parcheggio. «L'ho visto. Sono in quel grosso camper marrone, accanto c'è una station wagon verde».

Il camper non è all'ombra. Tettuccio e portiere bruciano. Fuori dalla porta aperta c'è un secchio nero di plastica. Mi sporgo per sbirciare dentro. Il secchio è mezzo pieno d'acqua e due grandi granchi sono immobili in fondo. Do un calcetto per vedere se sono vivi. Solo uno muove le chele, scosso dall'urto.

«Ciao». Joe è al mio fianco. La sua pelle scintilla.

«Non dovresti tenerli», gli dico. «Moriranno. Dovresti lasciarli andare dopo averli presi».

«Non sono mica tuoi, o sbaglio?», chiede Joe, la bocca che si stringe in una linea retta.

«Lei pensa che tutto sia suo». Il ragazzino ciccione fa un passo fuori dal parcheggio. «Granchi. Barche». Mi fa l'occhiolino. Ha il naso bruciato. La pelle sbucciata, strati di epidermide raggrinzita.

«È una legge», dico. «Una legge non scritta».

«Non ci piacciono le leggi, non è vero, Joe?».

Joe fa un largo sorriso.

La voce di un uomo fuori dalla roulotte, e poi la testa che fa capolino alla porta. Un uomo corpulento e calvo, macchie di sudore sulla maglietta. Ha una bimba grassoccia in braccio. Sugli avambracci pelosi, delle sirene tatuate. «Pensate a Carol», dice ai due ragazzini. «Devo scendere al negozio del villaggio. Occhi aperti, Fred».

L'uomo mi guarda incuriosito e mi fa un piccolo cenno del capo, ma sta già passando la piccola a Fred, che la prende con tutte e due le mani, la tiene girata per farla guardare davanti, le gambette piene di pieghe che dondolano libere. Mi sorride, mettendo in mostra le gengive con due denti che spuntano. «Lei è Carol», mi dice Fred.

«Ciao, Carol». Tocco un ditino roseo e morbido. «Io sono Faith».

Dentro il camper il caldo è insopportabile. È come se fosse

sigillato. Un moscone azzurro sbatte contro una finestra lurida. È pieno di roba. Su un vecchio tavolo pieghevole sono impilati piatti e tazze, barattoli di ketchup, una confezione di mele e bustine di tè. Ci sono pannolini di spugna ripiegati, giochi da tavola, rocchetti per i granchi, vestiti da bambini e giochi che occupano ogni centimetro disponibile.

Mi guardo intorno alla ricerca di un posto in cui sedermi. Lascio perdere. Fred dondola Carol, poggiata sul fianco. Con la schiena contro il muro, sporge il bacino in fuori per tenere meglio in equilibrio la piccola. È evidente che sa come si fa. «Sandra è al castello con Penny, la nostra sorella adottiva», spiega misteriosamente. «Quello era Les, il nostro padre adottivo».

L'ultimo camper in cui sono stata apparteneva a nonna. Aveva delle tendine a fiori alle finestre, dal tessuto si innalzava il profumo dell'olio al gelsomino. Il letto era coperto da un piumino scolorito, ricucito con dei punti precisi, aveva barattoli di marmellata fatta in casa sulle mensole, ognuno con l'etichetta scritta a mano da lei. Carol ha cominciato a piangere e Fred la fa sobbalzare su e giù, la lancia così in alto che le si muovono le guance. Spalanca gli occhi. È sorpresa e poi spaventata e poi sorpresa di nuovo. Ma smette di piangere.

Un rumore deciso fuori dalla finestra. Bussano. Ci voltiamo tutti in fretta. Intravedo qualcuno che sbircia, un lampo di capelli rossi. Joanna. Annaspo. Qualcuno che ridacchia. Io, Fred e Joe corriamo alla porta del camper, vediamo due ragazze che scappano. L'altra è Ellie Dawkins.

Joanna si ferma e chiede senza voltarsi: «I tuoi nuovi amici lo sanno che sei pazza, Faith Gale?». Continua a correre ma poi si ferma di nuovo, indicando Fred: «È il tuo ragazzo?»

«Come si chiama?», chiede Ellie. «Ciccio bomba?»

«No», urla Joanna. «Guarda, è *quello* il suo fidanzato – quello nero!».

Joe mi scansa, scende gli scalini, arriva sull'erba, corre veloce, le sue gambe sono un lampo, le ragazze urlano, terrorizzate e deliziate.

Si piega e prende una pietra, la fa volare con un secco scatto del braccio. La pietra colpisce la caviglia di Ellie, la sentiamo gemere.

«Amiche tue?». Fred mi passa la piccola, scopro che è pesante e calda tra le mie braccia. Mi stringe una ciocca di capelli con le sue manine grassocce e appiccicose.

«Io e Joe domani andiamo a vedere *Indiana Jones*, ci porta Sandra», dice. «Dopo le chiedo se puoi venire anche tu». Alza le spalle. «Se ti va».

Appoggio la guancia contro la testa di Carol, respirando quello strano odore di neonata. Sotto i capelli sottili e radi come quelli di una vecchia, ha delle croste nere. Mi stringe il polso e lo tira, così può stringere le labbra sulla fredda ghiera del mio orologio. È sorprendentemente forte. Sento il rivolo di saliva sulla pelle e penso a Eva. A quando mi ha fatto promettere di non dire a mamma e papà del suo ragazzo. Il suo palmo umido premuto conto il mio.

13

Quando mi sveglio la mattina, ho una frazione di tempo, un attimo prima di ricordare chi sono, in cui mi sento normale. Per un secondo penso di essere nel mio letto a casa: ritratti e dipinti attaccati alle mura, spazzole pulite disposte in un vecchio barattolo di marmellata. Sul pavimento, in un incasinato mucchio di collant buttati qua e là e scarpe e torri cadenti di libri, se ne sta Silver, le zampe allungate, il naso che si muove mentre dorme. Sotto, mamma si dà da fare in cucina. Poi arriva l'orrore. Ne sento il peso mortale nello stomaco, un macigno freddo e fatale di dolore, come se avessi mandato giù delle pietre.

Una volta ho letto un romanzo su una schiava africana in Inghilterra. Mangiava terriccio perché voleva morire. Mi chiedo che cosa succederebbe se mi riempissi la bocca di ciottoli e li buttassi giù. Ma io non voglio morire. Voglio rivedere mamma, papà e Faith. Voglio sentire le labbra di Marco sulle mie. Mi fa male la caviglia. Non è più così gonfia, ma zoppico ancora. Di notte fa male e se scivolo sulla superficie regolare della spiaggia, lampi caldi mi fulminano l'osso.

Billy mi sorveglia molto più attentamente adesso. Ha ricominciato a legarmi le mani quando andiamo a pesca, anche se arranco a fatica sui ciottoli. Se pensa che stia progettando la fuga, be', ha ragione. Ho un'idea. Lo spingerò nella fossa. È la soluzione più semplice e logica. C'è un problema, però, perché ci si avvicina solo di rado e mai dandomi la schiena. Non è stupido. E poi, anche se sono alta per essere una ragazza, lui è più grosso e massiccio. E per di più ho lo svantaggio della caviglia.

Se potessi contare sull'effetto sorpresa, forse potrei farcela. Mi ha detto fin dall'inizio di non avvicinarmi mai a lui di spalle. «Non prendermi alla sprovvista, ragazza. I soldati non amano le sorprese», ha detto, e il pollice si è posato sull'impugnatura del coltello.

È difficile credere che fosse un soldato. Sembra l'incubo di ogni esercito, con la barba incolta e i vestiti luridi. Non si cura affatto del suo aspetto. Non come Marco. Non riesco neppure a pensare a come devo essere ridotta io. Sono felice che non ci sia uno specchio. La testa mi prude in continuazione. La pelle delle mani è opaca per lo sporco. Ho le unghie rotte. Di sicuro puzzo. A volte sento una zaffata del mio stesso odore: un afrore pungente e denso come quello di un animale. I denti pieni di tartaro, ho delle ulcere che non riesco a smettere di toccare con la lingua. Sogno di perdere tutti i denti.

Sono a pochi chilometri da casa, ma potrei benissimo essere dall'altra parte del mondo. Quando gli aeroplani volano in alto nel cielo, lasciando scie bianche, mi chiedo se qualcuno tra i passeggeri riesca a vedermi, un puntino sul terreno. Non esisto nel mondo esterno. Sono un ricordo, suppongo. A volte ho paura di essere morta in quell'incidente e di essere in realtà un fantasma. Anche Billy è un fantasma. Viviamo in un limbo con invisibili scienziati e soldati che aspettano qualcosa che non succede mai.

Io e Billy seguiamo la stessa vuota routine ogni giorno. Tutto verte intorno alla ricerca di cibo – da raccogliere o da uccidere – e poi mangiare, bere, espletare i bisogni. Almeno Billy ha il suo libro, anche se lo fa arrabbiare. Scuote la testa, ripete delle frasi ad alta voce. È meglio quando legge le lettere. Le tiene ripiegate in un vecchio barattolo. Sorride quando le guarda, passando le dita sulle parole scarabocchiate. Deve aver riletto gli stessi passaggi ancora e ancora. Facciamo il giro dell'isola e a seconda del suo umore mi lega le mani strette dietro la schiena o mi lascia libera, attaccandomi solo la corda alla vita. Ci chiniamo a raccogliere la cicerchia, tirandola via da sotto i fiori viola. Ho insegnato a Billy come si mangia il finocchio di mare; di sicuro non è di queste parti perché ho dovuto insegnargli a strappare la verde parte carnosa dai gambi spinosi con i denti. «Li metti nell'acqua bollente», gli ho spiegato. «Sono un po' come gli asparagi ma li puoi mangiare anche crudi». Credo che pensasse che stessi cercando di avvelenarlo; mi ha osservato sospettoso mentre masticavo, prima di leccare piano piano una pianta.

Se ci sono le foche sulla punta, pigre sotto il sole, mi torna in mente l'ultima volta che io e Faith siamo venute qui sull'isola. Mi manca, persino la sua fastidiosa abitudine di collezionare disgustosi frammenti di ossa e robe morte, ma anche il modo in cui ciondolava in camera mia, toccando tutto, ficcando il naso tra i miei gioielli. Penso ai suoi capelli, alla loro ridicola consistenza, morbidi e flosci sul cranio; mi manca sentirli sotto le dita, vedere le sue braccia magre, le giunture nodose di ginocchia e gomiti, la sua pelle che si tinge di azzurro quando fa freddo, come le venature nel formaggio di papà.

Una volta ho messo abiti goth a Faith. Abbiamo passato una domenica pomeriggio a trasformarla con rossetto scuro ed eyeliner nero. Si è seduta sul bordo del mio letto con le mani giunte sul grembo, tirando la testa indietro e chiudendo gli occhi obbediente. Le ho pettinato i capelli fino a che non sono rimasti alzati in un alone bianco, appiccicosi di spray e densi come zucchero filato. Ha riso quando si è vista nello specchio, spostando la testa da una parte all'altra per far ondeggiare la torre di capelli. Ma con una delle mie lunghe gonne nere, con tante collane una sopra all'altra, era davvero magnifica. Sono rimasta a bocca aperta. «Sei così fortunata. Hai capelli e pelle perfetti», le ho detto. «Sembri un vampiro. Un bellissimo vampiro», ho aggiunto in fretta, con una scintilla di gelosia. Io non potrei mai essere così bella.

L'isola ha uno spirito. L'ho sentito tutte le volte che io e Faith siamo venute qui per le nostre brevi visite; ma adesso so che è vero. Il rumore del vento tra i ginestroni e il moto delle onde sulla spiaggia sono come una creatura che oscilla e respira sotto di me. I capanni di cemento e le pagode sono un'escrescenza maligna sulla sua schiena. Le superfici dure e gli angoli affilati, resti in rovina degli esperimenti atomici, sono fastidi da sopportare finché il tempo non li spazzerà via. L'isola è in attesa. Alla fine gli edifici si sgretoleranno e crolleranno, trasformandosi in cenere. Erba e semi sbucheranno dalla strada di cemento riducendola in frantumi, i rampicanti strisceranno sul filo spinato soffocando le recinzioni arrugginite. Sta già succedendo.

Mi sento osservata. Non solo da Billy. Ha ragione: qualcosa ci osserva. Lo avverto come un'oscurità in agguato appena fuori dal nostro campo visivo, nelle ombre degli edifici deserti, dietro i vetri rotti.

Ci teniamo lontani dal lato dell'isola che dà sulla terraferma. Ci sono troppe barche che escono dalla foce del fiume, c'è il rischio che qualcuno a bordo ci veda. Dall'altra parte dell'isola non c'è niente, solo un'incommensurabile distanza di luce e aria e acqua. Quando i transatlantici si affacciano all'orizzonte sembrano navicelle aliene in arrivo da un altro pianeta. Di tanto in tanto, quando siamo sulla spiaggia, al largo appare una barca e Billy mi fa stendere, si allunga sopra di me, mi schiaccia finché il pericolo non è passato. Una notte sono arrivati altri pescatori. Billy li ha sentiti per primo. Mi ha legato, mi ha messo uno straccio in bocca, mi ha lasciato senza aria. Ha chiuso a chiave la porta, rannicchiato con il coltello in mano, borbottava che se avesse avuto un fucile si sarebbe sbarazzato di tutti quanti. Sembra ansioso. Lo becco ogni tanto che mi fissa con una strana espressione, il cuore mi salta in gola.

I giorni sono lunghi e caldi. Ma l'estate non durerà per sempre. Ho paura dell'autunno. Non so come faremo a sopravvivere quando arriverà il freddo. Sarà anche più difficile trovare il cibo in giro. Moriremo di fame. Devo andarmene di qui. Devo andare a casa.

«Billy, posso avere un po' d'acqua?», chiedo piano. «Acqua pulita, per farmi il bagno?».

Siamo seduti di fronte al fuoco sulla spiaggia, dopo un altro pasto a base di merluzzo. Le unghie puzzano di pesce in continuazione. Frammenti di pelle di pesce si accumulano in profondità, si raggrumano con lo sporco.

È buio. Il mare fa lenti sospiri, sparge ciottoli sulla riva. La luna manda bagliori color mostarda, bassa nel cielo. Billy, rannicchiato, non risponde. Fisso le braci ardenti. La mia lingua tocca brandelli di cibo intrappolati tra i denti. «Ti prego», cedo, permetto a me stessa di implorarlo. «Sono così sporca. Non lo sopporto. Ho la pelle piagata. Le ferite non guariscono». So che lo sto mettendo con le spalle al muro, ma mi sento abbastanza disperata da rischiare la sua rabbia. Il fuoco crepita. Le ultime scintille fiammeggiano, poi muore. Percepisco il lampo di un movimento sopra la testa, alzo lo sguardo, vedo una stella cadente, la coda che si disintegra di luce argentea.

Si gratta la testa vigorosamente, le unghie fanno un suono graffiante. Mi chiedo se ha i pidocchi.

«L'acqua fresca è troppo preziosa per sprecarla per lavarsi», mi dice bruscamente.

«Non posso andare avanti così», e la mia voce si spezza. «Ho bisogno di una doccia come si deve. Mi ammalerò altrimenti. Berrò di meno». Faccio un profondo sospiro. «Ti prego».

Sospira. «Forse», dice. «Ci penserò. Magari domani».

La mattina successiva mi mette nella fossa. Quando ritorna ha riempito d'acqua i grandi recipienti di plastica e ha comprato una sottile saponetta gialla.

«Puoi avere un secchio d'acqua», dice, «e basta. Non di più».

Mi fa andare dietro i ginestroni. Ho il secchio, il sapone e un ruvido asciugamano. Il pensiero che tra un po' sentirò la carezza dell'acqua fresca mi fa sorridere. Appena si tendono, le labbra secche si spezzano. Billy è seduto sui ciottoli più o meno a tre metri di distanza, girato di schiena. Pronto a cogliere ogni suono. Non posso muovermi senza metterlo in allarme. Le piccole pietre mi tradirebbero. Mi inginocchio e raccolgo l'acqua tra le mani, una fresca limpida pozza che gocciola tra le dita. Mi sporgo sopra il secchio, mi bagno il volto annaspando, mi sciacquo e poi mi insapono, mi riempio di schiuma. Sento l'acido del sapone, mi finisce negli occhi, mi irrita. È bello. Guardo Billy per controllare che sia ancora voltato e mi tolgo maglietta e reggiseno. Mi insapono e risciacquo intorno al collo, sotto le braccia. Dei rivoletti d'acqua mi fanno il solletico, mi carezzano, riesco a vedere le strisce più chiare in mezzo alla sporcizia.

Mi si inturgidiscono i capezzoli sotto le mani. Mi ricordo le dita di Marco sul mio seno, il respiro spezzato mentre sentiva la loro forma. Una notte, appena usciti da un locale, di ritorno verso casa di Lucy, nelle orecchie ancora il rombo del basso, si è fermato per baciarmi fuori dall'Odeon. La sua lingua ha cominciato a spingere forte, più profonda. Il cuore si è stretto come un pugno. Il calore che si accumulava tra le cosce, ho inclinato il bacino, premendo l'inguine contro il suo corpo. Le nostre bocche erano bagnate e aperte, spalancate l'una nell'altra. Ma Marco si è staccato con un'esclamazione.

Robert ghignava nelle ombre. Un branco di ragazzini fuori dal negozio di kebab. Si sono messi a gridare, a fischiare, a urlare oscenità. Marco ha stretto la bocca. Si è allontanato di fretta e mi sono dovuta mettere a correre per non restare indietro. «Stronzi», ha borbottato. «Non vedo l'ora di andarmene da questo fottuto posto».

Sono rimasta in silenzio, correndo verso di lui. Ero ferita perché voleva abbandonarmi e mi vergognavo di conoscere quei tizi. Volevo stringergli forte la mano. Ma ho resistito. Una settimana dopo ho sentito un motorino dietro di me. Robert ha accostato, il volto acceso che sbirciava da sotto la visiera. «Perché te ne vai in giro con un frocio?».

L'ho fissato in silenzio.

«Perché è frocio, vero? Si trucca come una ragazza».

«Ma che ne sai tu», ho risposto. «È un musicista. Un artista. Non mi aspetto che tu capisca».

«Sono tutti modi diversi per descrivere una checca. Scommetto che non ti ha scopato, vero?».

Ho continuato a camminare. Il mio volto era una maschera. L'ho sentito ridere. «Hai bisogno di un vero uomo», ha detto, «e sai dove trovarmi».

«Te lo sogni», gli ho urlato dietro, chiudendo le mani a pugno. Volevo spaccargli quella faccia viscida. Il motorino è partito con un urlo, allontanandosi in fretta verso la strada, verso il giardinetto pubblico. Il suo casco rifletteva la luce. Se fossi stata capace, glielo avrei spezzato con una pietra. Ricordo il desiderio di avere sottomano qualcosa da lanciare, di sentire il rumore dell'impatto; di vedere il corpo di Robert abbattersi sull'asfalto, le ruote del motorino che giravano inutilmente mentre scivolava lungo la strada nella polvere.

Tremando, mi tolgo il resto degli abiti e mi lavo con più energia, passandomi il sapone in mezzo alle cosce, mi strofino. Mi lascio segni rossi, la pelle irritata. Devo pulirmi. In fondo al secchio rimangono solo poche dita di acqua schiumosa. Lo sollevo sopra la testa e lo inclino, lasciando che le ultime gocce mi cadano addosso, scendendo lungo il volto e in mezzo ai capelli.

Avvolta nel logoro asciugamano, alzo lo sguardo. Billy mi sta fissando, la bocca aperta e cascante sotto la barba. Sembra scioccato quanto me. Non so da quanto tempo mi guarda. I nostri occhi si incrociano per un attimo e si ricompone. Diventa furtivo. Abbassa la testa.

Sono furiosa e spaventata. «Avevi detto che non avresti guardato».

Arrossisce, scuote il capo. «Non ho visto nulla».

Mi alzo, bagnata e tremante al vento. Un'implicita promessa rimane sospesa in mezzo a noi, infranta. Mi sento vulnerabile e stanca. Non posso rimettermi i vestiti sporchi. Non ce la faccio. Lentamente allungo la mano per prendere i pantaloni, in equilibrio su una gamba sola, me li infilo. Billy si è girato di nuovo. È curvo, le spalle basse.

«Avvertimi quando hai finito di vestirti», dice con una voce flebile, sottomessa. «Ho pensato a una cosa. Puoi lavarti ogni settimana. È giusto, in fin dei conti».

La sensazione di trionfo svanisce ben presto. Chiudo gli occhi; non posso permettermi di immaginare le settimane che si allungano davanti a me, a lavarmi a fatica con un secchio, razionando il sapone. Deglutisco e mi costringo a rispondergli.

«Grazie». Sento il suono della mia stessa voce, fragile e vuota.

14

Gli orecchini d'oro di Sandra stanno malissimo con la frangia bionda, color limone. Dal sedile posteriore della macchina esamino i capelli duri e spessi, radici scure che spingono da sotto. Siamo nella station wagon, diretti a Ipswich. La radio blatera, io e Joe siamo sull'ampio sedile posteriore, a ogni curva scivoliamo e andiamo a sbattere l'uno contro l'altra. Le dita ossute di Sandra tamburellano sullo sterzo. Fred deve tenere l'antenna fuori dal finestrino per prendere il segnale. A volte la musica gracchia, il suono di disturbi statici, un rumore confuso ci graffia le orecchie e a quel punto Sandra urla: «Tienila più in alto, Fred».

Mamma voleva conoscere Sandra prima di darmi il permesso di andare con loro. Ero preoccupata perché non sapevo che cosa avrebbe detto appena avesse visto il camper sporco. Ma ha accettato una tazza di tè, ha preso Carol in braccio e l'ha cullata. C'era anche Penny, che giocava con le bambole sul pavimento. Ha cinque anni, è troppo piccola per venire con noi. Ha i capelli tirati in delle strette treccine. Ho osservato la pelle della testa che si tendeva, mi sono chiesta se fosse doloroso. Sono rimasta lì, imbarazzata, a giocare con i bottoni del cardigan, spostando i piedi dentro e fuori dai sandali. Temevo che a mamma non piacesse Sandra, che mi proibisse di andare a vedere il film. Ero sicura che avrebbe disprezzato la tuta rovinata color limone e la minigonna nera. Ho ricominciato a respirare quando si sono messe a ridere. Sandra ha tirato indietro la testa, spalancando la bocca, e mettendo in mostra i ponti e lo scintillio dell'oro in fondo. Mamma ha detto che era gentile da parte sua portarmi con loro. Ha poggiato delle monetine sul palmo di Sandra premendo con forza. «Per il biglietto», ha detto. «E gelati per tutti».

Siamo in prima fila. Quando arriva l'intervallo la ragazza dei gelati se ne sta in piedi nel corridoio con il cesto intorno al collo e io e Fred ci mettiamo in coda per comprare un barattolino di fragola e cioccolata, i soldi di mamma stretti in pugno. Mi immagino nonna che brontola, che mi dice che è immorale rintanarsi in un cinema scuro mentre fuori splende il sole. Il film mi fa pensare a che cosa significa essere coraggiosi, inseguire un obiettivo senza arrendersi mai.

Ci tuffiamo nel pomeriggio, il sole è come uno schiaffo in faccia. Ci sono delle macchine sulla strada, i motori che fanno le fusa, il suono di una sirena in lontananza. Sconosciuti di ritorno dallo shopping ci sorpassano, carichi di buste che oscillano e dondolano. Il mondo sembra troppo grande e rumoroso. Penso a Indiana che mangia cervelli di scimmia ghiacciati, sento una strana sensazione acquosa in bocca, soprattutto dopo il gelato al cioccolato. I preti pazzi e i loro sacrifici umani mi riempiono di paura per Eva, chissà che cosa le sta succedendo. Fred e Joe corrono sul pavimento polveroso saltando su muri bassi e facendo finta di prendersi al lazo a vicenda. Un vecchio con il viso butterato che ricorda il porridge agita il bastone da passeggio contro di loro.

Ho un'idea brillante. I ragazzi possono aiutarmi a mettere in acqua la barca. Saltello, non vedo l'ora di chiederglielo. Sandra urla a Fred e Joe di fare piano e camminare come si deve, ma si vede che non fa sul serio. La ignorano. «Ragazzi», ansima tra le risate. «Sono delle vere pesti, no? Devi venire a prendere il tè da noi, uno di questi giorni». Allunga il braccio muscoloso verso di me. «Passa tra un paio di giorni. Presto torneremo a casa, è un peccato ma Les ricomincia a lavorare».

Le sue dita sono sottili come carta sulla mia pelle, le lunghe unghie sono rosse come le cassette delle lettere. Il mio cuore batte più veloce. Fred non mi ha detto che stavano per ripartire.

Saluto Sandra e i ragazzi, osservo la loro macchina che si allontana, penso alla cassetta delle lettere, la fessura in cui si imbucano i messaggi. Vorrei conoscere un modo per far arrivare un messaggio a mia sorella, per dirle che sto arrivando. Il tubo di scappamento sputacchia fumo nero, la macchina scompare dietro la curva.

All'ingresso, capisco che c'è qualcosa che non va. L'aria è tesa, tagliente, e poi sento le voci. Mamma e papà stanno litigando di nuovo.

«Ti sbagli… dobbiamo pensare a Faith, a quello di cui ha bisogno». La voce di papà dalla cucina. «Non vuole crescere in un posto in cui tutti sanno che sua sorella è annegata. La gente chiacchiera. Ha bisogno di un nuovo inizio. E non sa nuotare, Clara. Pensaci».

«Smettila di farla passare come se fosse una decisione per lei». La voce di mamma è acuta. «Si tratta di te. Tu vuoi trasferirti perché non riesci più nemmeno a guardare il mare. Ti fa sentire in colpa…».

«Maledizione, Clara, che cosa credi… Secondo te non me ne rendo conto?».

La voce di papà è adesso un basso ringhio. «Non mi perdonerai mai, vero?». Quasi un sussurro.

Silenzio. Mi avvicino alle scale più furtivamente che posso. Il palmo sul corrimano. Papà ci vuole portare via da Holt House? Questa è casa nostra. Non ci possiamo trasferire. Non possiamo lasciare Eva.

Un passo dopo l'altro, cerco di evitare le assi che cigolano. Nella mia testa *Over the Rainbow* è sparata a tutto volume, la voce di Judy Garland mi riempie lo spazio tra le orecchie. Immagino nonna che si unisce al canto. Adesso la cantiamo tutte, noi tre sottobraccio, saltelliamo su un sentiero illuminato dai colori dell'arcobaleno. Judy Garland sorride, guardandomi con i suoi occhioni da cucciolo: *Somewhere over the rainbow, way up high*. Ma non riesco a impedirmi di sentire i rumori che vengono da sotto, le parole che si fanno strada in mezzo alla canzone.

«Scusa», dice mamma, «Mi dispiace. Sto cercando di smetterla di essere così arrabbiata. Davvero. Ma Max, non possiamo vendere la casa. Mi sento troppo strana, come se la stessimo… abbandonando, una cosa del genere. Sono passati solo pochi mesi. E se trovassero il suo corpo?»

«Non succederà».

«Che cosa diremmo a Faith? È davvero convinta che sua sorella tornerà e io non posso biasimarla. A volte ci credo anche io, mi concedo questa illusione, è l'unico modo per tirare avanti… Permetto a me stessa di credere che sia da qualche parte… che varcherà di nuovo la porta di ingresso, che correrà in camera sua come ha sempre fatto, urlando al cane e mettendo qualche terribile stazione alla radio…».

E poi un singhiozzo. Un'esclamazione soffocata e i rumori di due corpi che si uniscono, il fruscio del tessuto, lo sbuffo dell'aria che esce dai polmoni, compressa tra pelle e pelle. Trattengo il fiato, immagino l'abbraccio. Poi una porta sbatte e sento papà che impreca in cucina. Mamma deve averlo lasciato lì da solo.

Il mio sentiero di arcobaleno si è dissolto sotto i miei piedi. Judy Garland e nonna scompaiono, le loro dita scivolano tra le mie. Vado sul pianerottolo, le spalle irrigidite dalla tensione. Per loro Eva è morta. Non riesco a capire come possano lasciarla andare così facilmente. Papà potrebbe farsi prestare una barca e andare sull'isola. È lì adesso. Ha bisogno di noi. Quando metto il piede sulle scale per poco non vado a sbattere contro Sophie, immobile nelle ombre.

15

Londra 1963

Clara chiamò da un telefono a gettoni sul pianerottolo di una villetta a schiera, da qualche parte a Birmingham. «Jim mi ha appena licenziato». Sembrava quasi felice. «E non gliene faccio una colpa. Davvero. Fine della corsa. Possono mettere un annuncio e cercarsi qualcun altro».

«E adesso che farai?», chiese.

«Non lo so…».

«Torna a casa», disse, di impulso, senza avere un piano preciso in mente. Voleva solo rivederla. Si erano scritti diverse volte a settimana. Aveva fatto chilometri e chilometri per andare ai suoi spettacoli nei weekend, portandola fuori durante il giorno, lungo strade sconosciute o nei caffè e nei ristoranti di Birmingham per ripararsi dal freddo.

Un'esitazione. Rumore statico sulla linea, il suono confuso della voce di un estraneo in lontananza. «Ma Max, il problema è che casa… non so dov'è», rispose piano Clara.

Aveva quasi finito i soldi. Iniziarono i bip: rumorosi, insistenti. «Da me, naturalmente», urlò prima che cadesse la linea. «Vieni a stare da me… rimani quanto vuoi».

La andò a prendere al treno. Aveva solo due valigie. «È una pazzia?», chiese. «Siamo completamente pazzi?». Era in piedi sotto l'orologio della stazione, con un disegno di un giardino esotico stretto sotto il braccio. Un acquerello piuttosto mediocre, pensò lui, sbirciando i colori grossolani e le linee incerte degli alberi, un grumo di giallo a indicare il sole del deserto. Ma lei gli spiegò che era un quadro del giardino della sua infanzia in Egitto. Lo aveva fatto sua madre. Quando arrivarono a casa lui lo appese sopra la mensola in salotto, portando giù la copia incorniciata di Edward Hopper.

Una delle valigie era piena di libri. Nei giorni che seguirono ne accumulò altri, prendendoli da negozi di seconda mano e librerie, formando delle pile sul pavimento accanto al divano e al letto. Mise le sue cose nella stanza in più, ma dalla prima notte dormì nel letto di Max. «Mi hai attirata nel tuo covo», disse. «E adesso eccoci qui, a vivere nel peccato».

«Ti dispiace?».

Lei gli seppellì il volto nel petto. «Sono felice. Non sono mai stata così felice».

Gli parlò del suo progetto di lavorare come segretaria e passò in rassegna l'elenco del telefono sottolineando numeri. «Voglio mantenermi da sola», disse. «Pagherò l'affitto. Ti darò una mano con il mutuo». Aveva ereditato un po' di soldi a ventun anni, gli spiegò, ma non voleva sperperarli per le spese quotidiane. «È l'unica cosa che mi rimane dei miei genitori. Voglio comprarci qualcosa di importante». I suoi genitori erano stati uccisi in Egitto quando lei aveva dieci anni. Erano andati a una festa di capodanno all'Hotel Windsor al Cairo, lasciando Clara a casa con la tata. Ricordava quando l'avevano salutata: sua madre, bellissima con un abito di seta color lavanda, con lunghi guanti bianchi che le arrivavano fino ai gomiti e una collana scintillante al collo, suo padre che si chinava per baciarla, il volto ruvido contro la sua pelle di bambina. Aveva sentito l'odore del tabacco del sigaro, dei vestiti inamidati, un sentore di qualcosa di muschiato. L'aveva chiamata "orsetto", posandole la grande mano sul capo. Ma lei si era ritratta, si era rifiutata di voltarsi e salutarli con la mano, perché l'avrebbero mandata in collegio dopo le vacanze e lei non voleva andarci.

Erano stati i Fratelli Musulmani a mettere la bomba, avevano messo diversi ordigni in tutta la città: erano rimasti uccisi soldati, un cavallo e due agenti. I suoi genitori erano morti sul colpo appena lasciata la festa. Hanif, il loro autista, aveva ancora le dita strette sulla chiave dell'accensione.

«Tutto in Inghilterra mi pareva grigio e umido», disse a Max. «Mi sentivo sola e avevo nostalgia di casa. Mi mancavano i miei genitori. Mi mancava l'albero di fuoco del giardino. Volevo il calore dei suoi fiori scarlatti, la sensazione di quando sollevavo la mano per catturare i riflessi rossi sulla pelle come facevo un tempo».

Quando Max tornò a casa dopo il lavoro trattenne il fiato, non riusciva a credere che Clara ci fosse davvero. Entrò e sentì l'odore di qualcosa che bruciava, effluvi di cenere. Clara rovinava persino la pasta al formaggio. Lui infilò la forchetta in grumi insapori di spaghetti collosi, se li ficcò in bocca e si sforzò di sorridere. «Delizioso».

«Bugiardo!», disse, e gli lanciò un pezzo di formaggio bruciato.

Max pensò che sarebbe stato meglio se avesse letto un libro di ricette mentre cucinava, invece di un romanzo. Ma lei rise per quel suo commento, e a Max in realtà non importava: sua madre gli aveva insegnato a cucinare, perciò spesso quando tornava a casa si tirava su le maniche e preparava qualcosa mentre Clara si sedeva di fronte al tavolo della cucina a bere vino e a parlare. Chi aveva bisogno di cibo quando c'erano fiori freschi nel vaso, la musica che usciva dal registratore? Lei gli chiese se doveva cercarsi un appartamento, ma lui disse di no, sempre che Clara non si sentisse a disagio. Voleva che lei rimanesse. Quando i suoi amici lo andavano a trovare a casa per una bevuta e una partita a poker, Clara versava le birre e scherzava con loro, rideva per le loro battutine su donne facili e cowboy. Max conobbe un paio di amici attori di Clara, ascoltò i loro pettegolezzi, la osservò rispondere alle loro effusioni e ai loro modi affettati e falsi. Andarono a vedere *Lawrence d'Arabia* all'Odeon e Clara lo prese in giro per tutto il viaggio di ritorno perché somigliava a Peter O'Toole.

Quando gli attivisti che protestavano contro le armi nucleari arrivarono a Londra in aprile lo strato compatto della neve si era sciolto, lasciando le strade deserte e infide, interi tratti pieni di buche letali, e Clara iniziò il tirocinio da segretaria. Il quindici mattina non andò al corso; con due amici della scuola di recitazione raggiunse la marcia di protesta a Trafalgar Square, con la spilletta della Campagna per il Disarmo Nucleare sulla giacca.

Max ricevette la telefonata quel pomeriggio. Scappò via dall'ufficio, urlando una frettolosa spiegazione alla receptionist mentre usciva, afferrò il cappotto, prese un taxi fino all'ospedale St. Thomas e, dopo aver chiesto a diverse infermiere, superato corridoi e rampe di scale, la trovò seduta su una sedia, dietro una tendina verde, una garza sulla fronte.

«Si è messa male», disse, con una vocetta flebile. «Ho perso gli altri. Ci sono stati degli scontri. Qualcuno mi ha spinto. Sono caduta. Non ricordo molto altro...».

Aveva sentito al notiziario che nel corteo si erano infiltrati dei sobillatori organizzati. Max se la prese con se stesso. Avrebbe dovuto prevederlo. La portò a casa e la mise a letto, le comprò cioccolata calda e uva, rimase a sedere con lei finché non si addormentò.

La mattina successiva, quando andò a riprendere il vassoio della colazione, la trovò seduta con la schiena contro i cuscini. Leggeva, era riuscita a bere il tè e a mangiare un po' di toast e marmellata. Si chinò per prendere il vassoio. «Hai ancora fame?»

«No, grazie». Sorrise, abbassandosi il libro sulle ginocchia. «Mi sento molto meglio. Mi è passato il mal di testa».

Lui indicò le pagine aperte. «Bello?». Era l'ultimo libro di John Fowles. Sulla copertina c'era una farfalla. Cercò di inclinare la testa per leggere il titolo.

Lei arricciò il naso. «Sì e no. Scrive benissimo. Ma è deprimente come la morte».

«Allora ti posso distrarre?»

«Sì, ti prego». Gli fece cenno di mettersi a sedere al suo fianco.

«Be'», si interruppe, rimanendo in piedi con il vassoio in

mano, «mi chiedevo che cosa ne pensi di sposarci». Si schiarì la gola. «So che così non vivremmo più nel peccato, ma se per te non è un problema mi piacerebbe dare ufficialità alla nostra relazione».

Lei abbassò il capo sul libro che teneva sopra le ginocchia e per un momento giochicchiò imbarazzata con le pagine. Lui notò che il bendaggio sopra l'occhio sinistro era grigio sotto la luce del sole, sfilacciato ai bordi. Aveva la bocca secca. Era troppo presto per chiederglielo. Aveva sbagliato. All'ospedale davanti alla reception, mentre cercava di capire dove l'avessero messa, aveva voluto chiedere dov'era sua moglie. Voleva disperatamente che tutti capissero l'importanza del loro rapporto.

«So che è una cosa improvvisa», si affrettò ad aggiungere, «ma ti amo. Non sono mai stato così sicuro… possiamo avere un fidanzamento lungo, se vuoi…».

«Il fatto è che», lo interruppe lei, «ho sempre voluto dei bambini. Un sacco di bambini. Non ne abbiamo mai parlato. E, be', è una cosa che devi sapere».

Si lasciò cadere sui cuscini, sul volto un'espressione strana, la bocca chiusa. I suoi occhi erano limpidi e diretti. Max capì che faceva sul serio.

«Ma certo», disse, e il sollievo lo invase. «Dei bambini. Sì. Mi piacerebbe. Allora», strinse più forte i bordi del vassoio, «è un sì?».

Più tardi, disteso nel letto al suo fianco, Clara gli poggiò la testa sulla spalla e lui le disse: «Di quanti bambini stiamo parlando?».

Lei rise. «Ne ho sempre voluti una decina. Ma adesso mi accontenterei di tre o quattro». Spostò il mento, mettendosi più comoda. «Direi che quattro va bene».

«Capisco». Stava attento a non sfregare la ferita, punti neri le stringevano la pelle. «Sarà meglio darci da fare con il matrimonio allora». Parlava con voce profonda e seria per prenderla in giro. «Dunque, vediamo». Annuì. «Se ne facciamo uno ogni due anni, ci ritroveremo con un'intera tribù in un batter d'occhio».

Si sposarono d'estate. Lei indossava un mini abito di lino bianco svolazzante, appesantito da margherite cucite sull'orlo. C'erano Grace Gale, qualche parente di lui, colleghi e amici. Venne anche qualcuno del giro degli attori. Dopo aver firmato il registro, lei e Max rimasero sugli scalini a guardare la King's Road. Faceva caldo, e Clara era contenta del suo vestito fresco. I coriandoli piovevano da tutte le parti in svolazzanti tonalità pastello e uno degli amici del poker di Max puntò una macchina fotografica. «Sorridete!», urlò, accucciandosi ai piedi della scalinata per inquadrarli.

Clara andò dal dottore a novembre, tornò di corsa a casa, il suo fiato lasciava nuvole di vapore mentre scansava i passanti carichi di buste, senza guardare le scintillanti vetrine dei negozi pronte per Natale. Ricordò come disegnava i bambini, da piccola a scuola: una sfilza immaginaria di figli che avrebbe avuto non appena fosse cresciuta. C'era sempre stata una coppia di gemelli, e poi quello sveglio con gli occhiali e le lentiggini e un altro un po' grassottello. E infine il neonato, rotondo e sorridente, che le tendeva le braccia. Sotto ogni bambino aveva scritto il nome, l'età e le caratteristiche. *Beth, 5, le piace danzare e succhiarsi il pollice. Tommy, 9, bravo a cricket e sveglio in matematica.* Nascondeva i disegni quando qualcuno cercava di sbirciare, abbassava la testa verso il banco, le braccia strette intorno al foglio, protettive. Di notte, stesa nel suo piccolo letto in una stanza piena di ragazze addormentate, diceva a se stessa che un giorno sarebbe stata abbastanza grande per lasciare la scuola e sposarsi. E poi avrebbe avuto un marito e un sacco di bambini. Tutti le avrebbero voluto bene e lei sarebbe stata al sicuro. Si addormentava ripetendo i loro nomi.

«Ehi», disse senza fiato all'ingresso, togliendosi la sciarpa e posando la borsa a terra. Max non rispose, non si girò neppure per guardarla. Era incollato alla televisione. Clara si chiese che cosa stesse guardando quando si sporse verso di lui per baciarlo sulla fronte. Osservò lo schermo che tremolava. «Che succede?».

Max la prese e la fece sedere sulle sue ginocchia. «Kennedy è stato assassinato. È incredibile. La fine di un'era», scosse la testa preoccupato. «Succerà un casino».

Clara sentì lo shock nelle sue parole. Si toccò la pancia, rimase in silenzio. Non poteva dirgli la verità. Non in un momento così adombrato da pesanti nubi. Guardò lo schermo, immagini scattose di Jackie Kennedy immacolata con i guanti e il cappellino, che salutava la folla accanto al suo affascinante marito. La coppia glamour brillava sotto il sole di Dallas. Quello che veniva dopo era difficile da comprendere, succedeva tutto troppo in fretta: la confusione delle guardie del corpo che saltavano dal veicolo, la macchina che girava l'angolo, il radiatore argenteo che pareva il ghigno di uno squalo; il presidente che crollava, Jackie che si piegava verso di lui e poi il secondo sparo, un lampo di una cosa che pareva luce, ma subito dopo si capiva che era lo spruzzo di frammenti d'osso e fluidi corporei. Jackie che si arrampicava sul bagagliaio, il suo corpo sinuoso si contorceva rannicchiato come un animale.

Clara ricordò suo padre che le posava una mano sui capelli prima di uscire per andare alla festa. «Buonanotte, orsetto». Nel corso di innumerevoli notti insonni, aveva cercato di richiamare alla mente il peso delle sue dita sul cuoio capelluto. Aveva imparato a non pensare ai suoi genitori in quell'esplosione, a bloccare la forza dell'urto che riduceva la macchina in metallo contorto e vetri in frantumi. Invece si era concentrata sul ricordo del brillante albero di fuoco, la limpidezza dei riflessi cremisi che le tingevano la pelle di una diversa sfumatura di rosso, tenera e gentile.

La biblioteca della scuola era stata un rifugio. Si era nascosta dietro pile di libri; lontana dalle urla del campo da hockey su prato e da tutte le ridacchianti conversazioni che la escludevano. Si era persa in un'attività privata come quella di disegnare persone immaginarie, una nuova famiglia da amare. Aveva desiderato che quei bambini di carta prendessero vita, comprendendo solo vagamente che dovevano crescere dentro di lei come semi che sbocciavano e diventavano fiori.

Mise le braccia al collo di Max, respirando il suo odore familiare; sentendo le sue mani sulla vita, dita lunghe e forti come quelle di suo padre. E mandò giù le sue parole, trattenendo il momento in cui gli avrebbe detto che stavano dando inizio alla loro tribù.

16

Max infila la teglia nel forno, spicchi di mela ammucchiati uno sull'altro. Non cucina in modo preciso, niente di ordinato. Fa casino, sporca i fornelli, il succo finisce dappertutto, bucce a terra. Ma quello che prepara lui è sempre buono. Faith è in camera sua. Guarda l'orologio. La torta sarà pronta in una mezz'ora.

Clara arriva dal giardino, lasciando la porta aperta. Il sole del tardo pomeriggio la illumina, cattura ciocche di capelli, le trasforma in una sorta di aureola. Max assorbe l'indefinita nuvola di ali di insetti, le voci degli uccellini. Clara è sporca di terra sulla fronte. Va al lavello per pulirsi le mani. «Che odorino», dice coprendo lo scroscio dell'acqua.

Max le si avvicina, adesso riesce a inalare aria fresca, il crudo sentore delle macchie verdi sulla sua pelle, allunga una mano per toglierle il terriccio. Lei sussulta. Un piccolo impulso di sfiducia. Lui stringe le labbra, abbassa la mano. «Hai un po' di fango...», indica. Si volta. «Sto facendo la torta di mele», dice. «Non ci vorrà molto».

Ha preparato un'insalata, ha apparecchiato. Sophie si è presa una serata libera. E Max ne è felice. Anche se è in grado di cucinare cose semplici, i suoi piatti sono sempre insapori, smorti. Cucinare senza amore è come cucinare senza sale, gli ripeteva sempre sua madre. Se torna a casa dall'ufficio abbastanza presto gli piace preparare la cena. Si sforza di pensare ad altre cose, cose più utili, per Clara e Faith.

«Oggi ti sei persa una gara eccitante», dice a Clara. «Zola Budd che correva scalza. Ha fatto cadere la ragazza americana, Decker. La gente ha iniziato a fischiarla. Poverina. È arrivata settima alla fine».

Clara fa un rumore con la gola, un verso indifferente, prende uno strofinaccio dalla maniglia del forno per asciugarsi le mani. Max si acciglia. Non mostra alcun interesse per le Olimpiadi. Ma non gli viene in mente nient'altro da dire. Un tempo le avrebbe chiesto se avesse iniziato il libro per bambini sull'Uomo Selvatico che gli aveva detto di voler scrivere. Una volta sarebbero scivolati in una chiacchierata lenta e piacevole, avrebbero parlato del più e del meno, quei discorsi inframmezzati da vecchie battute e accesi da una confortevole familiarità. Adesso non è più possibile. La porta si apre. Entra Faith.

«Giusto in tempo, gamberetto», la accoglie, sollevato. Ma si ferma quando la guarda in faccia.

«Devo parlarvi». Faith comincia a spostare nervosamente le maniche, le tira giù, si copre le dita affusolate. Guarda a terra, avvolgendo una gamba intorno all'altra.

«Che c'è?», chiede Clara, posando lo strofinaccio su una sedia.

«Vi sbagliate su Eva». Faith solleva il mento. «Non è morta. È sull'isola, dobbiamo andare a prenderla».

No, di nuovo questa storia no. Max lancia un'occhiata a Clara. Ma lei non lo guarda, rimane girata dall'altra parte. Deglutisce, cerca le parole giuste, ma la voce di Clara lo precede: «Ne abbiamo già parlato, tesoro. So che per te è difficile accettarlo, ma...».

«Non sembra difficile accettarlo *per voi*!», sputa fuori, le guance accese. «Tu e papà... per voi è come se fosse ok credere che se ne è andata per sempre».

«Oh». La voce di Clara è flebile. «Questo non è giusto».

«Non è giusto che lasciamo Eva sull'isola – la lasciamo con un essere cattivo». Li guarda entrambi. «Non possiamo prendere una barca e andare a cercarla?»

«La mamma ha ragione. Hanno cercato in tutta l'isola», spiega Max. «La guardia costiera ha battuto la riva, isola inclusa. Lo fanno sempre. Sanno come trovare le persone. Hanno fatto diverse ricerche, c'era persino un elicottero. Eva non era lì».

«Ma forse non l'hanno vista. Tutti possono sbagliare, no?».

Max la fissa; si sente svuotato, impaurito. Faith si è irrigidita, trema. Chiude le mani a pugno sotto le maniche cascanti. Il pensiero di prendere una barca e partire verso l'isola lo mette a disagio, come se stesse precipitando. Il moto del mare, la sensazione della barca che si sposta sotto di lui... fa tutto parte dei suoi incubi adesso.

«La guardia costiera ci ha spiegato che è dispersa in mare. Succede». Tira fuori le parole, osservando il volto di Faith che si indurisce. «Le persone». Si interrompe. «I corpi. Non vengono ritrovati mai più».

«Faith», dice gentilmente Clara. «Sai che l'Uomo Selvatico non è reale, vero? È inventato. Un mito. Una leggenda».

«Ti odio». Faith sbatte il tacco contro il mobile dietro di lei. «Vi odio. Tutti e due».

Corre fuori dalla camera, a testa bassa. Clara si muove per seguirla, ma Max allunga un braccio. «Lasciala andare».

Clara rimane a osservare Faith che sbatte la porta. Fa una smorfia. «Dio, non riesce proprio ad abbandonare questa folle idea. Forse, non so, forse dovremmo fare quello che ci chiede...». Clara comincia a camminare su e giù lungo il tavolo della cucina, le labbra tremolanti, le dita che si flettono. «Se la portiamo sull'isola possiamo dimostrarle che non è vero».

Per un momento si chiede se possono farlo seriamente. Ha degli amici che possono prestargli una barca. Sbatte gli occhi, ricorda l'urlo del vento, le onde che rombano, il cielo improvvisamente nero. Si gratta la fronte, tocca la cicatrice, gli hanno messo otto punti. Rimane perplesso di fronte al vuoto assoluto della sua memoria. Il momento in cui ha perso sua figlia. Ci sono chiazze di colore: l'arancione del giubbotto salvagente, il rosso del gommone della guardia costiera, il volto grigio di un uomo quando Max ha urlato: «Mia figlia?».

«No», dice a Clara. «Non faremmo altro che accendere le sue speranze, e poi dovrebbe accettare l'idea di aver sbagliato. Riesci a immaginarti quanto resterebbe delusa? La guardia costiera ci ha detto che non dobbiamo neppure aspettarci che…», abbassa la voce, «il mare restituisca il corpo, ormai». Rimane in piedi accanto a Clara, implorandola con le mani aperte. «Faith deve fidarsi di noi. Convincersi della bontà delle nostre scelte. Forse le farà meglio essere arrabbiata. Forse la rabbia la aiuterà a superare la cosa, una specie di… non lo so… una distrazione dal dolore».

Clara si stringe le mani intorno al corpo. «Lo odio. Odio non sapere. Se solo trovassero il suo corpo. Sarebbe meglio. Davvero». Si rannicchia, piegando le spalle. «Voglio vederla, voglio dirle addio… ne ho bisogno… com'è che la chiamano? Chiusura». Una risata breve, secca.

Max la raggiunge, allunga la mano per sfiorarle la spalla. È ancora ripiegata in sé, chiusa. «Quel temporale, Clara», dice piano. «Era terribile. Mai vista una cosa del genere. Non può essere sopravvissuta. Impossibile».

«Non senza il giubbotto salvagente», dice lei con voce piatta.

«No», ripete lui. « Non senza il giubbotto salvagente».

Scuote la testa, evitando il suo sguardo. Vede la pelle di Clara che si colora, il rossore le risale il volto, raggiunge la mascella, le macchia le guance. *Non dirlo*, la implora silenziosamente.

«Non capirò mai», dice lei, alzando gli occhi per guardarlo. «Non capirò mai perché non lo indossava».

Max stringe a pugno le dita, le unghie che mordono la carne. Vuole colpire qualcosa. Vuole sbattere il pugno contro la tempia, scuotersi la memoria fino a sbloccarla, ricordare cosa è successo quel giorno. Quando gli hanno fatto vedere il giubbotto di Eva ha fatto un passo indietro, barcollando, le ginocchia che cedevano, perché sapeva che cosa significava: la morte certa di sua figlia. La sua stupidità. La sua colpa. La sua colpa che non avrebbe mai avuto fine.

Tira su con il naso. La cucina è riempita della puzza del cibo bruciato, l'odore aspro di un piatto abbrustolito. Apre il forno – nuvole di fumo nero lo fanno tossire, gli occhi che si irritano appena tira fuori ciò che rimane della torta di mele. Quando si volta, Clara ha lasciato la stanza.

17

Le nocche di Billy sono scorticate, ridotte a brandelli. Grumi di sangue secco si rapprendono ai bordi della carne viva, le ferite sono scure e appiccicose intorno alla pelle abbronzata. Prende a pugni il muro di notte. Quel suono entra nei miei sogni, porta con sé violenza, colpi e lotte, finché non mi risveglio di scatto e capisco che il rumore è reale, sono i suoi pugni che si abbattono contro la pagoda. Mi porto le mani alle orecchie, cerco di tener fuori il suono dell'osso contro il cemento, il suo respiro spezzato, i suoi grugniti di dolore.

Nessuno di noi ne parla la mattina.

Ieri mi ha passato una busta di carta marrone, lisciando le pieghe, poi si è frugato nelle tasche per prendere il mozzicone di una matita. «Tieni», ha detto. «So che non è molto, ma così puoi disegnare un po' se vuoi».

Quando ho afferrato la matita mi sono sentita eccitata, la sua forma era familiare tra le dita. Mi sono messa a sedere fuori dalla pagoda, ho posato il foglio sulle ginocchia, ho tracciato i contorni dei ginestroni e di un gabbiano che volava sopra la mia testa. Le mie dita erano rigide. Avevo perso la mano. Billy fumava, disteso sui ciottoli poco lontano. Con la punta della sigaretta ha indicato verso l'alto, il cartello che recitava: AREA PROIBITA – VIETATO FOTOGRAFARE E DISEGNARE. Ha tirato una boccata, mi ha fatto l'occhiolino. Dopo, si è chinato accanto a me.

«Bello», ha detto. «Mi piacciono i disegni delle cose vere. Hai preso bene lo sguardo di quell'uccello. I gabbiani sono bestie cattive. Mangiano carcasse». Ho sentito l'odore della nicotina nel suo alito. Sul retro della busta ho azzardato un ritratto di Faith. Ho cercato di catturare le dolci linee delle sue ossa, l'espressione curiosa del suo volto, la bocca pronta a piegarsi in un sorriso.

«È mia sorella», ho detto quando lui ha sbirciato il disegno. Ha fatto un verso a denti stretti. E basta. Non avevo mai passato così tanto tempo con una persona parlando così poco. Non mi lascerà mai andare se non lo costringerò a vedermi per quella che sono. La vera Eva. Voglio sentirlo pronunciare il mio nome. Sto cominciando a dimenticarne il suono.

«Eva», ha detto Marco, allungando le vocali mentre scriveva il mio nome in lettere vorticanti sul braccio con il dito. Tracciava ogni singola linea con la massima attenzione. E.V.A. «Che ne dici?», mi ha chiesto. «Potrebbe andare qui…». Si è indicato l'avambraccio sinistro, la pelle pallida, punteggiata da peluria nera. «Stavo pensando di farmi un altro tatuaggio».

Il cuore mi è saltato in gola. Mi sono allungata per passargli il pollice sul braccio, sentendo la ruvidezza della pelle, non sapevo se stesse scherzando o no. «Uhm, penso che ti starebbe bene». Ho annuito, seria, come se ci stessi riflettendo davvero. «Non sono troppe lettere. Sei fortunato che io abbia un nome corto. Meno dolore».

Ha riso.

Mi ha portato a casa sua, mi ha presentato ai genitori. Erano cantanti folk, un duo con chitarre e tamburello. Suo padre aveva dei baffoni cascanti. Mi ha sorriso, il labbro superiore era nascosto sotto una tendina di peli, i denti erano macchiati. La mamma di Marco si è accarezzata i capelli scuri raccolti sulla nuca, c'erano fili bianchi tra le ciocche, braccialetti d'argento tintinnavano sui polsi sottili. Si sono presentati, si chiamavano Pete e Paula, mi hanno offerto un bicchiere di vino rosso e mi hanno invitata a cena.

Il pane l'avevano fatto loro, mattoncini marroni che sapevano di lievito. Paula li ha tagliati in fette spesse. Nella credenza c'era una macchina per lo yogurt, e delle cose strane dentro il frigo: latte di soia, confezioni di germe di grano. «Prendi, è la parte migliore», ha detto Marco, ficcandomi in bocca un cucchiaio su cui riposava uno scivoloso pezzo di cuore di palma.

Mi ha portato in camera sua, al piano di sopra. Era dipinta di viola scuro, ricoperta di poster. La sua chitarra era poggiata sul supporto in un angolo. Spartiti pieni di note scarabocchiate e testi erano sparsi qua e là su un tavolo con una pila di numeri di NME letti e riletti. Ci siamo seduti sul suo letto con le tende chiuse, ha acceso lo stereo e ha messo un po' di musica. Ha inclinato la testa di lato, gli occhi chiusi, carezzandomi lo stomaco con lenti cerchi, le dita morbide contro la mia pelle, come se agissero spinte da un impulso indipendente da lui. «*Temple of Love* è uno dei dischi più importanti del nostro tempo», mi ha detto piano. «Ascolta i testi. Maledettamente stupendi».

Dal profondo delle viscere ho sentito i primi borbottii di un basso rimbombo, ho contratto i muscoli dello stomaco, trattenendo il fiato per oppormi al mio corpo che mi tradiva.

«Sì. Fantastico», sono riuscita a dire.

Particelle di polvere vorticavano, catturate dalla luce dei lampioni che scivolava in mezzo alle tende. La pelle mi brulicava per il desiderio, sensazioni che si riversavano in tutti gli arti come piccole scintille.

«Ai miei genitori piaci», ha detto dopo, accompagnandomi alla fermata dell'autobus.

Sono salita e mi sono messa a sedere, sorridendo tra me e me, fissando i confini ombrosi dei campi sterminati, le mucche assorte che dondolavano code magre. Ho ripensato a Paula e Pete. Erano convinti che dovessi progettare un trekking in Nepal, un pellegrinaggio in India o un anno nell'interno dell'Australia. Di fonte al tavolo di pino scheggiato, mi avevano parlato di tutte le avventure che avevano vissuto attraversando l'America con un camper Winnebago: Marco era piccolo, lo tenevano in una culla portatile. Si interrompevano a vicenda, ridevano. I loro racconti avevano fatto ridere anche me, ma allo stesso tempo mi ero sentita disorientata, come se avessi le vertigini. Era come trovarsi in piedi in cima a un edificio altissimo, il mondo intero aperto davanti a me.

Mentre l'autobus ondeggiava alle curve mi immaginavo la mia vita a Londra insieme a Marco; il suo posto preferito era Camden, con i caffè e le bancarelle accanto al freddo canale. Là potevi trovare orecchini d'argento a forma di teschio, comprare pollo piccante alla giamaicana, ancora bello caldo di barbecue. Mi aveva parlato dei gruppi che aveva visto suonare nei pub, gesticolando mentre spiegava la sua passione per il nuovo sound. Non c'era da stupirsi che fosse tanto ansioso di tornare nella grande città. A Londra nessuno penserebbe che io sia una stramba. In città non sarei più quella troppo dark, troppo alta e troppo rumorosa. La ragazza con i capelli sbagliati. Là ci sono migliaia di persone di ogni forma e stazza e colore. La mia mente non riesce nemmeno a immaginare l'impressionante massa di umanità tutta racchiusa in un unico posto. So che papà e mamma hanno iniziato la loro vita da marito e moglie ad Hammersmith. Quel giorno mi sono chiesta che cosa può averli spinti a trasferirsi nel Suffolk, in un remoto villaggio ai confini degli acquitrini.

Indico le nocche di Billy. «Dovresti lavartele. Hai qualcosa per fasciarle?».

Mi fissa e poi si guarda le mani come se non avesse mai notato i brani di carne viva, i grumi di sangue, le strisce di pelle che si staccano. Si rabbuia, scuote la testa. «Non è niente».

Fa' un po' come ti pare, penso. *Fatti venire la setticemia, così io scappo e ti lascio qui*. Sta tagliando le verdure: carote e zucchine.

Finiranno in una padella e cuoceranno fino a diventare una zuppa insapore, senza sale e senza pepe. È la brodaglia che ci permette di sopravvivere, tra un coniglio e di tanto in tanto un pesce. Le sue mani si muovono velocemente, il coltello è rapido e sicuro tra le dita.

«A casa stavo imparando a preparare il curry», gli dico. «In realtà non mi sono mai interessata molto a queste cose, non sono un'appassionata di cucina, ma il mio ragazzo adora il cibo indiano, perciò volevo provarci».

Quando sente la parola "ragazzo" si ferma un secondo, poi affetta con un taglio netto la carota.

«Ci vuole un'intera giornata», continuo, «ci sono così tante erbe e spezie da tagliare: cumino, coriandolo e curcuma. Non vorrei certo essere una donna in India. Non farei altro che cucinare». Mi rendo conto che sto farneticando, ma sembra che lui mi ascolti perciò continuo. «Comunque quando è finito è delizioso». Faccio un respiro, riesco quasi a percepire il sentore della salsa al curry, cremosa e dorata, che ribolle mentre la giro. «È diverso dal cibo indiano che ti danno al ristorante. In zona ce n'è solo uno, a Ipswich. Ci sono andata con i miei per il mio ultimo compleanno. Era tutto pieno di olio».

Fa uno strano verso, impassibile. Prende la padella di verdure e acqua e la posa con attenzione sul fornello a gas Primus. È una nuova acquisizione. Ci permette di mangiare cibo cucinato e non corriamo il rischio che il fumo ci tradisca. È tutto ammaccato e arrugginito. Mi chiedo dove lo abbia trovato. Prende un cerino, un secco scatto del polso.

«E tu?», lo incito. «Che cibo ti piace?».

Alza le spalle. «Non mi importa che cos'è. Basta che mi permetta di tirare avanti».

«A tua madre piaceva cucinare?», insisto. Il mio cuore batte forte, so che sto varcando un confine.

Rimane in silenzio, fissando il sibilo blu e arancione sotto la padella.

«Mia… madre», ripete lentamente, imitando la mia voce. «Era già tanto se riusciva a mettere qualcosa in tavola».

«La mia non sa fare nemmeno i toffee». Le lacrime spingono in avanti le mie parole.

Si gratta il mento con il palmo della mano. Sento la barba che graffia contro la pelle.

«Che cosa ci facciamo qui?», chiedo frettolosamente. Mi trema la voce, mi sento male, so che sto rischiando la sua rabbia. Ma il sollievo dell'onestà, di porre ad alta voce domande vere, ha il sopravvento, scaccia via la paura. «Non capisco. Che cosa vuoi da me? Non possiamo rimanere qui per sempre».

Si tira su in tutta la sua altezza e cammina per la pagoda, avanti e indietro, avanti e indietro. Poi gli si irrigidiscono le spalle, scatta in avanti e sbatte il pugno nel muro. Sobbalzo, mi stringo le ginocchia al petto. Cade la polvere, minuscoli granelli che riempiono il pavimento di una patina asciutta. «Non fare domande. Non va bene». La sua voce è un basso ringhio. «Te l'ho già detto. Non voglio farti del male». Dalla ferita sulle nocche sgorga sangue fresco.

«Non sai nulla di me». Sto tremando. «Mi hai portato via dalla mia vita. Probabilmente la mia famiglia pensa che io sia morta e a te non interessa nemmeno».

Si gratta furiosamente la faccia. «Non importa. Quella che eri prima… È finita». Mi guarda. La guancia rigata da una striscia rossa. «Ti sto tenendo al sicuro. Ok? È tutto quello che devi sapere».

«Ma almeno potresti portare un messaggio alla mia famiglia, far sapere che sono viva?». Mi mordo il labbro. È un secolo che volevo chiederglielo, che pensavo a tutti i modi possibili per convincerlo, e adesso la domanda decisiva è venuta fuori tutta sbagliata.

Mi guarda come se fossi io quella pazza. «Non possiamo correre rischi di questo genere. Devi rimanere qui. Con me».

«Ma io voglio tornare a casa». Piango silenziosamente, massaggiandomi il volto. Se pensa che io sia debole, be', non mi importa. «Ti prego. Lasciami andare».

Cammina su e giù, passi veloci, agitati. «Delle cose si sono portate via anche la mia vita. Non sono più quello che ero un tempo. Ma io non piango, o no?»

«Quali cose? Che cosa ti ha cambiato?». Abbasso la voce, lo guardo.

Non respiro, aspetto la sua risposta. Le sue parole hanno cominciato qualcosa, hanno aperto una piccola breccia. Voglio sentire di più, sapere di più. Prego che parli. Ma lui sobbalza come se lo avessi punto. Si piega sui polpacci, mi ignora, spinge le verdure con il coltello. I capelli gli ricadono sul volto. «Tu non sai nulla». La sua voce è gelida.

Mi lascio ricadere sul fianco, esausta, lo sforzo è stato tremendo, mi premo la mano sulla fronte, mi fa male la testa, la pelle è calda, appiccicosa. Rimaniamo in silenzio, ascoltando il sibilo del Primus e dell'acqua che bolle.

18

Mamma ha portato fuori il cane. È una nuova abitudine. Si sveglia presto e fa colazione prima di noi. Poi esce, il cane che corre lungo la strada verso gli acquitrini, sbattendo la coda, il naso incollato a terra, seguendo gli odori. E mamma gli cammina dietro, le spalle dritte, fa ampie falcate come se dovesse andare a un appuntamento importante. È capace di restare fuori per ore. Quando le chiediamo dove è stata rimane sempre sul vago. «Oh, solo una passeggiata all'argine», dice. «Una camminata intorno al villaggio, in mezzo agli ontani, sai».

Si è abbronzata a forza di stare all'aria aperta, sotto il sole, davanti al mare. Ha i capelli più lunghi, le scendono sulla schiena come folti cespugli. Quando torna porta con sé odori di erba e terra. Prima sulla sua pelle si sentiva il profumo, l'odore di carta dei libri, e di inverno il sentore del fumo del legno, perché stava sempre così vicina al fuoco. Adesso, invece di rannicchiarsi con un libro in mano, tamburella le dita ovunque le capita, sposta il peso del corpo da un fianco all'altro. L'ho vista in camera di Eva. Rimane lì per secoli, non fa altro che fissare fuori dalla finestra, verso il mare, ferma, in piedi.

Quando lei e papà sono nella stessa stanza sono molto gentili l'uno verso l'altra. Troppo gentili. Si comportano come se fossero fatti di porcellana, come i soprammobili di nonna. Sarebbe meglio se urlassero, credo. Ma mamma non sopporta quando qualcuno alza la voce, dice che i litigi le fanno venire il mal di testa.

Papà è tutto curvo sul caffè in cucina, la cravatta allentata e tirata indietro sul collo. Sta leggendo il giornale, sospira e soffia tra le labbra serrate.

«Che cosa terribile questo sciopero dei minatori», dice, senza rivolgersi a nessuno in particolare, piegando il giornale floscio con un tremito, mentre con la mano appiana le pieghe. «Poveri disgraziati. Questa storia si sta trascinando avanti all'infinito».

Sto mangiando una scodella di cereali con pezzi di fragola. Sophie rassetta, pulisce ogni tazza e ogni piatto con attenzione prima di posarli delicatamente sul ripiano. Attraversa la cucina dondolando i fianchi e chiede a papà se vuole altro caffè.

Lui annuisce. «Grazie».

La luce che filtra dalla finestra scintilla sui fili grigi che gli imbiancano i capelli. Ha un sacco di rughe agli angoli degli occhi, si aprono a ventaglio. È dimagrito, profondi solchi gli corrono dal naso alla bocca, sembra il pupazzo di un ventriloquo. Sfoglia il giornale, scuotendo la testa. Mastico i corn flakes, cerco di pensare a qualcosa di buffo o di intelligente da dire. Io non so nulla dello sciopero dei minatori. Una volta ho visto delle immagini: orde di uomini arrabbiati che urlavano contro un camper che si faceva lentamente largo in mezzo alla folla. Battevano i pugni chiusi contro le fiancate, cantavano. Sembrava una cosa spaventosa. Ma succedeva lontano, molto lontano, e noi non conosciamo nessun minatore, perciò mi sono allontanata dalla tele, annoiata, e sono tornata in camera per finire il libro.

Sophie si sporge su papà, versando un fiotto di liquido bollente nella tazza dalla caffettiera. Quando si raddrizza, con la mano gli sfiora piano la spalla, la sposta lungo la maglietta, le dita che si curvano seguendo la linea dei suoi muscoli.

Mi torna in mente Jack che carezzava la guancia di nonna. «Non si è mai troppo vecchi per innamorarsi».

Sembra che papà non si sia accorto delle dita che gli sfiorano la spalla. Il cuore mi martella contro la gabbia toracica, sento il panico che cresce, non riesco a tirare abbastanza aria nei polmoni. Mi strozzo con una fragola, la sputo; il latte si rovescia dalla tazza e cade in pallide gocce a terra.

Papà mi guarda, sollevando un sopracciglio. «Meglio prendere uno strofinaccio».

Prima che io possa muovermi, Sophie è al mio fianco accanto al tavolo, agili dita tolgono le goccioline, portano via la tazza. Papà abbassa il giornale, si tira su la manica per guardare l'orologio. «Devo andare». Mi soffia un bacio e si alza, allungando la mano per prendere la giacca appoggiata sullo schienale della sedia.

Ma Sophie l'ha già presa, è già pronta per lui. Lo aiuta a infilare le braccia nelle maniche, gli sorride. «Buona giornata, signor Gale». Ma per colpa dell'accento francese non riesce a pronunciare bene "giornata".

«Max». Le sorride a sua volta. «Te l'ho già chiesto, chiamami Max».

Li guardo accigliata. Sophie non fa sempre tutto quello che mamma le chiede di fare, ma ogni volta che papà è in cucina, guarda un po', c'è anche lei, pulisce e cucina e lo guarda con la coda dell'occhio da sotto la frangetta. E lui si sforza di essere carino con lei. Non capisco perché ci tiene tanto. Non ce n'è mica bisogno. Sophie sa badare a se stessa.

Lo seguo fino alla porta e lo osservo mentre entra in macchina, chiude lo sportello con uno scatto, chinandosi in avanti per girare la chiave. Abbassa il finestrino, lancia un'occhiata al cielo senza nubi, un'occhiata da marinaio. «Un'altra giornata calda». Il motore parte. Saluta con la mano. Mi chiedo quanto gli manca il fiume, uscire in mare. Passava sempre le mani sulla barca come se fosse una creatura vivente, le parlava, come se potesse domarla con il suono della sua voce. Una volta comprò un dinghy abbandonato con le parole H.M.S. FANCULO scarabocchiate sulla vetroresina. Il club di vela lo vendeva a poco prezzo proprio per quella scritta. Papà diceva che lo aveva comprato perché gli piaceva vedere quelli dello yacht club che restavano a bocca aperta. Ma io sapevo la verità: era convinto che la barca avesse bisogno di amore. È un'altra caratteristica di papà: mamma dice che non riuscirebbe mai a resistere di fronte a un cane zoppo.

Adesso che non naviga più è diverso: è ingrigito e intristito. Il rosso che gli colorava le guance non c'è più. Non sembra più alto come prima.

Mi appoggio alla porta, osservo la macchina che scompare lungo la strada, sussurro: *Love is the strongest thing, the oldest yet the latest thing…*

Da fuori la casa di riposo sembrava minacciosa, un palazzone di pietra grigia che si alzava a incontrare torrette e timpani. Dentro sapeva di bagni comuni e cibo bollito. Trattenevo il fiato mentre seguivo nonna e Jack giù per lunghi corridoi. Il pavimento di linoleum era appiccicoso sotto i piedi. C'erano delle maniglie che correvano per tutto il muro, la vernice era macchiata da antiche impronte di dita.

Una signora sorridente con un vestito verde acceso ha fatto un passo avanti per prendere la mano di nonna. «Sei gentile a tornare, cara. Sono stati felicissimi la settimana scorsa».

«Questa è la mia nipotina, Faith». Nonna mi ha fatto cenno di avvicinarmi e la donna mi ha carezzato i capelli. «Ahh, che carina».

Contorcendomi ho fatto un passo indietro con una smorfia, ma la donna non si è accorta di nulla. Aveva già aperto la porta che dava su una grande stanza. Il calore mi ha colpito come la vampata da un forno aperto. Le sedie erano state disposte a formare un ampio semicerchio, ogni posto era occupato da una persona avvizzita e cascante, la spina dorsale ricurva in dentro, oppure abbandonata in avanti, alcuni si appoggiavano a girelli di metallo, altri sui braccioli delle poltrone.

Ho visto pelle raggrinzita come carta inzuppata, mani che tremavano, occhi lucidi che guardavano nella nostra direzione, vuoti. Ho fatto un passo indietro, incerta, ma Jack mi ha posato la mano sulla spalla. «Calma, piccola. Regala a questa gente uno dei tuoi sorrisi da un milione di dollari».

Nonna mi ha fatto fare il giro, si è chinata, ha sorriso e sfiorato tutti. «Ciao, Keith, ho portato anche la mia nipotina».

Un uomo grigio ha sollevato la testa lentamente e mi ha fatto l'occhiolino. «È bello vedere una faccia giovane».

Jack stava mettendo le pile dentro un piccolo stereo in un angolo. Quando si è raddrizzato, la musica ha invaso la stanza. Le note degli archi riecheggiavano tra i vecchi, le teste cominciavano a piegarsi e annuire, ombre che tremavano, l'aspidistra impolverata ha sollevato le foglie. Keith si è asciugato gli occhi pallidi e acquosi. «La mia Mavis adorava questa canzone».

Nonna e Jack ballavano in mezzo al cerchio. Io canticchiavo e battevo le dita sulla coscia. Qualcuno dei vecchi sorrideva e guardava, qualcuno dormiva con il mento piegato sulla pelle cadente del petto, la saliva bagnava le labbra. Nonna si è staccata alla fine della canzone e ha teso una mano verso Keith. «Ti va di fare un valzer?».

Keith si è alzato lentamente dalla sedia e ha barcollato verso nonna, mentre Jack si chinava sopra di me. «Madame?».

Ricordavo i passi. Uno, due, tre. Uno, due, tre. Le mani forti di Jack mi tenevano.

La cucina è ombrosa e tetra dopo la limpida luce della mattina. Sbatto gli occhi all'ingresso. Sophie sta rimettendo le confezioni di cereali nella credenza. Quando si gira sbatte la porta del frigo, guardando l'orologio.

«Ti piace il mio papà, non è vero?».

Sento il calore che mi arrossisce le guance. Non volevo dirlo. Le parole sono venute fuori prima che potessi fermarle. Si interrompe un attimo e soffia aria tra le labbra, fa un suono strano. Annuisce e alza le spalle. «Ma certo», dice. «Perché non dovrebbe piacermi?»

«Ti piace più di quanto ti piaccio io, voglio dire». La guardo fisso. «Più della mamma».

Si avvicina, mi mette le dita sotto il mento per sollevarmi il volto e costringermi a guardarla. «Io non ho un padre».

La sua voce è bassa e attutita. «A casa mia non c'era nessuno. Nessuno che si prendesse cura di me». Sento la curva delle unghie che premono contro la pelle. «Sei gelosa... *Pourquoi*?». Fa una risatina e mi lascia, voltandosi come se l'avessi stancata. «Tu hai tutto».

19

Londra, 1966

Clara si piegò sul lavello, senza fiato per i dolori che la avvolgevano come una fascia stretta contro il bacino, schiacciandola. Sapeva che erano contrazioni. Le aveva già avute. Sentì l'inevitabile scorrere del liquido tra le gambe, guardò in basso, vide il fluido viscoso che le bagnava la pelle, il sangue e l'acqua di una nascita troppo prematura. Tenne lì le mani per un attimo, come se potesse fermare la tragedia. Doveva raggiungere il telefono, chiamare Max in ufficio, chiamare l'ospedale. Piangeva in mezzo ai singhiozzi, il dolore peggiorava mentre barcollava per allontanarsi dal lavello, cadeva in ginocchio e strisciava per l'ingresso. Avrebbe rovinato il tappeto. Ma non le importava.

Lo chiamarono aborto ricorrente: quattro aborti in stadio avanzato uno dopo l'altro. Il dottore disse tutto allegro che il suo corpo non aveva nulla che non andasse. Semplicemente, certe volte capita. *Sei giovane, puoi provare di nuovo. Quando ti sentirai pronta.*

Non si sentiva più giovane. Quando si guardava allo specchio, il suo volto era quello di una vecchia. Rughe di stanchezza intorno alla bocca cadente, la cicatrice pallida sulla fronte che si stagliava chiaramente, bianca contro la pelle grigia. Non si riconosceva. Il dolore aveva stampato profonde linee sul volto di Max, ma lui riusciva a sorridere per una battuta. A guardare dentro una carrozzina. Aveva persino preso in braccio il figlio di un amico.

Lei non sopportava le donne incinte, non tollerava di vedere i figli di altre persone. Era una cosa che la rendeva disperata, impaurita, sopraffatta dalla gelosia. Un urlo squarciante che risaliva dalle profondità del suo animo.

Di ritorno dall'ospedale, distesa a letto, le faceva male lo stomaco, i seni erano già più morbidi, più piccoli. I rumori della strada battevano contro le finestre chiuse; riconobbe il traffico, le voci dei passanti, le sirene che ululavano in lontananza, ma il mondo le pareva come rimosso, cancellato: un suono vago alla periferia della sua coscienza. La vita dentro di lei era svanita.

In tutte le gravidanze, aveva avvertito la trasformazione del suo corpo quasi immediatamente. Aveva descritto a Max quella sensazione, era come essere un frutto maturo, pieno e vibrante di gioia. Nella prima gravidanza, aveva esultato per la vita che si ingrossava, il pancione prominente e i seni gonfi. Dopo l'aborto, era stata spaventata per tutto il corso della successiva gravidanza, aveva sempre paura, camminava con le mani strette intorno allo stomaco come se potesse tenere dentro il bambino solo grazie alla pressione dei palmi. Ma, pur con tutta la paura, ancora osava sperare. Il terzo fu quello che resistette più a lungo. Stava quasi per rinunciare a ogni speranza di rimanere incinta quando le era stata concessa un'altra possibilità. La crudeltà di perdere anche quel bambino aveva cambiato tutto.

Max si affacciò alla porta. «Posso portarti qualcosa, cara? Un tè?».

Lei scosse la testa. Max aveva paura del suo dolore. Non sapeva cosa dire, cosa fare. Trovava sollievo nell'azione: le comprava mazzi di rose, riempiva borse dell'acqua calda, andava a prendere da bere, le portava da mangiare sul vassoio, usava i migliori servizi d'argento. Lei si sentiva disorientata dalla mancanza di comunicazione tra loro, dallo svanire della reciproca comprensione, della connessione. Ma nulla aveva importanza a parte la sua incapacità di avere un bambino. Bramava la sensazione di un neonato fra le braccia, il desiderio la assaliva ogni secondo di ogni giorno. Di notte si svegliava piangendo. Non riusciva neppure a pensare alla prospettiva di tornare al lavoro, non poteva parlare con nessuno. Anche leggere le era impossibile. Le parole stampate tremavano, improvvisamente si rendeva conto che non aveva fatto altro che leggere e rileggere la stessa frase, ancora e ancora, senza capire nulla.

Smise di lavarsi i capelli e di scegliere i vestiti, quelle cose non la preoccupavano più. Pulire l'appartamento era troppo faticoso, persino asciugare un piatto era una sfida impossibile. Max assunse una signora delle pulizie che veniva due volte alla settimana e le preparava tazze di tè caldo e dolce durante le pause, dopo aver lucidato le mattonelle del bagno o aver passato l'aspirapolvere in corridoio. Clara sussultava per i rumori del battiscopa, si chiedeva come mai il tè fosse considerato una cura miracolosa per il dolore.

Fu la madre di Max, in visita dal Suffolk per dare una mano, a suggerire l'adozione. «Voi volete un figlio», disse annuendo con il suo solito atteggiamento determinato, «e ci sono un sacco di bambini che nessuno vuole che hanno bisogno di genitori. Gli orfanotrofi scoppiano, se quello che c'è scritto sui giornali è vero».

L'atmosfera nella stanza si fece pesante. Max guardò sua madre, un monito negli occhi, si accigliò. «Penso…». Fissò Clara, incerto. «Credo che Clara voglia un suo… un nostro…».

Guardarono entrambi Clara. Lei si spostò sul divano. Le faceva male la testa. A quanto pareva ogni pomeriggio le veniva l'emicrania: un martello che le batteva dentro il cranio, schiacciando la carne, riducendola a poltiglia dietro gli occhi.

«Adozione?». Leccò le labbra appena dischiuse. «Ma come… Non è difficile?». Deglutì.

«Forse dovremmo parlarne più tardi», suggerì piano Max, sporgendosi a sfiorarle la mano. «Abbiamo bisogno di tempo per pensarci…».

«Ma il bambino sarebbe nostro se la madre ha rinunciato a

lui». Allontanò la mano, tirandosi su: «Non è vero?». Clara lo fissò, gli occhi luminosi. «Sarebbe il mio bambino. Dal momento in cui lo terrò fra le braccia, sarà il mio bambino».

Charlie Anderson era un socio junior dello studio. Lui e Max giocavano a squash il martedì sera. Charlie aveva un fisico slanciato ed esile, con una matassa di capelli biondo cenere che si sarebbero trasformati in un casco di ricci se non li avessi tenuti sempre corti; aveva solo un cenno di una rada barbetta sul volto liscio. Compensava l'aspetto da ragazzino indossando completi scuri immacolati, un'espressione seria e un paio di occhiali con la montatura di corno che Max sospettava fossero falsi.

«Beviamo qualcosa?», chiese Charlie, i capelli ancora bagnati dopo la doccia. Avevano l'abitudine di farsi una pinta veloce nel pub locale dopo la partita, ma Max non voleva lasciare Clara da sola troppo a lungo. Sua madre era rimasta settimane per tenerle compagnia, ma aveva ripreso il treno quella mattina. Voleva tornare a casa, nel Suffolk, al suo giardino.

«Dai», disse Charles, quando Max gli confidò i suoi dubbi. «Ti volevo parlare di una cosa. Non ci vorrà molto».

Si sedettero in un posto laterale. Max annuì. «Salute», disse sussultando al primo sorso amaro. Davanti a loro una serie di foto incorniciate di uomini con lunghi baffi: a manubrio, cascanti, folti, setolosi, anche accuratamente piegati in forme elaborate. Il pub era famoso per la sua eclettica collezione di memorabilia.

«Allora», Charlie si asciugò la spuma sul labbro superiore, «mi hanno detto che tu e tua moglie state cercando di adottare».

Max, stupefatto, annuì cautamente.

«Le notizie corrono veloci», Charlie alzò le spalle come per scusarsi.

«Ci stiamo informando, sì», disse Max. «Ci sono lunghe liste di attesa a tutte le agenzie a cui ci siamo rivolti. Ma continueremo a provare, noi…».

«Il fatto è», lo interruppe Charles, «che mia sorella si è fatta mettere incinta e il nostro vecchio non l'ha presa troppo bene. Ha solo diciotto anni. Si rifiuta di dire chi è il padre. È in un istituto appena fuori Londra – sai, uno di quei posti per ragazze non sposate. Sta malissimo. Sono andato a trovarla un paio di volte. Le suore sono come secondini. Peggio. È un posto davvero orribile».

La birra di Max restava intonsa davanti a lui. Si sporse vero Charlie, il cuore che accelerava i battiti.

«Non vuole che suo figlio finisca nelle mani del primo che passa. Dice che se solo sapesse qualcosa sui genitori che lo adotteranno, se sapesse che finirà in una bella casa, un luogo pieno di calore e gentilezza, la sofferenza di darlo via sarebbe meno terribile». Charlie guardò il quadro di cani corgi appeso sopra la testa di Max. «È maledettamente carina, Suky, ed è bionda, come me e te. Capisci dove voglio andare a parare...».

«Da quanto è... uhm...».

«Sette mesi», gli disse. «Dovrebbe partorire in aprile».

«Con chi dovrei parlare?». Max si accigliò, si sforzava di sopprimere l'eccitazione. «Voglio dire, come funziona la cosa?».

Charlie sorrise. «Una donazione è tutto quello che serve, a quanto pare. Una donazione all'istituto. Le suore preferiscono il cash». Alzò il bicchiere verso Max. «Nessuna lista di attesa, amico mio. E nessuna domanda».

Le suore non incoraggiavano le visite. Un'ora la domenica: era questa la regola. Max seguì Charlie su una scalinata tetra e poi lungo un corridoio che puzzava di disinfettante. Charlie andava a trovare la sorella di nascosto. I genitori gli avevano proibito anche solo di nominarla a casa; ad amici e vicini avevano detto che si era trasferita per lavoro.

Era seduta sul piccolo letto sfatto in un dormitorio per il resto spoglio, gambe incrociate, ago e filo tra le mani, china su una lunga striscia di tessuto blu. Tra le pieghe, Max riconobbe un dragone dorato, osservò le dita della ragazza che ficcavano l'ago nel tessuto e lo tiravano fuori, rovesciando fiamme d'oro e ambra nel filato. La copertina di un neonato. Non alzò lo sguardo. Charlie tossì: «Su, lui è la persona di cui ti ho parlato».

Aveva la pelle liscia e capelli di un pallido biondo che le cadevano sugli occhi. Il pancione enorme le premeva contro il vestito verde, spingeva contro il cardigan, le due metà erano chiuse assieme solo da un bottone che reggeva a fatica. Notò che sulla camicia erano ricamati voli di bombi e farfalle colorate che scorrazzavano dentro e fuori la linea dei bottoni e intorno alle maniche. Immaginò che fossero opera sua. Teneva lo sguardo fisso su di lui, Max aveva la sensazione che gli stesse prendendo le misure, che lo esaminasse. Tirò la pancia in dentro, raddrizzò le spalle.

«Chiedo scusa ma oggi non riesco a scendere dal letto». Sollevò le sopracciglia. «Mi hanno ordinato di riposare». Fece una smorfia. «Da queste parti gli ordini vengono dritti da Dio, perciò non si disobbedisce».

Allungò le gambe, agitando le dita coperte dai calzettoni. Max vide che le caviglie erano gigantesche, distorte da un qualche accumulo di liquidi sotto la superficie.

«Come quelle di un elefante, no?». Lo guardò da sotto le sopracciglia. «Ma mi hanno esentato dai compiti di lavanderia per un paio di giorni. Perciò non mi lamento».

Max spostò lo sguardo in fretta, schiarendosi la gola.

«Allora sei qui per comprare la mia bambina?».

Max iniziò a parlare, la bocca che si apriva di scatto; ma Charlie si era già avvicinato al letto, chino sulla sorella. «Per l'amor di Dio, Su. Andiamo, sai che questa è la migliore opzione che noi… che tu possa avere». Le posò una mano sulla spalla. «È solo sconvolta. Non diceva sul serio».

Suky annuì. «Mi dispiace», sussurrò, chinando il capo. «Il fatto è che da quando… da questo», si toccò lo stomaco, «non ho più nessuna scelta. Non più. Ed è dura… È davvero dura». Lo guardò di nuovo in quel modo, c'era una sfida nascosta nei suoi occhi. «Mio fratello dice che tu e tua moglie volete un figlio». Fece un profondo respiro. «Io non posso tenere la mia. Non abbiamo il permesso di nutrire i nostri figli e neppure di portarli fuori dalla nursery. Le sento urlare. Le altre madri, intendo», deglutì, «quando i loro bambini vengono portati via. La notte le sogno. Incubi. Non voglio che la mia bambina venga data a un estraneo». Il viso si contrasse in una smorfia, singhiozzò. Si coprì un occhio con il pugno chiuso e Max pensò che lei per prima sembrava una bambina. «Mi dispiace. Un mal di testa terribile. Oggi non sono davvero in me». Trasse un altro respiro che le fece tremare tutto il corpo. «Ho la sensazione che la mia bimba stia ricevendo una punizione, e non è giusto. Sono io che mi trovo in stato di "peccato mortale"». Fece una smorfia e sollevò le dita per fare il segno delle virgolette in aria. La bocca si spalancò, si mosse ma non emise suono, divenne tutta rossa, cercando di combattere contro le lacrime.

«Shh... Non piangere, tesoro». Charlie era al suo fianco, la abbracciò, le sfiorò la fronte. Suky sbatté gli occhi, le sopracciglia umide, e suo fratello si chinò in avanti, premendole le labbra sulla bocca tremante. Max sentì la fiammata dello shock, rapida e gelida nelle viscere. Distolse lo sguardo fissando fuori dalla finestra con le spalle rigide.

Quando la ragazza alzò di nuovo la testa, aveva ricomposto il viso e asciugato le lacrime. «Tua moglie non può avere figli?».

Max si grattò il naso e spostò il peso del corpo sull'altro piede. «Ha avuto degli aborti», disse seccamente. «Non vogliamo più affrontare una cosa del genere». Si interruppe, ricordando: «Hai parlato di una figlia. Una femmina».

Lei annuì, lasciandosi sfuggire un piccolo sorriso. «Sì, aspetto una bambina».

«Suky ha degli istinti molto forti su un sacco di cose, non è vero?». Charlie alzò gli occhi al cielo. «Si considera una specie di telepatica».

Ignorando il fratello, Suky si concentrò su Max. «Voglio che la teniate voi. Posso prendere almeno questa decisione, vero?». Si mise una mano sullo stomaco, protettiva, immediatamente spalancò gli occhi, accarezzò il ventre. «L'ho appena sentita scalciare. Deve essere un buon segno». Piegò il capo per aprire il fermaglio di una collana, la passò a Max.

Sorpreso, strinse le dita intorno alla collana. Perline. Erano ancora calde per il contatto con la pelle, piccole gemme morbidamente lavorate, mandavano lampi di oro rosato sotto la debole luce.

«Per mia figlia, così si ricorderà di me. E...», si accigliò. «Dopo. Voglio avere la possibilità di vederla qualche volta, non lo so, come una zia o una cosa del genere. Non interferirò», le tremò la voce, «ma voglio sapere com'è. Altrimenti, non penso di poterlo sopportare...».

«Di tutte queste faccende potrete discuterne dopo, cara». Charlie le carezzò la schiena. «Prima risolviamo questa cosa».

Suky guardò Max. «La amerai tu per me, non è vero?». Si distese di nuovo, il volto contratto, le mani mollemente congiunte sul pancione. Il ricamo stava scivolando sul letto.

Charlie le scostò i capelli dalla fronte. Si piegò, sussurrò, Max fece fatica a sentire: «Ma certo che l'amerà. Ti ho detto che avrei sistemato ogni cosa. Andrà tutto bene, Su».

Bussarono alla porta. Si affacciò una suora. «È ora». Li fissò tutti e tre, uno sguardo sospettoso.

Max pensò a Clara, a casa, piena di angoscia e pensieri. Si mordeva il labbro così spesso che la pelle era tutta ferita, piena di chiazze scure contro il pallore del volto. Non riusciva a ricordare l'ultima volta che aveva sorriso.

20

«Portatela con voi, va bene?». Sandra dà a Penny una piccola spinta, lei trotterella verso di noi.

Fred alza le spalle e le prende la mano. «Andiamo, allora. E ricorda, niente capricci».

Sandra si sta mettendo lo smalto ai piedi, le lunghe gambe magre penzolano dagli scalini del camper. Tra i capelli ha dei bigodini appuntiti. Carol dorme nel passeggino, la pelle luminosa e arrossata dal caldo, il volto grassoccio pieno di pieghe sul collo, la bocca imbronciata umida per la bava. Russa gentilmente, stringe e apre i pugni sul grembo. Ripenso ai vecchi nell'ospizio.

«Grazie, tesoro». Sandra si interrompe, con un piccolo pennello in mano. Le dita dei piedi sono ben distanziate, pezzi di ovatta le dividono; le unghie scintillano di un rosa fucsia. «Almeno così avrò un po' di pace prima che la bimba si svegli».

Penny caracolla accanto a Fred, le ginocchia sporche e grigie. Mi fa un sorriso. Dal cranio le partono delle trecce così rigide che sembrano corna. Quando entriamo nel villaggio la gente ci guarda. Alcuni si voltano a fissarci. Joe trascina i piedi a terra, imbronciato. Ho abbastanza monetine nella tasca dei jeans per comprare due ghiaccioli al negozio. «Per te e Penny», dico, mettendo le monetine sul palmo di Joe. «Noi aspettiamo qui». Fisso Fred con uno sguardo ammonitore quando apre la bocca per protestare.

Appena gli altri scompaiono nel negozio, la campanellina che suona alle loro spalle, mi giro verso di lui per spiegarmi.

«Allora», dice con la sua parlata lenta, «vuoi che ti aiuti a mettere in acqua quella barca... quella che guardavi l'altra volta?»

«Sì». Mi giro verso il negozio. «Non dirlo a nessuno».

«Allora vuoi davvero rubarla?». Sorride.

«Solo prenderla in prestito, per andare sull'isola. Poi la restituirò».

«Vuoi che venga con te? E anche Joe?».

Spalanco gli occhi. «Lo faresti?».

Lui annuisce, alza le spalle.

Faccio un profondo sospiro. È bello sapere che non sono sola. Non posso ammettere a Fred che ho paura del fiume, ma lui non sembra spaventato da nulla. Mi darà coraggio.

Gli altri sono tornati, leccano i ghiaccioli che si sciolgono. Penny è già sporchissima, ha un casino appiccicoso sulle mani e sulle labbra. Persino i sandali sono chiazzati di verde.

Joe guarda Fred sollevando un sopracciglio. «Allora, che succede?»

«Te lo dico dopo», risponde, sporgendosi in avanti per leccare un po' di ghiacciolo viola.

«Ehi!». Joe lo allontana di scatto.

Andiamo alla rimessa dei dinghy, ci sediamo su uno scafo rovesciato per guardare l'andirivieni delle imbarcazioni sull'acqua. Fred allunga le gambe e io vedo che ha le cosce graffiate, piene di strisce rosse. Dal fiume provengono i rumori delle vele che sbattono al vento, degli alberi che cigolano e dei gabbiani che urlano in alto. I marinai hanno giubbotti salvagenti arancioni e gialli, penso a quello di Eva, che galleggiava da solo sul mare deserto.

L'isola sembra più pallida sotto questa luce, scolorita. Vorrei avere il potere di tuffarmi in acqua come una foca, di nuotare sotto le onde e di arrivare con le mie pinne sulla spiaggia. Allora mi trasformerei in una selkie e andrei a salvare mia sorella.

Joanna ed Ellie sono sul molo, le corde per i granchi strette in mano. Ci avvistano e si danno una gomitata, indicandoci. Io deglutisco, ficcandomi le mani in tasca, distolgo lo sguardo. Voglio che ci lascino in pace, spero che Fred non si accorga di nulla. È imbarazzante essere disprezzati.

Penny si è accucciata sul terreno pietroso e sta giocando a un gioco complicato e privato, utilizzando le cose che ha trovato: un tratto di corda blu, una conchiglia scanalata e una chela di granchio spezzata. Sopra di lei, Fred spiega il piano a Joe che sembra eccitato. Andiamo alla barca e ne testiamo il peso, cercando di sollevarla unendo le forze. Intrecciando le dita sotto il bordo di duro legno la solleviamo di diversi centimetri. L'acqua sul fondale oscilla e dondola da parte a parte, gli scalmi penzolano appesi alle loro corde, battono contro lo scafo.

«Tu sai remare, vero?». Fred indica i remi, gli trema il mento, sembra incerto.

«Ma certo», rispondo.

«Io e Fred non siamo mai saliti su una barca». Gli occhi di Joe scintillano, capisco che è un'avventura per loro. Una fitta acuta mi strappa il fiato. È una cosa seria. Si tratta della vita di mia sorella. Sto quasi per dirlo ad alta voce ma poi ci ripenso. Ho bisogno del loro aiuto… è l'unica cosa che importa. Fred si è offerto volontario per attraversare il fiume con me, e questo è come un dono, una fortuna insperata. Un regalo ancora intatto, scintillante e inaspettato.

Avvisto una figura familiare, capelli castani che le sobbalzano sulle spalle. Sophie è sul molo, parla con Joanna. Joanna indica di nuovo e Sophie si volta per seguire la direzione del suo dito.

«Sta arrivando la mia ragazza alla pari». Arrossisco quando pronuncio quelle parole, so che gli altri non appartengono a un mondo in cui esistono le ragazze alla pari. «Sarà meglio che vada. Dobbiamo spostare la barca la mattina presto». Tengo d'occhio Sophie che si avvicina. «Domani», sibilo. «Il prima possibile, prima che arrivi la gente».

Sophie supera ormeggi e funi con attenzione.

«Tua madre mi ha chiesto di venirti a prendere». Si pulisce i pantaloni di chiazze di sporco che solo lei riesce a vedere, gela Fred, Joe e Penny con un'occhiata ammonitrice. «Non puoi più giocare. Andiamo». Mi fa un cenno severo. «*Vite*».

Torniamo a casa in silenzio. È andata a fare compere per mamma, vedo un filone di pane, una grossa lattuga verde e una mezza dozzina di uova che spuntano dal cestino di vimini. Quando ci fermiamo davanti alla porta di ingresso si china per infilare le chiavi nella serratura, scintillanti braccialetti di plastica le tintinnano sul polso. Sono esattamente identici a quelli sulla toletta di fronte allo specchio di Eva. Non vale la pena dirlo a papà. Ripeterebbe che è sola e lontana da casa e che dobbiamo essere gentili con lei. È soltanto che ho paura che voglia molto di più di un mucchietto di braccialetti di plastica, anche più delle perle. Vuole mio padre. Non posso dirlo né a papà né alla mamma. Sembra una cosa folle, e loro hanno già fin troppe preoccupazioni. Non mi starebbero a sentire in ogni caso; aver perso Eva ha reso i miei genitori ciechi e sordi.

21

Ero nervosa perché Marco stava venendo a trovarmi per la prima volta. L'autobus doveva arrivare alla piazza del villaggio da lì a un'ora. Ero in camera già da un secolo a decidere che cosa indossare. Pile di vestiti si ammucchiavano sul pavimento. Avevo appena deciso per il maglione di angora quando Faith è piombata nella mia stanza. Ha cominciato a ballare, sbattendo le ginocchia, muovendo le mani qua e là, volteggiando sui piedi. Scalciava, sollevava le gambe, le mani che tracciavano dei cerchi in aria. «Guarda, Eva», ha detto, «guarda».

È saltata sul mio letto, si è messa a sedere con le gambe incrociate, blaterava così velocemente che si è confusa, le parole si intrecciavano. Mi ha detto che aveva ballato in una casa di riposo per anziani. Jack le stava insegnando il charleston. «Farò un'altra performance». Si è girata sullo stomaco. «Questa volta senza nessuno». Ha annuito. «Un assolo».

Mi stavo truccando le sopracciglia, mi sono fermata. Mi sono chiesta se il viola glitterato fosse eccessivo per il pieno pomeriggio, l'ho guardata nello specchio. Aveva le guance rosse. Ho borbottato, mi sono tolta il viola, mi sono detta che dovevo essere matta: come mi era venuto in mente di vedermi con Marco proprio sotto il naso di mamma? Mi sentivo la testa che scoppiava, cercavo di immaginarlo in mezzo ai posti che mi erano tanto familiari, inventavo delle scuse nel caso qualcuno ci avesse visti. Non riuscivo a tirare abbastanza aria nei polmoni. Le chiacchiere di Faith mi avevano punto come uno stormo di passeri. Ho guardato l'ora. Non volevo dirle di Marco. Sapevo che avrebbe voluto vederlo se avesse saputo.

«Ma te ne vai o no?», ho sbottato esasperata, con le mani sui fianchi. «Non voglio sentirti farneticare di qualche ballo sfigato che non va più di moda da sessant'anni. Ho altro da fare».

Lei ha stretto le labbra, cercando di fermare il tremore, gli occhi improvvisamente lucidi. Se ne è andata senza dire una parola. Sentivo i suoi passi sulle scale.

Silver, disteso sul pavimento della mia camera, ha sollevato la testa e mi ha guardato con i suoi occhi gialli. «Non è colpa mia se non riesce a farsi amici», ho mormorato e il cane si è nascosto il muso sotto la zampa.

Una volta l'ho trovata che piangeva. Nascosta sotto il suo piumino, nel bel mezzo della giornata. «I ragazzi in classe mi prendono in giro», mi ha detto, il volto rosso come un peperone. «Non piaccio a nessuno. Mi prendono in giro per le mie verruche».

«È perché sono tutti figli di cugini e parenti. Consanguinei», le ho risposto. «A Ipswich è meglio. Ci sono persone di tutti i tipi. Il college è ok».

«Ma mancano anni e anni. Sono bloccata qui», ha stretto gli occhi, «con i figli dei cugini».

Ho sorriso come se fosse una battuta. Avrei dovuto dirle che anche io avevo sofferto, spiegarle quanto mi deridevano a scuola perché ero diversa. Troppo alta, con la pelle più scura degli altri. Odiavo i miei riccioli neri. Avevo cercato persino di lisciarli con la piastra. Ma quelli non facevano che piegarsi all'estremità, e la punta della piastra mi aveva ferito il mento. Mi aveva lasciato una cicatrice triangolare. Avevo chiuso la porta su quel periodo della mia vita, ero andata avanti. Incontrare Marco mi aveva liberato. Mi sentivo a casa con lui, con gente come lui.

Sono arrivata alla fermata dell'autobus troppo presto, ho temporeggiato vicino alla panchina di legno, in attesa del suono del motore diesel. L'insegnante di Faith mi è passata accanto in bicicletta; ho fatto finta di non averla vista. La gente entrava e usciva in continuazione dall'ufficio postale. Due donne con delle buste della spesa di carta marrone si sono fermate sulla porta a chiacchierare. Ho fissato la vetrina di un negozio di antiquariato, osservando un tavolo rotondo e un orribile vaso blu come se volessi acquistarli. *Che strano*, stavo pensando, *di tre negozi che ci sono nel villaggio, uno vende delle cose inutili come gli oggetti di antiquariato.*

L'autobus si è fermato, la porta si è aperta con un sibilo. Ho osservato cinque persone che scendevano lentamente, rimettendosi i cappelli, abbottonandosi i cappotti. L'ultima era una giovane donna con un bimbetto tra le braccia. È apparso Marco, gli occhiali scuri, le lunghe gambe avvolte in pantaloni a sigaretta neri. Si è fermato sullo scalino dell'autobus. Siamo rimasti immobili a fissarci finché il conducente non si è affacciato al finestrino. «Allora? Scendi o rimani?». Marco mi ha fatto l'occhiolino da sotto gli occhiali, saltando giù. Sembrava fragile sotto la luce del mattino. Indossava solo un giacchetto sottile, un crocifisso che dondolava sopra la maglietta grigia. Ha starnutito. Era un freddo giorno di primavera e io ero infagottata in un cappotto invernale. L'ho sbottonato al collo, ho tirato indietro i capelli che mi erano scesi sul volto, mi sono leccata le labbra. «Ciao», ho detto, cercando di sembrare rilassata, ma la mia voce era una specie di gracchio.

L'ho portato via in fretta dalla pensilina. Non volevo che vedesse il mio nome inciso nel legno, le frasi volgari scarabocchiate nella vernice verde. Quando ha cercato di prendermi la mano, l'ho tolta di scatto. «Non ancora», ho sussurrato, ma lui non mi ha dato retta, ha continuato a solleticarmi finché, alla fine, non sono più riuscita a resistere. Ho lasciato che mi stringesse forte, che posasse il braccio intorno al collo. «Ma che fretta hai?», ha chiesto. «Abbiamo tutto il pomeriggio».

Rannicchiata sotto la sua ascella, ho sentito l'odore pungente del dopobarba e della nicotina rappresa, l'odore chimico del gel. Ho abbassato lo sguardo sui nostri piedi che si muovevano all'unisono, ho sentito l'osso dell'anca che sfregava contro il mio, un'eccitazione ribelle mi ha attraversato, una scintilla mi solleticava la pelle. Abbiamo percorso il sentiero che superava il castello, lui che parlava della nuova chitarra e io che mi guardavo intorno, alla ricerca di ficcanaso che potessero fare la spia ai miei genitori.

Il sentiero era angusto, era difficile passare due alla volta, ma con i fianchi stretti stretti, il suo braccio sulle spalle, ci siamo riusciti. Lanciavo occhiate furtive da sotto i capelli. Il clima rigido si era accanito contro la sua pelle, colorandola di una sfumatura bluastra. Il freddo gli aveva cerchiato le narici di rosso, aveva una macchia sulla tempia. Lo trovavo adorabile. Gli occhi con le sopracciglia cascanti gli davano un'aria sonnolenta e languida. Sentivo le farfalle nello stomaco ogni volta che si voltava a guardarmi.

Mi sono fermata e ho tirato fuori dalla tasca del cappotto un pezzo di carta. Era leggermente ripiegato. «Per te». Gliel'ho passato, l'ho osservato con un groppo in gola mentre lo apriva. «Non è molto bello...».

Guardava il mio disegno. «L'hai fatto per me?».

Ho annuito. Avevo usato una penna nera, avevo disegnato un Dracula che suonava la chitarra, un intero branco di strani animali alati si affollavano sullo sfondo. Ogni centimetro del foglio era coperto da delicate linee. Ci avevo messo un secolo. «Fico». Lo ha arrotolato con attenzione e se lo è messo nella tasca del giacchetto.

Abbiamo continuato a seguire il sentiero fangoso, le scarpe affondavano nel terreno, diventavano sempre più pesanti. È scivolato, ho cercato di sostenerlo.

«Questo posto», ha fatto un ampio gesto a indicare il fiume e il mare che si apriva al di là, «merda, è troppo cupo». Ha inclinato la testa verso l'isola. «E là che cosa c'è? Sembrano le ciminiere di una fabbrica. È un'isola?».

Ho fatto cenno di sì. «Ministero della difesa».

Ha starnutito di nuovo. Si è tirato su il colletto della giacca. «Credo che sarò sempre un ragazzo di città. Datemi un po' d'inquinamento, se no non riesco a respirare».

Ho sorriso come se capissi che cosa voleva dire. Era vero che non vedevo l'ora di lasciare il villaggio, di allontanarmi da quella mentalità da cittadina di provincia, di andare a Londra ed essere libera. Ma quella era casa mia. Mi sentivo dilaniata.

Con la coda dell'occhio ho visto qualcosa che si muoveva, un velo di colore. Mi sono guardata intorno, mi sono girata di scatto temendo il peggio: Robert e i suoi che ridevano alle nostre spalle. Ho fissato a lungo le canne ai piedi della banchina, ho visto un leggero tremore, il frusciare degli steli. Un cigno bianco ha sollevato il capo sopra la linea degli arbusti.

«È vero», Marco lo ha indicato, «che possono spezzare il braccio di un uomo?»

«Solo se li infastidisci facendo qualcosa di stupido», ho risposto, lanciando un'ultima occhiata veloce ad arbusti e cigno.

Abbiamo camminato nel vento, Marco che si lamentava di un nuovo singolo dei Cure: «È un peccato ma si sono venduti, sai. Da *The Love Cats* sono diventati davvero commerciali».

«Qual è allora il tuo gruppo preferito? Il più goth dei goth?».

Ha sospirato. «Ancora non riesco a credere che i Bauhaus si siano sciolti. *Bela Lugosi's Dead* è una delle più grandi canzoni di tutti i tempi».

Si è fermato e si è voltato, tuffando improvvisamente il volto verso il basso per baciarmi. Le sue labbra, dapprima secche contro le mie, sono diventate umide mentre la lingua si muoveva in lenti cerchi. Ho sentito il sapore colloso dei suoi germi, ma il mio stomaco si è contratto lo stesso per il desiderio, una sensazione di debolezza nelle gambe, come se si stessero sciogliendo, come se fossero cave. Ho affondato i polpastrelli nell'incavo dei suoi gomiti.

C'è stato un rumore, un suono simile a uno sbuffo, ansimante. Non era un animale. Un suono umano. Ci siamo separati, controllando la vegetazione con occhiate rapide e nervose. Lo abbiamo sentito di nuovo, più soffocato, e l'ho riconosciuto. Una risata. C'erano delle mucche che si muovevano lentamente all'orizzonte. Il cigno, calmo e curvo, avanzava placido seguendo la corrente. Poi ho visto il riflesso dei capelli biondi, il blu di un maglione che conoscevo bene, le spalle che spuntavano dietro un ontano.

«Faith Gale», l'ho chiamata. «Ti vedo benissimo. Sarà meglio se torni a casa adesso, o finirai nei guai».

Ho guardato Marco con aria di scuse, ma stava sorridendo. Se fosse sollevato o divertito, non avrei saputo dirlo.

Billy sta riparando il filo per la canna da pesca. È tutto ricurvo e concentrato. Io sono frustrata, annoiata.

«Musica», dico, «di sicuro ti piace la musica. Che cosa ascolti?»

«Niente». Alza le spalle. «Non ci penso».

«Davvero? Pensavo che tutti i "giovani" amassero la musica. È il nostro modo di esprimerci, di dire al mondo chi siamo e che cosa pensiamo. O no?»

«Non voglio che una qualche pop star parli per me e mi dica cosa devo pensare. Non ho bisogno di musica qui. Tu sì? Per me non serve. C'è il mare, c'è il vento». Mi guarda. «Mi piace il silenzio».

«Quindi non hai mai ascoltato nessun gruppo?»

«Genesis», borbotta. «Quelli li ascoltavo».

«Dio, Phil Collins!», sbuffo, coprendomi la bocca con la mano. «Non sono un po' vecchi?»

«Puoi ridere quanto vuoi. Le pop star non sanno niente. Niente che valga la pena di ascoltare. Pensi di essere furba, ragazzina?». Alza le sopracciglia. «Sentiamo, che gruppi ascolti tu?»

«Eva», dico in fretta, il cuore che mi batte più forte, «ricordi? Il mio nome è Eva».

Fa scorrere il filo in mezzo alle dita, lo prova, mi guarda, accigliato. Piega di nuovo il capo, esaminando la fibra. «Eva», ripete piano.

Mi sento riempita da una sensazione vibrante, qualcosa di molto simile al piacere. Il corpo si rilassa, invaso dal sollievo. Mi osserva, arrossisco, abbasso lo sguardo.

«Ogni tanto ascolto Bowie», dico. «È un classico. Siouxsie and the Banshees. New Order. Sisters of Mercy». Parlo in fretta, mulinando nomi di cui mi ha parlato Marco. Me li faceva ascoltare, posando con attenzione la punta del giradischi, trattenendo il respiro appena si alzavano le prime note. Spero che Billy non si accorga del tremore della mia voce. Sto cercando di nasconderlo. Mi stringo le ginocchia tra le mani.

Fuori le onde si infrangono sui ciottoli, fanno sbattere le pietre, riversano spuma e immondizia sulla spiaggia. I gabbiani si lanciano in picchiata e si lamentano in bianchi cerchi come al solito. Ma tutto è diverso, perché ha detto il mio nome.

22

1967

La chiamata arrivò alle tre del mattino. Rispose Max, inciampando nel salotto freddo, ancora assonnato. Sentì la voce attutita di Charlie, sotto shock. Suky era entrata in travaglio prematuramente. Qualcosa era andato per il verso sbagliato. Era stata portata in ospedale in coma, ma la bambina stava bene.

Max andò da solo alla Missione. Sentiva che finché non avesse tenuto la piccola tra le braccia non avrebbe potuto allontanare con certezza lo spettro di una nuova delusione. Clara non avrebbe retto, ne era certo. La suora che prese la bambina dalla culla e gliela passò aveva un aspetto materno, rotonda e tranquilla, ma i suoi piccoli occhi erano impenetrabili come noccioli di oliva. Scrisse il suo nome su un libro denominato REGISTRO DELLE RIMOZIONI. Una sensazione stranamente furtiva. La bambina era piccola, il volto esausto e rosso di rabbia avvolto in ruvide coperte grigie. Ricordò il tessuto morbido tra le mani di Suky, la coperta che aveva tessuto per sua figlia. «C'è un'altra coperta, sorella?», chiese alla suora. «Una blu, con i dragoni?». La donna scosse la testa, un gesto impaziente, aprì la porta, facendosi da parte per lasciarlo passare.

Max mise la bambina nel seggiolino sul sedile posteriore e tornò a casa, spaventato, sopraffatto dall'improvvisa responsabilità, disorientato dal brusco tuffo nel mondo della genitorialità. Lui non si sentiva un genitore. La bambina era una creatura aliena. Urlò per tutto il tempo, né il motore, né il movimento della macchina la calmavano.

Clara aprì la porta, il viso teso per l'ansia. Max prese la piccola dal seggiolino, aveva il terrore di farla cadere, la passò alla moglie. Gliela mise tra le braccia. Si sentiva distintamente l'odore pungente di pannolini sporchi. Ma Clara si addolcì, il voto che s'illuminava. «Maschio o femmina?»

«Femmina», disse Max.

Suky morì senza uscire dal coma. Non vide mai sua figlia. Il ricordo che Max serbava della ragazza del dormitorio – le dita che tenevano l'ago, il ricamo sul grembo e le caviglie gonfie sul letto – si perse pian piano. Anche se a volte si svegliava di notte e disteso nell'oscurità di colpo richiamava alla mente lo sguardo su quel volto quando gli aveva passato la collana.

La bambina che Max le aveva messo tra le braccia non era la creatura rotondetta e simile a un cherubino che Clara aveva immaginato. Niente ricci biondi, niente occhi blu che la fissavano. Era stranamente magra, il corpicino prematuro ricoperto da pelle slabbrata. I capelli formavano una matassa spessa e nera come l'inchiostro; un volto raggrinzito che si rifiutava di guardare il mondo.

La bocca sdentata era spalancata al massimo, la bambina apriva le dita della mano e urlava. Di fronte a quello scoppio di pura angoscia, Clara sentì formicolare i seni. Si mise la mano sul petto, sorpresa. Fece scivolare le dita nella bocca della piccola, sentendo le gengive che succhiavano, che la tiravano. Immediatamente Eva sputò fuori il dito, disgustata, urlando ancora, persino più forte. «Bene», le disse Clara. «Sai che cosa vuoi, non è vero?».

Le paure di Clara, i timori di essere una madre inadeguata, scomparvero. L'istinto prese il sopravvento. *Eva* prese il sopravvento. Urlava notte dopo notte, vomitando il latte artificiale e contorcendo il corpicino tra gli spasmi delle coliche. C'era così tanto da fare che Clara non aveva tempo per pensare. Eva aveva bisogno di lei, e tanto bastava. I giorni passarono e la familiarità crebbe, Eva cominciò a risponderle, a riecheggiare le sue espressioni facciali, a rilassarsi al suo tocco.

Quando le dava il biberon, Clara si ritrovava a fissare quel volto assorto nella più profonda concentrazione, bollicine di latte che si raggrumavano agli angoli delle labbra spaccate, gli occhi chiusi, stretti, e sapeva che quel piccolo esserino era forte, determinato a sopravvivere. Lo spirito della persona che sarebbe diventata si irradiava da lei; a volte Clara guardava quel volto ancora non formato e vedeva la bimba in cui si sarebbe trasformata. Distesi ancora più sotto, c'erano i suoi volti da teenager e da adulta. «Te la caverai alla grande». Clara strinse piano le dita dei piedi che si dibattevano. «Credo che in qualche modo ci conquisterai entrambi. Saremo tutti ai tuoi piedi. Prima noi due, poi tutto il mondo».

Eva non aveva sentito la voce di Clara nel grembo, ma non aveva importanza. Clara non aveva mai conosciuto Suky e non aveva idea di chi fosse il vero padre, ma neppure questo aveva importanza. Perché adesso capiva: tutti i bambini sono stranieri che provengono da un pianeta distante e acquoso. Arrivano lasciandosi alle spalle una scia di sogni segreti, l'alchimia dei loro caratteri che si forma alla prima boccata d'aria.

Madre e figlio impararono a conoscersi in quei giorni di coliche ventose, di pannolini chiusi da mani incerte, di lunghi sonnellini pomeridiani e notti insonni. Non fu facile, ma Clara non rimpianse la decisione di adottarla neppure per un istante. Una notte sentì al notiziario che una gatta aveva adottato un cucciolo di scoiattolo. Realizzò che l'impulso a diventare madre andava oltre ogni razionalità: la spinta ad amare e nutrire una creatura che ha bisogno di te era più forte di ogni legame di sangue, più forte persino dei confini che separano le specie.

Eva era sempre con lei, notte e giorno, costantemente aggrappata al suo corpo, la testa ciondolante rannicchiata contro le sue spalle, mentre Clara la portava qua e là nell'appartamento, cantando piano. Tutto l'amore che non aveva potuto dare ai quattro bambini che aveva perso venne convogliato in quella piccolina. Pensò che quell'affetto era così enorme che avrebbe rotto gli argini e sarebbe traboccato fuori da lei come un fiume. Eva aveva una culla accanto al letto, ma durante le ore nebbiose in cui la nutriva di prima mattina Clara non la rimetteva lì: dormiva in mezzo ai suoi nuovi genitori, braccia e gambe spalancate, fiduciosa.

Quando Max suggerì di ricominciare da capo, di trasferirsi nel Suffolk per stare più vicino alla madre, accanto al fiume e al mare, Clara fu d'accordo. Dopo l'ultimo aborto era diventata una reclusa, depressa, incapace di lasciare l'appartamento. Non vedeva nessuno, nemmeno i suoi vecchi amici del teatro. E proprio per questo motivo fu possibile presentare al mondo Eva come se fosse figlia loro. Dissero agli amici che Clara non aveva voluto far sapere a nessuno che era incinta; e tutti coloro che conoscevano la loro storia si dimostrarono comprensivi, non facevano domande, erano solo sollevati che ci fosse stato un lieto fine. Max era imbarazzato per la bugia. Ma anche se si sarebbe sentito più a suo agio a dire la verità, ricordò la suora che le passava quel piccolo fagottino che era la sua Eva, il modo in cui si era fatta scivolare la busta piena di soldi in una tasca nascosta tra le pieghe dell'abito. Gli era rimasto un cattivo sapore in bocca, una sensazione di fastidio nelle viscere. *Meglio lasciarsi tutto alle spalle e andare avanti*, si disse. Trovò una casa sperduta nella campagna e non si prese il disturbo di lasciare un indirizzo a cui inoltrare la corrispondenza all'appartamento di Londra.

Quando arrivarono nel Suffolk, i cespugli erano pieni di fiori bianchi, differenti tonalità di verde che germogliavano dagli alberi e dal terreno. Max le fece vedere la casa, era eccitato ma ansioso. «Non è troppo grande, no?», le chiese. «Non ti sentirai troppo isolata, spero».

Assaporando pian piano la maternità, persa nel calore della pelle della bimba, respirando solo il fiato odoroso di latte di Eva, vivendo nelle profondità ardesia dei suoi occhi, Clara si accorgeva appena di ciò che le stava attorno. La casa era perfetta: una fortezza di pietra contro il resto del mondo. Un posto in cui sarebbero stati al sicuro.

23

Ho ancora il mozzicone della matita di Billy. Il mio tesoro più prezioso. Ho disegnato sui muri della pagoda in mezzo a tubi e fili. Disegni di foche, una barca in tempesta. Ho disegnato Billy che pescava e un dettaglio ravvicinato dei miei polsi legati con la corda. C'è un'illustrazione di me distesa sulla spiaggia, con Billy accucciato sopra il mio corpo. Adesso sto disegnando un coniglio in una trappola. Sono i miei dipinti della caverna. Mi chiedo se qualcuno li troverà, nei mesi o negli anni che verranno, e seguirà la storia con le dita, comprendendo quello che mi è successo.

Billy mi guarda, le mani sui fianchi. «Non sono così brutto», si lamenta.

«Sì», dico, senza togliere gli occhi dal dipinto, «sì, invece».

«Mi fai sembrare un maledetto yeti», dice con voce piatta. «Io vado a fare qualcosa di utile. Controllo le trappole vere, per esempio».

Annuisco, continuo a disegnare, avvicinandomi ancora di più al muro, respirando l'odore dei mattoni pieni di muschio. Mi siedo sui polpacci, strizzando gli occhi per guardare i dipinti. Ho sbagliato le dimensioni.

«Magari ne trovo uno come quello per cena. Speriamo», dice sporgendosi sopra le mie spalle. Respira con la bocca, esaminando la figura. La barba ispida mi solletica la punta dell'orecchio.

Sento il rumore metallico del lucchetto che scorre. Starà via per un po'. Ci sono diverse trappole, tutte fatte di filo e chiodi, piazzate sotto i ginestroni, vicino alla recinzione dove i conigli costruiscono le loro tane.

Non mi capita spesso di avere la pagoda tutta per me. Metto via la matita, sistemandola bene in tasca, proprio in fondo. Mi tiro su, cammino lungo i bordi della buca, guardandomi intorno impaziente, come se potesse esserci un'apertura che mi è sempre sfuggita. L'interno della pagoda si spalanca sopra di me; deve essere alta sei metri e più, anche se non me la cavo per niente bene con misure e numeri. L'unico modo per salire è arrampicarsi sulla scaletta retraibile arrugginita fissata in alto sul muro. Sposto la sedia, ci salgo sopra. Ma anche in equilibrio sulla punta dei piedi e allungandomi più che posso, i polpastrelli non arrivano nemmeno a sfiorare l'ultimo scalino.

Billy ha lasciato il suo cappotto in un angolo. Se dentro c'è una busta di carta vuota, un foglio, qualcosa su cui scrivere, potrei lasciare un messaggio, nasconderlo in una bottiglia di plastica e in qualche modo sistemarla in mezzo ai ciottoli la prossima volta che andiamo alla spiaggia. Mi inginocchio accanto al cappotto e frugo nelle tasche, ma non ci sono pezzi di carta, solo il barattolo in cui tiene le sue lettere. È vecchio e arrugginito, una scatola di sigari con una scritta dorata che si sta staccando, quasi illeggibile. Faccio scattare il coperchio, lasciando uscire un ricco odore di tabacco marrone. Dentro sono ammucchiate lettere blu e pallide. Ne prendo una, sfiorando le pieghe ormai sottili e fragili: le lettere sono state aperte e richiuse troppe volte.

I miei occhi scorrono sulle frasi, divorando le parole. «I ragazzi della tua unità sembrano dei tipi a posto. Ti guarderanno la schiena, se tu farai lo stesso con loro… ti lascio qualche soldo per il signor Chuggy… ho sentito la radio, ho saputo della bomba…. Grazie a Dio non eri al pub… mi dispiace per le persone che hai perso, ragazzo. Lo so che noi non capiamo quanto è dura. Soltanto dei numeri alla tele mentre la gente prende il tè. Ma solo voi vedete tutto il sangue e lo schifo».

Ogni foglio è ricoperto dalla stessa grafia allungata. Controllo le firme. «Nonno». Mi piace la scrittura del nonno di Billy. Sembra gentile. E non si rivolge a una persona malvagia o fuori di testa. Billy mi ha detto la verità: era un soldato, ha combattuto nell'Irlanda del Nord. A quanto pare, la normale vita di un soldato. Non si parla mai di nessuna prigione. Alcune delle lettere hanno degli invitanti spazi vuoti, la scrittura non occupa proprio ogni singolo centimetro, potrei approfittarne per scribacchiare un messaggio, ma è assolutamente impossibile che riesca a fare una cosa del genere senza che lui se ne accorga. Le rilegge in continuazione.

Il suono dei ciottoli mi fa trasalire. Ripiego le lettere in tutta fretta, imprecando quando le mie dita tremanti fanno un taglietto per sbaglio. Cerco di rammentare l'ordine in cui erano disposte, le impilo una sull'altra, rimetto a posto il coperchio. Poi infilo di nuovo il barattolo nella tasca, rimettendo il cappotto sul pavimento dove l'aveva lasciato lui.

Quando le chiavi girano nella serratura io mi tuffo tra le coperte, le gambe piegate sotto di me. Il cuore mi batte fortissimo. Cerco di ricompormi, respiro con il naso.

Billy mi lancia un'occhiata sospettosa. «Non disegni? E allora che hai fatto fino ad adesso?»

«Oh, mi sono fatta le unghie, una chiacchierata con un paio di amici, poi ho letto qualche rivista… sai», mi costringo a sorridere, «le solite cose».

Un coniglio gli penzola dalle mani; lo lancia, atterra con un tonfo orribile vicino a me.

«Puliscilo», dice, «lo mangiamo a cena».

«Mi serve il coltello». Controllo la voce, parlo in tono neutrale.

Mi fissa. Blocco il tremore, sposto le spalle, cerco di sembrare tranquilla. «Non ce la faccio senza coltello».

Si avvicina, me lo passa. Le mie dita sono incerte, la presa è poco salda quando stringo la mano intono all'impugnatura. Billy si mette a sedere in fondo alla stanza. Si gira una sigaretta con movimenti fermi e decisi, senza mai togliermi gli occhi di dosso. Mi sta mettendo alla prova, penso. Devo superare il test, convincerlo a fidarsi di me. Devo incoraggiarlo a prendersi più rischi, fargli abbassare la guardia.

Faccio un profondo respiro, infilo la lama nella pelliccia, la apro con uno strattone, faccio uno squarcio per individuare il ventre molle e caldo. Appare un lembo rotondo di carne, violacea e tesa. Deglutisco, non voglio perforarla. L'ho visto fare a Billy un'infinità di volte. So cosa devo fare. Cerco di non pensare, guardo dall'altra parte, spingo in profondità la lama. «Non sono esperta come te». Le parole mi si bloccano in gola, ho le dita scivolose per il sangue.

Fa un lungo tiro di sigaretta, mi osserva. «Ti taglierai se non guardi quello che fai».

«Dove eri... dove ti hanno mandato», annaspo a ogni movimento, «...quando facevi il soldato?».

Sbuffa una nuvoletta di fumo. «Irlanda del Nord. Bogside».

«Oh». Abbasso gli occhi per guardare il macello che sto combinando. «Deve essere stata dura, tutte quelle bombe, i casini...». Faccio una smorfia, la pelle non cede. Grasso burroso mi sbatte contro le dita, pelliccia macchiata mi si attacca alla pelle.

«Per la maggior parte del tempo era una noia». Stringe forte la sigaretta tra le labbra, si gratta la testa. «A parte i disordini. Quelli erano divertenti. Sparare proiettili di gomma a quelle merde. Sì», sorride, «quello era fico».

Si accorge della mia espressione. «È quello che volevano farci pensare. Quello che dovevamo sentire. L'esercito, il governo. Era una guerra. Solo che loro non la chiamavano così. C'era un piano più grande, sai. Eravamo tutti marci, come larve di mosche in una carcassa». Scuote la testa. «Non ti immagini cosa si prova... Ci odiavano. Anche le donne e i bambini. Dappertutto c'era scritto FUORI GLI INGLESI. Non potevi mai sapere se avessero messo un congegno esplosivo in un muro, se da una macchina che passava qualcuno ti avrebbe sparato. Ci buttavano addosso i frigoriferi dai balconi». Si toglie una pagliuzza di tabacco dalla bocca, incupendosi. «E poi c'eravamo noi, che cercavamo di combattere, di rispondere agli attacchi con una mano legata dietro la schiena». Fa un suono raschiante con la gola, sputa rumorosamente il catarro.

«Allora perché?», mi volto dall'altra parte, ho la nausea, l'odore intenso della carne calda mi riempie le narici, «voglio dire… che c'entro io… perché sono qui…».

«Per… per lei».

«La voce?». Mi sporgo in avanti, le mani sulla pelle bagnata. «Quella del sogno?»

«No». Scuote la testa. «Sì». Si acciglia. «Voglio dire, l'altra. Lei, cioè». Gli scintillano gli occhi. Il suo volto adesso è smorto, pallido.

Apro la bocca ma lui si alza di scatto, spegnendo la sigaretta sotto la scarpa. Rimane in piedi davanti a me. «Ridammi il coltello. Stai facendo un casino». Allunga la mano, le dita già ricurve, pronte. «Basta parlare adesso».

Stringo più forte il coltello e per un secondo penso di scattare in avanti, di pugnalarlo nella gamba. Di lacerare un'arteria. Ci deve essere un'arteria da qualche parte dentro l'osso e il muscolo. Non so bene come funziona il corpo umano. Faith non avrebbe dubbi. Ma non ce la faccio, comunque. Sono una codarda. Solo a pensarci mi sento svenire. Non riesco nemmeno a spellare il coniglio.

Pensavo di essere una che combatte. Una guerriera. Mi sbagliavo. Sono inutile. La mia sorellina se la caverebbe meglio di me. Ho le gambe molli come gelatina quando gli passo il coltello. Raccoglie il coniglio mezzo scuoiato, fa un verso sibilante tirando l'aria in mezzo ai denti, scuote la testa.

Ormai so che non devo insistere quando il suo umore peggiora, ma devo sapere chi è "lei". Forse la sua ragazza? Se riuscissi a scoprirlo magari potrei ragionare con lui, fargli capire che sta commettendo un errore. Chiunque sia "lei", non sono certo io.

24

1967-1968

Nello spazio di sei mesi Eva era diventata grassa e sorridente, gambette forti e marroncine che erano così morbide e invitanti che Clara avrebbe voluto ficcarci dentro i denti. I capelli incolti erano caduti ed erano stati rimpiazzati da ricci scintillanti. Ancora si rifiutava di dormire la notte, si dimenava nella culla e stringeva forte la mano di Clara. Lei si stendeva sul pavimento, tenendo quella piccola manina attraverso le sbarre, aspettando pazientemente che il suo respiro si calmasse.

Lei e Max si erano trasferiti nel Suffolk. Erano esausti, il trasloco era stato estenuante, e poi avevano dovuto sistemarsi a Holt House, aprire gli infiniti scatoloni, dipingere le mura e domare il giardino, l'erba era alta, selvaggia. Max aveva anche lo stress di far partire uno studio suo, la sua unica impiegata era una segretaria miope. E naturalmente soffrivano entrambi per la mancanza di sonno. Nelle tetre sere invernali spesso cedevano alla tentazione di bere un bicchiere di vino, accasciati sul tavolo della cucina, le dita intrecciate intorno ai bicchieri, scambiandosi i particolari delle loro giornate tra uno sbadiglio e l'altro, senza dover pensare a Eva almeno per qualche ora.

«Ho messo un po' in ordine i fogli dello studio», disse Clara una sera. «Il nostro certificato di matrimonio. Il certificato di nascita di Eva. Non abbiamo dei fogli dell'adozione da qualche parte?».

Max si accigliò. Passò le dita sul bordo degli occhiali. «No», ammise lentamente. «Non abbiamo nulla di scritto perché non siamo passati da un ente». Sbatté gli occhi. «Niente di ufficiale».

«Che vuoi dire?». Clara si paralizzò, il sapore dello Chablis acido sulla lingua. La cucina gettava ombre negli angoli. Il vento faceva sbattere le vecchie finestre.

«Clara, lo sai già, te ne ho parlato. È per questo che è successo tutto così velocemente. È per questo che Eva era così piccola quando l'abbiamo presa». Si spostò sulla sedia. «Ho fatto una donazione. La chiamano così». Si tirò l'orecchio, scuro in volto. «Ho firmato un registro. Ho messo nome e indirizzo vicino al nome di Suky. Le adozioni non ufficiali erano centinaia, non so, forse migliaia. Non ci sono documenti legali».

«Ma come possiamo provare che è nostra?». Clara si abbandonò sulla sedia, spalancando gli occhi. «Dovremmo avere dei documenti, no?». Si chinò in avanti. «Falsificali», sibilò, il cuore le batteva forte. Allontanò il bicchiere. «Sei un avvocato. Prepara dei documenti falsi».

«Non posso». Scosse la testa. «Non posso farlo. Non sono un criminale, Clara».

«E se la famiglia della ragazza rivolesse Eva?». Quella possibilità urlava dentro di lei come una sirena. Fu costretta a trattenersi per non mettersi a urlare. «Che si fa in quel caso?».

Max strinse le labbra. «Non succederà». Cercò di prenderle la mano, ma lei se la tirò di scatto sul grembo. «Senti, ci ho già pensato. Sono stati loro a metterla in quell'istituto, per l'amor di Dio. L'hanno mandata via, messa sotto chiave. Charles ha detto che hanno raccontato a tutti che si era trasferita all'estero. Si vergognavano di lei». Si passò le dita tra i capelli. «Perché dovrebbero volere la sua bambina? La bambina che l'hanno costretta a dare via?»

«Costretta?». Clara strinse la mascella. «Ma mi avevi detto che era lei che voleva affidarci la sua piccola».

Max si schiarì la gola. «È così. Voleva che la bambina andasse in una casa piena d'amore. Ma... non aveva scelta. Avevo la sensazione che un sacco di ragazze in quel posto volessero tenere i loro figli. Era una catena di montaggio, Clara». La guardò, poi abbassò gli occhi sul tavolo. «I bambini venivano dati via per soldi. Le suore prendevano gli assegni e passavano i piccoli a perfetti sconosciuti. Era sbagliato. Ma noi eravamo disperati. Poi Suky è morta. Quello per me ha chiuso e sigillato tutta la faccenda, perché le avevo fatto una promessa. Le avevo giurato che avremmo amato la sua bambina».

Quando Max aveva detto a Clara che aveva trovato una piccola da adottare, il corpo dolorante di sua moglie si era raddolcito, i rigidi crateri del suo animo si erano rilassati ed espansi per il sollievo. Sarebbe diventata una madre. Aveva sentito il tremito nella voce di Max quando le aveva raccontato tutta la vicenda. Ma gli unici dettagli su cui Clara si era soffermata riguardavano la piccolina: avrebbe potuto tenerla tra le braccia, un esserino di poche settimane soltanto.

Rimpianse di non aver ascoltato più attentamente a quel tempo. Adesso aveva una nuova paura. La paura che la famiglia di Suky potesse arrivare un giorno, bussare alla loro porta per reclamarla. Nel corso dei mesi successivi ritornò sull'argomento diverse volte, chiese a Max di falsificare i documenti. Ogni volta lui scuoteva la testa. Quando insisteva, le diceva stancamente che aveva stretto un accordo orale in buona fede con Suky e Charles. Aveva firmato il registro delle rimozioni. Avevano il certificato di nascita di Eva. Continuava a insistere su questi punti, come se potessero bastare.

L'inverno nel Suffolk era stato una prova di resistenza. La casa scricchiolava, le tegole scivolavano sotto gli assalti dei venti, il tetto perdeva; Clara non riusciva a scaldarsi neppure con tutti i vestiti che si metteva addosso. Quando il fiume uscì dagli argini, il giardino divenne un pantano, l'acqua risaliva da sotto la porta della cucina. Gli acquitrini erano una fanghiglia grigia sotto il tetro tendaggio del cielo. Arrivavano tempeste selvagge che facevano diventare nero il mare, si abbattevano a terra buttando giù gli alberi, sbattendo le porte e ribaltando le recinzioni. Eva si prese la tosse e un'infezione ai polmoni che si trascinò a lungo. Clara di notte si chinava sulla culla, il cappotto sulle spalle, tremava al buio, terrorizzata che la tosse le impedisse di respirare.

Alla fine arrivò il sollievo di marzo. I boccioli cominciarono ad aprirsi, rivelando i cuori appiccicosi. Nuovi colori sul terreno, il limonio che fioriva in chiazze viola. I mesi si susseguirono, zafferani e narcisi crescevano in gruppi scintillanti nel giardino, l'amento colorava il salice. Clara si svegliò il 30 marzo, il primo compleanno di Eva, e guardò il mare fuori dalla finestra. Il sole era un cerchio d'argento, portava con sé il fantasma dell'inverno, un ricordo di nebbia e ghiaccio. *Finalmente*, pensò, *le cose cambieranno. In meglio.*

Eva aveva appena imparato a camminare. Il sentiero stretto e umido vicino alla casa era un posto morbido in cui cadere, pieno di cose interessanti da esaminare: gli insetti, la vivida, lenta scia delle lumache e le ragnatele che racchiudevano pallidi tunnel in mezzo a fitti rovi di more e ortiche. Clara la seguiva, le braccia tese pronte a prenderla se cadeva, osservava la piccola che esaminava i rampicanti oppure il movimento della luce su una foglia, le dita grassocce che si tendevano verso ogni nuovo oggetto, gli occhi spalancati.

«Andiamo a casa». Clara la sollevò, tenendo vicino a sé il corpicino che si dimenava. «Dopo il sonnellino c'è la torta di compleanno insieme al tè, tesoro. L'ha fatta papà. Non hai mai assaggiato il cioccolato, ancora».

Mentre tornavano a casa, Eva sospirò, mettendosi il pollice in bocca, la testa abbandonata sulle spalle di Clara. Le braccia le facevano male, quel corpicino era pesante, la sua bambina cresceva contro di lei a ogni passo.

Fuori dalla casa era parcheggiata una macchina che non riconosceva, una scintillante BMW grigia. Clara ebbe una fitta al petto. Sentiva l'impulso di restare fuori, di non entrare, di girarsi sui tacchi e allontanarsi in fretta verso il mare, con Eva rannicchiata al sicuro sotto il cappotto.

Quando aprì la porta, Max le andò incontro nel corridoio. «Tesoro», sfiorò il piedino dondolante di Eva, «abbiamo un ospite a sorpresa. Il fratello di Suky». Parlava piano, ma di sicuro chiunque ci fosse in salotto riusciva a sentirlo.

Clara aprì bene gli occhi. «Come ha fatto a trovarci?», sussurrò muovendo appena le labbra.

«L'elenco telefonico, probabilmente». Abbassò il tono, il volto improvvisamente tetro. «Studio legale M.J. Gale e Co».

Lei scosse la testa. «Non voglio che la veda», sussurrò, la voce carica di tensione. «Max, e se fosse venuto a prenderla?».

Max era pallido sotto l'abbronzatura ma le mise una mano sulla spalla, stringendola per rassicurarla. «Non dobbiamo farci prendere dal panico. Sono sicuro che sia venuto a vederla e basta. È comprensibile. È la figlia di sua sorella».

Clara si strinse al petto il pesante fagotto in cui era rannicchiata Eva, addormentata. «Be', adesso è l'ora del pisolino. La metto nella culla». Si accigliò. «Se è venuto a vedere Eva, dovrà aspettare che si svegli».

All'ingresso c'era Grace, si stava mettendo il cappotto. Era venuta per festeggiare il compleanno; accarezzò piano il braccio di Clara. «Meglio che vada. Vi lascio in pace. Non voglio starvi tra i piedi». Guardò il visino di Eva, immerso nel sonno, e poi di nuovo Clara.

«Coraggio. Mi trovi nel cottage se hai bisogno di me».

«Non andare...». Clara le strinse la mano sottile. «Grace, ho paura».

«È tua figlia. Non lo dimenticare». E poi se ne andò, la porta che si chiudeva piano alle sue spalle.

Al piano di sopra, Clara distese il corpo inerme di Eva nella culla, posandole sopra una coperta, tirando indietro i ricci madidi di sudore per liberarle la fronte. Le palpebre di Eva si mossero, le scivolò il pollice dalla bocca, lasciando una scia di saliva. «Mia figlia», ripeté piano Clara. Un odore di cibo cotto al forno si alzò dalla cucina, riempiendo la casa di un aroma vaporoso e zuccherino. Clara si fermò un attimo in bagno, picchiettandosi le labbra con il rossetto, sistemandosi i capelli. Si lisciò il maglione, passò le mani sui fianchi. Fissò il volto pallido nello specchio. *Che cosa vuole?* Si girò dall'altra parte. Le sudavano le mani. Se le asciugò sulla gonna.

In salotto, un uomo si stava alzando dalla sedia. I capelli biondi indietreggiavano da una fronte alta e rosea. La guardò con interesse; i suoi occhi, notò, somigliavano a biscotti, quasi privi di colore.

«Charles Anderson», stava dicendo Max, «lei è mia moglie, Clara».

«Chiamami zio Charlie». L'uomo sorrise e fece un passo in avanti. «Dov'è la piccola?»

«Eva», disse Clara. «Sta dormendo». Si mise a sedere di fronte a lui, incrociando i piedi sotto il sedere, le mani giunte in grembo. «Di solito dorme per un'oretta».

Charles lanciò una rapida occhiata dietro di sé, come se Eva potesse essere nascosta dietro il divano. Alzò le spalle. «Allora, è una bambina sana e forte, non è vero?». Sorrise. «Ha tutte le dita dei piedi e delle mani, sì?».

Clara lo fissò. «È in perfetta salute, grazie».

Mentre Charlie sorseggiava il tè, si guardava furtivamente intorno, scrutando la stanza. Clara si chiese che cosa pensasse, che impressione si stesse facendo. Avevano appena finito di aprire gli scatoloni. I libri erano impilati in torri ondeggianti sul pavimento. Il dipinto della madre di Clara era appeso sopra la mensola. Clara sapeva che non era certo un fulgido esempio di acquerello. Voleva spiegare che era stata sua madre a dipingerlo, e allo stesso tempo era furiosa con se stessa perché si preoccupava tanto della sua opinione. Cercò di nascondere la sfiducia che provava, abbassando gli occhi. Charles continuò a chiacchierare del più e del meno, disse che di recente l'avevano fatto socio dello studio e che si era sposato da poco.

«Che cosa ti ha fatto venire voglia di vedere Eva adesso?». Clara sentì la sua stessa voce strozzata, soffocata. Abbassò la testa di scatto e prese un sorso di tè tiepido.

Charles inclinò la testa di lato come se stesse riflettendo.

«Ho promesso a mia sorella di tenere d'occhio sua figlia», aprì le mani. «In fin dei conti, quella piccola fa parte della famiglia. Mi dispiace solo che mi ci sia voluto così tanto. Ma i primi tempi è stata dura... perdere Suky». Incrociò le gambe. «Non è un problema, vero?», chiese. «Immagino che abbiate detto a Eva che è stata adottata».

Max stava iniziando a parlare ma Clara lo interruppe: «Certo che *non* glielo abbiamo detto». Fissò Charles, sollevando il mento. «È troppo piccola. Non capirebbe».

Un gemito da sopra. Tutti e tre guardarono il soffitto e Charles posò la tazza, in attesa. «Ah, è già sveglia. Forse sente che c'è suo zio». Fece un sorrisetto soddisfatto.

Clara si alzò in silenzio e andò alla porta, con passo pesante.

Quando rientrò dalla stanza, con Eva che sbadigliava tra le sue braccia, Charles saltò su e Clara si fermò, il corpo pronto a spiccare il volo, il cuore che batteva forte. Charles si fece avanti e Clara strinse Eva ancora di più, ma lui barcollò, inciampando sul tappeto, il volto che si spalancava per lo smarrimento. «Questa è la figlia di Suky?».

Clara annuì, sospettosa, infilando il naso nei capelli scuri di Eva, assaporando l'odore di latte della sua pelle.

«Non capisco», si accigliò Charlie. «C'è stato un errore? Mi aspettavo una bambina che sembrasse... non che fosse...».

«Ti riferisci al colore della sua pelle?», chiese Max.

«Pensavo che somigliasse... a Suky».

«Sì, anche noi siamo rimasti sorpresi all'inizio». Max era in piedi accanto a Clara, guardavano Eva dritto in faccia. «Ma i geni sono delle robe strane, non credi?».

Charles non si trattenne a lungo. La conversazione si fece più incerta. Disse loro che suo padre era morto da poco e che aveva ereditato la casa di famiglia. «Una baracca in rovina, ha bisogno di grandi lavori di restauro». Gli tremavano le mani quando si portò la tazza alle labbra. Continuava a scoccare occhiate a Eva, ma non chiese di prenderla in braccio. Avvertendo l'atmosfera pesante, la piccola si comportò male, lanciò la tazza a terra, pianse quando le venne proibita una seconda fetta di torta.

Mentre erano in piedi davanti alla porta a salutare Charlie con la mano, Max si chinò e disse a Clara: «Non credo che lo rivedremo».

«Non vedeva l'ora di andarsene a gambe levate, non è vero?». Clara strinse forte Eva. «Neanche fosse un diavoletto con tanto di corna».

Eva girò verso l'alto il visino color cioccolato e sorrise.

«Era venuto a prenderla», disse Clara.

«No», cominciò a protestare Max.

«Sì», lo contraddisse lei. «L'ho capito fin dal primo momento che ho visto la sua macchina. L'hai sentito anche tu. Hanno appena ereditato un bel mucchio di bigliettoni». Abbracciò Eva. «Si è sposato. È pieno di soldi. È nella posizione di riprendersi Eva». Stava tremando.

Max si accigliò. «Be', se questo era il suo piano, adesso è cambiato tutto. È evidente che Eva non è quella che si aspettava».

«Non so perché fosse così sicuro che Eva sarebbe stata bionda. Spero che non riesca mai a superare lo shock. Che cosa si era messo in testa? Pensava di potercela portare via così, come se nulla fosse? Io non la lascerò mai andare», disse Clara, voltandosi per rientrare in casa. «È la nostra bambina. Dovrà passare sul mio cadavere. Documenti o no».

«Sui *nostri* cadaveri», disse Max, facendo scivolare la mano tra le sue.

25

La rimessa dei dinghy è deserta. Mi appoggio alla barca a remi. Una bassa nebbia mi inghiotte le gambe, rabbrividisco, mi sento fredda e fradicia. Il fiume si è ritirato, lasciando scivolose banchine di fango che si allungano fino all'acqua. I gabbiani escono dalla luce pallida come piccoli fantasmi, si alzano dall'acqua spalancando le ali. Ho dimenticato di controllare la marea. Sta scendendo, ritirandosi. La bassa marea rende più difficile il compito di portare in acqua la barca. *Ma ce la faremo*, dico a me stessa. C'è uno scivolo di cemento, anche se è viscido e pieno di cose verdi.

Sono uscita di nascosto mentre tutti dormivano, ho preso dal frigo i resti di un cosciotto d'agnello e li ho dati a Silver per farlo stare buono. Non riusciva a credere alla sua fortuna. Mamma non sarà contenta quando lo scoprirà. Appoggiata contro lo scafo di legno, resto in ascolto, concentrata, pronta a sentire il rumore di qualcuno che si avvicina. Ma forse non verrà nessuno. Non c'è vento, non si può andare a vela, non ci sono onde che portino l'acqua alla riva. È tutto stranamente silenzioso, il fiume è buio sotto uno strato di bianco tremolante.

Guardo l'orologio. Sono in ritardo. Do uno strattone alla barca, sforzando i muscoli delle spalle. È pesante come un macigno. Non riuscirò mai a muoverla da sola. Sento dei piedi che colpiscono i ciottoli, un mormorio di voci. Fred e Joe compaiono al mio fianco, come stregoni di uno spettacolo da baraccone che si materializzano in mezzo al fumo di scena. Fred sta mangiucchiando una crosta di pane.

«Non siamo riusciti a sgattaiolare fuori dal camper senza

che Sandra se ne accorgesse». Deglutisce, sbadiglia. «Abbiamo dovuto confessarle che stavamo venendo da te, alla fine. Ci ha detto solo di fare piano per non svegliare la piccola».

«Bene. E adesso che siete arrivati diamoci da fare».

Fred dà l'ultimo morso, leccandosi delle molliche fuggiasche. «Non è certo una grande colazione». Afferra la barca. «Joe, tu prendi l'altro lato». Annuisce. «Faith, solleva quella parte lì in fondo».

«La poppa», mormoro.

Avanziamo a fatica nella rimessa, inciampando sugli ormeggi e sulle funi, la barca che oscilla in mezzo a noi. Joe geme. Lascia la presa e flette le dita, sussultando. «Pesa una tonnellata. Come farà a stare a galla?».

Raggiungiamo lo scivolo di cemento, non è facile stare in piedi sulle alghe viscide, facciamo fatica a mantenere l'equilibrio. La barca sembra farsi sempre più pesante, mi batte contro le ginocchia. Contraggo più forte le dita doloranti. L'acqua che lambisce le caviglie. Quando la barca tocca il fiume, cambia carattere, diventa allegra e gioiosa. Oscilla e tira, la corrente la cattura, strappandomela di mano. Fred e Joe sono in piedi sulla sponda, sembrano incerti.

«Sei sicura che sai come si fa?», chiede Joe, tremando.

Sono nell'acqua gelida fino alle ginocchia. Lo guardo storto. «Tu pensa solo a salire, va bene?».

Joe è il primo a issarsi a bordo. Fred lo segue, cerca di far passare la gamba dall'altra parte. Si tiene con entrambe le braccia, si sforza disperatamente di sollevarsi fino all'altezza giusta, per un momento rimane aggrappato poi cade all'indietro con un pesante tonfo. Saltellando su e giù, continua a provare, imprecando e alzando gli occhi al cielo, facendo finta di ridere, come se fosse tutto un gioco, ma è a corto di fiato, le mani e le ginocchia sono sbucciate, rosse. Ha i pantaloncini zuppi fino alla vita. Joe cerca di aiutarlo, lo prende per le braccia, tira, afferra il giacchetto e dà uno strattone. Fred adesso è sospeso, mezzo fuori e mezzo dentro.

«Attento! Lo strapperai...». Fred annaspa, collassando oltre il bordo e precipitando sul fondale, passandosi le mani sugli stinchi graffiati.

Salgo dietro di lui, riesco a dare una spinta con un piede, facendo scivolare la barca sul fiume. Prendo i remi e li sistemo sugli scalmi. Mi guardo alle spalle, mi rendo conto che l'isola è invisibile. La nebbia è distesa su ampi tratti del fiume. Mi sembra di riuscire a intravedere i contorni scuri di una pagoda, come una strana fortezza uscita da un sogno. Distendo le spalle, inizio a remare verso la foce del fiume, infilando le pale in acqua, cercando di trovare il ritmo. Non è facile come pensavo; sbatacchiando e sferragliando, continuano a scivolare fuori dagli scalmi. Quando la barca prende la corrente del fiume, non c'è quasi più bisogno di remare.

Fred ormai è giallo come il formaggio. Afferra il bordo della barca, le dita chiuse in una morsa. «Perché andiamo così veloce?»

«Ci facciamo portare dalla corrente», spiego, «non ti preoccupare». Ma le mie parole suonano vuote.

Barche ormeggiate si stagliano contro il bianco dello sfondo, imponenti. La barca colpisce qualcosa sotto il pelo dell'acqua; un rumore sordo e una leggera spinta verso sinistra. Joe annaspa e si affaccia oltre il bordo, sforzandosi di vedere qualcosa. «È la testa di un uomo!». Si volta verso di noi, gli occhi due palle rotonde. «In acqua. Gli siamo saliti sopra!».

Il ricordo del volto dell'Uomo Selvatico mi assale la memoria, i lineamenti incerti che assumono una forma ben precisa nella mia mente. Lo immagino adesso, con uno squarcio sulla fronte, che affonda tra i capelli di alghe marine e il sangue color inchiostro. Mi sento male, lascio i remi e mi costringo a guardare. C'è una forma rotonda che si allontana dietro di noi. Fluttua bassa nell'acqua. Colgo uno scintillio di una superficie liscia.

«È una boa». Sto quasi ridendo per il sollievo.

«Un boa!», esclama Fred. «Che ci fa in acqua? Sta bene?». Si sporge per scrutare la nebbia, la barca si inclina bruscamente di lato.

«No». Cerco di tenerla ferma mentre provo a spiegargli. «Non un boa. Non un serpente. È *una* boa».

Tutti e due si voltano verso di me, sorpresi. E Joe lancia un grido. «Mi si stanno bagnando i piedi».

Ha ragione. Mi rendo conto che diversi centimetri d'acqua si stanno accumulando sul fondale. L'avevamo svuotato prima di partire. «Abbiamo dei secchi?». Mi guardo intorno, spero di trovare un barattolo, una tazza vuota, qualsiasi cosa da utilizzare come cucchiaio. Ma non c'è niente e l'acqua sale veloce. Mi guardo alle spalle. Riesco appena a vedere la terra. Siamo su una barca marcia. Nessuno di noi indossa un giubbotto salvagente. Digrigno i denti, cercando di ignorare il panico graffiante, ma non posso ignorare il senso di fallimento che mi scende pesante e duro nelle viscere. Dobbiamo tornare indietro.

«Stiamo imbarcando acqua». Comincio ad agitare i remi, cercando di voltare la barca.

«Affondiamo!». Joe salta in piedi. La barca si inclina e si piega da una parte all'altra. Lascio andare i remi per afferrargli il polso. «Ci farai ribaltare!», gli do uno strattone, sentendo l'osso. «Mettiti a sedere!».

Un remo, già fuori dallo scalmo, scivola di lato. Fred si lancia in avanti, tende le mani per afferrarlo. Il remo rotola fuori dall'imbarcazione.

«Accidenti!». Fred si sporge quanto può, le dita che cercano disperatamente di prendere il remo che viene trascinato via dalla corrente. Agita le braccia, vuole allungarsi ancora di più, le mani battono le onde. La barca è inclinata a un'angolazione pericolosa.

«Smettila, Fred!». Mi aggrappo alla seduta.

Joe si sporge in avanti per afferrare Fred, ma il peso extra provoca uno scossone improvviso e violento. Il bordo della barca bacia la superficie dell'acqua. Come un sacco pieno di gattini, Fred cade. Seguo l'arco che i suoi piedi disegnano nell'aria mite. Un profondo splash. Poi, silenzio. La barca rincula per la spinta, beccheggia come un'attrazione in un luna park, fa perdere l'equilibrio a Joe. Con la coda dell'occhio vedo le ginocchia che sbattono contro il sedile di legno, cade di spalle.

Io sto fissando le onde, scruto l'acqua. Sembra densa come una moquette grigia. Impossibile vedere qualcosa. Prego che Fred torni in superficie, ed eccolo là, la testa che ciondola come un tappo di sughero alla deriva, gli occhi aperti e vuoti, butta fuori l'acqua del fiume. Sputacchia, cerca di urlare, le mani che si agitano. Tossisce, annaspa, l'acqua si riversa nella sua bocca spalancata. Non faccio nemmeno in tempo a urlare che va giù di nuovo. Vedo il turbinio dei suoi capelli, una bolla che risale dal giubbotto zuppo.

Joe è ancora riverso sul fondale della barca. «Alzati! Aiutami!», sibilo, afferrando il remo restante, ma lui rimane disteso là. Sto allungando il remo nella direzione di Fred, sferzando l'acqua. Quando Fred si affaccia di nuovo in superficie gli urlo di prendere il remo. Inclina la testa all'indietro, la bocca cascante. Sembra stanco. «Andiamo!», lo incito. «Puoi farcela».

Allunga la mano, si muove lentamente. Tocca il legno, perde la presa. Sento il suono del mio stesso fiato ansimante. Sto piangendo, credo. La paura sul volto di Fred gli contorce la bocca in una smorfia, gli spegne ogni scintilla negli occhi. Ce la fa appena a tenersi a galla. Spingo ancora più in là il remo. Dietro di me, Joe si lascia sfuggire un basso gemito.

«Provaci di nuovo!», urlo.

Fred fa un altro sforzo, un ultimo scatto, riesce a toccare il remo. Guardo le sue dita che si piegano e si stringono, sento lo strattone. Per un secondo esulto, ma è solo un attimo, poi mi rendo conto che il peso di Fred mi sta tirando verso l'acqua. Cerco di resistere, appoggio le ginocchia contro il legno, mi tiro indietro. Continua a bere, la sua testa scivola sotto la superficie. Non so quanto ancora potrò resistere quando sento il motore di una barca.

Ted, il guardiano della banchina, appare dietro di noi. Spegne il motore e si china per abbrancare Fred con una mano forte e nodosa, tirandolo a bordo. Mi lancia una fune, mi fa segno di legare le barche assieme. Faccio confusione con i nodi, piena di vergogna e sollievo.

«Ma che diavolo pensate di fare?», grugnisce, rimettendo in moto. «Qua fuori, in mezzo alla nebbia, e senza salvagente».

Rannicchiata sul fondale con Joe, non rispondo. Le labbra di Joe sono pallide, il suo respiro non è che una successione di gemiti spezzati. C'è qualcosa di strano nella sua spalla. Spunta fuori a una strana angolazione, il suo braccio penzola inerme, come quello di una bambola rotta.

«Joe?».

Le sue palpebre tremano leggermente, mi guarda senza riconoscermi. Rovescia gli occhi all'indietro, mostrando il bianco umido, il rosso spezzato. Il suono dei gabbiani è come una risata sopra la mia testa. Non oso spostarlo. Rimane lì dove è caduto, l'acqua gli lambisce le orecchie. Mi guardo indietro, l'isola emerge dalla nebbia che svanisce, le pagode che si alzano nel cielo.

Ciuffi di capelli mi coprono il volto come nastri bagnati. Tengo la mano esile di Joe tra le mie, gli dico che andrà tutto bene, glielo ripeto ancora e ancora, ma non sono sicura che capisca. Le dita congelate sono morte nella mia presa. Apre incerto gli occhi, mi fissa, le pupille accese di dolore. Fred tossisce. Sento che sbatte i denti quando si mette a sedere, ricurvo sull'altra barca. Il motore di Ted borbotta e sputacchia, l'odore del carburante mi riempie le narici, mi volto verso la terraferma. Non ce la faccio a guardarmi alle spalle.

26

Un delicato strattone alla testa mi risveglia. Sono confusa. Mi sembra che delle dita mi passino in mezzo ai capelli, sbatto gli occhi. È appena spuntata l'alba. Billy è chino sopra di me, ricurvo, piegato, il suo volto è così vicino al mio che respiro la puzza dei denti non lavati. Lo shock mi inchioda a terra. Le sue mani mi sfiorano la curva dello zigomo, polpastrelli che seguono i contorni del mento, scendono sul collo. Deglutisco, rabbrividisco, scuoto la testa, muta, voglio tirarmi indietro, ma non posso muovermi.

«Sei identica a lei», dice, con voce distante. «A parte la pelle. Il colore della tua pelle».

Mi stringo le braccia intorno al corpo, forte, cerco di rannicchiarmi sotto la coperta. Ma non c'è nessun posto in cui nascondersi. È quello che ho temuto fin da quella prima mattina, quando mi sono svegliata e l'ho trovato che mi guardava, solo gli occhi visibili sopra la sciarpa; e poi quando l'ho visto che mi fissava mentre mi lavavo nella tinozza, la bocca spalancata sotto la barba.

Sono stranamente calma. Abbasso gli occhi sul coltello che porta appeso alla cintura, controllo che sia ancora lì, nella fodera unticcia. Io ammazzerò lui, oppure lui ammazzerà me. Ma non lascerò che mi stupri.

Le mani tornano sui miei capelli. Li accarezza a lungo, le dita che si impigliano in nodi e ciocche aggrovigliate. Rimango distesa, perfettamente immobile, il cuore che batte in gola mentre chiudo le mani a pugno, le stringo fino a formare due sfere compatte per abbattergliele sulla faccia. Le sue dita tracciano un ampio solco, mi tocca il collo, come se ne stesse misurando la circonferenza. L'espressione sul suo volto è distante, pensierosa. Mi stringe per un momento, le sue mani si posano quiete sulla pelle; il pollice sulla vena rigonfia. Chiude gli occhi, la bocca si muove a scatti.

Mi sento svuotata. Debole. «No», dico, con la voce che si spezza. «No».

Billy mi lascia andare con un sussulto improvviso, mi fissa come se fossi io quella che stava facendo qualcosa di sbagliato. Indietreggia, ora non è più piegato, si rialza, si gira e si rannicchia in un angolo, mettendosi le mani sopra la testa, come a proteggersi, o a bloccare fuori un suono.

Mi porto la mano al collo, confusa. Non mi ha fatto del male. Ma la sensazione delle sue dita sulla pelle non se ne va lo stesso.

«Cosa… che pensi di fare…», inizio a chiedere con voce rotta, trattenendo il fiato, tirandomi a fatica sui gomiti per guardarlo.

Non risponde, si allunga per prendere qualcosa. Si avvicina con il tratto di corda in mano e capisco che vuole mettermi nella fossa. «In piedi». Non mi guarda neppure. Il suo volto è truce, chiuso. Sento l'odore del sudore sul suo corpo. Rancido. Amaro. Sto tremando, aspetto che stringa la corda. Ma quando abbasso lo sguardo e fisso l'apertura nera della bocca, non riesco a sopportare quel pensiero. Mi fa male la vescica. Devo fare pipì. Pianto i piedi, scuoto la testa, mi allontano. Prende il coltello dalla cintura, lo solleva con dita tremanti. La lama scintilla. «Non fare la stupida». L'occhio sinistro trema, scatta. Mi stringe la corda intorno alla vita. Troppo forte. «Sarai al sicuro laggiù».

La fossa mi inghiotte quando mi cala nelle ombre, la corda mi ferisce la pelle. In piedi sul fondo, osservo l'estremità sfilacciata che scatta fuori dalla mia visuale. Respiro a fondo, sento l'odore dell'aria consumata, respingo l'assalto del panico. Voglio urlare, ma invece sussurro: «Billy. Non lasciarmi». Non c'è nulla a parte il suono dei suoi piedi sull'asfalto e di una porta che sbatte. Il vento fa un suono attutito e sibilante attraverso gli alti piloni sotto il soffitto. Il mare sospira in lontananza. E sento un colpo e un tonfo, so che è il rumore che fanno i suoi pugni contro la pietra.

Mi abbasso i jeans, mi accuccio nell'angolo più lontano per rilasciare la pressione liquida che mi monta dentro. Calda urina mi bagna i piedi nudi. Striscio via dal liquido, trovo un raggio di luce, il sole del mattino è pallido, mi metto là sotto, abbracciandomi le ginocchia e ascoltando i suoni della violenza attutita. Ricordo come mi ha toccato il volto, la sua espressione mentre mi diceva: «Il colore della tua pelle».

Il mio primo ragazzo, Philip, era figlio di contadini, un anno avanti a me a scuola. Lui aveva quindici anni e io quattordici. Mi chiese di andare a casa sua per il tè, di incontrare i genitori.

Autunno. Foglie che andavano alla deriva, si ammucchiavano a terra, taglienti ai bordi acuminati. I campi si allungavano a perdita d'occhio, fino al cielo, arati di fresco, la terra scura e nuda, tenera come un ventre scoperto. Camminammo mano nella mano attraverso i campi, respirando l'odore del letame, il sapore intenso di latte delle mucche. Le bestie erano chiuse nel recinto, una folla dondolante di pelli variopinte che spostavano occhi sospettosi per fissarci. Philip abbrancò l'estremità della staccionata e saltò per mettersi a cavalcioni sulla sbarra. Aveva un bastone in mano; si chinò e lo calò con forza sul più vicino culo ossuto. La mucca fece un gemito basso e si rifugiò in mezzo al branco, andò a sbattere contro le altre, presa dal panico. Una lunga striscia di letame cadde sul terreno lurido dietro di lei, il vapore si alzava in cielo.

Mi misi una mano sulla bocca. «Le hai fatto male».

Rise. «È solo una mucca». Saltò giù dalla staccionata, premette le labbra sulle mie, sentii la ruvidezza della pelle screpolata, la punta della lingua. «Se vuoi diventare la moglie di un contadino, non puoi essere così sdolcinata con gli animali».

Dentro la casa, la madre aspettava di fronte a un tavolo coperto da una tovaglia azzurra, una teiera marrone e una caraffa. C'erano dolcetti e pan di Spagna. Arrivò anche il padre, indossava una salopette, le mani arrossate, consumate.

Philip perse l'aria spavalda di fronte a loro, si mise a sedere docile, occhi bassi, mangiucchiando un dolcetto, molliche pallide che gli cadevano sul grembo.

«Allora, Eva», mi chiese la signora Green, «da dove proviene la tua famiglia?».

Sorseggiai il tè dolce, riflettendo. «Londra», dissi. «Prima che io nascessi».

«Non siete di queste parti, allora», insistette la signora Green.

Philip e suo padre si servirono delle fette di torta, morsero il ripieno di marmellata, masticarono rumorosamente, gli occhi che brillavano.

«In realtà», lanciai un'occhiata a Philip, ma lui mi ignorò, «mia nonna è di qui. Grace Gale. Mio papà è cresciuto da queste parti».

La signora Green annuì, ma non pareva colpita. Tirò su con il naso. «Conosco Grace Gale».

Sapevo che c'era una risposta che mancava, una frase che avrei dovuto aggiungere. La signora Green la stava aspettando. Pensai a mia madre che parlava di suo padre, il consolato, l'infanzia all'estero. «La famiglia di mia madre viveva in Egitto», dissi alla fine.

«Egitto?». La signora Green inarcò un sopracciglio e lanciò un'occhiata significativa al marito. «Capisco», disse.

L'orologio sul muro rintoccò. Sentivo il suono delle mascelle che masticavano. Un gatto tigrato attraversò la cucina con la coda sollevata in aria.

«Un altro po' di tè?». C'era qualcosa di trionfante nei suoi gesti mentre versava l'arco di liquido scintillante nella mia tazza. Il signor Green si pulì la bocca con il tovagliolo, lasciandolo accartocciato sul tavolo. Tirò indietro la sedia, il rumore graffiante del legno contro il pavimento, uscì.

La mattina successiva a scuola, quando andai a salutare Philip all'intervallo, si allontanò irrigidendo le spalle. Si rifiutò di guardarmi negli occhi, restava girato, ridendo di cuore per una battuta di un altro ragazzo. Sentii la corrente gelida di una porta che mi veniva sbattuta in faccia.

Non volevo essere come quelle mucche – inermi, richiuse nel recinto – ma era così che mi sentivo nel nostro villaggio. Era soffocante. Ero intrappolata dagli sguardi che leggevo sul volto della gente: quegli sguardi che dicevano che ero diversa, che quello non era il mio posto. Mamma e papà sono così protettivi. Da sempre. Erano come una coppia di attori che si spalleggiavano: mamma mi faceva sentire in colpa ogni volta che le veniva il mal di testa, papà cercava di impedirmi di crescere. A volte mi passava un fazzoletto per farmi togliere il rossetto dalle labbra. Giuro. Se ne stava lì con le mani sui fianchi, aspettava che mi pulissi.

A Ipswich ci sono dei locali in cui si può ballare fino al mattino. Nell'oscurità, dentro la musica, c'è spazio, c'è tempo. Ragazzi con bocche bollenti, le labbra che si aprono sulle mie, che mi fanno sentire desiderata. Mi piaceva quando premevano i fianchi contro i miei, così vicini che sentivo il graffio delle fibbie. Mi chiedevano di andare fuori con loro, mi supplicavano con voci gonfie e urgenti, coprendo la musica, le loro parole che mi vibravano all'orecchio. Ma io non andavo mai.

«Eva Gale, mi fai ridere. Che cosa stai aspettando?», mi chiedeva Lucy. «Ti conservi pura per il principe azzurro?». Pensava che fossi all'antica, un po' bacchettona. Ma volevo qualcuno che mi guardasse come papà guardava mamma. I genitori di Lucy erano divorziati. A sua madre non importava quello che faceva. Passare la notte da lei mi dava un alibi. Prendevamo immancabilmente l'autobus per il centro ogni venerdì e ogni sabato sera, la bocca che scintillava per il lucidalabbra, le gonne tirate su.

L'uomo sulla porta mi ha messo il timbro sulla mano. L'interno era buio, trasandato, sapeva di fumo di sigaretta e attesa e corpi. Mi muovevo al ritmo della musica, un bicchiere di rum e coca in mano, ero invisibile e desiderabile allo stesso tempo. Volti sfocati sbucavano fuori dall'oscurità, mi chiedevano di ballare, volevano starmi vicino: ragazzi del villaggio e della città, punk, snob delle scuole private. Niente principi, solo rane. Ma poi Marco è entrato in una serata goth al club sulla collina del mercato, e tutto è cambiato.

27

Mamma e papà sono arrabbiati con me.

«Sapevi che era sbagliato…», la voce di papà si è incrinata, «stupido». Si è preso il volto tra le mani. «Passerai il resto della giornata in camera tua, a pensare a quello che hai fatto».

Per così tanto tempo avevo ricercato la sua attenzione e adesso che ce l'avevo non riusciva nemmeno a guardarmi. Ho visto che gli tremavano le spalle. Gli avevo fatto tornare in mente Eva e il temporale. Mamma era pallida, gli occhi cerchiati. Mi ha portato di sopra tenendomi per mano, è rimasta davanti alla porta.

«Papà ha ragione, Faith. Devi pensare a quello che hai fatto». Aveva la fronte solcata da piccole rughe. «E quando sarai pronta andremo a chiedere scusa a quei poveri bambini», ha sospirato. «E a Sandra».

È arrivata un'ambulanza alla banchina per portare via Fred e Joe. I medici li hanno avvolti nelle coperte. Si è radunata una vera folla. La nebbia si era diradata, il sole scintillava, la luce cruda e brillante del mattino sul fiume. In mezzo agli estranei, ho catturato l'immagine fuggevole del ghigno sul volto di Ellie Dawkins. Mi sono girata per non vedere la gente che ci fissava, che ci indicava, i sussurri che iniziavano a volare di bocca in bocca.

Mi pareva che Fred cercasse di sorridermi prima che richiudessero le porte, ma i suoi denti sbattevano troppo forte, la bocca non poteva funzionare come doveva. Gli occhi di Joe erano chiusi, aveva uno strano colorito. La sua pelle scura si era tinta di grigio, come se si fosse sparso cenere sul volto.

Tutta la mia classe lo verrà a sapere. Conto sulle dita. Mi rimangono solo pochi giorni prima della fine delle vacanze, pochi giorni tra adesso e il momento in cui dovrò entrare di nuovo nella mia aula. Fred e Joe sono miei amici. Non riesco a pensare che sarebbero potuti morire per causa mia. Affogati. Volevo solo arrivare sull'isola. Non ho pensato a nient'altro. Forse adesso non piaccio più a nessuno dei due. Mi metto il bordo della mano in bocca, mordo forte. Il dolore salta in superficie, una sofferenza acuta che lega la pelle e i denti. Mi fa sentire meglio. Quando lascio la presa vedo i segni sulla pelle, una linea spezzettata e rossa.

Sento mamma e papà che bisbigliano di sotto. Di sicuro stanno parlando di me. Mi stendo sul pavimento, premo l'orecchio sulla moquette e mi sforzo di sentire, cerco di distinguere le parole. Ma nulla è chiaro. Distesa sulla moquette, inizio a cantare: *It was only a paper moon, hanging over a cardboard sky*, un botto sotto di me, come se qualcuno avesse lasciato cadere qualcosa, *but it wouldn't be make believe if you believed in me*.

Nonna e Jack che si stringono, mano nella mano, lui che le cinge la vita. Dondolano e si spostano e volteggiano allontanandosi da me. Voglio seguirli. Voglio correre dietro a nonna e spiegarle che cosa è successo, e lei così mi dirà che ho ragione, che devo trovare un modo per tornare sull'isola. Si chinerà su di me, vedrò le rughe intorno alla bocca mentre sussurra: *Tua sorella è viva e ha bisogno di te*.

Ora che sono distesa posso guardare sotto il letto. C'è uno spesso strato di polvere. Si ammucchia, color grigio carbone, ammuffita, più densa agli angoli. Non mi pare proprio che Sophie pulisca sotto i letti, anche se ho sentito mamma che glielo chiedeva. Allungo la mano per tirare fuori la mia scatola dei tesori, infilo le dita per prendere un osso. È tutto bucherellato e macchiato di verde. Penso che sia il perone di una pecora o di un cervo. È lungo più o meno come il mio avambraccio, riesco a racchiuderlo tra pollice e indice. Non è strano collezionare ossa. Mi piace pensare a come funzionano le cose, soprattutto gli esseri viventi. A quanto sono complicati e intelligenti i corpi. Le ossa sono magnifiche. Questa l'ho trovata sepolta nel fango sulle rive del fiume.

Chissà se lo scheletro di tua sorella galleggia da qualche parte... La voce di Joanna risuona nella mia testa, non se ne va. Comincio a canticchiare, ma niente, la sento ancora... *oppure ormai è tutto a pezzi... Zitta. Zitta.* L'osso è freddo. Lo rimetto nella scatola.

Mi alzo e vado alla finestra, guardo l'isola, poggio la mano di piatto sul vetro come a salutarla. «Eva», sussurro, «sei là?».

Un movimento in basso. Una figura che si appoggia alla casa, due teste unite. Guardo i crani che si allontanano, vedo che è Sophie con Robert Smith. Lui ride, la sua mano che si allunga per toccarla, si avventura sotto la maglietta. Lei si dimena, si contorce, si avvicina. All'improvviso lui alza di scatto la testa, colgo lo scintillio dei suoi occhi.

Trattengo il respiro, faccio un passo indietro, invisibile.

28

È uno di quei lunghi giorni alla fine dell'estate che bruciano con l'intensità di un falò. Sulla terraferma i contadini saranno alle prese con il raccolto. Immagino la polvere che si alza dietro le mietitrebbie, il frumento tagliato e chiuso in balle. Un paesaggio dovrebbe cambiare con le stagioni, scivolando nell'autunno. Qui invece ogni giorno è uguale al giorno dopo: ciottoli macchiati, il cocciuto verde dei ginestroni, onde marroni che si agitano incessanti. Solo il cielo cambia, rendendo i colori più tenui o più accesi sotto la luce del sole.

Io e Billy mangiamo carote crude e fagioli nella pagoda. Il pranzo. Quanto vorrei un po' di pane, fette di pane scuro e burro, la crosta più dura che si unisce alla mollica morbida, il sapore di noci e di lievito, soddisfacente. Mordo il terriccio, lo sento sotto i denti, granelli che mi restano attaccati alla lingua. La fibra del baccello incastrata tra i denti.

Le spesse mura di cemento della pagoda sono sempre fredde, dentro c'è un fresco perenne anche quando fuori l'aria è calda. Non ci sono finestre che lascino filtrare la luce, solo lo spazio aperto sotto il tetto che regala qualche sprazzo di blu.

«Non ero mai stata in uno di questi posti prima», dico a Billy, mentre la lingua pesca pezzetti di carota.

«Qui è stata messa a punto la prima bomba atomica della Gran Bretagna», dice, appoggiandosi al muro. «Blue Danube, l'hanno chiamata. L'hanno anche testata qui».

«Sei molto informato», mi avventuro a commentare, cauta.

«Mio nonno mi ha spiegato un sacco di cose. Lo vedi com'è fatto?». Indica l'alto soffitto con i piloni. «Costruito per il contenimento, vedi? Sono edifici pensati per sopportare le esplosioni ad alto potenziale. Il tetto è stato progettato per collassare all'interno se si verifica un'esplosione».

Esamino la stanza e penso che è un buon posto per contenere anche altre cose, non c'è nessuna via d'uscita a parte la porta che tiene sempre chiusa.

«Dov'è tuo nonno?», chiedo.

Si acciglia. «Andato. Come tutti gli altri».

«Vuoi dire morto? Anche i tuoi genitori?».

Lascia cadere le mani sui fianchi. «Come se fosse morto, in ogni caso».

Strizza gli occhi nella luce incerta. Ascoltiamo i versi degli uccelli, il rumore del mare che respira in lontananza. «Dovremmo uscire da qui, andare all'oceano», dice, «prendere un po' di sole».

Senza dire una parola, allungo le mani nella sua direzione. Si interrompe per un momento, come se stesse riflettendo, poi prende un pezzo di corda e mi lega i polsi, fa un paio di giri, finisce con un nodo sapiente.

Il mare si infrange sulla spiaggia, onde gonfie, spuma bianca. Lancio una veloce occhiata. La mia speranza è che qualcuno faccia quello che io e Faith facevamo sempre: che arrivi alla chetichella per godersi un po' il posto e fare una nuotata illegale, che navighi fin qui solo per il gusto di infrangere le regole. Ma la lunga distesa di ciottoli è vuota. Le luci tremolano sulle pietre che bruciano al sole.

Billy si ferma e si piega a raccogliere qualcosa. Me lo fa vedere; sul suo palmo è posato un piccolo uovo. Si china di nuovo e chiude le dita intorno a un altro guscio pieno di macchie. «Possiamo mangiarli per cena».

In alto, molto sopra le nostre teste, volteggia un uccello bianco e nero. Alzo lo sguardo, abbassando le palpebre per proteggermi dal bagliore. «È una sterna», dico. «Fanno il nido sulla costa». L'uccello si abbassa e sfreccia sopra la testa di Billy lanciando un urlo rabbioso.

«Troppo tardi», ride guardando il cielo, trionfante. «Non avresti dovuto lasciarle incustodite».

Si ficca le uova in tasca. Le mangeremo più tardi, cotte nell'acqua salata, staccando il guscio quando saranno ancora troppo calde per toccarle, i morsi della fame a dilaniarci lo stomaco. Ricordo la mattina che trovai il pulcino nell'uovo. Feci una scenata terribile. Non riesco quasi a credere di essere quella stessa persona, quella ragazza che indossava l'uniforme della scuola e viveva la sua vita protetta e confortevole.

Ci mettiamo a sedere su una cresta di pietre calde, guardando l'orizzonte distante. Billy si gira una sigaretta sottile, se la mette tra le labbra, si piega per accenderla.

«Di sicuro nell'esercito stavi sempre insieme a un sacco di gente. Lavoro di squadra, no? Robe così». Piego le spalle, i polsi legati appoggiati di fronte a me. «Non ti senti solo qui?»

«E perché dovrei?». Fa un tiro profondo e lascia che il fumo sbuffi fuori dagli angoli della bocca. «La solitudine è nella testa. È una debolezza».

«Tutti abbiamo bisogno degli altri», dico. «È così che siamo fatti».

Scuote la testa. Ciocche grigie gli scivolano sulle spalle. «Siamo fatti per ferire gli altri. Da soli è più sicuro. È più sicuro non fidarsi di nessuno».

«E allora io?». Giro la testa, strizzando gli occhi nella luce, i contorni del suo profilo tremolano, si annebbiano. «Ti fidi di me?»

«No». Si raddrizza, stringendosi le ginocchia. «Non capisci. Non ancora».

Deglutisco. «Hai ragione. Non capisco». Spingo via la mia rabbia. Devo andare a fare una nuotata, cancellare la frustrazione con la forza dell'acqua. Faccio un cenno per indicare le onde. «Posso andare?».

Guarda prima il mare, poi me.

«Va tutto bene», gli dico, «non posso certo allontanarmi troppo. Non con questa corrente».

Mi slaccia il nodo lentamente, mi sfrego i polsi. Siamo vicini.

Si inginocchia davanti a me, la corda che gli pende dalle mani. Lo fisso in silenzio e lui mi restituisce lo sguardo senza battere ciglio. Non avevo mai notato che i suoi occhi hanno delle pagliuzze di giallo intorno alla pupilla, paiono raggi di sole. Abbasso gli occhi per prima. «Allora», mi tiro su, «adesso vado».

So che è seduto alle mie spalle, con le gambe incrociate e un'espressione impassibile. Mi fisserà quando mi toglierò i jeans e la maglietta. Sono tremendamente consapevole della biancheria vecchia e sporca, della pelle esposta. Zoppico giù per la discesa, i ciottoli che scivolano sotto di me, li sento pizzicare le piante dei piedi. L'acqua è fredda, persino con questo tempo, annaspo per un momento sul bagnasciuga, poi mi butto in un'onda.

Il mare si chiude sopra la mia testa, vorticante e granuloso. Apro gli occhi sotto l'acqua, guardo in alto, verso la superficie; la luce del pomeriggio filtra in lame brillanti, rende il mare trasparente e verde. Mi ricordo come nuotavo qui mentre Faith aspettava sulla spiaggia. Quando arrivo in superficie, la vedo là, il volto e i capelli pallidi, mi guarda ansiosa, le ginocchia ripiegate sotto il mento.

Invece di mia sorella, c'è Billy che stringe gli occhi. Sono stufa di lui, stufa dei suoi capelli arruffati, dei suoi occhi che mi esaminano imperturbabili.

Mi volto verso il mare, sento l'urgente bisogno di mettermi a nuotare, di allontanarmi dalla riva, di inoltrarmi nell'incessante massa dell'oceano. Immagino le profondità più fredde, i banchi di pesci spaventati che fuggono, le meduse alla deriva che mi sfiorano e le creature di Faith – sirene e selkie e l'Uomo Selvatico in persona – che posano gli occhi sulle mie povere membra sbattute qua e là. Penso a me stessa, in mezzo alle acque scure, mentre i transatlantici mi passano sopra, agito il braccio, ma la mia mano è invisibile ai marinai sul pontile.

Sorpresa dal rumore del respiro, mi volto di scatto e trovo Billy in piedi con l'acqua fino alla vita, accanto a me. Si è tolto la maglietta, il suo petto è di un bianco feroce. La sagoma di ogni costola è una linea ricurva; la clavicola sporge come un'asse dalle spalle. Sembra più un prigioniero che un aguzzino. Stringe il mozzicone di sigaretta tra i denti ingialliti, mette le mani nell'acqua, si piega con un sussulto per bagnarsi il petto. Non si è tolto i pantaloni. La loro forma scura si gonfia sotto il tessuto marrone e grigio.

Sta osservando una barca a vela. Per un momento penso di attirare l'attenzione della gente a bordo, ma lui è proprio dietro di me, e sono troppo lontani per vederci. Le dita di Billy si stringono intorno al mio polso. «È ora di uscire». Il suo respiro ha un suono strano, affrettato, irregolare, come se avesse fatto una lunga corsa. «Adesso». Mi strattona violentemente.

Barcolliamo fuori dal mare, risaliamo il pendio dei ciottoli; mi tiene stretta a sé, non lascia la presa sul braccio. Sento il sapore del sale nella bocca. Si piega, prende i miei vestiti e la sua maglietta con un unico movimento fluido, li ammucchia in un fagotto e se lo mette sotto il braccio. «In fretta». Mi fa marciare di buon passo via dalla spiaggia, verso l'interno, dove non saremo più esposti.

«Non c'è nessuno...», annaspo.

Nonostante il suo aspetto emaciato, sento la robustezza dei suoi muscoli, la forza nervosa del suo corpo. Si guarda alle spalle. «Stanno arrivando».

«No», protesto. «La barca è lontana».

Scuote la testa, impaziente. Ho i piedi nudi, le pietre aguzze e le spine dei ginestroni mi feriscono. Mi stringe forte i polsi e mi tira con sé, le sue lunghe falcate attraversano di gran fretta il terreno. Mi fa male la caviglia. Non rallenta, anche se adesso sto proprio zoppicando, trattengo il fiato per il dolore e mi trascino dietro di lui. Superiamo la recinzione di filo spinato, il mare è alle nostre spalle. Ci manteniamo sulla vecchia strada d'asfalto, mi incita, mi fa accelerare lungo i capanni deserti con le finestre rotte e le ombre incombenti, si guarda in continuazione alle spalle mentre mi strattona verso la pagoda.

Billy ci ha chiuso dentro. Prima di rimettere il catenaccio, è rimasto per venti minuti accucciato davanti alla porta, sbirciando dietro l'angolo. Sta ancora respirando con difficoltà, impreca sottovoce, mormora tra sé e sé. Adesso è in un angolo, legge il libro. Riesco a sentire la sua frustrazione. Si passa le dita tra la barba, se la tira, ripete delle parole che non comprendo. Annuisce, sposta la testa su e giù, oscilla qua e là, la bassa intonazione della voce mi fa pensare a delle preghiere che si sollevano in una chiesa vuota.

Rabbrividisco, rannicchiandomi nella coperta. Il mare ha lasciato un velo di freddo sulla mia pelle incrostata di sale. Ho le anche sporgenti, puntute come bastoni sotto le dita. È come se mi stessi sciogliendo, perdendo. E rivoglio il mio vecchio corpo. Le sue curve, la sua pienezza. Voglio essere stretta, voglio essere amata. Voglio Marco qui, disteso sopra di me. Cerco di immaginare il suo alito caldo nella bocca, le sue mani sul mio volto. «Ti amo», sussurro nell'aria. Ma lui non è qui. Non riesco a trovarlo.

Grazie a Marco ho provato delle cose che non posso dire a nessuno – non a Faith, né a mamma e nemmeno a Lucy – dei sentimenti che ho scoperto quando stavamo insieme da soli. Quando, nel suo letto, le sue mani sono scivolate sotto i miei vestiti, mi ha leccato i capezzoli, sollevando la testa per guardarmi con gli occhi semichiusi. «Ti piace?». E io che annuivo, *sì, ancora, ti prego*, perché non avevo mai provato nulla di simile. Le sue dita che si insinuavano nelle mutandine, premendo contro la mia stretta essenza, trovando un ritmo, la pressione crescente mi spingeva a chiamarlo, a urlare il suo nome. Mi stringevo a lui, sentendomi imbarazzata e grata e sorpresa. «Dio, voglio venire a letto con te, Eva», mi ansimava tra i capelli. «Mi stai facendo impazzire».

Billy ha smesso di borbottare. I ricordi vengono spazzati via e adesso sono all'erta, perché Billy si è messo in grembo la confezione delle lettere. Le sta scorrendo. Trattengo il fiato. Ne ha tirata fuori una, l'ha spiegata e la tiene alla luce. È quella con il taglio. Le sue dita sfiorano il bordo scheggiato, lo vedo che irrigidisce le spalle. Lentamente mi tiro indietro, i muscoli che si tendono mentre ruoto il corpo per allontanarmi.

Si alza in piedi, incerto, con la coda dell'occhio lo vedo che stringe le dita a pugno; comincia ad abbattere le nocche strette nel muro, ma poi si fa indietro di scatto. Si passa le mani tra i capelli, invece. Adesso si guarda intorno, selvaggio e folle, afferra il fornelletto, trascina i contenitori d'acqua, li raggruppa, ripiega le sue coperte. Si gira sui tacchi, fissandomi. «Sanno che siamo qui». Il suo occhio sinistro sbatte, trema. Ha la fronte madida di sudore. Fissa la porta chiusa, tirando fuori il coltello. «Stanno venendo a prenderci».

«No», sussurro. «No. Non sono stati... loro».

«Cosa?». Mi guarda, distratto, i capelli gli coprono gli occhi.

«Sono stata io», rispondo piano. «Sono stata io a leggere le lettere. Non volevo strapparle. Mi dispiace».

Stringe le dita intorno al coltello. «Tu?». Scuote la testa.

«Mi dispiace». Mi porto le ginocchia al petto, mi faccio piccola piccola mentre lui si avvicina a grandi passi.

È in piedi sopra di me, in una mano stringe la confezione delle lettere e il coltello nell'altra. Improvvisamente si abbassa, preme la faccia contro la mia, la sua bocca che si allarga, si spalanca. «Dimmelo!». Sta urlando, la saliva che vola in aria, il coltello contro la mia guancia. Sembra spaventato e arrabbiato e vuoto allo stesso tempo.

Mi ritraggo dalla lama, chiudo gli occhi. «Cosa?». La mia voce è un gemito acuto. Il bordo affilato mi preme contro la pelle, un orlo di gelido acciaio. Immagino il coltello che mi trafigge, apre il mio corpo. Quanto sarebbe facile per lui, potrebbe scuoiarmi come un coniglio. Il cuore mi batte veloce, fragoroso.

Sibila: «Sei una spia?»

«No». Spingo quella parola tra le labbra, troppo terrorizzata per muovermi.

E poi il morso della lama è scomparso. Apro gli occhi.

«E allora dimmi perché». È in ginocchio di fronte a me, si sfrega il volto con movimenti affrettati e veloci.

«Volevo sapere di più su di te...». Incerta, mi tocco la pelle nel punto in cui l'acciaio l'ha premuta. «Non volevo fare nulla di male». Deglutisco. «Volevo solo sapere qualcosa della tua vita. Non mi dici mai nulla».

Sembra sorpreso; lentamente si raddrizza, infila di nuovo il coltello nel fodero alla cintura. «Che cosa hai scoperto?»

«Che avevi un nonno. Un nonno che ti voleva bene».

Si preme forte le nocche spezzate e rotte contro le labbra, si gira dall'altra parte. Rimaniamo entrambi in silenzio, respirando pesantemente. Sto tremando dalla testa ai piedi, chiudo le dita con forza per fermarle.

«Non so dove si trova», dice piano. «Se ne è andato».

«Mi dispiace…».

«Viveva nel villaggio». La sua voce è dura, tesa. «Era solo pensare a lui che mi faceva andare avanti. Dormivo nei fossi, rubavo dai cassonetti. Nonno avrebbe saputo cosa fare, mi dicevo. Se solo fossi riuscito ad andare da lui… mi avrebbe spiegato tutto». Billy rimane senza fiato. «Ho bussato alla porta. Niente. Ho sbirciato dalla finestra. Le stanze erano vuote».

Billy si alza e va in fondo alla pagoda, il braccio piegato contro il volto. «Non ha lasciato un messaggio per me. Non potevo chiedere ai vicini. Non potevo attirare l'attenzione. Scappare. Ecco cosa dovevo fare. Continuare a fuggire».

«Viveva nel villaggio?». Un improvviso senso di urgenza mi fa sporgere verso di lui. «Come si chiamava tuo nonno?»

«Jack Train», dice piano. Si appoggia al muro, la fronte contro il cemento.

Le mie mani volano a coprirmi la bocca. «Ma io lo conoscevo». Sbatto gli occhi, fisso Billy nel bagliore fioco della pagoda, ricordo l'uomo dai capelli bianchi che usciva dalla casetta nel giardino di nonna, l'attimo in cui mi ha preso la mano. «Era un amico di mia nonna. Più di un amico…». Vedo il suo palmo sulla schiena di nonna, lei che sorride appoggiata alla sua spalla.

«Nonno?». Mi sta fissando, la bocca spalancata.

«E questo fatto ci rende, non lo so, parenti o quasi, una cosa del genere». Scuoto la testa. Il legame che ci stringe è tangibile. Suo nonno amava mia nonna. Sembra incredibile, eppure adesso mi ricordo che mi ha ripetuto più volte che suo nonno era del posto. Per qualche motivo non mi era mai venuto in mente di scoprire se lo conoscessi o meno. E adesso che so chi è, rivedo echi di Jack in Billy: la protuberanza del naso, la sua altezza. E nella voce di Billy, deboli tracce dell'accento di Jack.

«Dov'è?». Gli brillano gli occhi.

«Billy», dico gentilmente. «Ha avuto un infarto. È morto poche settimane dopo mia nonna».

È come se lo avessi colpito. Si prende la testa tra le mani, si allontana. Voglio tirarlo a me, stringergli le spalle magre, sentire i nodi delle costole sotto la guancia. Ma rimango dove sono, a terra. «Mi dispiace», sussurro. «Lui ha fatto felice lei, lei ha fatto felice lui».

Lo osservo mentre cammina in fondo alla pagoda. Fuori scende la notte. Lunghe dita di oscurità lo catturano, lo inglobano. Il vento sbatte ai bordi dei davanzali di cemento, sibilando. Sento il rumore di Billy che si sposta nel suo angolo. Mi rannicchio nella coperta come un feto. Mi sanguina il labbro. Devo averlo morso. Sento ancora il bordo della lama, il suo bacio acceso. Un po' di pressione in più – sarebbe bastato poco, pochissimo – e mi avrebbe tagliato. Penso a Jack e nonna nel campo, mi chiedo quanto sarebbero scioccati se potessero vedere i loro nipoti adesso, in questo posto insieme. Ma qualcos'altro si fa largo nei miei pensieri, la speranza che sboccia. Perché Billy sa che ho un legame con suo nonno, e forse questa consapevolezza, unita al ricordo di Jack, sarà la chiave della mia libertà. Forse adesso mi lascerà andare.

29

Max dà un passaggio a Sophie in città una volta a settimana mentre va a lavoro, così lei può andare al college. Sophie si mette a sedere al suo fianco, al posto del passeggero. Ha un profumo a cui lui non è abituato, a cui *non riesce* ad abituarsi, a quanto pare: muschiato, farinoso, con pesanti note floreali. Gigli, si è reso conto la prima volta che l'ha sentito, riconoscendo l'aroma profondo e ricco. Lui è abituato alla leggera fragranza di limone che usa Clara. Quel profumo invece è fortissimo – dà alla testa, è sensuale. Abbassa il suo finestrino, le sorride fugacemente, come a chiederle scusa.

«Come te la cavi, allora, Sophie?». Max rivolge la sua domanda al parabrezza. Le strade di campagna sono pericolose in questo periodo dell'anno, i banchi degli argini sono così pieni di rami intrecciati e rovi che è impossibile vedere che cosa c'è dietro l'angolo. «Tutto bene al college?».

Con la coda dell'occhio nota l'indifferenza con cui la ragazza scrolla le spalle. «Tutto bene», risponde con la sua voce morbida. Da quando sta a casa con loro, i giorni caldi hanno colorato di una sfumatura bronzea la sua pelle. Eva si scuriva in estate, i raggi riflessi dall'acqua intensificavano il suo colorito.

Max rallenta e accosta per far passare un camion. Ruote gigantesche che curvano a pochi centimetri dalla macchina. I contadini stanno facendo il raccolto e l'aria è densa di polveri granulose, le notti riecheggiano del ruggito dei macchinari nei campi. Ritira su il finestrino in fretta, per evitare che l'abitacolo si riempia di fumi e fili di paglia.

«La tua figlia maggiore», dice Sophie. «Quanti anni aveva?».

Sorpreso, sente le guance che vanno a fuoco. «Eva?». Deglutisce. «Aveva diciassette anni».

«Una grande differenza d'età, allora», commenta sorpresa, «tra lei e la sorella, no?»

«Sì». Le dita di Max afferrano il cambio, mette la terza. «Suppongo di sì».

Ricorda il momento in cui Clara gli disse che era incinta di Faith. La gioia che lo aveva invaso. «Forse questa volta sarà diverso, perché non l'abbiamo programmato, non ci abbiamo provato». Clara tremava. «Ma sono così spaventata», sussurrò.

Il suo compito era stato rassicurarla, calmarla. Anche Max era spaventato, ma doveva nasconderglielo. L'istinto gli diceva di avvolgerla nella bambagia e metterla a letto per nove mesi. E invece sua madre si era fatta avanti, ai tempi viveva in giardino, nel camper. Perciò c'era ogni giorno, accompagnava Eva a scuola, al villaggio, e l'andava a riprendere, cucinava e badava a tutti loro. Quando rimaneva bloccato in ufficio, lo tranquillizzava sapere che Clara non era sola.

«Era bella?». La voce insistente di Sophie lo riporta al presente. Si scopre a immaginare il volto di sua figlia, i suoi occhi scuri che si accendevano alla minima provocazione, la bocca larga che si apriva quando sorrideva, rivelando la fessura tra i denti davanti.

Annuisce. È passato molto tempo dall'ultima volta in cui qualcuno gli ha parlato di Eva. E nessuno gli ha fatto una domanda del genere dall'incidente. Dopo lo shock iniziale, è contento di avere questa ragazzina francese con cui parlare di sua figlia: le è grato perché non si richiude, non si imbarazza, non cambia argomento.

«Io sono figlia unica», sospira. «Nel mio appartamento vivevamo solo io e mia madre. E a volte i... suoi amici».

Max si schiarisce la gola, non sa come rispondere. Adesso si trovano su una strada più grande, ci sono altre macchine, bisogna fare attenzione. Hanno raggiunto la periferia di Ipswich, ci sono rotonde e incroci. Proprio ai margini del suo campo visivo, la vede tirarsi i capelli dietro le orecchie.

«Faith sente la mancanza di sua sorella», dice. «Erano unite, nonostante la differenza d'età».

«Ma lei ha te». Sophie si raddrizza. «Faith è fortunata ad avere un buon padre». Max rallenta, si ferma al rosso. File e file di case identiche e poco interessanti costeggiano la strada. Gli torna in mente Faith, dopo la sua fuga in barca. Non ha mostrato il minimo pentimento, aveva un tranquillo atteggiamento di sfida, eppure di sicuro l'incidente deve averla scossa parecchio. È stato troppo duro con lei. Faith lo ha spaventato. Non sa neanche nuotare bene, dannazione. Si volta verso Sophie, lei sostiene il suo sguardo. È lui ad abbassare il capo.

«Non sono sicuro di essere poi un buon padre». Sa che il suo tono è brusco, ma deve tenere salda la voce. «Non in questo momento».

«Oh, io penso di sì». Pronuncia male le esse. «Sei un uomo buono». E poi sente le sue dita che gli sfiorano l'avambraccio. Una leggera pressione, un contatto più deciso. Pelle contro pelle. Clara e Max non si toccano da così tanto tempo. Gli viene la pelle d'oca, sentire le dita di qualcun altro è uno shock.

Un gentile colpo di clacson da dietro. È scattato il verde. I suoi piedi premono i pedali, le mani incerte sul volante.

La lascia fuori dal college. Lo vede con gli occhi di lei: un edificio orribile, un blocco squadrato di cemento, rozzo e scalcinato. Ragazzi sciattamente vestiti sciamano tutto intorno. Molti di loro sembrano pronti per una festa di Halloween: lunghi abiti neri, i volti dipinti di bianco. È sicuro che a Parigi non ci sia nulla di tanto abominevole. Anche Eva aveva iniziato a mettersi addosso spaventosi strati di vestiti neri, nei mesi prima di annegare: gonne che le scendevano fino alle caviglie, strani guanti senza dita e maglioni sbrindellati. Si trascinava qua e là con pesanti stivali troppo grandi ai piedi. Lui non riusciva a capire. Ma Eva rideva e gli diceva che era troppo all'antica, ogni volta che commentava che scarpe come quelle gli parevano più adatte a un operaio in un cantiere.

Sta per salutarla, augurarle una buona giornata con un vivace scatto della mano. Vuole ristabilire le distanze. Ribadire che lui è il datore di lavoro e lei la ragazza alla pari. Ma Sophie già si sporge in avanti, avviluppandolo nello stordente odore dei gigli. Gli sfiora entrambe le guance con le labbra. Non si è rasato quella mattina e i capelli sottili della ragazza rimangono impigliati.

«Grazie», sorride. Ha denti molto piccoli e bianchi. *Come quelli di un bambino*, si dice Max. La osserva allontanarsi, lo zaino abbandonato sulla spalla. Ha solo due anni più di Eva. Ma sembra tanto più grande. Trasmette un'aria di consapevolezza; si direbbe quasi una imperscrutabilità, un controllo preciso e puntuale che Eva non ha mai avuto il tempo di mettere a punto. E ricorda a se stesso che Sophie è cresciuta a Parigi, una capitale, mentre le sue figlie sono ragazze di campagna. Lui e Clara desideravano l'innocenza per le loro bambine. Volevano tenerle al sicuro, proteggerle dalla vita di città.

Max guida fino all'ufficio, si sente disorientato. Tira giù il finestrino, fino in fondo, cerca di rinfrescare la macchina bollente, di pulire l'aria pesante. È bloccato dietro un autobus che lo soffoca con i fumi del diesel. L'odore gli dà la nausea. Il profumo di Sophie rimane ad aleggiare intorno a lui. Se lo sente sulla lingua, intenso e stucchevole. Gli viene in mente che Sophie ha la stessa età che aveva Suky. Si sforza di ricordare il volto di Suky e invece vede il ricamo tra le sue mani. I punti delicati che fendevano le pieghe del tessuto; il modo in cui si teneva il lavoro sul grembo sotto lo stomaco rigonfio.

Si sente la pelle delle gambe scomodamente incollata alla lana dei pantaloni eleganti. Il colletto è troppo stretto, lo soffoca. A Clara non piacevano i vestiti che doveva indossare per l'ufficio. «I miei clienti si aspettano di vedermi in giacca e cravatta», protestava lui mentre Clara ridacchiava, vedendoselo davanti tutto in ghingheri con un completo a righine nel bel mezzo di un'ondata di caldo.

Lei scuoteva la testa. «Gli uomini sono delle creature così poco pratiche».

Era fresca e sexy con quel vestitino. Era tanti anni prima, all'epoca le minigonne finivano ancora sulle prime pagine dei giornali. Ne aveva messa una persino il giorno del matrimonio. Una veste bianca con grandi margherite cucite intorno all'orlo, i capelli che le incorniciavano le orecchie come quelli di un folletto. «Se ti pieghi, farai vedere le mutandine al mondo intero», le sussurrò mentre firmavano il registro.

«E chi ti dice che porto le mutandine?», rispose lei, tuffando il volto con aria pudica nel bouquet di vere margherite che stringeva in mano.

Avevano cominciato il matrimonio pensando che l'amore fosse tutto ciò di cui avevano bisogno per passare un'intera vita insieme. Quegli anni tetri di aborti che si susseguivano li avevano quasi distrutti, eppure erano sopravvissuti, l'amore aveva retto. Ma il dolore dell'annegamento di Eva non li aveva avvicinati; li aveva spinti in direzioni opposte, bloccati in posti separati. Lui si ripete che questa non è la fine, è deciso. Trasferirsi è l'unica risposta. Darà alla famiglia una possibilità di ricominciare da capo. Deve essere così.

30

Io e mamma siamo al capezzale di Joe. Sembra molto piccolo nel letto d'ospedale, tutto avvolto tra le lenzuola bianche e la coperta blu. Le sue gambe sono linee dritte e nette. Il letto è sollevato, lo sostiene a un'angolazione reclinata. Ha delle barre di metallo, sembra un po' una culla. Sul braccio sinistro ha un pesante gesso. Sandra e Fred sono seduti dall'altra parte. Sandra ci fissa con un'espressione severa.

È il reparto di chirurgia pediatrica, perciò le mura sono dipinte di giallo e di verde. Pecore di plastica dondolano dal soffitto, ci sono personaggi Disney di cartone alle pareti. Disegni scarabocchiati dai bambini sono attaccati a una bacheca dietro il bancone dell'infermiera, in mezzo ai bigliettini di ringraziamento. Il lungo muso di Pluto mi sorride dietro il letto di Joe. Mamma fruga nella borsa e tira fuori i regali che abbiamo comprato mentre venivamo in ospedale. Offre a Joe una scatola di cioccolatini incartata e una busta piena di morbidi acini viola. Lui allunga la mano buona per prendere i cioccolatini.

«Non ce la fai mica, furbastro. Da' qua». Fred si sporge per afferrare la scatola, strappa il cellophane esterno facendo un brutto rumore scricchiolante.

«Come stai, Joe?», chiede mamma. La sua mano trema contro la mia.

«È fortunato a essere vivo, date le circostanze». La voce di Sandra è dura. Sbatte gli occhi e solleva il mento. «Sta come l'hai trovato. È una frattura complicata, dice il dottore».

«Sì». Mamma invece parla in modo tenue, calmo. «Faith ha qualcosa da dire, non è vero, Faith?».

Sandra mi guarda, le labbra tese all'infuori, come se la lingua le stesse spingendo da dentro. Le sue unghie rosse tamburellano sulla borsa, un suono acuto e insistente. Joe guarda il soffitto. Sta facendo finta che non siamo qui. Io deglutisco e sbatto gli occhi e giro i piedi verso l'interno, le unghie battono contro la punta delle scarpe. Fred tiene la testa bassa, fruga nella scatola di cioccolatini, Sandra si gira di scatto verso di lui e sbotta: «Non adesso, Fred». Allontana la scatola e la appoggia sul tavolino accanto al letto di Joe, scuotendo la testa.

«Mi dispiace», dico, sussurrando.

Fred mi fa l'occhiolino, stringendosi nella sedia. Ricordo il suo volto sorpreso che si affacciava in mezzo alle onde, l'acqua grigia che lo ricopriva, la mano che si apriva e si richiudeva. E mi dispiace davvero. Mi dispiace di averli portati con me. Mi dispiace di non aver pensato ai giubbotti salvagente. Mi dispiace che il fondale della barca fosse marcio. Più di ogni altra cosa, mi dispiace di non essere riuscita ad arrivare fino all'isola per trovare Eva.

Sandra fa un piccolo cenno con la testa. Tira fuori un fazzoletto dalla borsa e si soffia il naso rumorosamente. «Oh, per l'amore di Dio, prendiamoci un cioccolatino tutti quanti e dimentichiamoci di questa storia». Dà una spintarella sulla spalla a Fred. «Alzati, tesoro, lascia la sedia alla signora Gale».

Mamma e Sandra siedono fianco a fianco sulle sedie di plastica e cominciano a parlare a voce bassa, le teste vicinissime. Mamma sfiora gentilmente la mano di Sandra. Sandra incrocia le gambe, dice che vorrebbe farsi una sigaretta.

Fred si china su Joe per mettergli in bocca un cioccolatino. «Al caramello», gli dice. «I tuoi preferiti».

Mi passa la scatola, ma io scuoto la testa, coprendomi le mani con il cardigan. Mi guarda. «Non preoccuparti. Sandra è arrabbiata solo perché Les è tornato al lavoro e lei è rimasta qui da sola».

«Fra quanto tempo potrà uscire dall'ospedale?»

«Un paio di giorni, ci hanno detto».

«È stata una vera avventura», dice Joe, succhiando il dolce cuore appiccicoso del cioccolatino tra i denti. «La cosa migliore di tutte le vacanze».

In macchina, di ritorno a casa, mamma è silenziosa, guarda accigliata il parabrezza. «Io e papà abbiamo parlato un po'», dice, rallentando a un incrocio, voltandosi a destra e sinistra ma senza guardare me. «Stiamo pensando di vendere la casa. Crediamo che sia ora di trasferirci».

Il mio cuore inizia a battere molto, molto velocemente. «Non possiamo...».

«Stammi a sentire, amore», mi interrompe. «Pensiamo che allontanarci da questa zona sarebbe la cosa migliore per tutti noi, per noi in quanto famiglia. Ricominciare da capo».

«Ma Eva...».

«Non dimenticheremo mai Eva – è nei nostri cuori, fa parte di noi – ma non tornerà, Faith».

Cerco di restare calma. «No. È quello che pensate voi. Ma non lo sapete davvero».

Mamma toglie la mano dallo sterzo e mi stringe forte il ginocchio. «Vorrei che fosse sull'isola, Faith. Vorrei che esistessero cose come i miracoli e le creature magiche». La sua voce si fa tesa, sforzata. «Vorrei che Eva fosse viva, non c'è cosa al mondo che desideri di più. Ma devi capire che non è reale».

Nella pozzanghera delle sue parole, la musica si alza dentro la mia testa, la voce insistente di Ella: *But it wouldn't be make believe, if you believed in me.* O è la voce di nonna? Canticchio la strofa successiva.

«Che cosa?». Mamma mi lancia un'occhiata.

«Niente». Incrocio le braccia. «Io non me ne vado». Immagino, per un secondo, di mettere la tenda sotto la quercia, protetta solo dal telone di cera, senza casa.

«Ci vorrà un po' di tempo per abituarsi all'idea. Anche io all'inizio ero contraria», dice con voce rassicurante. «Ma dopo il disastro della barca... be', sono stata costretta a ripensarci. Papà ha ragione, Faith. Sarebbe la cosa migliore. Per tutti».

«Quando?», chiedo con voce secca.

«Metteremo la casa sul mercato la prossima settimana o giù di lì», mi guarda dritto negli occhi e aggiunge in fretta: «Ma c'è da dire che probabilmente ci vorrà un po' prima di trovare un compratore. Non è una casa facile da vendere».

L'estate sta scivolando via. Vedo qualche foglia gialla sugli alberi, immagino l'odore del fumo e della legna nell'aria. Sta per iniziare la scuola. Penso ai banchi di legno graffiati, la puzza di gomma e di sudore negli spogliatoi. La campanella, la folla dei bambini vocianti, tutti noi intrappolati, che corriamo intorno senza sosta, facendo il giro del quadrato di asfalto che gli insegnanti si ostinano a chiamare "campo giochi". E ancora non sono riuscita ad arrivare all'isola. Sento il panico che cresce, come se qualcosa mi stesse dando la caccia – una creatura che apre le ali.

Mamma mi sta parlando di nuovo: «Non farlo, Faith. Non ti toccare le verruche o non se ne andranno più».

Abbasso gli occhi e mi rendo conto che per tutto il tempo non ho fatto altro che grattare e ficcare le unghie sotto i bozzi. Chiudo le mani a pugno, le stringo sul grembo, e fisso fuori dal finestrino la nebbia indistinta del paesaggio che ci sfreccia accanto.

Papà è incollato alla televisione. Mamma è in bagno. Sento la musica dalla stanza di Sophie. Pensano tutti che sia andata a letto. Ma io non sto dormendo. Ogni notte mi alleno a trattenere il fiato, così avrò più possibilità di salvarmi se cado in acqua andando sull'isola.

Seduta a gambe incrociate sul mio piumone, quello vecchio di nonna, chiudo gli occhi e tiro dentro tutta l'aria che posso, trattenendola prigioniera dietro le labbra.

Ho la bocca serrata. Sento il cuore che mi batte contro le costole. Non mi piace affatto. Mi fa venire il panico. Mi ricorda di quand'ero sotto l'acqua, come quella volta che ci siamo ribaltati. Qualcosa che ribolle dentro, come se del liquido caldissimo montasse in me con la forza di un oceano. Un sordo tuono mi sconvolge il cervello. Mi fa male tutto. Gli occhi mi stanno per uscire dalle orbite. Voglio disperatamente aprire la bocca. Stringo più forte le labbra, lancio un'occhiata all'orologio sul comodino. Ma ho già dimenticato che ora era quando ho iniziato. Le luci si accendono e si spengono. Quando chiudo gli occhi, appiccicosi grumi di colore strisciano nella parte interna delle mie sopracciglia. Mi gira la testa, mi sento confusa. Apro la bocca per buttare dentro l'aria, profondi respiri squassanti, uno dopo l'altro, il petto che si alza e si abbassa pesantemente.

Mi lascio cadere di lato, respiro, non faccio altro che respirare. L'aria è deliziosa. Percepisco un sentore di olio di rosa, il conforto di nonna che si alza dal piumone consunto. Quando comincio a sentirmi di nuovo normale, mi accorgo di avere fame. Mi pizzico la pelle del braccio, la rigiro finché non mi fa male. Sono inutile. Devo continuare ad allenarmi. È l'unico modo per migliorare. Papà ci ripeteva sempre, a me e a Eva, che il successo è dieci percento inspirazione, novanta percento traspirazione. Ma non respirare è come soffocare. Non sono sicura di poterlo fare di nuovo. Non adesso, in ogni modo. Allungo la mano per spegnere la luce, infilando le gambe sotto le coperte e sistemandomi il cuscino sotto la testa. Distesa sulla schiena, fisso l'oscurità. *Sono una codarda?,* mi chiedo. Vorrei essere forte come Eva, ma mia sorella ha ereditato tutti i geni del coraggio, lasciandomi solo quelli rinsecchiti che mi fanno tremare impaurita.

31

Billy non ha più parlato di Jack e nonna. Non è cambiato nulla. Sono ancora prigioniera e non so il perché. Anzi, semmai adesso Billy è ancora più attento a chiuderci dentro la notte, a legarmi i polsi ogni volta che usciamo dalla pagoda, il che succede sempre meno spesso.

Le ore passano lentamente. Mi devo intrattenere con delle piccole cose. Mi dà una mela ammaccata e io la prendo con gratitudine. Mangiarla mi farà passare un po' di tempo. Le sue nocche sono un macello di pelle spezzata e carne sanguinolenta. Sembrano infette. Rabbrividisco, distolgo lo sguardo, non posso fare a meno di biascicare: «Ma perché lo fai?».

Lui si acciglia e si gira di schiena come se lo avessi offeso. Sembra che si sia richiuso in uno dei suoi silenzi. È capace di restare muto per ore. Mi porto la mela alla bocca che si riempie già di saliva, ma lui mi sta fissando, si morde le labbra, si rabbuia. Oscilla un dito. «Mi sa proprio che tu potresti fare un sacco di cose nella vita se volessi. Una ragazza privilegiata, no? Con i tuoi libri e i disegni».

Lo fisso, la bocca che si apre. Lui continua a guardarmi, i nostri occhi si incontrano. Mi tiro indietro, nervosa, fino a ritrovarmi con la schiena contro il muro freddo.

Fa un gesto secco con la mano. «Chi viene da dove vengo io non ha molte scelte. Nessuno era un artista laggiù. Se fossi rimasto a casa sarebbe stata la fine. In trappola. Non parlo solo delle miniere. È la cieca fatica: ogni giorno uguale al giorno prima. Ti succhia via la vita».

Mi lascio scivolare, mi metto a sedere. Ho le labbra secche e arriccio la lingua, bagnando la pelle ruvida da lucertola. Non mi guarda più. Sta fissando le pareti, i suoi occhi sono lucidi sulla maschera del volto.

«Ci sono solo due scelte. O giù nelle miniere, o nell'esercito. Io ho sempre voluto fare il soldato». Poi chiede pacatamente, furtivo: «Secondo te a cosa servono i soldati?».

Seguo con le dita i contorni rotondi e cerosi della mela, mi chiedo se sia un trucco o una domanda retorica. Dopo un momento dice: «Sono addestrati per uccidere, no? Per il re e la patria e tutta quella roba lì».

Annuisco, mi stringo le gambe sotto lo stomaco che brontola per la fame. Non capisco perché mi stia dicendo queste cose, ma intuisco dove sta andando a parare, e non mi piace per niente.

«Il primo periodo in Irlanda del Nord… ho pensato che fosse meraviglioso. Fottutamente meraviglioso. Ero nell'esercito da due anni e conoscevo il peso di un fucile tra le mani, il rinculo sulla spalla quando premi il grilletto. Ti tenevi stretta la tua arma come fosse una ragazza, e la trattavi anche meglio». Inclina il mento. «Ero un bravo soldato. Quando ti dovevano punire ti facevano fare degli esercizi terribili. Ma io mi tappavo la bocca e ricominciavo da capo. È tutta questione di testa, sai». Si batte la fronte. «È questo il trucco. Non arrendersi mai. La resistenza è la chiave di tutto».

Si tira la barba incolta e selvaggia. Gocce di saliva formano grumi bianchi agli angoli della bocca. Cammina avanti e indietro, mi lancia un'occhiata, mi guarda in volto. «Operazione Banner. Ti dice qualcosa?».

Lo guardo perplessa.

«Scioperi della fame. Bobby Sands che muore nella sua cella sporca di merda. Tutti che perdono la testa». Si asciuga la bocca con il dorso della mano. «Le voci giravano nelle caserme. Dai piani alti non ci avevano detto nulla. Ma io sapevo che quelli dell'IRA erano dei bei figli di puttana. Il pensiero di farne fuori uno mi faceva correre più veloce il sangue. Era quello per cui ero stato addestrato». Mi fissa.

Annuisco.

«L'Irlanda del Nord era diversa da quella che mi aspettavo. Fin dal primo momento che ci ho messo piede tutto mi è parso una bugia. Non mi piaceva stare rinchiuso dietro le fortificazioni. Mi sentivo come una cazzo di anatra davanti a un cacciatore. Quei posti puzzavano. I ragazzi ci pisciavano dentro, alcuni. Andare di pattuglia era la cosa migliore. Con il fucile in mano, tutto il corpo in stato di allarme rosso, sentivo meglio, vedevo con più chiarezza. Ero acuto. Avevo tutti gli istinti che funzionavano al massimo dei giri».

«Perché te ne sei andato?». Lo guardo mentre cammina su e giù per la pagoda. «Che cosa è successo?».

Mi ignora. I suoi occhi sono di nuovo velati, sembra un sonnambulo. «In strada si sente questo odore di torba in fiamme. Sei un fantasma: nessuno ti guarda. Non negli occhi, almeno».

Mi porto la mela alle labbra. L'odore mi fa ripensare alle prime mattine d'autunno, erba bagnata e fumo di legname. Aiutavo papà in giardino, spazzavo le foglie, facevo piccole montagnole, Faith che le prendeva a manciate e me le tirava contro, ombre umide che fluttuavano a terra, lucide e scintillanti.

«Il primo tumulto in cui mi sono trovato... non puoi capire il rumore. Picchiavano contro i coperchi delle pattumiere, e poi i fischietti come quelli degli arbitri. Una folla fa lo stesso ruggito del mare. Una donna mi sputò in faccia». Mi sta guardando di nuovo, cammina su e giù. «Una bottiglia colpì Napper», scuote la testa, «vetri rotti, sangue dappertutto, lui a terra, in ginocchio, la mano sugli occhi. Urlava. E poi ci sono io che lo porto verso il furgone, e alzo lo sguardo, fisso dritto in faccia questo ragazzino che non poteva avere più di dieci anni, un piccoletto pieno di lentiggini. Il ragazzino mi tira un mattone, con tutta la forza che ha in corpo». Si preme forte la base del palmo su un occhio. «Ci odiavano. Tutti quanti. Ma non avevo mai sentito nulla del genere. Un'eccitazione, la sentivo battere contro le costole». Si tocca il petto. «È come una droga, sai. Quella sensazione. Ti dà dipendenza». Si accuccia sul pavimento accanto a me, adesso le nostre ginocchia si toccano. «L'esercito è pieno di gente come me. Come ero io un tempo. Ragazzi che non hanno scelta. Vogliono che qualcuno gli dica che cosa devono fare. Vittime perfette del lavaggio del cervello».

Gli traballa l'occhio sinistro, la bocca che si spalanca in mezzo alla barba sporca. Sembra esausto.

«Ma le tue mani...», gli ricordo, cauta.

Abbassa lo sguardo sulle nocche e allarga le dita con aria sorpresa. Le fissa a lungo, contemplandone la forma come per ammirarle. «Solo un graffio».

Le sere si stanno allungando. Le ombre sono più grandi; il sole sembra più basso in cielo. Nelle prime ore del mattino scende una nebbia inquietante, diversa da quella dell'estate; questa porta con sé la promessa del gelo. Non ho bisogno dell'orologio per sapere l'ora. La vedo nel cielo, nel modo in cui cade la luce. È settembre. Il cambio del clima mi ha fatto venire il mal di gola, un prurito graffiante, come dita acuminate che si fanno largo nel tessuto della carne.

La vita è distillata. C'è solo il movimento del mare, il sole che sorge e tramonta ancora. Questi ritmi abitano dentro di me; ne sento la misura nella pulsazione del sangue, nel respiro. Pensavo di conoscere questo posto quando io e Faith ci venivamo di nascosto con la barca. Pensavo che fosse sterile, privo di vita, a quel tempo. Come potevo essere così cieca? Piccoli fiori bianchi spuntano in mezzo ai ciottoli. Erba gialla e alta si muove come un campo di grano, sussurra nel vento. Ho visto piccoli topi marroni, anche un ermellino una volta. Conigli che scappano, sfrecciano verso le tane, corrono accecati dalla paura nella direzione sbagliata. Ieri ho visto una volpe. Strisciava sotto i ginestroni, il ventre basso a terra, la pelliccia rossiccia che scintillava alla luce. Quando ha percepito la mia presenza si è paralizzata, girando il muso verso di me. Mi è tornata in mente la volpe morta che io e Faith abbiamo trovato quella volta, la carcassa brulicante di larve. Adesso non ne è rimasto nulla. Neppure un osso.

Billy è sveglio. È seduto all'ingresso, le gambe nel corridoio, sta fumando. Vedo le volute del fumo, la testa china. Si volta verso il mio angolo. La luce della luna cattura i piani del suo volto, trasforma i suoi occhi in orbite vuote.

«Dormi?», mi chiede.

«No».

Butta il mozzicone di sigaretta. Osservo la scintilla rossa in cima. «Continuo a pregare che torni». La sua voce è secca, vedo i contorni della testa, linee che si tuffano tra le sue mani.

Mi piego sulle ginocchia, sento le giunture che schioccano. Il pavimento è duro e freddo. «Che vuoi dire?», chiedo piano.

Adesso il suo tono è piatto, privo di espressione. «La voce».

«Che cosa hai intenzione di fare?». Vorrei poterlo vedere bene in faccia. Non riesco a giudicare il suo stato d'animo senza un indizio visivo. Non mi ha legata stasera, perciò cammino cauta dentro l'oscurità, facendo attenzione a dove metto i piedi, intorno alla fossa, fendo le strisce lattiginose della luce della luna.

«Non so», dice, esitando prima di pronunciare ogni parola. «Ho fatto quello che mi ha chiesto. Ho bisogno di sapere che cosa succede adesso. Sicuramente mi sta mettendo alla prova».

Ora gli sono accanto, il cuore mi batte così forte, di certo il rumore si sente anche all'esterno. Faccio un profondo respiro. «Forse è finita», dico piano. «Forse... forse è ora di lasciarmi andare. Lei non ti vuole chiedere nient'altro».

Billy è perfettamente immobile. Mi schiarisco la gola. «È quello che avrebbe voluto anche Jack, credo...».

Billy scatta con un unico, sciolto movimento. È in piedi all'ingresso con le gambe allargate, cerca di occupare tutta l'ampiezza della porta. «Non venirmi a dire che cosa avrebbe voluto nonno». Scuote la testa, mi prende il braccio, lo stringe forte. «Non lo sai».

Deglutisco. «Mi dispiace. Hai ragione. Ma, ti prego, lasciami andare. Lasciami andare e basta. Non lo dirò a nessuno». Mi trema la voce. «Mai».

«No», dice in tono secco e basso. «Non è ora».

Sento il suo odore, l'acido del sudore e della paura, la puzza della sua pelle non lavata, dei capelli unti, la nota amara del fumo di sigaretta. Mi lecco le labbra, cercando di liberarmi, ma lui mantiene la presa, le dita avvolte sul mio braccio, e c'è un tremore nel suo corpo, una scossa. Mi dà una spinta. «Non ho mai detto che potevi alzarti. Torna nel tuo angolo. Stenditi».

Si china su di me, mi lega le mani. «Stai cercando di fregarmi», mormora, stringendo la corda. «Sono loro? Sono arrivati fino a te?»

«No», gli dico. Sento la gola che si chiude. «No».

«Se non stai zitta ti imbavaglio».

«Ti prego, non farlo». La tosse mi blocca il petto.

Ha le labbra chiuse in una linea serrata quando mi lega i polsi. «Lo faccio per te». Sembra deluso quando si piega sulle gambe per legarmi le caviglie. «Per te, Eva».

Resto passiva, non resisto in alcun modo. Tira la corda fino a che non mi morde la carne. Pensavo che le cose stessero cambiando. Dopo aver scoperto di Jack e nonna, dopo la sua tirata contro l'esercito, speravo che fossimo vicini a un cambiamento, che cominciasse ad aprirsi con me, a fidarsi. La corda è troppo stretta intorno ai polsi. Non riesco a mettermi comoda. Distesa di schiena fisso le alte sommità della pagoda, osservo i movimenti delle nubi attraverso l'apertura, lembi sottili di cielo intrappolati tra la struttura di cemento dell'edificio e il pesante tetto. Di nuovo il prurito in fondo alla gola. Tossisco. Mi sento il petto pieno di ferite, come se fossi caduta da una rampa di scale.

32

Quando sfreccia fuori dalla biblioteca dopo il lavoro, la testa piena di faccende da sbrigare – deve fare un salto al supermercato, prendere la pasta, magari un po' di latte, e il cibo per il cane, non deve dimenticare il cibo per il cane – Clara va a sbattere contro qualcuno. È una scossa. Sente un braccio fragile contro le costole, un gomito che le sfiora il fianco. Le pieghe di un abito nero le scivolano addosso. Una croce che penzola da una catenina, riflessi argentei nella luce. La collisione è finita dopo pochi secondi. Clara fa un passo indietro. Una piccola suora ricurva le sorride con occhi antichi, vuoti, annuisce chiedendo perdono.

Clara rimane ferma, si scusa, la fissa, osserva la suora anziana che attraversa. Sembra gentilmente determinata con le sue vesti svolazzanti, minuta, innocua. Clara ha il respiro affrettato, l'aria rimane impigliata nei polmoni. Non funzionano come si deve. La fanno sentire confusa, come se fosse sul punto di svenire. Appoggia una mano a una parete dell'edificio della biblioteca, un blocco di cemento degli anni Sessanta, ruvido sotto la sua mano.

Continua a fare lo stesso sogno. Lei e Suky, sfumate ai bordi, si fondono in un'unica persona, distesa a letto nell'oscurità, con la neonata accanto. E ci sono sempre delle suore che si chinano sopra la culla, sollevano Eva con dita ossute, la portano via. A volte, in momenti inaspettati durante il giorno, Clara sente Suky che canta alla figlia annegata, o la sua voce che dice a Clara: *Hai perso la mia bambina*.

Clara non può contraddire il fantasma. La voce nella sua

testa. Eva si è persa e la colpa è di Max e di Clara. Eva era affidata a loro. Si *fidava* di loro. Credeva che fossero i suoi genitori. Max aveva sempre voluto dire ad Eva che era stata adottata. Dopo la nascita di Faith avevano litigato spesso, ma Clara si limitava a indicare la piccola che succhiava rumorosamente tra le sue braccia. Perché suo marito non capiva che era impossibile dire la verità a Eva, adesso che avevano avuto Faith? Come potevano confessare senza che lei si sentisse rifiutata? Per quel che riguardava Clara, Eva *era* sua figlia; sentiva il legame nelle ossa, in ogni fibra del suo essere.

Faith cresceva, e Clara e Max notavano tratti e caratteristiche che accomunavano le due sorelle, le somiglianze con i genitori. Stavano ben attenti a non parlarne davanti alle ragazze. Gli estranei le studiavano, notavano la profonda differenza del colore della pelle, ma Clara sorrideva e tratteneva il fiato finché inevitabilmente qualcuno indicava una qualche immaginaria caratteristica di famiglia. «La forma degli occhi è identica», oppure «Si vede che quegli zigomi provengono dagli stessi geni». La gente vedeva ciò che voleva. E sempre l'altezza di Eva la legava a Max: uno biondo e l'altra scura, insieme si dirigevano verso il fiume con ampie falcate. Clara soffriva per la nostalgia di quello scricciolo che la seguiva di stanza in stanza. Eva non era più la sua immancabile compagna dalle dita appiccicose, era diventata una ragazza dalle gambe lunghe che bramava l'indipendenza, che non guardava più sua madre ma voleva l'eccitazione di suo padre e del mare. Ma anche se soffriva, Clara era felice che Max ed Eva condividessero una passione. Si era fidata di lui. Aveva creduto che si sarebbe preso cura di sua figlia.

Quando Clara arriva a casa, le braccia piene di buste della spesa, non dice nulla della suora a Max. Non gli ha parlato del suo sogno ricorrente. Immagina che anche lui abbia incubi di cui non fa parola. E comunque, hanno smesso di parlare di qualsiasi cosa che esuli dalle necessità quotidiane. A quanto pare, lei non può far nulla per cambiare la situazione. C'è una voce dentro di lei che urla, ma le sue labbra non si piegano, non pronunciano le parole. È come se fosse paralizzata.

Gli augura la buonanotte davanti alla porta del suo studio. Lui si volta e le rivolge l'esitante sorriso che è arrivata a temere: le labbra curvate dal senso di colpa e dal risentimento, gli occhi infelici che la implorano per qualcosa che non può dargli. Sale le scale, il palmo pesante sul corrimano. Sa che appena si addormenterà vedrà il volto di una donna morta, Suky che va da lei per condividere un dolore che nessun altro comprende.

Max dorme alla scrivania, un sonno agitato, i documenti gli scavano un solco nella guancia, sogna che Clara è scesa a cercarlo. Pensa di sentire il delicato tocco delle sue dita sulla nuca, i polpastrelli che seguono la linea spessa della cicatrice. Quando si sveglia, è solo.

Al piano di sopra, apre piano la porta della camera. Clara è profondamente addormentata, a braccia larghe nel letto. È una notte calda, la finestra è aperta. Sbatte gli occhi nell'oscurità, sfrutta la pozza di luce che filtra in mezzo alle tende. La vestaglia di Clara stropicciata si è sollevata sotto di lei, rivelando la liscia curva della schiena, la collinetta delle natiche. Si siede sul letto e allunga la mano. Anche senza toccarla, sente il calore che emana dalla sua pelle, dolce e intimo. Si avvicina, inala il suo respiro addormentato. Lei geme piano e volta la testa, lui si tira su di fretta, il cuore che batte più forte.

Max si risveglia per il suono dei colombacci. Sente il vento tra i capelli, il rumore delle onde in lontananza, l'acqua che si ritrae e torna sulla spiaggia come l'aria che entra ed esce dai polmoni. Odia quel suono. Un tempo era il suono di casa; un tempo era il suono della libertà. Adesso non può più guardare l'acqua dietro l'argine senza pensare a Eva. Se potesse fare a cambio con lei prenderebbe subito il suo posto. Ogni giorno rimpiange di non essere lui quello che è stato risucchiato dalle onde. Perché non hanno trovato Eva? Il suo cervello sta cercando di recuperare qualcosa che è lì, ne è sicuro. Può quasi toccarla, la cosa che gli spiegherà quello che è successo, come è morta sua figlia.

Ha qualche brano di un ricordo; Eva in piedi accanto alla cabina. Lui al timone, cercava di tenere stabile la barca, le onde che si infrangevano contro lo scafo. E lei è lì di fronte a lui, ha il mento sollevato. A volte indossa il giubbotto salvagente. A volte no. Cercare di rintracciare quelle immagini è come osservare i pezzi sparsi di un puzzle, le tessere sepolte nella sabbia. Riesce a vedere solo frammenti, non è in grado di formare un quadro completo.

Non ha bisogno di girare la testa per sapere che Clara non è più a letto. Troverà solo un mucchio di lenzuola, la sua forma sul cuscino, il debole odore del suo corpo che ancora permea il cotone. Le mattine in cui non va in biblioteca si alza prima di lui e subito parte per una delle sue lunghe camminate con il cane, oppure scompare nel giardino per curare le piante, in ginocchio sopra un pezzo di plastica, il vecchio cappello della madre di Max in testa. Da quando è morta Grace, è Clara che si occupa del giardinaggio; dice che mette le mani un po' a caso, che non sa nemmeno bene quello che fa, ma con sua grande sorpresa ha scoperto che le piace affondare i palmi nella terra, osservare i semi che diventano piante.

Gli manca sua moglie. Quanto vorrebbe sentire ancora il tocco delle mani di Clara. Il modo in cui gli sfiorava il volto, rimuovendo le ansie del giorno mentre le sue dita gli scivolavano sulla fronte. Ha un improvviso ricordo di lei sotto il suo corpo, i fianchi premuti gli uni contro gli altri, le braccia che lo stringevano forte. Geme, spostando la testa a destra e sinistra, sente lo schiocco delle giunture, i tendini del collo che si irrigidiscono come corde di un piano.

Se non altro ha accettato di mettere in vendita la casa. «Grazie a Dio», dice al soffitto. «Grazie a Dio».

Vuole portare la famiglia a Cambridge. Un suo vecchio amico ha un ufficio là, gli ha chiesto di unirsi allo studio già un sacco di volte. Deve chiamarlo, organizzare un incontro.

Faith può avere una vita diversa. Spera che là i bambini saranno più comprensivi verso la sua piccola sognatrice. L'ha vista superare a lunghe falcate i ragazzi del villaggio, un'aria tetra calata sul volto. Sa che non ha nessun amico vero.

Sabato. Sospira al pensiero della giornata vuota che si allunga davanti a lui. Non ci sono più Olimpiadi a distrarlo. È stato quasi catartico guardare quegli atleti, i loro sforzi, la loro fede in se stessi nell'attimo decisivo. Un paio di volte ha pianto, osservandoli varcare la linea del traguardo, le teste tirate indietro. Quanto teme i weekend. Ormai il lavoro lo definisce. È l'unica cosa che può fare. Ha preso troppi clienti, ma ha bisogno di tenersi impegnato. Così non ha tempo per pensare ad altro. Lui ed Eva andavano in barca nei weekend. A volte tutta la famiglia saliva sul Cornish Shrimper, prendevano un cestino e tutto il necessario per fare il bagno e buttavano l'ancora da qualche parte al largo. Tutti mangiavano sandwich e patatine a bordo, giocavano a carte. Eva si tuffava nell'acqua gelida per farsi una nuotata, convinceva lui e Clara a raggiungerla. In quel periodo dell'anno lui ed Eva facevano le ultime uscite prima di tirare in secco le barche per l'inverno.

Si mette una vestaglia e percorre incerto il corridoio sbadigliando, vuole farsi un bagno. Sente dolore dappertutto. La schiena, le spalle e le ginocchia scricchiolano come quelle di un vecchio. Si accorge dei cambiamenti che sono avvenuti nel suo corpo da quando non va più in barca. I muscoli delle spalle e delle braccia si sono indeboliti, rammolliti. La sua pelle ha perso colore, è diventata grigia, opaca. Non c'è mai abbastanza aria nei polmoni. Si sente sempre stanco.

Arriva in bagno, allunga la mano per spingere la porta socchiusa, sente della musica. Il suono si alza forte, familiare, spettrale. È una canzone pop che Eva ascoltava sempre. Il suo cuore inizia a battere più forte. La porta si spalanca liberando la canzone che vola su una nuvola di vapore. In mezzo al fumo emerge una ragazza. Ha i capelli bagnati che le cadono a ciocche sulle spalle come una sirena. Pelle abbronzata che scintilla; i seni coperti da un telo verde che si stringe al corpo.

Ride, gli chiede scusa, tira ancora di più il tessuto verde. Ha in mano una piccola radio a transistor, la canzone adesso è soffocata dalle pieghe dell'asciugamano. Preme OFF con la pelle raggrinzita.

«Ho dimenticato di chiudere a chiave la porta», gli sorride.

«Sophie», dice. Il suo cuore rallenta. *Siamo fortunati ad averla*, pensa, scusandosi a sua volta con un sorriso. È una ragazza amichevole, una gran lavoratrice.

Chiude la porta e si piega per aprire i rubinetti; sotto i piedi sente qualcosa di bagnato. Abbassa gli occhi, vede il tappetino fradicio e si chiede perché Sophie preferisca usare quel bagno. In teoria, è suo e di Clara. Lei dovrebbe usare l'altro, quello delle ragazze in fondo al corridoio. Ma in fin dei conti, che senso hanno stupide regole come quella? Che importanza può avere quale usa? Forse preferisce quella doccia. Eva si lamentava sempre che quella del suo bagno era rotta, scendevano solo poche gocce d'acqua.

«E io come faccio a lavarmi i capelli?», protestava. «Perché voi dovete avere la doccia migliore? Tu sei pure calvo».

Non era esattamente vero, naturalmente. Max si passa la mano sulla testa, immergendo le dita nelle radici dei ricci; non sa se è solo la sua immaginazione, ma gli pare che i capelli siano più radi; li sente fragili sotto i polpastrelli. Abbassa le mani. Eva aveva piccoli ricci che le incorniciavano il volto. Anche Sophie ha degli splendidi capelli, moltissimi. Qual è la parola esatta per indicare quella ricca sfumatura scintillante di marrone? Il colore delle castagne, pensa, come quelle che cadono dall'albero in fondo al giardino, involucri spinosi che lasciano intravedere il frutto lucente che spinge da dentro.

L'acqua del bagno purtroppo è solo tiepida. Quella calda è finita. Il serbatoio vuoto gorgoglia sopra la sua testa, sferragliando in soffitta in mezzo a ragni e ragnatele. Rimane disteso nella vasca oblunga e pensa che è come stare in una tomba, dritta e stretta. Si insapona svogliatamente sotto le braccia, passandosi l'asciugamano intorno al corpo. Le sue membra sono intorbidite. È passato così tanto tempo dall'ultima volta che ha sentito il fiocco tra le mani, che ha irrigidito le gambe contro la fiancata ricurva di una barca, che ha sentito la forza del vento che lo sferzava.

Qualcuno bussa piano alla porta. Max sobbalza, l'acqua che trabocca da entrambi i lati.

«Sto facendo il caffè, Max», dice una voce tenue. «Ne vuoi un po'?».

All'inizio la scambia per Clara, poi riconosce la dolcezza dell'accento, l'intonazione gentile. È la prima volta che Sophie lo chiama per nome; finora si era sempre rifiutata, anche se lui insisteva.

D'istinto sposta le mani sull'inguine. Gli sembra sbagliato essere nudo con solo il lieve spessore di un'asse di legno a dividerli. Immagina la guancia di Sophie che sfrega contro la ruvida porta. «Sì, grazie», risponde, schiarendosi la gola, «scendo subito».

Gli pare di sentire la maniglia della porta che si sposta verso il basso, esce dalla vasca in preda al panico, per poco non scivola sulla pozza d'acqua a terra. Quando apre la porta, un asciugamano stretto intorno alla vita, non c'è nessuno.

33

Mamma è già andata a fare la sua passeggiata. L'ho vista dalla finestra di camera mia stamattina, diretta verso il mare con Silver che correva a cerchio intorno a lei. Papà è a letto. Dorme fino a tardi nei weekend. Un tempo non lo faceva mai. Si svegliava per primo ogni giorno della settimana.

Un ragazzo dell'agenzia immobiliare è venuto ieri e ha conficcato in giardino il cartello di legno con su scritto IN VENDITA. Aveva capelli sfibrati che gli scendevano fino a coprirgli gli occhi e indossava un completo troppo largo, come se in realtà glielo avesse prestato un amico più grande e più grasso. Quando si è accorto che lo guardavo dalla finestra, si è tirato su le maniche e mi ha sorriso, sollevando il martello sopra la spalla.

Se non altro, se vendiamo la casa mi potrò trasferire in un'altra scuola. Tornare in classe è stato terribile proprio come pensavo. A ricreazione resto al banco da sola mentre Joanna e Ellie spettegolano su di me con i loro amici. Se penso a lunedì mattina sento qualcosa che mi svuota da dentro. Sophie è in cucina che prepara il caffè con la macchinetta. I capelli bagnati le lasciano una coda bavosa sulla schiena, formano una pozza sempre più larga in mezzo alla vestaglia rossa. Mentre cammina su e giù in cucina la seta si apre e si muove intorno alle gambe. Mi ignora, sbucciando un'arancia mentre aspetta che l'acqua si scaldi. L'odore acuto del frutto mi fa venire fame. La buccia si apre a spirale sotto le sue dita esperte. Se ne mette in bocca un intero segmento, masticando. La sua lingua scivola fuori catturando una goccia di succo, si pulisce le labbra con un fazzoletto.

«Mi fai un toast?», chiedo.
Scuote la testa. «Puoi fartelo da sola, no?».
Versa il caffè in due tazze, ne prende una per mano, esce dalla cucina.

Il parcheggio dei camper è mezzo vuoto. Ci sono macchie di erba ingiallita e zolle di terra nei posti che prima erano occupati da camper e macchine. Una sdraio abbandonata è richiusa di lato e c'è un pallone da spiaggia sgonfio in mezzo all'erba. I secchi traboccano di spazzatura. La donna con il pastore tedesco c'è ancora. Mi fa un cenno quando le passo accanto e il cane alla catena si lancia verso di me, agitando la coda. «Non ti ha dimenticata», mi dice, facendo cadere la cenere della sigaretta a terra. Mi chiedo se sappia che Joe è finito all'ospedale. Per colpa mia.
Sandra apre la porta.
«C'è Fred?», chiedo, guardando i suoi scaldamuscoli rosa pallido e le pantofole imbottite con il disegno a cuoricini. «Può uscire a giocare?». Alle sue spalle vedo Carol che urla e sbatte un contenitore contro il seggiolone.
Sandra corruga la fronte. «No, mi dispiace piccoletta». Alza le mani e poi le lascia ricadere. «Ha ancora una brutta tosse». Il contenitore di Carol cade a terra, il coperchio si svita e rotola via. Un liquido viola si rovescia sul pavimento, allargandosi in pozze e gocce. Sandra si fa sfuggire un sospiro frustrato. «Oggi è un vero tornado».
«Ti prego». Rimango in piedi, spostando il peso del corpo da un piede all'altro, sperando che cambi idea.
«Non te lo prometto». Alza le spalle sottili sotto la vestaglia rosa. «Magari un altro giorno, prima che ce ne andiamo. Ci penserò». Poi mi sbatte la porta in faccia.
Mentre mi allontano sento un rumore e mi volto. Il viso di Fred dietro la finestra del camper. Ha il naso schiacciato, appiattito contro il vetro. Dentro il cerchio di nebbia disegnato dal suo fiato, le narici sono due buchi neri. Fa un passo indietro, solleva i pollici nella mia direzione. E poi scompare.

Resto a osservare il quadrato di vetro macchiato per un attimo ma non appare più.

Trascino i piedi, camminando senza pensare. Non so dove andare. Non ho nessun piano. Non ho nulla da fare. Sento voci di bambini dal parco. Mi affretto nella direzione opposta, allontanandomi dalle urla e dalle risate, supero il castello e scendo lungo il fiume. Sull'argine, il vento è cresciuto, soffia aria più fredda dall'oceano. Ci sono solo un paio di barche con le vele spiegate. Quasi tutte sono attraccate, gli alberi che si muovono alla brezza.

L'isola è appollaiata lontano, irraggiungibile, vuota e tetra. La fisso, gli occhi che si inumidiscono sotto l'assalto del vento. Cerco disperatamente di mettere a fuoco, ma è troppo distante, non riesco a vedere quasi niente. Un improvviso dubbio: e se Eva non fosse lì? E se mi sbagliassi? Spingo via quel pensiero, fisso ancora più decisa l'isola. Da qui, gli edifici vuoti non sono visibili, solo i tetti delle pagode che si innalzano, blocchi neri contro il cielo. La parte dell'isola che riesco a scorgere non è che una distesa di pietre e ciottoli con macchie di vegetazione verde. La distanza confonde i dettagli, come i pastelli che usava Eva, tracciando linee storte con le dita, mischiando un colore all'altro. Mi chiedo se alla punta ci siano le foche, se stanno annusando l'aria con i loro nasi da gatto, gli occhi umidi di lacrime.

C'è l'alta marea. L'acqua bagna il fondale dell'argine. L'ampio letto del fiume è increspato da piccole onde, sollevate dal vento. Non so come farò a passare dall'altra parte. Il braccio di mare che si apre oltre la foce del fiume è ancora più terrificante. Penso al volto allegro di Fred, i pollici sollevati dall'altra parte del vetro sporco, deglutisco, affondo i talloni nel morbido terriccio. Non piangerò, anche se in fondo alla gola ho una morsa stretta e bollente. È buffo, ma dopo averli conosciuti mi sento ancora peggio. Prima di incontrare Fred e Joe, mi ero abituata alla solitudine.

«Non posso farcela», dico all'acqua. «Non posso trovarla da sola».

«Ricorda il charleston», mi dice la voce di nonna all'orecchio. «Sei stata così coraggiosa a ballare di fronte a tutte quelle persone. E ce l'hai fatta da sola, Faith».

Quando Jack mi ha mostrato i passi mi ha detto: «Fagli vedere come si fa». Mi ha messo un dito sotto il mento. «Testa alta. Un bel sorriso. Se ti scordi i passi, inventa. Non se ne accorgeranno mai, se lo farai con il sorriso sulle labbra».

Ero nervosa, il cuore che pompava forte, i palmi madidi di sudore. Volevo scappare via dalla cerchia di volti che mi guardavano dalle poltrone. Alcuni erano pieni di aspettative, altri vuoti. Un paio di vecchi dormivano, le bocche spalancate, le braccia chiuse su petti scavati.

Vedo ancora Jack in piedi nella stanza calda e soffocante, nonna subito dietro, mi osserva, mi incita. Ho cercato di ignorare l'odore pesante, non solo candeggina e cavolo bollito, ma l'odore della vecchiaia.

Mi piacciono le mani dei vecchi, le vene che si affacciano alla superficie, sottili come un foglio e piene di macchie di sole. Si vedono i tendini e le ossa sottili, come se quello che c'è dentro stesse per uscire. Mi calma pensare a tutto il tempo, una vita intera, che le loro mani hanno passato a voler bene alle persone, ad abbracciare bambini, a rassicurare fronti increspate dalla paura, a far da mangiare, a togliere lo sporco. Ma quando Jack mi ha teso la mano, là in quella stanza, ho esitato.

Mi ha fatto un cenno impaziente. «Andiamo, Faith. Non c'è tempo da perdere».

Chiudo gli occhi e sento le sue dita che mi afferrano, pelle calda, ruvida, ispessita dal tempo. Mi lascia quando inizia la musica, adesso sono sola. Muovo i piedi, scalpiccio alla ricerca del ritmo. Apro gli occhi, li sbatto sotto la luce del sole, ricordo che appena ho cominciato a ballare mi è sembrato di volare. Di poter fare qualsiasi cosa.

Un gabbiano scende basso sul fiume, un colpo nell'acqua e poi si rialza, un pesce che si dibatte nel becco. Comincio a camminare velocemente, con le braccia che oscillano ai fianchi, la testa bassa, penso a come arrivare sull'isola. Anche se riuscissi a mettere un dinghy in acqua, non saprei farlo partire, e in ogni caso ho troppa paura per navigare da sola. So che ogni tanto i pescatori arrivano sull'isola, ma non posso certo chiedere a qualcuno di portarmici, dato che tanto per cominciare è una cosa illegale. Assorta nei miei pensieri, non vedo il ragazzo finché non gli vado quasi addosso. È seduto sull'erba accanto al sentiero, gambe lunghe ripiegate sotto il mento, sta fissando il fiume.

Alza lo sguardo, sorpreso quanto me, il volto pallido e sottile sotto un cappuccio scuro. È vestito di nero. I capelli che si alzano, scintillanti e lucidi, in un'onda dalla fronte. Sembra che non c'entri nulla con questo posto. Sembra uno di *Top of the Pops*. Ci riconosciamo a vicenda nello stesso istante e si tira su, traballante, si spazzola il fango dal giacchetto.

Mi guarda a lungo, mi rendo conto che non si ricorda il mio nome. Ma io so il suo. «Marco», dico. «Sono io. Faith. La sorella di Eva».

Annuisce. «Avevo immaginato che fossi tu».

«Che stai facendo?».

Stringe le labbra, piega la testa e mi guarda, imbarazzato.

«Sei venuto qui perché questo è il posto in cui… in cui è annegata?». Guardo l'acqua.

«Sì», dice. «È una cosa stupida, lo so, ma ho pensato che qui mi sarei sentito più vicino a lei».

«È viva», dico in fretta. Non ce la faccio a trattenermi.

Inarca le sopracciglia nere e mi fissa.

«Non è morta. Lo so, ne sono sicura. Penso che sia lì fuori da qualche parte». Annuisco in direzione dell'isola. «Non è annegata. Qualcosa l'ha presa». Mi mordo il labbro.

Lui guarda l'isola, concentrato, come se stesse riflettendo. «Nah», dice piano, «lo saprei se non fosse morta. Lo percepirei in qualche modo. E non è così».

La delusione mi investe come un'onda, mi toglie l'equilibrio. È come mamma e papà. Non capisco. Se la ama, dovrebbe provare quello che provo io. No? Dovrebbe sapere che c'è qualcosa che non va, che non è affogata. Io lo sento come una pressione nel cuore.

«Non c'è qualche stronzata militare laggiù?», mi chiede. «Delle bombe e robe del genere?»

«Ci testavano le bombe atomiche. È ancora off limits. Proprietà privata». Mi avvicino a lui, abbassando la voce anche se intorno a noi non c'è nessuno. «Io ed Eva ci andavamo sempre». Gli sfioro il braccio. «È lì, adesso».

Scuote la testa. «Se fosse così qualcuno lo saprebbe», dice. «La guardia costiera avrebbe trovato il corpo. Chiunque abitasse lì morirebbe di fame, o no? E che mi dici dell'acqua potabile?». Mi guarda negli occhi. «Non farti troppe speranze, piccola».

Apro la bocca ma lui ha già ricominciato a parlare. «In realtà sono venuto a dirle addio. Me ne vado». Gira l'anello d'argento che porta all'orecchio. «Me ne sono andato di casa, mi trasferisco a Londa. Per adesso sto sul pavimento di un amico. Sono entrato in un gruppo, facciamo qualche data in giro per il Paese. Parto con il camper. Stasera mi vedo con qualcuno dei miei a Ipswich».

«Stasera?». Mi sfrego il naso. «Be', io vado all'isola», gli dico. «Vado a cercarla».

«Non sarà pericoloso con tutte quelle bombe?». Sembra preoccupato.

Incrocio le dita dietro la schiena. «No. Sono solo su metà isola». Non gli parlo delle selkie o dell'Uomo Selvatico. Non posso fidarmi, non so se è come gli altri.

«Non capisco perché pensi che Eva sia lì. Ma è fico, credo». Guarda l'isola stringendo gli occhi. Non crede che sia laggiù. *Vuole* crederci, che è diverso.

Mi rabbuio. «Non te lo so spiegare».

«Be'», tira fuori una penna dalla giacca. «Ti posso lasciare l'indirizzo dei miei, nel caso ci fossero novità?».

Non abbiamo un pezzo di carta, perciò mi chiede di allungare il braccio, mi tiro su la manica, più su che posso. La penna mi scivola addosso, un tenue solletico. Deve stringermi il polso e girarmi il braccio per farci entrare tutto l'indirizzo. Guardiamo entrambi il fitto scarabocchio che mi copre l'avambraccio. «Loro sanno come trovarmi. Non ho ancora un numero di telefono», dice, «né un indirizzo permanente».

Chiude gli occhi, le labbra che si piegano. «Proprio prima che scomparisse, dovevamo... vederci. Avevamo un piano. Doveva prendere l'ultimo autobus a Ipswich. Ma non è venuta. L'ho aspettata ma lei non s'è fatta vedere. È stato strano. Non era da lei». Si aggiusta il cappuccio sopra il ciuffo, schiarendosi la gola. «Non riesco a togliermela dalla testa. Ho scritto una canzone su di lei».

«Oh». Non sono sorpresa. Penso che chiunque sia in grado di comporre una canzone o un poema scriverebbe qualcosa su Eva.

«Un giorno la suonerò per te». Inclina la testa. «Buffo, lo sai che non le somigli per niente?». Sembra deluso.

È come un insulto, anche se lo so che non voleva offendermi. Alzo il mento. «Molti non la pensano così».

Solleva la mano, un rigido saluto. Lo osservo allontanarsi, sottile, scuro. Piega le spalle, ha i fianchi stretti fasciati nei pantaloni neri.

Un uomo in canoa scivola sul fiume. La canoa fende l'acqua quasi silenziosamente, l'uomo manovra il remo con gesti esperti, lo affonda prima da una parte poi dall'altra. Si vede che va controcorrente, ma avanza veloce, schiaffeggia l'acqua ai lati dello scafo, la prua affilata si apre la via come una spada.

Quando mi volto a guardare Marco è già diventato una piccola sagoma, una marionetta, scompare nei verdi e nei blu dei campi, marciando fino a perdersi in lontananza. Abbasso gli occhi, mi guardo il braccio, osservo le lettere confuse che mi macchiano la pelle.

34

Oggi ci siamo svegliati sotto un cielo privo di uccelli, pesante di nuvole. Una pioggia battente che non ha più smesso dall'alba. Picchia sui ciottoli. Io e Billy siamo rintanati nella pagoda, zuppi, tremanti. Il tetto ci tiene asciutti, anche se a volte l'acqua trova un varco e filtra tra i piloni, un'improvvisa cascata umida sul collo.

Mi stringo la coperta intorno alle spalle, non sento più il prurito in fondo alla gola ma adesso è gonfia e irritata, deglutire mi fa male; ho la testa pesante e annebbiata. Starnutisco, sussulto per il rinculo pulsante nel cervello.

Billy mi guarda e poi scompare per un paio di minuti, torna con i capelli fradici e delle pietre scurite dalla pioggia in mano. Le dispone a cerchio sul pavimento dell'ingresso, trascina un paio di rami e della legna secca che ha ammucchiato in un angolo un paio di giorni fa, li spezza contro le cosce e li mette attentamente uno sopra l'altro fino a formare una specie di cupola. Ma quando accende un cerino, solo le parti più esterne della corteccia prendono.

Osservo scintille d'oro che si illuminano per morire quasi istantaneamente. Billy sposta e cambia la posizione dei rami, si getta con il ventre a terra per soffiare ma il resto della legna si rifiuta di obbedire. «Dobbiamo accendere il fuoco», mormora, piegandosi sui polpacci e guardando la pioggia, mordendosi l'incavo della guancia.

Un minuto dopo sento un suono gocciolante. Ha preso il libro in mano, lo strappa, squarcia le pagine de *Il Profeta*, rompe il dorso con uno strattone brutale.

«Non farlo», sussurro. «Non sopporto di vedere qualcuno

che distrugge un libro». E poi capisco. Piccole fiamme divorano affamate le pagine. Osservo le righe di inchiostro che tremolano e si scuriscono nel calore. Le fiamme scavano buchi dentro i versi. I rami diventano bianchi per il caldo e cominciano a bruciare. Con uno schiocco si alzano le scintille. Mi sposto vicino al calore, grata e stanca. Mi fanno male anche le ossa. Starnutisco di nuovo e abbandono la fronte sulle ginocchia, chiudendo gli occhi irritati.

«Vorrei avere un po' di whisky», mormoro: papà suggeriva un goccetto di whisky come cura per tutti i mali. L'odore mi dava la nausea. Ma quando avevo l'influenza il sapore di torba, unito al limone e all'acqua calda, addolcito con il miele, era l'unica cosa che desideravo. Papà mi passava il bicchiere con un gesto teatrale, annuendo convinto. «Questo ti farà stare meglio in un batter d'occhio».

«Sì», dice Billy, «ci starebbe bene un po' di roba forte adesso. Allontanerebbe il freddo. Quando eravamo di turno al checkpoint di tutti gli uomini che fermavamo uno su due scendeva dalla macchina completamente ubriaco. Gesù, solo a sentire il fiato stavi male. Gli irlandesi bevono più di mio padre. Ma grazie a loro mi sono preso qualche bella bottiglia».

Il fumo del fuoco è pungente. Tossisco, deglutisco, cerco di soffocare il dolore alla gola. «Allora non erano così male».

Fissa le fiamme. Rimane in silenzio per qualche istante e poi mi regala un piccolo sorriso tirato. «Ah, non ci amavano di certo. Era o noi o loro. Un giorno è scoppiata una bomba in un pub, io non ero in servizio. Avevano bisogno di una mano per tirare fuori i corpi. Una squadra di medici era già sul posto. Ma erano troppo pochi. La gente era seduta sul pavimento». Si fruga in tasca e tira fuori le cartine, prende un po' di tabacco e si gira una sigaretta. «Si sentiva l'odore della cordite, della pelle che bruciava». Lecca la cartina sfregandosela tra le dita. «In mezzo a quel casino ho visto pezzi di corpi umani, brandelli di vestiti, scarpe spaiate, un paio di occhiali rotti. Mi ricordo che li ho raccolti, il metallo era caldo».

Si accende la sigaretta con un bastoncino preso dal fuoco.

Fa una lunga boccata. «Ci ho trovato Chalky là, uno dei ragazzi della mia unità, seduto a terra. Il volto pieno di sangue. All'inizio non mi ha riconosciuto. L'ho aiutato a mettersi in piedi, a uscire. All'improvviso mi stringe la spalla e mi fa: "Torno a casa?". Piange come un bambino. "Voglio tornare a casa". Allora gli dico che sì, sarebbe tornato a casa, e lui pare più calmo». Billy attizza il fuoco, ci getta dentro un pezzo di legno. «Sto quasi per andarmene, lasciarlo nelle mani di un medico, ed è a quel punto che sento il rumore, una specie di fischio. Un colpo debole, attutito. Mi sono voltato e Chalky mi ha guardato, era quasi sorpreso, ha aperto la bocca come per dire qualcosa. Poi è crollato, si è accasciato al suolo, e ho visto il buco nel petto».

«Che era successo?»

«Un cecchino».

«Mi dispiace», dico. «Era tuo amico».

«Più di un amico», dice, esaminandosi la punta della sigaretta. «Solo quattro di noi in una unità, sai. Avevamo fatto l'addestramento insieme, vivevamo insieme, combattevamo spalla a spalla».

Rabbrividisco, mi sento fredda e bollente. Voglio stendermi; il mio corpo è troppo pesante per la mia spina dorsale che non ha più ossa, è solo un filo scivoloso. Mi raggomitolo, appoggio la guancia sul pavimento freddo e umido. Il vento e il mare fanno dei rumori solitari, mi chiedo se mi ammalerò sul serio e morirò qui. Penso ai soldati tedeschi, le loro ossa dimenticate sotto le pietre. Mi sento male. Chiudo gli occhi, cercando di scacciare le immagini del pub distrutto, degli occhiali rotti nelle mani di Billy. Si china su di me.

«Devi bere», dice. «Ecco, prendi la mia acqua». Misura un po' d'acqua in una lattina, me la posa sul palmo della mano. Chiudo le dita sui bordi. Ma sono troppo stanca per sollevarla, troppo stanca per mettermi a sedere.

Dentro The Bell l'aria è irrespirabile per il fumo; il jukebox spara un altro disco, la voce di miele di Lionel Richie canta

Hello. Marco scuote la testa. «Non ce la faccio a restare qui con questo rumore». Sembra sofferente. «Perché non ce ne torniamo da me? Così ci ascoltiamo un po' di vera musica». Mi avvicino a lui, voglio sentire il suo corpo ossuto contro il mio. È elegante con il suo lungo soprabito nero, un incrocio tra un bandito e Dracula. Mi abbraccia e io mi appoggio a lui. Mi sono messa il vestito nuovo. L'ho trovato al mercatino in città; calze a rete nere mi coprono le gambe. Mi sono messa il kajal agli occhi, ho sottolineato i contorni delle labbra con il rosso scuro. I goth *vogliono* sembrare diversi. Vivono ai margini della società, ostentando i loro costumi: sono il popolo della notte, orgogliosamente diverso. Mi sento a casa nel loro mondo.

Marco abbassa il capo per baciarmi. Il rumore del pub vortica intorno a noi: bicchieri che tintinnano, il ronzio indistinto delle voci, le parole trascinate di Lionel. Ci allontaniamo senza fiato e io rido. Nessuno ci degna di uno sguardo. Siamo invisibili. La gente qui ha visto un sacco di tipi della scuola d'arte, un andirivieni di goth, qualche punk con spille da balia nel naso. I vecchi sono implacabili, eterni e senza tempo, bevono la loro birra ignorando il resto del mondo.

«Non batterebbero ciglia nemmeno se facessi scoppiare una bomba qui dentro», dice Marco. «Risucchiati in una bolla spazio temporale».

«Non sembrano molto preoccupati».

«Non li preoccupa nulla», sospira, «è questo il problema».

Un ragazzo con una maglietta a quadretti va al jukebox. Studia le playlist, fa la sua scelta premendo il pulsante con un dito tozzo. Daryl Hall e John Oates iniziano a cantare e Marco posa il bicchiere. «Andiamocene», dice.

Siamo in strada. Fa freddo. L'aria è pesante, una pioggerella sottile. Mi tiro su il colletto della giacca leggera. L'unica parte di me che è calda, bollente, è la mano stretta tra le dita di Marco. Camminiamo in fretta, il vento ci sferza la schiena. Ci vuole un quarto d'ora, più o meno, per arrivare a casa dei suoi. Mi piace tantissimo andarci. Quando ci chiudiamo in camera sua, nessuno bussa alla porta, nessuno ci chiede che cosa stiamo combinando. C'è sempre la musica, e ogni tanto arriva la madre, facendo tintinnare i braccialetti, si ferma in fondo alle scale e dice: «Fatemi sapere se volete qualcosa da mangiare». Suo padre invece urla dal salotto: «C'è una bottiglia di vino aperta se vi va».

Adesso abbiamo una vera e propria routine. Ci mettiamo sul pavimento, Marco tira fuori un singolo, lo posa sulla puntina con una riverenza religiosa. La sua stanza è buia e calda, la luce velata di rosso. Ci stringiamo sul letto e mentre la traccia parte con le prime note, mi bacia. Gli stringo le dita più forte al solo pensiero. La prospettiva di quello che mi aspetta mi attraversa come elettricità, mi fa venire la pelle d'oca, un formicolio dappertutto. Camminiamo di buon passo nella pioggia leggera. Mi stringe la mano a sua volta. Ho deciso di fare sesso con lui. Lo amo. Glielo dirò presto. Stasera, forse.

C'è un gruppo di ragazzi che camminano verso di noi. Dall'andatura incerta e dalle voci troppo alte capisco che sono ubriachi. Si spintonano, si danno pacche sulla schiena, lattine di birra strette in mano. Uno scoppio di risate ci raggiunge. Comincio a rallentare, mi rendo conto che la strada è deserta, ci sono solo i ragazzi e noi.

«Ma guarda un po'». Robert Smith si staglia in mezzo al mare di volti, avvicinandosi. Il suo alito è terribile. «Il nostro ragazzo carino si fa una passeggiata». Mi guarda disgustato. «Cazzo. Ma lo sai che cosa sembri? Una maledetta strega». Spalanca le braccia, mi indica ai suoi compagni, chiede la loro approvazione. «Che bel vestitino stasera. Guardate un po', ragazzi. Romantico, eh?».

Gli altri, ubbidienti, ridono e fanno un passo in avanti, i visi distorti in ghigni lascivi.

Marco mi tira al suo fianco. «Ok», dice, «vi siete divertiti, avete spinto il vostro senso dell'umorismo al massimo delle sue potenzialità. Adesso ce ne andiamo».

Ci spostiamo per superarli, ma Robert scatta in avanti, bloccando il passaggio. «Che cosa hai detto?»

«Non capisci la tua stessa lingua?». Vedo una vena che pulsa nella fronte di Marco. «Non pensavo».

«Frocio del cazzo». Robert stringe gli occhi. «Non puoi parlarmi in questo modo».

«Ah, no? Be', guarda le mie labbra», dice Marco.

«Lasciateci andare e basta», dico, ma nessun suono esce dalla mia bocca; il cuore mi batte così forte che mi sembra di avere un martello tra le costole.

Robert sorride; si volta e passa la lattina con una delicatezza eccessiva a qualcuno dietro di lui. Si tira su le maniche lentamente, metodicamente, stringe il pugno destro. Fa partire un affondo, fa un passo in avanti per colpire Marco. Lui mi lascia la mano, si china e il colpo va a vuoto, ma l'inerzia spinge in avanti Robert, inciampa e ci supera, per poco non cade. Un altro ragazzo lo prende al volo, lo rimette in piedi.

Robert barcolla indietro, torna da noi, il suo volto è un unico gorgo di rabbia. È bagnato sul mento, birra o saliva. Urla: «Tenetelo». Molte mani afferrano le spalle di Marco, stringendo con forza le dita sul giacchetto nero, inchiodandogli le braccia ai fianchi. In due si sistemano ai suoi lati, intrappolandolo in mezzo.

«Piantatela!». Mi lancio in avanti, abbatto i palmi su Robert, allungo le dita per raggiungere il volto; ma lui mi dà una spinta forte, inciampo, agitando le braccia per non crollare a terra, la retina della gonna rimane impigliata sotto i tacchi.

Robert si prende tutto il tempo che gli serve; sputa a terra e poi tira indietro le spalle. Marco non può muoversi, non può scappare, inclina la testa cercando di evitare il pugno di Robert. Il colpo atterra proprio in cima alla guancia. Sento l'impatto dell'osso contro l'osso. Uno schizzo di sangue vola via dalla bocca di Marco; il collo fa un brutto rumore, urlo.

Qualcuno grida un avvertimento alle nostre spalle. I ragazzi lasciano Marco, scappano ridendo, i loro passi irregolari riecheggiano sulla strada. Robert si volta, la bocca che trema per la rabbia. «Non ho ancora finito con te», urla.

Marco respira pesantemente, si pulisce il sangue dalle labbra; alza la mano per toccarsi la mascella, piano, prudente. Arrivano un uomo e una donna. «Stai bene, figliolo?», chiede l'uomo che sbuffa, senza fiato. «Bastardi, avevo capito che cosa avevano intenzione di fare».

Marco annuisce, esaminando i danni alla mascella.

«Vuoi che chiamiamo la polizia?». La donna mi guarda negli occhi, e grazie al bagliore del lampione vedo che è spaventata e gentile. Ha i denti davanti sporchi di rossetto.

Marco ansima ancora. Scuote la testa, un rifiuto muto. «No, non preoccupatevi», rispondo io. La coppia agitata rimane con noi qualche altro secondo, e la donna mi dà un'ansiosa pacca sulle spalle. «Grazie», dice Marco, cercando di parlare con voce ferma, «stiamo bene adesso». I due scompaiono sottobraccio nella nera notte scintillante. Le scarpe della donna picchiettano sulla strada bagnata.

Marco si porta la mano tremante al volto. «Penso di essermi rotto un dente».

«Sei un idiota», dico. «Ma che cosa avevi in testa?»

«Non lo so. Nulla, suppongo». Si mette il dito in bocca e tocca il dente, cauto.

Sospiro. Sopra di noi sfarfalla un lampione. La pioggia scende più forte adesso, sentiamo il rombo di un tuono sulle nostre teste.

«Vieni qui». Mi posa un braccio sulle spalle, mi stringe al petto. «È tutto finito adesso». I nostri cuori battono l'uno contro l'altro. E rimaniamo in piedi nella notte umida, i riflessi delle luci nelle pozze ai nostri piedi, il mio volto contro il suo giacchetto bagnato che sa di lana e di tabacco.

«Eva», dice una voce. «Bevi questo».

L'acqua gocciola nella mia gola in fiamme. Tossisco. Deglutisco. «Marco», sussurro. Ma non c'è nessuna risposta. Sento un tessuto contro il mento, ci seppellisco il volto dentro, cercando di trovare lui dietro le pieghe, il battito del suo cuore sotto la mia guancia. Affondo le dita nel tessuto vuoto, le lacrime iniziano a cadere, annebbiando l'aria incerta.

Mi risveglio sotto una coperta, gli arti irrigiditi e doloranti. È buio. Ho la gola chiusa e calda. Alzo lo sguardo, vedo le stelle catturate nei rettangoli di blu. Muovo la testa di lato, leccandomi le labbra.

«Ecco qua», dice una voce e qualcuno mi solleva il capo, mi sorregge. Assaporo il liquido sulle labbra, lo lascio entrare nella bocca, muovendo la lingua. Delle dita mi accarezzano la fronte. Apro la bocca, voglio dire «Grazie», ma escono solo degli strani suoni graffianti.

«Non immaginavo fossi così coraggioso», dico a Marco.

E lui mi guarda e sorride. «No, non coraggioso», dice, «stupido, probabilmente. Come hai detto tu».

Mi sporgo in avanti e gli bacio le ferite sulla mascella, posando la lingua sul fiore viola dei lividi.

35

Clara è in cucina, in piedi di fronte al lavello. Guarda la pioggia fuori dalla finestra. Max si chiede se lo abbia sentito entrare. Non si muove. È stregata dalla nebbia indistinta dell'acqua che cade dall'altra parte del vetro. Lui aspetta un momento, osservando le mèche dei capelli non pettinati, le spalle sottili, squadrate nella maglietta jeans scura. Appoggia il peso su un fianco come una ballerina, l'altra gamba piegata, il piede e il fianco girati verso l'esterno. Una posa che gli fa venire in mente qualcosa, e poi rammenta: la scultura di una delle piccole ballerine di Degas che ha visto a una mostra a Londra con Eva, anni prima.

Max si avvicina a Clara, si ferma proprio dietro di lei. È colpito dall'odore familiare del suo profumo. Più sotto, il sentore della sua pelle. Vuole seppellire il naso tra le sue ciocche. Le mette le mani sulle spalle, sentendo la loro fragilità. Come se fosse sul punto di spezzarsi. Salta appena sente la pressione del tocco di suo marito, e lui avverte la tensione improvvisa dei muscoli, le ossa che si sollevano per allontanarlo. Lentamente, la fa voltare fino a che si trovano faccia a faccia.

Si fissano, seri. Il cuore di Max perde un colpo, fa fatica a respirare. Chiude gli occhi, abbassa il volto, le cerca la bocca. La vuole così tanto. Ma lei si divincola sotto le sue mani.

Clara guarda in basso. «Mi dispiace», dice con una voce sottile e gentile. «Ma non ce la faccio».

«Va bene», prova a dire Max, la voce che si spezza.

«No, non va bene per niente», sbotta lei, gli occhi umidi di lacrime, le mani che si chiudono a pugno. «Non posso andare avanti così. Mi sento in trappola. Non riesco a liberarmi di nulla. E sono arrabbiata con te. Sono ancora arrabbiata».

«Che posso fare?». Max abbassa le spalle. È una situazione disperata. La distanza che li divide sembra insormontabile.

«Se solo riuscissi a ricordare che cosa è successo», dice, sfregandosi gli occhi. «Non capisco come hai fatto a perderla. Non riesco a credere che tu l'abbia fatta salire in barca senza il giubbotto salvagente».

«Clara, ne abbiamo già parlato». Max guarda il giardino trafitto dalla pioggia. «Non ricordo. Forse non era fatto come si deve... Non so, non lo so e basta».

«Dovevi badare a lei. Dovevi tenerla al sicuro». Scuote la testa, le guance bagnate. La sua voce si spezza. «E mi manca. Mi manca così tanto».

La tira a sé, stringendola tra le braccia. Lei sopporta il contatto, la spina dorsale rigida, non si lascia andare.

«Mi manchi anche tu», le sussurra tra i capelli.

«Lo so», dice lei, alzando il capo, allontanandosi dal suo petto.

La lascia andare, Clara agita le mani e se le porta al volto. «In qualche modo dobbiamo tirare avanti», dice con voce stanca, e Max nota che i suoi occhi sono spenti, gli zigomi sporgenti si tendono sopra a cavità profonde. «Ha chiamato l'agente immobiliare». Si volta di schiena, comincia a liberare lo scolapiatti, impilando tazze in una credenza, sollevando una pentola. «Qualcuno viene a vedere la casa domani», dice, coprendo il tintinnio del metallo.

Max deve uscire. Non prende una vera e propria decisione, si ritrova a camminare sul sentiero che porta all'argine. Gli tremano le gambe. Piove ancora, ma si accorge appena dell'acqua che gli bagna i vestiti, che gli scivola sulla pelle.

Avanza in mezzo agli acquitrini, osserva un airone in equilibrio su una gamba sola accanto a un albero morto. Quando raggiunge l'argine, risale la riva fangosa, inalando l'odore deciso dell'aria salmastra. Non è più tornato lì dopo quel giorno. Sente il rumore familiare degli alberi che cigolano al vento su barche ormeggiate, l'urlo dei gabbiani, del vento nell'erba. Della pioggia sull'acqua. Guarda il fiume increspato, sembra impossibile che l'incidente sia avvenuto davvero, impossibile che Eva sia annegata.

Non incolpa Clara per quello che prova. Continua a rifiutarlo, ad allontanarlo. Ma ha ragione lei. Ha fallito. Dal momento che ha visto Clara su quel palcoscenico, mentre balbettava e non ricordava le battute, si è sentito subito colmare dal desiderio di proteggerla. La sua vulnerabilità a volte lo spaventa. Non riesce a capire come una persona tanto intelligente possa dubitare a tal punto di se stessa, ma in qualche modo è proprio questo a conferirle un'umiltà che la rende più bella. Vede un'eco di qualcosa di simile in Faith.

Eva era diversa. Anche da piccola. Max adorava la passione che la animava, anche se faceva sbocciare scontri e litigi. Eva usciva dalla stanza come una furia, sbattendo le porte. «Perché non posso rimanere fuori fino a mezzanotte?», domandava. «Gli altri lo fanno. Sono gli anni Ottanta, papà!». Lui non cedeva perché sapeva di avere ragione. Ricordava Suky, il suo volto infantile e il corpo rigonfio. Le sue mani intrecciate che parevano disperate, rassegnate, posate con precisione in cima al ventre in cui cresceva la bambina. Sembrava già morta.

Lo colpisce il pensiero che non ha la minima idea di come Suky fosse davvero. Da quando Clara si era rifiutata di dire a Eva dell'adozione, gli era parso cruciale liberare la mente da ogni pensiero sui genitori biologici di Eva. Max si acciglia sotto il vento sferzante, ricordando i brevi attimi passati nel dormitorio. Adesso comprende quanto è stata coraggiosa Suky a dare via la sua piccola, a sopportare la permanenza in quella "casa" più simile a una prigione che a un istituto. Rammenta la sua sicurezza assoluta quando sosteneva che avrebbe dato alla luce una femminuccia. Le perle che teneva in mano, calde per il contatto con la pelle del collo.

«Amala per me», aveva detto, guardandolo dal letto, appesantita dalle gambe gonfie, dal ventre pesante. Gli aveva donato la sua assoluta fiducia. E lui aveva distrutto tutto. Chiude gli occhi, alzando il volto verso il cielo, sentendo la lingua del vento sulla sua pelle, il bacio della pioggia. Per lui i rumori, gli odori e la consistenza di quel posto saranno sempre *casa*. Nonostante tutto.

Eva amava il mare quanto lui; era cresciuta al mare, ne conosceva i rumori e le particolarità. Max le aveva insegnato a navigare, le aveva trasmesso l'abilità di ascoltare l'oceano, guardare il cielo, capire i movimenti della barca sull'acqua. Ma forse aveva sangue di marinai nelle vene. Eva era composta di frammenti di stranieri. Si chiede se averla strappata da tutto il suo passato sia stato una specie di atto criminale. Scuote la testa. Prima di avere Faith non aveva mai compreso l'importanza del retaggio, dell'eredità, del modo in cui una bambina trattiene dentro di sé elementi di altre persone. Ogni giorno vede i lineamenti di sua madre che crescono sul volto stretto di Faith. Volta il capo verso il fiume e l'isola, si allontana dal mare, verso la terraferma, verso casa. La pioggia si è fermata.

Ai margini degli acquitrini, nota un grappolo di more verdi dentro una macchia di rovi e ortiche selvatiche. Scintillano succose. A un esame più ravvicinato vede che ci sono anche delle more mature. Prende una bella manciata di frutti scuri. Spazza via un'intricata ragnatela, morde le more, lasciando cadere la succulenta dolcezza sulla lingua. Quasi immediatamente un sapore amaro gli strappa una smorfia; si sputa sul palmo e guarda il grumo viola. C'è una larva al centro, pallida, si contorce. Il suo stomaco si aggroviglia, la bile gli risale in gola mentre si pulisce le mani su delle foglie di romice, e poi sui pantaloni.

Quando entra in casa, scalciando via le scarpe infangate, scuotendosi come un cane l'umidità dai capelli, sente ancora l'orrore della larva, la sua carne granulosa tra i denti. Dal salotto arriva Sophie.

«Hai visto mia moglie?»

«È in camera sua». Sophie si avvicina, sembra preoccupata. «Sei triste. No?».

Max si tira indietro costringendosi a sorridere. «Un po'. Forse sì».

«Mi dispiace», fa un altro passo verso di lui. «Posso fare qualcosa per te?»

«No». Si schiarisce la gola. «No. Grazie, Sophie».

«Sei sempre solo».

È naturale che abbia notato l'atmosfera in casa, che abbia sentito le litigate. Max è imbarazzato. Non è giusto, poverina. Fa un profondo respiro: «Le cose sono un po' difficili al momento. Ma tu non devi preoccuparti».

Scuote la testa. «Voglio farti felice». Max incespica e finisce contro il corrimano, sente il legno contro la schiena. Non è sicuro di aver capito bene. Forse sono le difficoltà della lingua straniera. Inciampa sugli stivali abbandonati là. Lei gli mette una mano sul petto. «Bagnato», mormora, «sei bagnato».

Si sposta ancora più vicina, adesso si appoggia a lui, il cuore di lei improvvisamente batte sopra le costole di Max, che per un attimo è sopraffatto dallo shock del suo seno premuto contro di lui. Vede la curvatura delle sopracciglia, i pori del suo naso. Una ciocca di capelli è rimasta impigliata sulle labbra umide e senza riflettere la libera. Sophie lo guarda e qualcosa nella sua espressione, un bisogno o forse una speranza, lo convince ad allontanarla. Lei incespica, e lui si schiarisce la gola. Si china teatralmente per raccogliere gli stivali sporchi di fango, parole troppo forti e affettate gli escono dalla bocca: «È un'estate terribile, temo. La pioggia fa impazzire la gente, non è vero?». Sistema gli stivali nel mobile, parlandole senza voltarsi. «Di solito non piove così. Deve essere sicuramente l'estate più piovosa da anni».

Sophie lo fissa con uno sguardo freddo, inarcando le sopracciglia. Sale le scale senza voltarsi.

Max geme, si sente un idiota. Fruga nella memoria alla ricerca di incoraggiamenti involontari che può aver dato a Sophie, di frasi che può aver detto. Come si è creata quella situazione? O forse si è immaginato tutto? Davvero lei voleva che la baciasse? Non ne è più così sicuro. Non è mai stato bravo a stabilire delle distanze tra sé e la gente; si è sempre sentito a disagio con le formalità. Ha lo stesso problema al lavoro. I suoi clienti sono più amici che clienti. Si sentono in diritto di arrivare all'improvviso senza appuntamento. Molti di loro non pagano le parcelle. Sa che è bravo nell'aspetto legale del suo lavoro. Non è altrettanto bravo a far rispettare i confini. Deve essere più prudente.

36

Abbasso la tavoletta del bagno più piano che posso e mi siedo. Poggiata sulla plastica scivolosa con la schiena contro il serbatoio, mi preparo all'attesa. Fuori dal cubicolo sento un altro studente che si lava le mani. C'è uno scroscio d'acqua e poi un rumore di passi affrettati e di una porta che si chiude. C'è puzza qua dentro. Arriccio il naso, cercando di non respirare l'odore. Guardo le scritte scarabocchiate: BECKY AMA JOHN, LA SIGNORINA HOW È UNA GROSSA VACCA CICCIONA. Oltre il bagno delle ragazze si alza il suono della ricreazione. Filtra attraverso la piccola finestra ghiacciata in alto nel muro: il brusio delle voci, le urla e le esclamazioni del cortile. Quando suona la campanella tutti sbattono contro i banchi e si affrettano a lasciare l'aula, io trascino i piedi, fermandomi ad allacciare le scarpe, poi una pausa per soffiarmi il naso, cerco di metterci più tempo possibile prima di lasciare il porto sicuro della classe. «Dai, Faith», mi ha detto oggi il signor Barlow, «se non ti sbrighi ti perderai la ricreazione». Si è fermato sulla porta, me l'ha tenuta aperta. Ho cercato di stare un po' con le ragazze più tranquille, Emily e Lou, ma mi guardano con delle facce tristi e sussurrano che porto sfortuna e che sono spiacenti ma non vogliono giocare con me. E non posso certo incolparle per questo. Non importa dove vado, Joanna e Ellie mi trovano sempre. In qualche angolo buio, o dietro la rimessa delle bici, attaccano con la solita storia: «Allora, dov'è il tuo ragazzo?»

«Oh, l'ha fatto finire in ospedale», Ellie fa un ghigno. «Non lo sapevi? È pericolosa».

«E non gliene frega niente di nessuno», ride Joanna. «Si è sbarazzata dei suoi unici amici, per poco non li ha fatti affogare. E prima aveva già perso la sorella». Joanna allunga un dito e mi tocca. «E tu che cosa hai da dire?». È così vicina che nel suo alito sento l'odore di quello che ha mangiato a colazione. «Il gatto ti ha strappato la lingua?».

Altre persone sono venute a vedere la casa ieri. Sono entrate in tutte le stanze. Io le ho seguite, come una spia. «Che bella luce qui dentro». «Ma naturalmente dovremmo cambiare la moquette». «Che cosa potremmo fare con il giardino?». Mi sono nascosta dietro le porte, li odiavo. Se ci trasferiamo non dovrò più vedere Joanna ed Ellie. Se ci trasferiamo non troverò mai Eva. Questi due pensieri sbattono tra loro nella mia testa. Niente ha più senso. Mi stringo il polso, posando due dita dentro il piccolo incavo in cui scorre il sangue e improvvisamente mi ritrovo ad ascoltare il battito pulsante, penso all'arteria che aggira tendini e muscoli, come le radici di un albero. E mi sento un po' meglio.

Sento il rumore della porta che si apre, altri passi. Lascio il polso. Uno strattone alla porta del cubicolo: qualcuno sta cercando di girare la maniglia. Guardo la serratura d'argento che si alza e si abbassa. *Vattene*, sto sussurrando, *vattene*, *vattene*.

«Faith Gale, sei là dentro?».

La voce di Joanna. Tiro indietro i piedi, mi stringo le ginocchia al petto, chiudo gli occhi. Il serbatoio è freddo contro la schiena.

«È qui». La voce di Ellie è trionfante. «Seduta sulla tazza». Apro gli occhi e vedo il volto di Ellie; si è stesa a terra e si affaccia sotto la porta del cubicolo, mi guarda con un ghigno, gli occhi accesi. «Che stai combinando? Hai la diarrea?».

La guardo. È strana. Il volto entra a malapena nello spazio tra la porta del cubicolo e il pavimento. Sembra che le manchi tutto il resto del corpo. La sua testa è un pallone da football pieno di lentiggini, libero. Con un solo rapido movimento mi alzo. Il mio ginocchio si piega, la gamba scalcia. Il piede entra in contatto con il naso di Ellie. All'inizio è morbido e poi è duro. Urla, la bocca che si apre così tanto che le vedo le tonsille rosse in fondo alla gola. Il volto scompare. Adesso qualcuno bussa rabbiosamente alla porta, il rumore di Ellie che fa dei suoni gorgoglianti, ci sarà un sacco di sangue. I nasi sanguinano molto. Così tanti capillari. Rimango in piedi con la mano stretta intorno alla bocca, un po' rido e un po' piango. «Sei morta!», urlano. «Sei morta. Dopo la scuola. Verremo a prenderti». Tutto il cubicolo è scosso dagli spintoni. Un rotolo di carta igienica dal bagno accanto vola dentro, allungandosi in una scia bianca. Suona la campanella e dopo qualche istante sento i loro passi sul pavimento e la porta che si chiude.

Me ne sto con la schiena contro la porta del cubicolo, canticchiando: *If I didn't care more than words can say, if i didn't care would I feel this way?*

Jack e nonna sono seduti sulla panchina fuori dal capanno nel campo di nonna. Il sole sta tramontando. Sono seduti molto vicini, le loro spalle si toccano. La radio passa gli Ink Spots. La canzone crepita nell'aria della sera, un'armonia di voci gentili, si sente l'odore della menta e della lavanda.

37

Max non ha mai lavorato tanto duramente. Si porta il lavoro a casa ogni sera. E tuttavia ogni caso gli sembra così profondamente insignificante, così inutile. Se fai l'avvocato in una piccola città conosci personalmente tutti i tuoi clienti. Li incontra ogni giorno per strada, si mette in fila dietro a loro in banca e per pagare al supermercato. Gli raccontano le storie delle loro vite private. Come un dottore o un prete, tutti lo considerano una persona sicura e neutrale. Il fatto che ogni mattina vada in un ufficio con la laurea incorniciata alle spalle è mortificante. È lui che si sente un criminale.

Ma alla fine, dopo mesi di letargia, le cose stanno cambiando. Ha parlato con il suo amico avvocato, John, quello dello studio di Cambridge. John si è entusiasmato quando Max gli ha detto che stava prendendo in considerazione l'idea di unirsi a loro. Deve ancora dire ai suoi clienti che li abbandonerà e chiuderà lo studio.

L'agenzia immobiliare ha fatto vedere la casa a dei potenziali acquirenti. Ancora non è arrivata nessuna offerta ma a quanto pare qualcuno torna per una seconda visita. Max non può permettersi di pensare troppo al trasferimento. Holt House ha un'aria di delicatezza stoica, una grazia provata dal tempo che Max adora. A volte si ritrova a sfiorare le pareti, a toccare i telai delle porte come se il legno e la pietra avessero assorbito una pulsazione, come se i ricordi sussurrassero delle voci nell'aria: le vite delle sue figlie, le loro infanzie impresse nel tessuto stesso della casa. Vede Eva che sale di corsa le scale, i suoi passi arrabbiati che riecheggiano sulle assi, Faith che barcolla in cucina, stringendo le gambe del tavolo mentre impara a camminare. Sarà sempre grato a Clara per aver investito i soldi dell'eredità in quell'edificio.

A un certo punto, lui e Clara dovranno andare a Cambridge a cercare una casa e a individuare la scuola migliore per Faith. Forse all'inizio dovrebbero andare in affitto, prendersi un po' di tempo per trovare la sistemazione giusta. Lui e Clara devono mettersi a tavolino e parlarne per bene.

È da un sacco di tempo che non parlano. Il modo in cui si comporta adesso gli ricorda l'epoca degli aborti. Solo che ora non prende le medicine che le somministravano a quel tempo, dice che stavolta preferisce sentire il dolore come si deve.

Torna a casa attraversando vie di campagna, vede che alcuni campi sono già stati arati, trasformati in quadrati scuri, gli alberi sono punteggiati da foglie gialle. Ben presto i lati della strada saranno coperti dal viscido marciume delle foglie cadute che si accumuleranno anche nel giardino; dovrà cominciare a spazzarle nel weekend, farne dei mucchi da gettare nel falò. Era un compito che Faith ed Eva adoravano, lo facevano sempre tutti assieme, e dopo poco il lavoro degenerava in battaglia, le foglie volavano dappertutto, Eva dava la caccia a una Faith urlante per tutto il giardino.

A casa, Clara è in cucina, svuota le buste della spesa. Ha la testa dentro il frigo. Si affaccia sopra lo sportello bianco quando lo sente entrare e lo guarda con espressione neutra. «Non ho ancora iniziato a cucinare». Prende una confezione di carne e la mette su uno scaffale. «Non so dov'è Sophie. Le ho dato la serata libera perché ha pulito tutta la casa per la seconda visita. Vengono domani». Max è contento che Sophie sia uscita. Stare insieme a lei è diventato imbarazzante, dopo quello strano, sconcertante attimo all'ingresso. Adesso la ragazza quando c'è lui si chiude in un silenzio ferito e orgoglioso. Ha cercato di rassicurarla con un comportamento amichevole e un tono di voce tranquillo, di farle capire che qualunque cosa sia successa è già dimenticata, passata. Silver si alza dal pavimento per salutarlo. Il cane affonda il muso nella sua mano, scodinzolando, la lunga coda batte contro il tavolo, gli tocca le ginocchia. Si piega per accarezzare il fianco morbido, gli tocca le orecchie setose.

«Dov'è Faith?»

«In camera sua, fa i compiti». Clara prende un barattolo di pomodoro. «A quanto pare frequentare il quinto anno significa essere impegnate tutte le sere». Salendo le scale, si slaccia la cravatta, si allarga il colletto della camicia, fa saltare un bottone per sbaglio, gli tremano le mani. Il bottone rotola giù per gli scalini alle sue spalle, un piccolo disco bianco. In bagno, si spruzza acqua fredda sul volto, tamponandosi gli occhi con un asciugamano. Si guarda allo specchio. Spera che questa seconda visita porterà a qualcosa di concreto. Se si degneranno di fare un'offerta, accetterà qualsiasi prezzo. La sua famiglia ha bisogno di ricominciare da capo. È l'unico modo, se vogliono avere una possibilità di andare avanti.

«Perdonami», dice piano, vedendo il volto luminoso di Eva nello specchio. «Perdonami, amore mio, ma dobbiamo provarci, dobbiamo continuare a vivere senza di te». Vede che Eva ha la bocca scura, si è messa un rossetto color prugna, allunga il pollice per toglierlo. Lo specchio è uno shock gelido sulla pelle. Dio, gli manca così tanto. È un dolore fisico. Fa un profondo respiro, cerca di calmarsi, si volta, si allontana dallo specchio.

38

Delle dita si muovono sul mio collo. L'aria fresca striscia sulla pelle. Penso a cubetti di ghiaccio, la neve in giardino, il bianco scricchiolio sotto i miei piedi. Solo che non sono sotto la neve, sto bruciando sulla spiaggia, arrostisco sotto un sole rovente. Giganteschi uccelli volteggiano sotto il sole, le ali gettano delle ombre su di me, mi fanno rabbrividire. Alzo lo sguardo sui becchi ricurvi, sullo scintillio degli occhi gialli. Avvoltoi. Aspettano che muoia, aspettano di squarciarmi la carne, di straziarmi il corpo. Spargeranno le mie ossa nella sabbia. Mi proteggo il volto con le braccia e urlo.

Qualcuno mi costringe ad aprire le braccia. Delle dita mi scostano i capelli dalla fronte. L'acqua sulla bocca. Mi gocciola nella gola scorticata. Sono così assetata. «Mamma?». Le mie labbra si muovono ma non c'è nessun suono nel deserto.

«Sei identica a lei, sai», dice una voce, «gli stessi capelli, le stesse labbra. Solo il colore della pelle è diverso. Solo quello».

Marco mi accarezzava con le dita affusolate, mi faceva venire la pelle d'oca. Mi diceva che ero bellissima. Mi ha detto che mi aveva notato nell'attimo stesso in cui ero entrata nel locale. Ha dovuto farsi un drink per tirare fuori il coraggio di venire a parlarmi. Pensa un po'. Sembrava così imperturbabile. Non avrei mai pensato che potesse essere interessato a me. Un ragazzo come lui.

Marco mi stringe le guance tra le mani, posa le labbra sulle mie. Apro gli occhi e scopro che sto fissando il volto di un estraneo. Un uomo barbuto mi restituisce lo sguardo, la bocca aperta e bagnata in mezzo a una folta peluria. «No», sto urlando. «No». Ma mi bacia di nuovo. Ed è strano perché mi piace. Billy. Mi torna in mente il suo nome, mi viene da ridere. «È tutto sbagliato», vorrei dire. «Amo Marco, non te». Ma non posso parlare perché la sua bocca è sulla mia, dolce, insistente. Mi tiene stretta, e io *voglio* essere tenuta stretta, adesso la sua bocca si chiude sul mio orecchio. «Va tutto bene, Eva», mormora, «baderò io a te. Baderò sempre a te».

Sto fluttuando sopra la pagoda, guardo in basso, l'isola e il cerchio del mare, le onde che ammiccano bianche e nere sui ciottoli. Tutt'intorno a me ci sono le stelle. Enormi e scintillanti. Sono libera, leggera come l'aria, so che sono già stata qui, dentro questo volo, in questo lasciarmi andare. Una voce parla di nuovo. Sembra che qualcuno stia facendo un casino con la regolazione del volume. Le parole corrono verso di me e poi scompaiono, mi tirano indietro verso la pesantezza della terra.

Ho il terreno sotto, duro e freddo. «Ti ho salvato, come mi aveva detto lei...», dice la voce dell'uomo, «ma il fatto è che adesso penso che *tu* stai salvando me». Riconosco la voce. Trovo un nome. Billy. Gemo, le mie dita si stringono intorno a qualcosa di ruvido intorno alla vita. Stringo forte. Un salvagente. Penso che papà mi abbia gettato un salvagente e adesso mi tirerà verso la salvezza. La barca beccheggia selvaggia sopra di me, la prua che si solleva altissima sulla cresta di un'onda gigantesca. Trattengo il respiro, so che deve abbattersi nel mare, e che mi crollerà addosso, mi affogherà.

39

Clara rimette il telefono sul supporto. Era l'agente immobiliare. Il cliente ha fatto un'offerta. Non è troppo distante dalla cifra richiesta. Lei ha detto che accetterà. Max sarà d'accordo, naturalmente. Si sente sbilanciata; è successo più velocemente di quanto pensasse. La casa è così lontana da tutto; non riesce proprio a immaginare perché qualcun altro ci voglia vivere. Ma a quanto pare i nuovi proprietari la vogliono utilizzare come rifugio di campagna, una casa per i weekend. Si chiede come si sentirà Max adesso che il trasferimento è davvero imminente. Max adora quella casa fin dall'infanzia, ci passava accanto da bambino quando andava al fiume con la canna da pesca in mano.

Clara va nella stanza di Eva. Si siede sul letto e prende il suo vecchio orsacchiotto, lo tiene girato su un fianco, si preme la testa calva contro il mento. Sente l'odore della segatura sotto la pelliccia spelacchiata. Tutto quanto dovrà essere richiuso negli scatoloni. Immagina le pile di cartoni, pronti per essere caricati nel furgone della ditta di traslochi. Ma non riesce proprio a immaginare una vita da qualche altra parte. Che cosa faranno con le cose di Eva? Non possono mica buttarle via. Chiederà a Faith cosa le fa piacere tenere – le perline, naturalmente. Poi Clara sceglierà delle cose per sé, e tutto il resto lo darà in beneficenza. Fa male pensare di privarsi di vestiti che ancora trattengono l'odore sempre più fugace di Eva.

Clara ricorda quando scese dalla macchina il giorno che arrivarono lì da Londra. Max era tutto rosso per l'eccitazione e il nervosismo. Aveva comprato Holt House senza di lei. Clara era troppo impegnata, troppo piena di pensieri per Eva per mettersi alla ricerca di una casa. Era rimasta nell'appartamento, preparando il latte artificiale e fissando il volto della bambina che si contorceva e faceva smorfie.

Quel giorno Eva era tra le sue braccia, avvolta in una sciarpa, attentamente premuta contro il suo petto. La casa era di pietra pallida, molto più grande di quanto avesse immaginato. La facciata georgiana era sovrapposta a una struttura più vecchia e irregolare. Aveva attraversato la porta d'ingresso, percorso la scalinata centrale con la bellissima struttura ricurva e il corrimano sinuoso. Le scale in fondo che portavano in cucina erano invece dritte e ripide, e Clara si era preoccupata per Eva, se la vedeva già che gattonava, scivolava e cadeva, atterrando sul pavimento della cucina.

Invece Eva non era mai caduta dalle scale. Nessuno era caduto, a parte Max, una volta che era scivolato e aveva sbattuto la testa sullo spigolo della porta della cucina. Clara si era preoccupata così tanto per le sue figlie. E adesso la cosa peggiore che potesse immaginare era successa davvero e si sentiva intorpidita e incapace di preoccuparsi ulteriormente. Ma Faith è ancora lì, e ha bisogno che qualcuno si prenda cura di lei, ha bisogno che i suoi genitori facciano i genitori. Clara abbassa l'orsacchiotto, appoggia con delicatezza la testa ciondolante sul cuscino.

La casa trabocca di vita, diciassette anni delle loro esistenze. Farebbe meglio a iniziare l'enorme compito di passare in rassegna tutto quanto. Ci sono un paio di vecchi scatoloni in garage, sacchi della spazzatura sotto il lavello. Clara si alza dal letto, si tira su le maniche.

Quando Max arriva a casa trova Sophie in cucina, sta stirando. Si sente l'odore della biancheria pulita e del cotone bagnato. Il ferro sibila mentre scorre sopra una delle sue magliette. Lei alza lo sguardo per un attimo, lo osserva, non è chiaro che cosa stia provando. Poi ritorna alla maglietta, preme il ferro, lo passa con forza sul colletto bianco. Lui indietreggia, di nuovo ha l'impressione di essere in qualche modo dalla parte del torto.

Clara è in ginocchio in camera. Il cane è disteso a terra poco lontano. La coda oscilla sul pavimento, un segno di saluto. Clara ha impilato dei vestiti a terra. Ha svuotato degli scatoloni dalla soffitta sul letto. Vede documenti antichi, album di fotografie, una vecchia casa delle bambole di plastica, un sacco di vestiti da bambina. Clara lo guarda, distratta e trasandata.

«Hanno fatto un'offerta», dice, togliendosi i capelli dalla fronte. «Solo tremila in meno. Ho detto che accetteremo. Ho iniziato a darmi da fare. Metto un po' d'ordine. Per il trasloco».

Max guarda la casa delle bambole, ricorda il compleanno in cui l'hanno regalata a Eva, il suo volto mentre strappava la carta. Era rimasto in piedi fino alle prime ore del mattino a costruirla, si era fatto male al pollice, aveva perso delle viti sotto il tavolo della cucina e si era sforzato di seguire le istruzioni incomprensibili ben aperte davanti a lui. «Bene», dice, cercando di tenere una voce ferma. «Allora ci siamo davvero. Ti darò una mano con...», indica gli oggetti impilati, «tutto quanto».

«Domani vengono per un'altra visita». Clara getta una manciata di carte in un sacco dell'immondizia. Ha la voce rotta. Colma di lacrime.

«Clara», dice. «Adesso lasciamo perdere. Andiamo a farci un bicchiere di vino. Possiamo darci da fare un po' nel weekend. Ci faremo aiutare da Sophie».

Clara scuote la testa. «No. Non c'è tempo da perdere. Ci sono così tanti... Non so come abbiamo fatto a mettere insieme così tanta... roba».

Max si siede pesantemente in mezzo agli oggetti ammucchiati sul letto; accarezza il tettuccio impolverato della casa delle bambole, sentendo un acuto dolore nelle viscere. Non sopporta l'idea di gettarla – non sopporta l'idea di gettare nulla. È come marchiare a fuoco la fine della loro vita con Eva. Ma l'idea di trasferirsi l'ha avuta lui. Sono stati i *suoi* bisogni a forzare quella decisione. Adesso non sente niente, a parte il dubbio e il senso di perdita e un peso insostenibile di dolore e sfinimento.

40

Dice che ha pensato che sarei morta. Io non ricordo molto. Strani sogni. Avvoltoi. Un deserto. So che si è preso cura di me, mi ha dato acqua e brodo di pollo. Immagino che abbia rubato una scheletrica gallina dal campo di un contadino, le abbia tirato il collo e se la sia messa in un sacco. Ci sono piume sul pavimento vicino alla fossa: deboli tracce rosse, ricci bianchi.

Quando ero malata nulla esisteva oltre i confini della mia pelle. Ciò che avveniva qui dentro la pagoda era come un sogno incerto, e il sogno è diventato la mia realtà. Ricordo frammenti di quel panorama; momenti accesi, colorati, strani, cose scheggiate e sbagliate. Era come guardare il mondo dentro una casa degli specchi.

Billy si avvicina, si mette una mano in tasca e tira fuori un'arancia, me la porge sul palmo aperto come un mago. La sbuccio lentamente, inalando il sentore amaro della buccia, la dolcezza del succo. È strano essere sveglia, seduta, tornare alla semplice esistenza della vita vigile. Ci sono così tanti contrasti e la luce del sole mi ferisce gli occhi. Mi guarda dividere l'arancia in spicchi. Le mie dita si muovono incerte.

«Tieni», gliene passo uno.

Scuote la testa.

Lascio che il frutto scorra dolcemente sulla lingua, affondo i denti nella polpa, mordicchio il cuore spugnoso, succhio i semi prima di sputarli. Ho imparato a concentrarmi su una cosa alla volta. Posso far durare un'eternità l'atto di mangiare un'arancia, assaporo ogni singola parte del frutto.

Tossisco. Rimasugli della malattia sono ancora nascosti nel mio corpo; li sento come un groppo in gola, un fastidio ai muscoli. La luce del sole filtra dalla porta, voglio sentirne il calore sul viso, il tepore che mi bagna le ossa doloranti. «Posso sedermi fuori?».

Mi trova un posto vicino alla parete ricurva di cemento della pagoda, affacciata sul versante oceanico, riparata dal vento. Non mi lega i polsi. Guardo i familiari capanni deserti, la vecchia strada di cemento, il filo spinato cascante e la linea cespugliosa dei ginestroni. Dietro le collinette di ciottoli c'è il mare, lo sento rastrellare le piccole pietre. Billy mi posa la coperta sulle spalle, sistemandola con gesti quasi gentili, goffi. Si siede al mio fianco, le gambe piegate, e fa un ultimo tiro profondo di sigaretta, schiacciando il mozzicone sotto le scarpe. «Pensavo che ti avrei perso», scuote la testa.

Giochicchio con i bordi sfilacciati della coperta. «E allora perché non mi hai portato all'ospedale?».

Strizza gli occhi. «Un paio di volte ci sono andato vicino».

Non so se gli credo. «E adesso...», comincio.

«Ti ho salvato la vita», dice. «Di nuovo».

«Non mi sarei ammalata, tanto per cominciare, se fossi stata a casa».

Alza le spalle. «Forse».

Ha un buco nei pantaloni, vedo un lembo di pelle pallida e lurida, un ciuffetto di peli. «Chi è la ragazza che è identica a me?». Mi volto verso di lui. «Hai parlato di nuovo di lei, quando stavo male».

All'inizio penso che non abbia sentito. Solleva una pietra e ci gioca un po', scorrendo le dita sulla superficie, facendosela passare sulla gamba. «Si chiamava Marie O'Connor», dice alla fine. «Una ragazzina, andava a scuola. Viveva con la famiglia a Belfast. Aveva quattro fratelli».

«Che cosa le è successo?»

«È morta».

«Mi dispiace. Come... come è morta?»

«L'ho uccisa».

Ho la schiena rigida. Mi stringo più forte la coperta intorno al corpo come se potesse offrirmi una qualche protezione. Sto lottando per tirare aria nei polmoni. Non riesco a guardarlo. Tengo gli occhi fissi davanti a me, lo sento deglutire, vedo il pomo d'Adamo che va su e giù. Rabbrividisce, come se avesse freddo qua fuori sotto il sole.

«Una notte di routine. VCP, controllo dei veicoli al checkpoint», dice, con voce distante. «Ma poi ci arriva una soffiata, sta arrivando qualcosa di grosso. Dovevamo fermarli e tenere gli occhi aperti». La sua mano si richiude intorno alla pietra. «Ogni conducente era un sospetto». Ha gli occhi spalancati, come se potesse vedere qualcosa in agguato a una certa distanza. «E poi arriva questa macchina, non si ferma. Andava dritta verso la barriera, i fanali mi accecavano. Ha sterzato, è salita sul marciapiede. Veniva verso di me». Deglutisce. «Ho imbracciato il fucile. Molto calmo. Ho preso la mira e ho fatto fuoco. I finestrini sono andati in frantumi. Ho sparato un paio di colpi. La macchina si è schiantata contro il palo del telegrafo. Collisione frontale».

Stringe ancora la pietra. Vedo le nocche ferite che diventano bianche, i tendini che si tirano mentre aumenta la presa. La scaglia lontano. Atterra con un tonfo attutito. Un gabbiano maculato scende in picchiata e risale con un battito delle ali imponenti.

«Mi sono avvicinato alla macchina», dice, «ho aperto la porta. Il conducente era morto. Riverso sul volante. Era solo un ragazzo». La voce è gonfia. «E poi ho guardato dietro, spostando la torcia sui loro volti. Altri due ragazzi. E una ragazza. Una ragazza distesa sul sedile posteriore, abbandonata contro la portiera». Fa un respiro spezzato. «Aveva la pelle pallida, capelli neri e ricci come quella ragazzina delle fiabe. Aveva gli occhi aperti, mi guardava dritto in faccia. I suoi occhi erano così blu. La torcia li ha fatti scintillare. Ma aveva un buco in testa». Si tocca la fronte, esattamente nel centro. «Sì, proprio qui».

«Ma tu pensavi…».

«Quello che pensavo non ha importanza. Non erano dell'IRA. Erano dei ragazzi che facevano una gita. Stupido. Stupido». Si colpisce forte sulle tempie con la parte inferiore del palmo. «Aveva diciassette anni».

«Che cosa è successo dopo?»

«Sono stato arrestato. Mi hanno riportato in Inghilterra per il processo». La testa gli ricade in avanti, non vedo altro che la matassa ingarbugliata di capelli che scivola a coprirgli il volto. Si mette le braccia intorno alle gambe, seppellendo il viso contro le ginocchia. «Avevo ammazzato tre persone. Ero un assassino. Ma mi hanno portato via dal Paese in tutta fretta, mi hanno portato qui, davanti a una corte marziale. Mi hanno assolto, poi volevano rispedirmi dritto in Irlanda. Un'altra missione. Non potevo farcela». La sua voce si indurisce. «Volevano farmi ammazzare quei ragazzi. Era una cospirazione. Altrimenti perché mi avrebbero detto che stava arrivando l'IRA?». Sta parlando alle sue ginocchia, al terreno. «Hanno pensato che dopo sarei stata una creatura inerme nelle loro mani». Gli tremano le spalle. «L'ho uccisa. Gesù. Cazzo, l'ho uccisa».

Muovo la mano, mi chiedo se devo toccarlo o no. Ma non posso. Tutto curvo accanto a me, le ossa che sporgono dal maglione, sembra vulnerabile come non l'ho mai visto prima. E sento che qualcosa si modifica nel nostro rapporto, in lui avviene un cambiamento.

Si tira a sedere, asciugandosi il volto con il dorso della mano. «Non ne ho mai parlato con nessun altro. Sei la prima», dice.

«Billy». Cerco di modulare la voce, tento di parlare con un tono ragionevole. «È stato un errore. Non volevi farlo. Senti, non ci possiamo nascondere per sempre. Forse è ora di andarsene», dico piano. «Portami sulla terraferma e non dirò a nessuno che cosa è successo. Non dirò mai nulla su di te».

Si raddrizza, fissando il mare al di là dei ciottoli. Si sta mordendo l'interno del labbro, muovendo silenziosamente la bocca dentro tutta quella barba. «Non è ancora finita. Non posso farlo, Eva. Non posso lasciarti andare». Sembra quasi dispiaciuto.

Penso alla ragazza in macchina. Abbiamo quasi la stessa età. E c'è una persona che ci unisce: Billy. Un ragazzo con cui non avremmo mai dovuto incrociare le nostre strade, se le cose fossero andate solo un po' diversamente. Mi chiedo che cosa l'abbia portata in quella macchina quella notte. Forse c'era il suo ragazzo alla guida, l'avevano convinta o magari l'avevano costretta ad andare con loro. O forse l'ha fatto per amore. Mi gira la testa se penso a tutte le decisioni che chissà quante persone hanno dovuto prendere nel corso degli anni per farmi finire su quest'isola, intrappolata con lui. Sento calde lacrime che mi pizzicano sotto le palpebre.

«Lei è qui con noi», dice, mettendosi una mano sopra gli occhi. «L'angelo. Devo aspettare di sentire la sua voce. È molto vicina. Lo so».

Un rantolo nel petto, respirare è una fatica. Ho le membra deboli, svuotate. Stringo i pugni. Inclino il volto verso il sole, ne sento il calore, penso a mamma e papà e Faith. Non riesco più a vedere i loro volti. Li sto perdendo. Sono diventati ombre vaghe che traballano ai confini della mia memoria.

41

Non esco dai cancelli della scuola. Joanna ed Ellie saranno sicuramente appostate lì. Esco dal retro, attraversando il cortile. Dopo che anche l'ultimo studente ha preso la sua bici entro nel capanno, mi graffio le ginocchia tirandomi su. C'è un campo arato dietro la scuola. Terra marrone che brilla in solchi rivoltati di fresco. È un bel salto, più di quanto pensassi. Lascio dondolare i piedi oltre il bordo e mi sporgo per afferrare la palizzata che corre dietro i terreni della scuola. È fatta di fil di ferro, provo ad appoggiarci il peso del corpo, mi attacco al bordo del tettuccio del capanno. Poi chiudo gli occhi e salto.

Sento qualcosa di morbido sotto i piedi, ma tocco terra con un tonfo pesante, le ginocchia mi sbattono contro la guancia. Gli occhi si gonfiano di lacrime, rotolo di lato, il terriccio mi riempie la bocca e le orecchie, mani e ginocchia sono bagnate e appiccicose, ricoperte di terra argillosa. Mi rannicchio per un istante, respiro a fatica. Sono quasi del tutto nascosta dalla siepe. Quando riesco a tirarmi su, avanzo lungo il limite del campo, di buon passo, mi piego per stare al riparo della palizzata appuntita.

Sono rimasti solo tre camper. La donna con il pastore tedesco se ne è andata. I cestini non sono più strapieni, ma la sdraio rotta è ancora abbandonata di lato nell'erba che cresce selvaggia. La seduta a righe sembra una lingua.

Busso forte sulla porta del camper. Nessuna risposta, ma sento qualcuno che piange. Scommetto che è Penny. Batto di nuovo le nocche contro la porta, questa volta si apre. Fred mi guarda, sorridendo, con un sandwich al prosciutto in mano. «Che ti sei fatta alla guancia?», chiede. «Sei messa male».

Sandra smette di rimproverare Penny e si raddrizza. «Ciao, Faith», dice. Si volta alla sua sinistra. «Guarda un po' chi è tornato dall'ospedale».

Joe è seduto al tavolino pieghevole accanto a Penny. Ha una fasciatura intorno al collo. Il gesso non è più bianco. È tutto pieno di messaggi scribacchiati e nomi. Ma si vede che può usare la mano, perché sta giocando con un cubo di Rubik.

«È l'unica persona che conosco in grado di cavarsela con quel maledetto gioco», dice Sandra.

Joe sembra imbarazzato e annuisce, spingendo via il cubo. Sandra sta imboccando Carol nel seggiolone e cerca di convincere Penny a mangiare i suoi bastoncini di pesce. Joe e Fred hanno finito il tè, ma Penny è tutta imbronciata, mi guarda con gli occhi velati dalle lacrime, il cibo ormai raggrumato, intonso. Sandra ha una macchia di ketchup sul mento e un ciuffo di capelli biondi le copre un occhio. «Partiamo domani», mi dice, si tira indietro i capelli tinti riempiendoseli di molliche.

Non vuole permettere ai ragazzi di venire al fiume con me. Incrocia le braccia e dice: «Non andate più in là del castello». Scuote la testa quando Penny chiede di unirsi a noi, e la boccuccia tremante della bambina si spalanca ancora di più. Quando urla le codine, legate in fondo con dei piccoli elastici rosa, oscillano come un paio di antenne finte, come quelle dei cappelli ridicoli che la gente si mette per scherzo.

Sandra la fissa con aria determinata e infilza un bastoncino di pesce. «Ecco, signorina». Spinge la forchetta verso le labbra di Penny, ostinatamente chiuse. «Non vai proprio da nessuna parte se prima non finisci».

«Sbrigati», dice Fred, afferrandomi la mano, «prima che cambi idea».

Stiamo attraversando il parcheggio dei camper, Joe rimane un po' indietro. Le dita di Fred sono calde e appiccicose di marmellata. È come se non si accorgesse che ci stiamo tenendo per mano. Sta dando un ultimo morso al sandwich. Mi guardo intorno, non voglio che qualcuno di scuola mi veda.

«Perché vi tenete per mano?», chiede Joe.

Mi sento arrossire, allontano di scatto le dita, me le pulisco sulla gonna della scuola. Mi fermo per tirarmi su i calzini, piego una gamba e mi inginocchio: un'ottima scusa per nascondere le guance in fiamme.

«Siete contenti di tornare a casa allora?», chiedo, senza guardarli.

«Non ho tanta voglia di tornare a scuola», dice Fred, «ma va bene. Sarà bello rivedere gli amici».

La gelosia mi stringe il cuore. Non ho pensato che potesse avere altri amici oltre a me. Mi sento stupida, tengo gli occhi a terra e faccio un suono roco con la gola.

Joe chiede se voglio scrivergli qualcosa sul gesso. Sposta la benda lurida per permettermi di leggere gli scarabocchi neri, verdi e rossi. Fred mi suggerisce di scriverci sopra il mio indirizzo. Mi viene in mente che forse non vivremo molto a lungo a Holt House e sento le lacrime agli occhi. Trovo una penna nello zaino e scrivo il mio nome in uno spazio libero sotto il gomito. Sottolineo le parole FAITH GALE e ci disegno accanto una faccina sorridente. Presto gli toglieranno il gesso. Dice che useranno una sega elettrica. Immagino il morso acuto dei denti di acciaio, un ronzio e il gesso che si spezza in due metà. Dentro, il braccio di Joe sarà rimpicciolito, debole come un uccellino. Un'infermiera getterà i resti nel cestino. Il coperchio si richiuderà su dei pezzi di gesso con delle parole scribacchiate sopra: il mio nome e l'indirizzo saranno persi e dimenticati.

«Dammi qualcosa su cui scrivere, ti lascio il nostro numero di telefono», sta dicendo Fred. «Probabilmente torneremo la prossima estate».

Lo guardo segnare il numero sulla prima pagina del mio quaderno di matematica e mi sento meglio. Lo appoggia sul ginocchio, chinandosi vicino al foglio bianco con le righe blu. Gli spunta la lingua da un lato della bocca. E ricordo che a casa da qualche parte ho l'indirizzo di Marco. Adesso posso aggiungere anche il numero di Fred e Joe.

Appena arriviamo al castello corriamo sul tetto piatto. «Da qui si vede l'isola». Indico oltre gli acquitrini e il fiume.

«Pensi ancora che tua sorella sia lì?», Fred è a corto di fiato. Si toglie una goccia dal naso con il dorso della mano.

Annuisco. «Ma non so per quanto tempo ci rimarrà». È un pensiero che mi spunta nel cervello come un fungo. E se la portassero via dall'isola e non riuscissi a raggiungerla in tempo? E se arrivassi troppo tardi?

«Secondo te che cosa ha mangiato per tutto questo tempo?». Fred aggrotta la fronte.

Lo fisso. «Forse l'Uomo Selvatico le ha preso dei pesci».

I ragazzi tengono gli occhi bassi. Joe dice: «Devi andare a salvarla».

«Lo so». Guardo un branco di cigni che volano sopra i campi. «Ho un altro piano».

«Sandra non ci permetterà di aiutarti». Fred sembra dispiaciuto.

«Non fa niente. Posso farcela da sola».

Mi tocca la spalla.

Joe raggiunge la porta. «Dai, andiamo. Non abbiamo molto tempo».

Corriamo giù per le scale, i nostri piedi riecheggiano pesantemente sulla pietra consunta, le mura ricurve ci graffiano le spalle. Anche se è il periodo sbagliato dell'anno e la collina umida è fangosa in certi punti, l'erba rovinata e meno morbida, rotoliamo giù per il versante. Joe rimane in cima urlando e incoraggiandoci. Apro gli occhi, vedo lampi di luce e di buio mentre rotolo ancora e ancora, con il fianco colpisco qualcosa di duro, le mani afferrano ciuffi d'erba. Io e Fred atterriamo in fondo, un confuso miscuglio di braccia e gambe, ridiamo. Ha i vestiti sporchi di fango. Sandra non sarà contenta.

«Vi faccio vedere dov'era il campo di nonna», dico, facendo strada per i terreni del castello fino alle vecchie recinzioni di legno e agli appezzamenti. Non vedo nessuno, i giardini sono deserti. Il gatto tigrato dell'altra volta è su una panchina, si pulisce lo stomaco bianco, le zampe nere dritte in aria.

Joe sta già toccando il lucchetto sul cancello. Lo seguo anche se improvvisamente mi sento insicura. Nonna e Jack una volta mi hanno detto che i loro campi erano come una seconda casa. «Fate attenzione ai fiori. Non calpestate le aiuole», sussurro.

Superiamo delle canne che sorreggono piante di fagioli di Spagna, le pesanti teste dei carciofi, le file precise dello scalogno e della pastinaca. Un piccolo melo rinsecchito è colmo di frutti. Mele marce giacciono nell'erba alta, mezzo mangiucchiate dagli uccelli, tutte scure e ammuffite. Fred ne prende una e la lancia a Joe, che urla e si gira, la mela che gli vola sopra la testa. C'è qualcuno nel campo più lontano, una donna anziana con uno scialle sulla testa. È curva sul terreno, tira fuori qualcosa.

Sollevo la mano. «State buoni per un attimo». Voglio distrarre Fred e Joe dalla guerra con le mele, ma ho anche sentito un rumore strano: un battito basso e ritmico, una specie di grugnito, come un animale sofferente. Faccio segno agli altri di seguirmi e facciamo lentamente il giro, costeggiamo il capanno, scavalchiamo una pila di vasi e una vanga appoggiata alla parete. Un uomo, girato di schiena. Fisso il suo culo nudo, così bianco e tondo, i pantaloni larghi abbassati alle ginocchia. Spinge i fianchi dentro e fuori, come un pistone. La gamba di una donna gli cinge la vita, gli ha gettato le braccia al collo. Si muove per la forza delle spinte di lui, la testa sbatte contro il capanno, capelli castani che si spargono sulle assi di legno dietro di lei.

Apre gli occhi, guarda oltre le spalle dell'uomo. Ha la bocca spalancata, abbassata; sbatte le sopracciglia e mi fissa, uno sguardo familiare.

Fred mi stringe il braccio, mi tira. I ragazzi stanno ridendo mentre si allontanano. Passiamo in mezzo a un cespuglio di rabarbaro, strappando le foglie, schiacciandole sotto i piedi. Scivolo sugli spinaci, rovescio cavolfiori. Era Robert Smith l'uomo con i pantaloni alle ginocchia. Mi sento male. Voglio sbarazzarmi dell'immagine delle sue natiche nude, i suoi fianchi che sbattevano contro Sophie. Gli dirà che ho visto tutto, e ricordo il suo ghigno beffardo nel nostro giardino, le parole che mi ha detto quella volta.

Ci fermiamo all'ombra del castello. Non c'è nessun segno di quei due, non ci stanno seguendo. «Lo facevano come cani», dice Joe, tenendosi il gesso con la mano buona.

«Sì», Fred si china, le mani sulle ginocchia, il fiato corto, «e in pieno giorno».

Sto tremando. Mi giro dall'altra parte, mi schiarisco la gola. «Disgustoso».

Fred mi dà uno strattone. «Voi campagnoli. Siete tutti uguali».

Gli do un calcio alla caviglia, ma lui si allontana con un salto, ridendo. È sorprendentemente veloce per quanto è grasso, ma non lo dico ad alta voce.

«Dobbiamo andare». Joe guarda l'orologio, fa un cenno del capo a Fred.

Mi gratto il naso, mi sento in imbarazzo, ho la bocca secca.

«Ci vediamo». Fred mi prende la mano, la stringe. «La prossima estate». Sento le sue dita calde intorno a me. Poi si allontana, con Joe al suo fianco, salutandomi con la mano.

Il mondo sembra vuoto senza di loro. Chiudo le dita a pugno, me le ficco in tasca, la sensazione del tocco di Fred che svanisce dalla mia pelle. Mi scordo delle mie pustole. Fred non è tipo da pensare a cose del genere. Giù lungo l'argine c'è solo una barca a motore che solca il fiume, lasciando una scia bianca che si allarga pian piano. I cormorani si tuffano e tornano in superficie, le teste nere lucenti. Mi alzo in piedi e guardo l'isola. Ho fallito. «Eva», dico ad alta voce. Ma non sento altro che il rombo del motore, il rumore della barca che scompare all'orizzonte.

Mentre torno a casa, saltellando da un ciuffo d'erba all'altro, i piedi instabili nel fango, vedo di nuovo il tizio con la canoa. Lo osservo, ammirando i suoi movimenti fluidi con la pagaia, l'agile velocità dell'imbarcazione mentre scivola sull'acqua grigia. A differenza della barca, la canoa è silenziosa. L'uomo è vestito di rosso, una tonalità brillante che si intona alla barca. Compone una scintillante macchia di colore che riesco a seguire senza difficoltà, lo osservo pagaiare verso il porto, verso la banchina.

42

Clara sta cercando di svuotare la stanza di Eva. Ma a quanto pare non riesce a mettere nulla nello scatolone di cartone che ha portato apposta. Non fa che prendere degli oggetti e rimettersi a sedere e starsene ferma con della roba in mano. Nello scatolone non finisce niente. Tutto in questa stanza si porta dietro dei ricordi. Non può metterli via.

Vicino al letto c'è un romanzo, le pagine piene di segni e orecchie, abbandonato. Ne sporge un pezzetto di carta. Non se n'era accorta prima. Il segnalibro di Eva. Clara prende il volume e lo apre, vuole vedere che cosa stava leggendo Eva, passare le dita su quella stessa pagina. Apre il foglietto che faceva da segnalibro. È una lettera. L'incipit disordinato di una lettera. E con una scossa elettrica di shock vede che è per lei e per Max. Clara stringe il foglio, legge la familiare scrittura. È persino più caotica del solito, le lettere volteggiano in cerchi che si aprono e scendono fino a formare punti e trattini.

Mamma, papà… ma non è questo ciò che siete, no?… non so come chiamarvi, come dirvi quello che devo…

Non siete i miei veri genitori. Perché non me l'avete detto?

Penso di aver sempre saputo, per tutta la vita, che c'era qualcosa che non andava. Solo che pensavo di essere io. Di essere io quella che non andava.

Se lo sa lui… chi altro lo sa? Come potrò mai guardare in faccia le persone?

Dopo la scorsa notte, M non mi vuole più. Forse non mi amerà. A voi non importa. È colpa vostra. Non sapete nemmeno che ho un ragazzo. Lo amo. Non potete fermarmi, non più. Vi ODIO. Tutti e due.

Le parole le crollano addosso, scivolano e si schiantano le une contro le altre. Clara si mette una mano sul cuore, le dita premono contro un dolore lancinante. Non capisce. Qualcuno ha detto a Eva che è stata adottata? Rilegge quelle righe, vede Eva china sul foglio, intenta a scribacchiare quelle parole mentre il suo mondo diventa falso, irriconoscibile.

Quando le ha scritte? Clara fissa i caratteri incoerenti, il foglio increspato. Non c'è nessuna data, nessun indizio. Il messaggio scivola via, le parole si spezzano, finiscono in una macchia di inchiostro. Clara geme rumorosamente. Non ha pensato che la tragedia di perdere Eva potesse peggiorare. Una pugnalata la colpisce dietro gli occhi. Poi affonda ancora più forte. Sussulta, abbassa la testa, come per schivare i colpi.

Barcolla, esce dalla stanza di Eva, la lettera stretta in mano, la luce che si affievolisce e si chiude come un tunnel davanti a lei. Vuole Max. Sarà a casa presto. Lui saprà che cosa fare. Incespica, arriva fino al pianerottolo, davanti a camera sua, striscia sul letto, affonda il volto nel cuscino, chiude fuori il giorno. Tutto quello che riesce a vedere è il volto di Eva. Il suo viso mentre annega che si perde nell'oscurità, la bocca che si apre senza emettere suono, sembra una martire, una persona che è stata tradita.

Faith è alla scrivania, in camera. Max si schiarisce la gola quando entra, ma sembra che lei non lo abbia sentito. Nella sua stanza riecheggia la voce piena di Ella Fitzgerald, un'orchestra d'archi seducente e lussuriosa in sottofondo. Max si mette a sedere sul letto. «Stai facendo i compiti?».

Faith solleva bruscamente le spalle.

Lui nota l'ombra scura di una ferita. «Che cosa ti sei fatta alla guancia?».

Si porta la mano al volto. «Niente. Devo aver sbattuto contro la porta. Non mi ricordo».

«Faith, volevo chiederti una cosa». Si schiarisce la gola. «Come ti senti adesso, riguardo a Eva? Riguardo a… tutto quanto?».

Faith, ricurva sulla sedia, non si è mossa, perciò lui si alza e va da lei. «Naturalmente sentirai ancora la sua mancanza. È così per tutti noi. Ma ti senti un po' più… a posto?».

Faith si volta e gli lancia un'occhiata e poi abbassa lo sguardo sul libro aperto sulla scrivania. «Non voglio più parlarne, papà».

«Sei sicura?».

Fa uno strano suono con la gola, gli occhi fissi.

Max sospira, le appoggia una mano sulla spalla sottile. «Se pensassi che servisse a qualcosa, se avessi anche la minima speranza, andrei sull'isola. Ma temo che peggiorerebbe solo le cose». Vorrebbe che la figlia si girasse e lo guardasse. Invece non può far altro che fissarle la nuca dall'alto. Faith è immobile sotto le sue mani, la testa china, come se aspettasse solamente di restare di nuovo sola. Lancia un'occhiata al libro aperto sulla scrivania. Sotto la cortina ondeggiante dei capelli chiari, la carta a righe blu sembra brulicare di esercizi di algebra. «Fai matematica?»

«Ci provo», risponde.

«Sai dov'è mamma?».

Scuote la testa. Max lascia perdere, chiudendosi delicatamente la porta alle spalle. Ella canta la primavera a Parigi. Strani gusti musicali, per una bambina di dieci anni. Non sa come riesce a concentrarsi con la musica in sottofondo. Eva faceva esattamente lo stesso. Solo che lei teneva il volume più alto, più insistente. Lui e Clara hanno passato intere serate a urlare contro le scale, dicendole di abbassare.

Quando entra nella stanza oscura, Clara si tira su, si rimette a sedere. Per poco non cade dal letto, si avvicina a lui, avanza a fatica, incerta, un singhiozzo rappreso in mezzo alla gola.

«Grazie a Dio sei qui». Gli sta porgendo qualcosa. Le trema la mano. «Ho trovato questa», dice a bassa voce. «Era nascosta nel suo romanzo. Vicino al letto». Non trova le parole. «È una lettera. Da parte di Eva. A noi».

Max ha la gola bruciata. Tira indietro le tende per far entrare un po' di luce. Mette a fuoco la scrittura sul foglio. Il suo cuore comincia a battere più forte, gli occhi che corrono alle parole scarabocchiate. Di nuovo il flash della memoria. Eva che lo guarda arrabbiata.

«Nessuno lo sapeva», sta dicendo piano Clara. «Nessuno a parte Charles. E tua madre».

Max si sforza di pensare. Le parole scribacchiate si ripetono nella sua testa. Ricorda Charles che guarda Eva, un'espressione disgustata sul volto. «Charles», dice piano. «Non capisco. Ma deve essere stato lui». Cammina sul pavimento, la sua mano corre alla nuca, tocca il punto vulnerabile. «Ma se è andato da lei… perché Eva non ce l'ha detto? Da quanto tempo sapeva?».

Si fissano, i loro volti assenti e tesi. Max fa il giro del letto, la lettera stretta con forza in mano. «Forse ha cambiato idea e non voleva più restare fuori dalla sua vita». Si acciglia. «Devono essersi visti da soli».

«Sì. Deve essere andata così. Glielo ha detto lui, sicuramente. Per cattiveria». Gli occhi di Clara sono giganteschi; il volto pare rimpicciolirsi tutto intorno. «Per così tanto tempo ho avuto paura che potesse tornare per lei». Si prende il viso tra le mani. «Avevo sempre il terrore che la sua famiglia volesse riprenderla. Ma lui voleva solo distruggerci. È stato il mare a prendersela».

«Eva sapeva dell'adozione e non ha detto nulla. Non riesco a crederci».

Avverte la rigidità di Clara. «Ha imparato a mantenere i segreti», dice piano. «Glielo abbiamo insegnato noi».

Max scuote la testa. Non dice nulla. Non può rammentare a Clara che per anni ha cercato di convincerla a dire la verità a Eva.

Ma Clara rabbrividisce come se glielo avesse rinfacciato. Va alla finestra, girata di schiena, guarda il fiume in lontananza, i contorni dell'isola a malapena visibili. Fa un profondo respiro. «All'epoca pensavo che fosse la cosa più giusta. Non volevo che si sentisse diversa».

Lui rimane fermo, imbarazzato.

Lei si sporge, premendo la fronte contro la finestra. Quando parla, il suo respiro annebbia il vetro. «Ero egoista». Max riesce appena a sentirla. «Volevo che Eva fosse mia. Lo volevo per me. Non per lei. Non permettevo a me stessa di pensare a Suky. Ho continuato a scacciare via quel pensiero. Anche lei, in fin dei conti, era solo una bambina». Si ferma, si porta una mano alla bocca. «Aveva solo un anno in più di Eva adesso». Le si incrina la voce. «Oddio, Max, Eva è morta sapendo che le ho mentito».

Va da lei, si sente troppo grande in quella stanza, troppo goffo, non sa se Clara vuole che lui la tocchi. Si avvicina, le mani a mezz'aria lungo i fianchi. «Clara», sussurra. Lei si volta e gli seppellisce il volto contro il petto, e Max la stringe tra le braccia, la tiene forte. Il sollievo del suo corpo contro di lui è quasi insopportabile. Piega le ginocchia. Affonda il naso nei capelli di sua moglie, sente l'odore del giardino, la assapora. Il cane si alza, si scuote rumorosamente e si muove intorno a loro, la coda che batte contro le gambe della coppia abbracciata.

La voce di Clara è attutita nella sua maglietta. «Era innamorata. Non lo sapevamo neppure. C'erano così tante cose di lei che noi non sapevamo. E adesso se n'è andata».

Max stringe Clara, le accarezza i capelli. Tirandosi per un attimo fuori dall'orrore, sente qualcosa di caldo e di luminoso, perché Clara è tra le sue braccia e ha detto "noi". Se possono condividere il dolore, se possono affrontare questa prova assieme, c'è ancora speranza per loro. La stringe a sé ancora più forte.

Vede Eva con il giubbotto salvagente addosso, il viso distorto dalla rabbia. Sbatte gli occhi, cerca di ricordare. È successo qualcosa sulla barca. Qualcosa di brutto. Prima dell'incidente. Vede la barca che si rovescia, degli arti che mulinano impazziti prima che si capovolga. La mano di Eva tesa verso di lui. Cerca di liberare la memoria, di trascinarla sotto la luce intensa della sua mente cosciente. Ed eccola, di nuovo davanti a lui, ed è vestita di pizzo nero, la bocca scura di rossetto, zuppa fradicia, l'acqua che le gocciola addosso, senza giubbotto salvagente.

43

Le stelle in cielo scintillano su di noi, buchi bianchi intagliati in un cielo di carta scura. Billy ha conficcato la canna da pesca in profondità nei ciottoli, ha usato un pezzo di legno per tenerla sollevata, così può lasciarla lì e stendersi al mio fianco. Fissiamo il cielo, distesi di schiena. I ciottoli sono caldi, la giornata è stata soleggiata. La notte è immobile. Niente vento. Ascolto il suono delle onde che si muovono pigre contro la spiaggia.

«Ho visto una stella cadente», mormoro con voce assonnata. «Lo so che non è davvero una stella. Papà mi ha detto che è polvere dello spazio. Ma a me piace l'idea di una stella che cade».

«Sì», sussurra attraverso le labbra strette, «la gente cerca sempre di trovare delle prove per tutto. Ma il mondo non funziona così. Non puoi spiegarlo».

Mi sollevo sui gomiti per guardarlo. «Pensavo che un soldato fosse, come dire, più attento al lato pratico delle cose».

«Lo sono. Sono pratico». Volta la testa per guardarmi. «Ma so quello che so. C'è quello che possiamo vedere e quello che vogliono farci vedere. E poi c'è la verità. Ma questo non dobbiamo comprenderlo, secondo i loro piani». Abbassa la voce. «*Loro* non vogliono che sappiamo. Vogliono che restiamo ignoranti».

Esito per un momento. «Dunque la voce…».

«Pochi anni fa ti avrei riso in faccia se mi avessi detto che avrei sentito la voce di un angelo. In teoria non dovrei sentirlo. È pericoloso per loro».

«Intendi dire... Le cose che ti tengono d'occhio, anzi, che *ci* tengono d'occhio. Le cose malvagie?». Mi guardo alle spalle, fisso le ombre contorte dei ginestroni. «Sai che cosa sono? Chi sono?»

«Pezzi grossi dell'esercito. Il governo. Ci stanno dentro tutti». Si acciglia. «Non so qual è il piano. Non ancora. Ma ci stanno intossicando con bugie, con robe chimiche. È tutto finto. Si tratta del potere. Corruzione». Si tira su a sedere di scatto. «Mi controllano sempre. Aspettano un passo falso. Vogliono prendermi. Ma io sono più furbo. Merito dell'addestramento, capisci. È tornato utile. Qua non mi prenderanno».

Osserva il filo tremolante, si muove come un gatto, balza in piedi, afferra la canna, stringe il mulinello, tira uno strattone, e io guardo le onde davanti a lui, in attesa dell'improvviso lampo brillante, che si alza infuocato sulla massa scura lasciando una striscia verde.

Ho persuaso Billy a farmi appendere le coperte all'aria aperta per rinfrescarle un po'. Non sopporto la puzza della pelle non lavata, l'odore di pesce e di umidità. Bisogna bollirle e disinfettarle per lavarle come si deve. Mi piacerebbe buttarle tutte tra le fiamme, anche i vestiti, farne un mucchio e accendere un cerino. Ho sbattuto le coperte con un bastone e le ho sbatacchiate qua e là, adesso sono appoggiate sopra i ginestroni, infilzate su spine verdi come offerte votive al sole.

Billy è seduto sui ciottoli poco lontano, osserva, un mezzo sorriso sul volto. Ha il mozzicone della sigaretta incollato all'angolo della bocca. «Sta arrivando la tempesta», dice, strizzando gli occhi al cielo. Sembra non accorgersi del lerciume in cui viviamo, di come sono ridotti i nostri corpi. Faccio una pausa, annaspo, sono affaticata. Non mi sono rimessa del tutto. Rantolo ancora. Di notte ho la sensazione che ci sia qualcosa di pesante che mi opprime il petto.

Billy mi passa quello che rimane della sigaretta. «Vuoi un tiro?».

Scuoto la testa. È la prima volta che mi offre di fumare. Sto pensando a cosa fare con l'interno della pagoda. Devo sbarazzarmi di tutti i pezzi di cemento che cadono, degli strati di polvere e degli escrementi di uccelli. Mi guardo intorno alla ricerca di qualcosa da utilizzare. Nello spazio di pochi attimi colleziono alcuni bastoncini avvizziti e una manciata di lunghi fili d'erba, tutta soddisfatta perché riesco a fare una specie di scopa. Mi chino, piego i gomiti e con uno scatto del polso spazzo, pochi movimenti decisi, ma i bastoncini si spezzano e i fili d'erba si disperdono inutilizzabili. Mi raddrizzo, mi poggio il palmo sulla schiena dolorante, perplessa.

Billy mi ha seguito dentro. Si ficca le mani nelle tasche, si appoggia al muro. Tira indietro le labbra e ride, mettendo in mostra i denti. Mi asciugo la fronte con il dorso della mano. «Sì, bravo, ridi. Almeno io ci ho provato».

«Pulizie di primavera!». Si tocca la tempia con l'indice. «Qui dentro? Sei pazza!». Si allontana, grattandosi la testa. Sta ancora ridendo. Intravedo un lembo di carne tra i pantaloni e il maglione quando allunga le mani sopra la testa in un lento sbadiglio. Si ferma all'imbocco della fossa, piegando pigramente la schiena. È questo il momento, capisco con improvvisa chiarezza. È la mia opportunità.

Corro verso di lui. A testa bassa, le spalle piegate. La testa sbatte contro le sue costole, le braccia che gli stringono la vita. Si lascia sfuggire un urlo di sorpresa, si irrigidisce. È scivolato in avanti, il piede sfiora il bordo della fossa. Per un secondo resta sospeso e i miei piedi grattano sul terreno, spingendolo con tutta la forza che ho. Ma non è sufficiente. Lui è tutto ossa e muscoli. Mi affronta, il suo corpo carica su di me con tutto il peso. Il suo braccio è intorno al mio collo e non riesco più a respirare. Mi prende e mi fa girare, i miei piedi lasciano il terreno, la mascella si incrina sotto la pressione. Sta urlando ma io sono rannicchiata in mezzo alle pieghe dei suoi vestiti. Non capisco le parole.

Mi tiene per le spalle. Mi solleva, a una distanza di un braccio da sé; mi sento spinta indietro, sopra la fossa. Stringe i pugni sul mio maglione, lo contorce un po'. I miei piedi sentono il pavimento, cercano di trovare il bordo, spingono per allontanarsi dal vuoto alle mie spalle. Ha il volto chiuso in una smorfia. Mi tiene con una mano, il braccio che si flette per lo sforzo. Tremo sul bordo, muovendo le labbra. «No».

Apre le dita in un gesto lento. Per un momento mi pare di essere sospesa nello spazio e nel tempo. Io e Billy ci fissiamo, i nostri volti carichi di sorpresa. Poi cado, la luce e l'aria che mi sfrecciano accanto.

Colpisco il fondo e sento la scintilla del dolore che si riverbera nella spina dorsale. Le fiamme mi leccano i fianchi, il bacino. Il respiro mi viene strappato dai polmoni. Sono svuotata, prosciugata, le gambe spalancate, un braccio piegato sopra la testa. Ho troppa paura per muovermi. Le gambe intorpidite. Non riesco a sentirle.

Mamma si sporge su di me. *Eva, amore, è ora di alzarsi. Farai tardi a scuola.* Papà è in cucina: *Hai idea di che ore sono, duchessa?* Faith, che mi sorride da sotto i capelli pallidi. *Mia sorella, la regina dei melodrammi.*

Quando apro gli occhi, sto guardando una vecchia bottiglia di birra. Sembra gigantesca, ingrandita. Il vetro è annebbiato, l'etichetta strappata e scolorita. E dietro una sedia da ufficio è reclinata su un lato come un vecchio ubriacone; il moncone di una gamba mancante si erge crudo e segato. Sento l'odore di umido e di urina, di ruggine e di cemento. Lentamente, mi passo la mano sulle gambe, toccando ogni centimetro, esaminando con attenzione gli angoli delle ossa, premendo la pelle per controllare se sento male. L'intorpidimento si è trasformato in un formicolio. A quanto pare non mi sono rotta niente. Dentro le scarpe, chiedo alle dita di esibirsi in un cauto movimento. Mi obbediscono. Cerco di mettere a fuoco il bordo della fossa. Non riesco a vedere Billy.

Non sono morta. Ma è come se lo fossi. La casa che sogno ogni notte è una bugia. La mia famiglia è una bugia. Non mi guardo in uno specchio da mesi. Se vedessi il mio riflesso adesso, non so se sarei in grado di riconoscermi. Tutto ciò che pensavo di conoscere è cambiato. Non sono chi pensavo di essere. Non voglio ricordare. Non voglio.

Seduti a The Bell, Marco si girava il bicchiere di birra fra le dita. «Non tornare a casa. Rimani da me stanotte». Mi ha messo una mano sulla coscia, il pollice che mi sfiorava piano. «I miei genitori saranno contenti». Ma sapevo che i miei non lo sarebbero stati proprio per niente. Avevo già fatto tardi così. Ho scosso la testa. «Non posso. Lo sai che non posso».

Ha aspettato con me alla fermata dell'autobus. Ci siamo baciati sotto la pensilina. Un uomo ha mormorato: «Perché non vi prendete una stanza?», e io ho affondato il volto contro la spalla di Marco per non scoppiare a ridere, le labbra contro i muscoli tesi.

«Devi smetterla di dire ai tuoi genitori che stai con Lucy quando esci con me. Lo scopriranno, sai», ha detto. «Hai quasi l'età per fare ciò che vuoi. Non avrai bisogno del loro permesso per nulla, da qui a un anno».

Ho fatto una smorfia, imbarazzata. «Sono un po' super protettivi», ho mormorato.

«Allora parlagli di me. Sei una ragazza grande adesso». Ha sollevato le sopracciglia: «Non ti vergognerai di me, vero?».

Nell'autobus faceva troppo caldo, era quasi vuoto. Ha fatto il suo lento giro attraverso strade di campagna e villaggi addormentati. Ho poggiato la testa contro il vetro che tremava. Ho deciso che Marco aveva ragione. Avrei parlato con i miei. All'improvviso ero sicura che mamma e papà avrebbero approvato Marco, nonostante i capelli e i tatuaggi e l'età. Io lo amavo. Era quella la cosa importante. Lo amavo tanto da dormire con lui. Anche se naturalmente questo non lo avrei detto ai miei.

Sull'autobus ho messo a punto il piano. Era davvero molto semplice. Fissando il vetro scuro, ho catturato il mio riflesso e ho sorriso. Tutto ciò che dovevo fare era uscire dalla casa dopo che tutti fossero andati a letto e prendere l'ultimo autobus per Ipswich. Potevo stare con lui tutta la notte, l'importante era essere svegli alle prime luci dell'alba. Marco aveva ragione. Ormai ero grande ed ero stufa di papà che cercava di impedirmi di crescere. L'unico problema poteva essere Silver; se mi avesse sentito sapevo che avrebbe iniziato ad abbaiare, sbattendo la coda contro i mobili e le porte, svegliando tutti. Stavo pensando a quello mentre camminavo verso casa. Come potevo evitare di disturbare il cane? A scuola stavamo studiando il *Romeo e Giulietta* e ho ricordato la scena in cui facevano finta che il rumore che sentivano fosse il verso dell'usignolo: non potevano accettare che la loro notte insieme stesse per finire. Era così che mi sentivo: il nostro destino era stare insieme, il nostro amore si meritava un'intera notte passata in un letto, non qualche sordido e goffo incontro in un vicolo sul retro un venerdì sera.

Il giorno successivo ho telefonato a Marco per raccontargli il piano. Ho incespicato sulle parole, improvvisamente imbarazzata. Quando ha capito che cosa volevo dire è sceso il silenzio. Ho fatto girare il cavo intorno alle mie dita deboli e sudate.

«Sei sicura?», ha chiesto. E poi, con voce attutita: «Ti voglio così tanto».

«Sì», e mi sentivo sciogliere le viscere. Ho stretto più forte la cornetta. «Voglio farlo», ho sussurrato, guardando il corridoio vuoto alle mie spalle.

«Ci vediamo alla stazione degli autobus stasera», ha detto. «Ma Eva, promettimi che mi presenterai ai tuoi. Sono sicuro che li conquisterò».

Ho riso. «Ma che razza di ego».

Sono uscita dalla finestra della camera. Lo avevo già fatto in passato. C'è una tubatura cui aggrapparsi e poi un piccolo salto fino al tetto del portico. Da lì atterrare sull'erba non è difficile. Una grande luna colorava d'argento il terreno. Sono passata dal retro, ho superato il castello, pensando a Marco. Indossavo le mie scarpe migliori, mi ero messa il profumo dietro le ginocchia e i gomiti. Gli alberi si alzavano immobili. Non c'era vento. Un suono sibilante alle mie spalle mi ha fatto saltare. Ho riconosciuto il rumore del motorino che usciva dall'oscurità, ho abbassato la testa, camminando più in fretta.

Sono stata investita dal fascio di luce del fanale. Piccole falene sbattevano le ali nel bagliore bianco. Mi sono voltata, coprendomi gli occhi. Robert si è tolto il casco, ghignando. Ho continuato a camminare. Si è fermato al mio fianco, il motore sputacchiava. «Dov'è il ragazzo carino?».

Ho alzato le spalle. «Vattene, Robert».

Lui ha spento il motorino, scattando in avanti per afferrarmi il braccio. «Qualcuno deve insegnarti le buone maniere». Mi ha scosso. «Cosa ti fa pensare di essere migliore di tutti gli altri?».

Sono rimasta scioccata non appena mi ha toccato, i miei occhi sono corsi alle sue spalle alla ricerca di una via di fuga. Ma non mi lasciava il braccio, le sue dita mi facevano male. Ho cercato di divincolarmi, mi ha stretto forte, girando il gomito, facendomi bruciare la pelle. Mi ha spinto nei terreni scuri del castello.

«Ho una storia interessante da raccontarti», ha mormorato, «e tu l'ascolterai, piccola puttanella snob».

Il mio cuore svolazzava come un uccello con le ali spezzate. Ho deglutito, mi sono guardata intorno alla ricerca di aiuto. Il panico si incendiava e grattava dentro le costole. Eravamo soli. Le ombre del castello si allungavano dritte sopra l'erba illuminata dalla luna. Dietro i terreni, vedevo le forme confuse dei campi, i contorni degli alberi e delle piante e le sagome dei capanni. Un gufo ha urlato in fondo alla scarpata.

«Mio zio lavora al pub», mi ha detto. «Da anni. La gente parla di tutto con i baristi, sputano fuori i loro problemi di fronte a una birra o a un bicchierino».

«È tardi, Robert». Ho cercato di liberarmi. «Devo prendere l'autobus. Lo perderò...».

Ha sollevato il dito e me lo ha oscillato davanti al volto. «Cattiva, cattiva. Non devi interrompere. Non ti hanno mai detto che non si fa?». Il suo volto, vicino al mio, era tutto narici e denti. «Come stavo dicendo, mio zio si stava facendo gli affari suoi dietro il bancone, ed ecco che arriva uno straniero. Un tizio tutto elegante. È sconvolto. Ordina qualcosa di forte. Dice a mio zio che ha appena ricevuto uno shock pesante. A quanto pare si è fatto un bel po' di strada per venire a vedere la figlia bastarda di sua sorella. Voleva fare la cosa giusta, prendere la bambina e crescerla come se fosse sua. La sorella era morta. Perciò era venuto qui per portarsela a casa». Aspettavo, inerme sotto la stretta di Robert, incapace di muovermi. «E indovina un po'?», ha fatto Robert, parlando lentamente. «La bambina era stata presa da una coppia, e viveva proprio qui, nel nostro villaggio. Non è una coincidenza assurda, Eva?».

Ha sorriso. «Vedi, la vera madre della bambina era una troia, si è fatta mettere incinta. Ma questo il tizio elegante lo sapeva già. Poi viene fuori che la bimbetta aveva anche una spennellata di nero, per così dire. Il tizio elegante dice che non è possibile, perché sapeva chi era il padre. Ma la bimba aveva sangue misto, continuava a ripetere il povero sfigato. Sangue cattivo». Robert ha fischiato scuotendo la testa. «Ma la ragazza è ancora qui, non è vero, Eva?».

Ho cercato di tirarmi indietro, le immagini della sua storia mi scorrevano dietro gli occhi. Vedevo l'uomo al bar: il sudore che gli copriva il labbro superiore, le dita che tremavano contro il vetro. Robert mi ha tirato a sé, la bocca contro il mio orecchio, le parole che vibravano: «La prossima volta che vuoi fare la perfettina, ricordati che non ti devi dare tante arie, perché non sei niente. Solo una bastarda con il sangue misto».

Mi ha lasciato andare e io mi sono messa a correre, inciampando verso il castello. Il terreno si piegava e sobbalzava, un sospiro mi si è bloccato in gola, un groppo che mi pungeva, mi soffocava. Ma mi stava correndo dietro, i pesanti passi che risuonavano in aria. Sono rimasta senza fiato quando mi si è lanciato addosso. Mi ha fatto girare di scatto, spingendo il volto contro il mio. Aveva la bocca aperta: labbra fredde e umide, la lingua simile a un'anguilla.

Ho provato a colpirlo, agitando le braccia nell'oscurità. Le ossa battevano contro le ossa. Ho sentito la pelle che si tendeva, l'ho colpito sul gomito. Mi ha afferrato i polsi, me li ha tenuti fermi contro i fianchi. «Non così in fretta». Si sporgeva su di me, bloccandomi. Sono inciampata, sono caduta, e lui mi si è gettato addosso, inchiodandomi a terra. «Mi sa che sei in debito con me per quella storia». Ho sentito l'odore rancido della birra, una puzza di marcio. Stava armeggiando con la cintura dei pantaloni. Il metallo mi ha colpito. «E adesso ti faccio vedere com'è un vero uomo».

Le sue mani mi hanno strappato il top, afferrandomi i seni, le dita si conficcavano nella pelle. «Lo sai che lo vuoi. Quelle come te lo vogliono sempre». La sua bocca era sul mio collo. Ho cercato di allontanarmi dalla saliva, dal bordo dei suoi denti. La sua spalla mi ha colpito al volto, il tessuto mi ha riempito la bocca. Ho cercato di urlare, sentendo l'altra mano che mi tirava il bottone dei pantaloni, le unghie che grattavano. Ho liberato la testa, annaspando per prendere aria. Non avevo energie, non potevo parlare. Era troppo pesante, troppo forte. Aveva infilato le dita nei miei pantaloni, aprendo la zip; il suo ginocchio era in mezzo alle mie gambe, cercava di forzarle, di aprirle. La sua lingua mi sfiorava la bocca. L'ho spalancata, ho sentito la carne strisciante tra le labbra e ho morso forte, più forte che potevo. La pelle si è spezzata come pesce crudo tra i miei denti. Ha urlato ed è scattato indietro, la mano stretta sulla bocca. Sono rotolata di lato, mi sono tirata in piedi, ho tirato su i pantaloni, correndo alla cieca nella notte.

Mi sono infilata nel buco in mezzo alla recinzione che proteggeva i campi, il cuore che batteva impazzito, ho scavalcato un'aiuola. I miei piedi hanno distrutto le rose, le spine mi si conficcavano nella pelle. Ho sentito Robert subito dietro. Ma non conosceva i campi come me. Mi sono rannicchiata in quello che un tempo era l'appezzamento di Jack e mi sono lasciata cadere sulle ginocchia, strisciando sul ventre, le canne mi proteggevano. Ho aspettato, la guancia sulla ghiaia, cercando di restare in silenzio mentre lui avanzava dall'altro lato della coltivazione. Quando non l'ho sentito più mi sono alzata in piedi, facendo scricchiolare le piccole pietre mentre mi facevo strada tra le piante, i tuberi e le foglie che frusciavano, i fusti che si spezzavano sotto di me, percependo chissà come il percorso giusto verso il capanno di nonna. Era chiuso a chiave. Mi sono piegata, frugando al buio, dicendo a me stessa che i nuovi proprietari di sicuro non tenevano la chiave nello stesso posto. Che idea stupida. Invece le mie dita hanno toccato una grande roccia, ho esplorato la terra sottostante. Qualcosa di viscido. Una lumaca? Poi una piccola forma fredda. La voce di Robert proveniva dal campo accanto, mi chiamava.

Ho avvicinato la chiave al centro del lucchetto. Non vedevo quello che stavo facendo. Poi ho sentito il click. Mi sono precipitata dentro, rannicchiandomi nell'angolo più lontano, tirandomi addosso un sacco. Robert era fuori dal capanno, respirava pesantemente. Imprecava sottovoce. Il capanno puzzava di terriccio e metallo. Sentivo il suo sangue in bocca.

Mi sono nascosta sotto ruvidi sacchi di tela ammuffiti, le ragnatele mi coprivano il volto, respiravo appena. Ho aspettato, rannicchiata, in ginocchio, senza muovermi. Alla fine ho sentito le membra paralizzate dai crampi. Ma non osavo spostarmi nemmeno di un centimetro. Le mie orecchie erano pronte a cogliere il minimo suono. Ore dopo ho sentito dei rumori frenetici dal fondo della porta. Mi sono congelata, rigida di paura. Il suono graffiante è ricominciato. Mezzo soffocata dal panico, ho cercato di decifrarlo: una chiave in un lucchetto? La lama di un coltello? E poi ho ricominciato a respirare, capendo che era il rumore di denti affamati e di artigli. Un ratto, probabilmente. Ma ero ancora troppo spaventata per spingere via la tela che mi soffocava e allungare le gambe che mi bruciavano. Alla fine la luce ha cominciato a colpire i vetri della finestra sopra di me. Sentivo gli uccelli che cantavano. Ho sbirciato fuori, ho osservato i contorni che si delineavano, le profondità del capanno, le ombre che assumevano le loro vere forme: mensole piene di vasi per piante, palette appese al muro, un vecchio paio di guanti che uscivano da un secchio. Solo allora ho osato aprire la porta. Ho corso più veloce che potevo sull'erba bagnata, costringendo le gambe doloranti a trotterellare sul sentiero, le orecchie sempre tese, pronte a cogliere il rumore di un motorino.

Sono entrata nella casa addormentata, ho salito furtiva le scale, sono riuscita ad arrivare in camera senza svegliare il cane. Mi sono dimenata per liberarmi dei vestiti, mi sono pulita le dita, non volevo portarmi addosso l'odore di Robert. Ho strisciato nuda sotto le coperte. Poi sono svenuta, credo.

Quando mi sono risvegliata avevo lo stomaco che si contorceva, ricordi che mi scivolavano nella testa. Volevo convincermi che fosse stato solo un brutto sogno. Ma riuscivo ancora a sentire la lingua di Robert, il suo sangue che mi gocciolava sulla bocca. Mi sono lavata i denti mentre mi preparavo un bagno caldo, dopo essermi chiusa a chiave. Mi sentivo sporca. Sullo stomaco avevo dei graffi, segni di dita sulle braccia. Mi sono distesa nell'acqua e ho pianto. Mi sono guardata il corpo, la pelle era dello stesso colore del tè, e ho capito che Robert non aveva mentito. Tutte le cose che avevo sempre provato nella mia vita senza riuscire a comprenderle sono affluite di corsa nella mia mente. Era come se qualcuno mi avesse tolto una benda e me l'avesse fatta finalmente scivolare via dagli occhi. Delle cose che avevo solo avvertito con la punta delle dita mi sono state rivelate, finalmente, e adesso torreggiavano sopra di me.

Mamma ha bussato alla porta. «Eva?». Ho incrociato le braccia al petto, trattenendo il respiro. La maniglia è scattata rumorosamente senza aprirsi. «Vuoi fare colazione? Sto preparando uova e bacon per gli altri». Mi sono schiarita la gola, le ho detto che ero a posto così. Non avevo fame. Ho cercato di parlare normalmente, mi sono chinata in avanti per aprire l'acqua e camuffare così il tremito che mi incrinava la voce. L'acqua calda era finita. La schiuma galleggiava in superficie, lasciando il segno sul bordo. Ho notato dei ciuffi di capelli e roba grigia simile a schiuma. Non ero nulla. Peggio che nulla. Le mani di Robert, la sua lingua, le sue parole: tutto si agitava dentro di me. Quando mi sono tirata su dall'acqua, ho ricordato che io e papà dovevamo andare in barca quel giorno: la nostra prima uscita dopo la pausa invernale. Ma non era mio padre. Robert mi aveva detto che mi avevano preso. *Preso*. Il mio cervello incespicava intorno a quella parola, non riusciva a comprenderla.

Sono rimasta in camera finché non è giunta l'ora di andare al fiume, la mente correva all'impazzata, piena di rabbia, dolore e piani di fuga. Ho afferrato una penna e ho cominciato a scrivere una lettera a mia madre e mio padre. Anzi, alle persone che sostenevano di essere mia madre e mio padre. Ho scritto tutto quello che mi veniva in mente senza pensarci, le parole che volevo lasciare dietro di me – per spiegare, ma soprattutto per punire. Non sono riuscita a finire. Sono scoppiata a piangere, singhiozzando, alla fine avevo gli occhi incollati alle sopracciglia. Poi ho infilato la faccia sotto il getto dell'acqua gelida, ho fatto scivolare la lettera in mezzo al mio romanzo, mi sono messa i vestiti per la barca e sono andata incontro a papà al porto, perché non sapevo cos'altro fare. Mi sentivo patetica, impaurita, tutta la rabbia si accumulava dentro di me come un pugno che non riuscivo a scagliare.

Stava armeggiando con le vele. Il cielo era tetro, coperto di nuvole. L'acqua era agitata, piccole onde furiose schiaffeggiavano la barca, il vento era inquieto nelle vele. «Un po' ventoso», ha detto papà. «Sei ancora convinta?». Ho annuito, non riuscivo a guardarlo negli occhi. «Mettiti il giubbotto salvagente, Eva», ha detto.

Non capivo come avesse fatto a non accorgersi del cambiamento che era avvenuto in me. Volevo che mi chiedesse che cosa succedeva. Volevo che mi stringesse e mi spiegasse e mettesse a posto tutto. Le domande scoppiavano e sbattevano nella mia testa, impilandosi come cataste di legna. In barca ho fatto tutto quello che dovevo fare, ho eseguito tutte le operazioni, ho tirato le funi, ho annuito ogni volta che papà apriva bocca, evitando sempre il contatto visivo. Quando abbiamo superato l'isola e ci siamo trovati in mare aperto ci siamo resi conto che il tempo cambiava, stava arrivando un vero e proprio temporale. «Meglio ammainare le vele», ha urlato papà. «Accendo il motore». La barca ha cominciato a beccheggiare, le onde investivano la fiancata. Sudavo sulle gallocce, la tela impazzita mi sbatteva contro le braccia. Non avevo paura. Ero troppo arrabbiata. Mi sono retta all'albero, le mani scivolavano sulla superficie umida, ho guardato mio padre accucciato vicino al motore. «Lo so», gli ho detto, le parole mi uscivano fuori incontrollabili, trasportate via dal vento. Si è accigliato, mettendosi una mano all'orecchio per sentire meglio. «So di te e mamma», ho urlato. «So che non siete i miei veri genitori. Mi avete mentito».

Un ciuffo mi è finito sul volto, e attraverso i capelli agitati ho visto lo shock che gli straziava i lineamenti del viso. Era seduto in poppa, non riusciva a muoversi perché le onde si abbattevano su di noi, la barca lottava, combatteva contro i saliscendi e le depressioni delle onde. La sua mano era rabbiosamente stretta intorno al timone. «Stiamo per entrare nella tempesta», ha urlato. «Non posso parlare adesso. Ne discutiamo a terra».

«Ma io non voglio discutere», ho gridato. «Ti odio».

Ho barcollato sul pontile, aggrappandomi all'albero, alle corde, lanciandomi verso la cabina. Lo scafo si sollevava sotto i miei piedi. Mi è parso di sentire papà che mi chiamava a gran voce. Mi sono detta che sarei fuggita. Sarei fuggita da Marco. Ma poi mi sono resa conto che lui non sapeva che cos'era successo. Doveva avermi aspettato alla fermata dell'autobus, guardando la gente che saliva e scendeva. Poi di sicuro se ne era tornato a casa, le mani in tasca, convinto che avessi cambiato idea, che gli avessi dato buca. Mi sono fermata proprio in mezzo al pontile inclinato, mulinando le braccia per ritrovare l'equilibrio. Con la coda dell'occhio, ho visto un muro d'acqua che si alzava.

Billy non è tornato. Lo chiamo, nessuna risposta. Sento il vento che fischia sui ciottoli, la pioggia che cade impetuosa. Da sopra il tettuccio della pagoda arriva il basso rombo di un tuono. Un improvviso lampo di luce scuote le mura della fossa. Questa volta se n'è andato per sempre. Delle piume ondeggiano sopra di me, in alto, e poi un rumore improvviso, come se una qualche gigantesca creatura si stesse sistemando tra le travi della pagoda. La notte scende piano, spargendo le ombre nella fossa. Ben presto non riesco nemmeno più a vedere la mia mano quando la alzo davanti al volto. Ricordo la puzza dell'alito di Robert nella mia bocca, le mie labbra strette tra i suoi denti. Mi rannicchio nell'oscurità, mi cingo le ginocchia con le braccia, mi chiedo quanto ci si mette a morire di sete.

44

«Svegliati, tesoro». Mamma bussa piano alla porta. Entra, apre le tapparelle, lascia un varco alla luce grigia del mattino. «È una giornata orribile, temo. Hai sentito che razza di tuono ieri notte?».

Dal cuscino la osservo guardare fuori dalla finestra. Raffiche di vento e acqua battono contro i vetri. Si sporge su di me. «Vieni, bella addormentata», tira via le coperte. «Farai tardi a scuola».

Libero i piedi dal nido di lenzuola arrotolate, mi siedo un attimo sul bordo del letto, sbadiglio. Ho avuto di nuovo gli incubi. Non riesco a ricordarli. Solo la sensazione persiste, oscura e spaventosa. Mi sfrego gli occhi. Mamma mi accarezza piano la testa, scompigliandomi i capelli, dicendo da sopra la spalla: «Non rimetterti a dormire!», urla prima di richiudersi la porta alle spalle.

Poi noto le mie mani. Non ci sono verruche. Sono scomparse. Tutte, dalla prima all'ultima. Mi tocco la pelle, meravigliata, la sento liscia e pulita, apro bene le dita per studiarle da capo. Nessun rigonfiamento, nessuna cicatrice, nessun segno di alcun tipo. Vado alla finestra, le dita ben sollevate, le fisso da ogni angolazione. È come una magia. Le mie mani sono come quelle di chiunque altro.

Faccio colazione da sola. Papà se n'è già andato al lavoro. Sophie non è ancora scesa. Mamma è tutta indaffarata al lavello, pulisce il pentolino del porridge. Devo farmi forza per mandare giù il denso pappone d'avena. Che cosa mangiano a colazione Fred e Joe? La loro cucina sarà piccola e confortevole come il camper. Immagino Sandra arrabbiata e in preda all'agitazione, Penny o Carol, o entrambe, in lacrime.

La nostra cucina è silenziosa. L'orologio ticchetta sul muro, la pioggia batte contro il vetro. Allontano la tazza, il porridge mangiato a metà. Mamma si appoggia al lavello sorseggiando una tazza di tè. «Le verruche sono sparite», le dico.

«Oh, Faith», si avvicina, «ma guarda! Te l'avevo detto che sarebbero scomparse un giorno!».

Mamma esamina le mani, ricordo che ho sognato di nuovo Eva. Cercava di raggiungermi, infrangendo la superficie dell'acqua mentre affondava. Volevo dirle che stavo arrivando. Urlavo in mezzo all'acqua torbida, le gridavo di resistere. Ma lei scuoteva la testa, come a dirmi che ero arrivata troppo tardi.

Le pozze gocciolano fino a sfiorare altre pozze, il sentiero del giardino e la strada sono infidi per la pioggia. Ho già scarpe e calzini zuppi. Mi tiro il cappuccio sopra la testa, mi metto meglio lo zaino e mi avvio verso la scuola – forse mamma mi sta tenendo d'occhio dalla finestra. Ma dopo un momento mi volto e supero in fretta la casa, seguendo il percorso che attraversa il campo fino all'argine e alla banchina.

Dall'altra parte di un indistinto muro d'acqua sbuca Ted. Avanza a fatica sotto la pioggia, diretto dalla parte opposta, tutto lucido con la sua tuta cerata. Mi congelo, il cuore che pompa più forte. Ma si ripara nel suo capanno senza accorgersi di me. Nella rimessa dei dinghy, sistemo lo zaino sotto una barca a remi rovesciata, afferro la canoa a un'estremità, la strattono con forza, ne saggio il peso. È scivolosa e scomoda, più pesante di quanto pensassi. Poco a poco, la trascino sul terreno, grattando su catene d'ancora e sassolini, sempre più vicino allo scivolo. Una donna mi passa accanto, sta portando a spasso il cane. Mi fermo, ma lei mi ignora. Il remo è infilato all'interno dell'imbarcazione, lo tiro fuori mentre metto la canoa in acqua.

Oscilla pericolosamente da una parte all'altra quando mi

sistemo sul basso sedile, infilando le gambe dentro il guscio di vetroresina. Puntello l'estremità del remo contro il letto del fiume per trovare l'equilibrio. Nuvole di fango vorticano verso la superficie increspata. Deglutisco, penso che faccio ancora a tempo a cambiare idea; potrei trascinare la canoa nella rimessa, riprendere lo zaino e andare a scuola.

Una spinta attenta con il remo e mi ritrovo a galleggiare. Adesso è troppo tardi. A ogni movimento che faccio la barca si inclina e il cuore mi salta in gola. Cerco di ricordarmi l'uomo in rosso, il modo in cui usava la pagaia, il movimento delle spalle mentre infilava un remo da un lato e poi dall'altro. Rimaneva perfettamente immobile, solo le sue braccia si muovevano, pareva un giocattolo a molla. Cerco di fare lo stesso. La canoa comincia a muoversi nella direzione giusta. L'acqua gocciola dal remo, mi bagna la manica, le onde si infrangono contro la fiancata. Sta entrando un sacco d'acqua, ricordo che il canoista aveva un'incerata intorno alla vita, sistemata a coprire l'apertura. Ma qui non c'è nessuna incerata. Continuo a pagaiare, accaldata per lo sforzo, la gonna dell'uniforme scolastica incollata sulla pelle arrossata delle gambe.

Sento la forza dell'onda e lotto per infilare più in profondità il remo, affrontando l'impeto della corrente. Un grande gabbiano si posa sull'acqua, vicino a me. Non oso guardarmi alle spalle per vedere quanta strada ho fatto, ma davanti c'è la linea in cui il fiume incontra il mare, e lì vicino c'è l'isola.

Supero barche ormeggiate con pontili vuoti che cigolano e le vele ammainate. Mi sento così piccola dentro la canoa; le barche sono grandissime, altissime. Un uomo si affaccia da una cabina e mi fissa con le mani sui fianchi. Lo ignoro. Qualcosa fende la superficie davanti alla prua e scivola via, tuffandosi sotto le onde. Mi congelo per un attimo, la pagaia sospesa a mezz'aria. Appare un muso, così vicino che vedo un naso simile a quello di un gatto e occhi liquidi. La foca si tuffa di nuovo. Lo scatto di una coda. Riesco quasi a sentire il suo corpo che si dimena sotto la canoa, l'invisibile rollio dei suoi movimenti. Trattengo il fiato, aspetto che riappaia. Penso di averla persa quando la testa scura si riaffaccia più in là, si volta a guardarmi e scompare.

È un messaggio da parte di Eva. Raddrizzo le spalle, afferro la pagaia con mani doloranti. Ci sono quasi. Mi do da fare con il remo, trovo il mio ritmo, mi dirigo verso l'isola. Adesso riesco a delineare i dettagli della spiaggia: i colori dei ciottoli che si fanno più nitidi, i contorni degli alberi e dei cespugli che mostrano le forme delle foglie. Alzo lo sguardo, voglio vedere le pagode. Sto lasciando il fiume ed entrando in mare. Qui le onde sono alte, quando la colpiscono la barca si sposta e sobbalza, l'acqua salata mi bagna.

Sento il ruggito di un motoscafo. La barca sbuca fuori dalla pioggia in un lampo. Da questa angolazione scorgo solo il ventre della prua affilata. Non riesco a vedere chi c'è alla guida. E loro non riescono a vedere me. Sembra che la barca mi stia venendo addosso, come una freccia. Non ho tempo di togliermi dalla sua rotta. Non ho tempo di urlare.

45

La voce di Billy rompe il silenzio. «Eva».

Sicuramente è solo un sogno. La gola mi brucia per la sete. La lingua è incollata alla parte superiore del palato.

«Eva».

Mi lecco le labbra e volto il capo lentamente, sbattendo gli occhi di fronte alla luce del primo mattino. Sono viva. La bottiglia scintilla davanti al mio volto. Un'ombra mi cade addosso. Percepisco un movimento contro la parete della fossa. Mi tiro sui gomiti, giro la testa e vedo una corda che ondeggia. Mi metto faticosamente a sedere, mi pulsa la testa. Billy mi guarda dall'alto, chino sopra di me, il volto rosso e distorto per l'angolazione strana. Indica la corda. «Afferrala».

È difficile mettersi in equilibrio, barcollo incerta sui piedi: mi fanno male tutte le ossa, tutti i muscoli tirano, tesi. Mi arrabatto con la corda, cerco di legarmela alla vita, sbuffo per la frustrazione. Billy mi urla delle istruzioni e alla fine ce la faccio. Mi attacco alla corda, mi abbandono, i miei piedi lasciano il terreno e vengo sollevata con strattoni irregolari, stretta alla fune, la corda mi morde la pelle. Mi graffio le ginocchia e i piedi contro il cemento, la corda si gira, scricchiola, mi fa oscillare da una parte all'altra. Sento Billy sopra di me, sbuffa per lo sforzo.

Quando raggiungo il bordo, si allunga, tende una mano per afferrarmi il maglione. È costretto a trascinarmi fuori, io non ho nemmeno un briciolo di forza, non posso aiutarlo. Mi distendo all'imbocco della fossa, la corda si ripiega sotto il mio corpo. Le prime cose che vedo sono i fili d'erba morti e rinsecchiti della mia scopa artigianale. Billy si accuccia al mio fianco, mi tira, mi fa stendere sul suo grembo, respira pesantemente.

«Mi dispiace», sta dicendo, la voce gonfia di emozione. «Mi dispiace così tanto».

È bagnato. Ha i vestiti zuppi. L'acqua gli scende sul volto, gli cola dai capelli. Mi stringe tra le braccia, non riesco a parlare. Scuoto la testa, mi abbandono contro di lui. «Pensavo che mi avessi lasciata», riesco a farfugliare.

Mi culla dolcemente. L'odore intenso del suo corpo è confortante, familiare. «Sei ferita?», chiede. Scuoto di nuovo la testa.

«Eri così immobile», dice. «Eva, ho pensato di averti uccisa».

«Volevo morire», gli dico.

Mi passa una bottiglia d'acqua e la bevo avidamente, lasciandola colare giù dal mento. «Non volevo lasciarti cadere», dice. «Non so che cos'è successo. Non ero in me».

Sono troppo esausta per muovermi. Rimaniamo dove siamo, Billy seduto e io distesa su di lui. Si piega sopra di me. «Sei tutto quello che ho», mormora e mi tocca la guancia. Sento il suono delle onde e della pioggia fuori e il suo respiro raschiante.

«Io non so chi ho», dico. «Proprio prima dell'incidente ho scoperto che la mia vera madre è morta. Mamma e papà non me l'hanno detto. Mi hanno fatto credere di essere i miei genitori. Per tutto questo tempo».

Rimane in silenzio. Sento il suo stomaco che borbotta, le sue labbra secche che sfregano tra loro. Penso che non mi abbia sentito, poi chiede: «Erano crudeli?»

«No», sono scioccata, mi tiro a sedere.

«Quindi ti volevano bene, si prendevano cura di te?»

«Sì», ammetto. «Ma avrebbero dovuto dirmi…».

«Perché?». Stringe gli occhi. «Forse avevano le loro ragioni».

«Ma non so chi siano i miei veri genitori…».

«Veri genitori?». Scuote la testa. «Sono loro i tuoi veri genitori… quelli che si sono presi cura di te. Tutto il resto è solo biologia».

Dopo un po' dice: «Come l'hai scoperto?».

Gli dico di Robert e di quello che è successo quella notte. Non pensavo che sarei mai riuscita a confessarlo a qualcuno. Non lo racconto molto bene. Parlo senza pensare e senza descrivere nulla, non cerco nemmeno di mettere un po' d'ordine nelle mie frasi. Le parole mi escono dalla bocca da sole. Mentre gli dico tutto, lui mi stringe più forte tra le braccia, alla fine mi tiene quasi con violenza, il mento premuto contro la mia testa, il suo respiro cambia, si fa più deciso, ma non dice nulla. Ascolta senza interrompere, mi lascia finire.

Poi si alza, allungando rigidamente le membra. Scuote la testa, mi guarda severo. «Forse non ho capito», dice, battendosi le dita contro la tempia. «Magari ho fatto confusione. Non c'ero quando avrei dovuto esserci».

Sta camminando su e giù per la pagoda, marciando come faceva sicuramente un tempo nell'esercito, e borbotta rabbiosamente tra sé e sé. Non so di che cosa sta parlando. Mi fa male il petto e sono stanca. Si deve essere ricordato di tirare dentro le coperte prima che piovesse. Mi butto sul morbido tessuto, tirandomene una sopra. Sento il giallo odore dolce dei fiori del ginestrone. Chiudo gli occhi, scivolando sul pavimento duro per trovare una posizione sul fianco che non mi faccia male. Lui si distende accanto a me e sono grata per il calore del suo corpo lungo la schiena. Il suo cuore batte contro la mia spina dorsale. Mi stringe, il suo braccio è pesante sopra la mia vita. «Tu diventerai qualcuno», mi dice, la voce attutita contro di me. Le vibrazioni delle sue parole si riverberano nelle mie ossa. «Diventerai una pittrice. Proprio come desideri. Un'artista. Non lo dimenticare. È importante».

Dopo un po' si allontana e si alza. Ho la schiena fredda senza di lui. Si piega. «Vado a controllare le trappole», dice. «Di sicuro stai morendo di fame».

Lo osservo lasciare la pagoda, dalle aperture sul tetto vedo la pioggia che cade fitta. La sento scrosciare sui ciottoli. Mi ricordo che ho sentito la pioggia ieri notte, distesa nel fosso, il suono mi era sembrato solitario e stranamente umano.

46

Il motoscafo sfreccia in una striscia bianca. Solleva un'onda che si alza contro di me. La canoa si ribalta con un brusco movimento. Finisco nel fiume, l'acqua nel naso e nella bocca.

Un rumore assordante. Sto cadendo nell'oscurità nera come l'inchiostro. Nuvole granulose turbinano tutto intorno. Agito freneticamente braccia e gambe. Riesco a vedere la luce sopra, il mondo più pallido di cielo e aria. Ma non posso raggiungerlo.

Un'ombra scura attraversa la luce: un naso appuntito. La canoa. Mi allungo verso la barca, mi riaffaccio in superficie, i polmoni vanno a fuoco. Li riempio di ossigeno. Le onde mi schiaffeggiano il volto, si richiudono sopra la mia testa. La pioggia cade furiosa. In lontananza le barche che galleggiano, l'agitarsi di vele lontane, una lingua di terra. E poi sto di nuovo affondando. Sono troppo pesante. L'acqua mi vuole, mi tira sotto con mani bagnate. Non vedo nulla. Ma sento delle cose che volteggiano intorno a me: pinne e squame, delle ali che sbattono, una coda che si muove.

Qualcosa si chiude intorno al mio braccio. Delle dita strette sulla pelle. Mi tirano verso la luce. Il bagliore diventa più intenso, ancora più intenso, fino a esplodere all'aria aperta. Il freddo sollievo dell'aria nei polmoni. Sto tossendo. Ho un braccio intorno al collo, fermo e inesorabile: mi dimeno e il braccio si stringe, e adesso non riesco a respirare. Mi abbandono e le mie gambe galleggiano dietro di me. La bocca scivola sotto l'acqua, bevo e tossisco. In preda al panico, infilo la mano in mezzo all'acqua e afferro una morbida manciata di terriccio liquido, i tondi contorni delle pietre. Scalcio e anche i miei piedi toccano terra. Adesso sto praticamente strisciando. Il braccio è ancora intorno al mio collo. Quando mi lascia andare sono in acqua poco profonda, sulle mani e sulle ginocchia, onde fredde mi sfiorano.

Alzo gli occhi. Un uomo si piega sopra di me. Ha il fiatone, è fradicio. Non riesco a vederlo in faccia, è coperto da peli folti e scuri. La pelle che intravedo in mezzo alla peluria è di cera, bluastra. I peli incolti della barba si muovono. Sta parlando ma non riesco a comprenderlo. Mi ricordo che gli hanno tagliato la lingua. Allunga le dita gonfie d'acqua nella mia direzione.

47

Clara è stufa della pioggia. Si volta dalla finestra, non vuole più vederla, ma non può allontanarsi dal rumore, dal suono battente e claustrofobico. È come se volesse prendersi la casa, spazzare via gli umani e tutti gli oggetti creati dall'uomo, rapirli e trascinarli verso l'oceano. Questa parte del Paese si trova sotto il livello del mare; le mura possono solo conquistare un po' di tempo, tenere indietro l'oceano più a lungo. È inutile combatterlo. L'acqua è insidiosa, potente, corrompe.

Accende la radio per distrarsi, ruota la manopola per cambiare stazione, alla ricerca di qualcosa che le faccia piacere sentire. Passa da un programma all'altro, non riesce a fermarsi su un canale. Un'improvvisa scarica statica la fa sobbalzare. Spegne la radio. Si prepara un'altra tazza di tè e la lascia raffreddare mentre pulisce la cucina, inciampando sul cane, raccogliendo le briciole della colazione, pulendo ogni superficie, buttando nella spazzatura pezzetti di toast. Ha appena aperto la lettera dell'agente immobiliare. A quanto pare la perizia non è andata bene. Il potenziale acquirente ha fatto un'offerta più bassa, dato che il tetto ha bisogno di lavori importanti e c'è un problema di umidità in cantina. «Ma certo che c'è umidità in cantina», dice ad alta voce, «praticamente viviamo in una palude!». La cantina si allaga diverse volte l'anno. La muffa nera si attacca alle pareti imbiancate, scrostando la vernice. Una fanghiglia verde si stende sul pavimento. Non possono tenerci nulla, laggiù.

Sophie non è venuta ad aiutarla a pulire. Deve aver dormito fino a tardi. Clara si è sentita sollevata quando non si è presentata ma adesso è irritata. Sophie ha dormito troppo diverse volte e spesso non porta a termine i suoi compiti. Non fa il suo lavoro. Clara sale le scale, superando gli scatoloni riempiti a metà sparsi qua e là per la sala. Non sa di preciso che cosa dirà a Sophie, ma *deve* dire qualcosa.

Bussa alla sua porta. Attende, la bocca secca. Nessuna risposta. Bussa di nuovo e gira la maniglia. Il letto è sfatto, le coperte riverse e ammucchiate. Fogli accartocciati, vecchie riviste e piatti sporchi sul pavimento. Tutti i cassetti sono aperti. Clara va a richiuderli e scopre che sono vuoti. Si avvicina al guardaroba, dentro grucce nude oscillano nel buio. In un angolo, un paio di scarpe sporche di fango abbandonate.

Il cuore di Clara batte più forte. Corre alle scale, controlla il bagno. Un rubinetto gocciola nella vasca. Si precipita di sotto, guarda in ogni stanza, la chiama. Nella casa c'è solo il rumore della pioggia. Risale lentamente le scale. Va in camera di Eva e si siede sul letto, solleva l'orsacchiotto e lo stringe forte contro il petto.

L'acqua cola lungo i vetri: una striscia liquida che serpeggia e si richiude improvvisamente. Clara la fissa, premendo la guancia contro la testa irregolare dell'orsacchiotto. Sophie se ne è andata. Scuote la testa. Perché ha scelto di sgattaiolare via nel cuore della notte? Se voleva andarsene, bastava dirlo. Clara si alza e cammina per la stanza. Dovrà chiamare l'agenzia. Spiegare che cosa è successo. Devono controllare che Sophie stia bene. Sente un brivido freddo attraversarle il corpo, trema. Un'inspiegabile sensazione di panico le si accende dentro. C'è qualcosa che non va. La scatola dei gioielli di Eva è aperta. Infila le dita in mezzo a quella confusione di orecchini rotti e braccialetti di poco valore. La confezione di velluto con le perle è scomparsa. Con dita tremanti, si guarda intorno; comincia a ispezionare i cassetti, guarda dentro il guardaroba, si rende conto che il miglior giaccone di lana di Eva non è più al suo posto, e non c'è neanche il logoro giacchetto di pelle; il vaso Lalique che lei e Max le avevano comprato a Parigi è stato preso dalla mensola. Pensa che dal cassetto manchi un maglione d'angora. Quello viola che Eva metteva sempre con i pantaloni rossi. Si siede di nuovo, ha l'impressione che le gambe stiano per cedere. Ha la nausea. Fa un profondo respiro, cercando di tenere sotto controllo la furia che le sta dilaniando le viscere. Sono solo delle cose, dice a se stessa, nient'altro che oggetti. Nessuno di essi conteneva Eva, la sua essenza, la sua vita. Si morde il labbro, si copre il volto con le mani e geme. Per tutto questo tempo Sophie è stata un'estranea in casa. Non l'hanno mai conosciuta. Si tocca la fronte, sentendo il dolore pulsante di un'emicrania in arrivo. Tutti sono degli estranei. Nessuno può mai conoscere un'altra persona, non sul serio. La gente è piena di contraddizioni. *È per questo che cerchiamo la sicurezza*, pensa con improvvisa chiarezza, *perché abbiamo bisogno di un approdo sicuro contro la terribile incertezza di tutto quanto*.

Ed Eva? Quando ha scoperto di essere stata adottata, di sicuro ogni sua certezza è stata distrutta. Lei, Clara, non è forse peggio di un ladro? Le ha rubato il passato, la sua famiglia. E le ha rubato la sua sicurezza, la sua conoscenza di se stessa.

Scende al piano di sotto, le gambe non reggono il suo peso, afferra il corrimano mentre gli scalini svaniscono e si muovono sotto di lei. Dovrà telefonare a Max e dirgli di Sophie, dovrà chiamare l'agenzia, forse persino la polizia. Appena lo prende in mano, il telefono squilla. Sorpresa, Clara rimane immobile per un secondo, fissandolo. Solleva la cornetta cautamente.

«Salve», dice una voce che non riconosce, «chiamo dalla scuola elementare St. Mark. Faith Gale era assente stamattina e non abbiamo ricevuto nessun avviso dai suoi genitori. Parlo con la signora Gale?».

48

L'Uomo Selvaggio mi porta dall'altra parte dell'isola. Ho freddo, sto tremando. Cammina in fretta senza aspettarmi e devo correre per non restare indietro. I miei piedi sguazzano nelle pozze, scivolando sul fango. Mi sta portando verso le pagode. Superiamo i ciottoli scricchiolanti, passiamo sopra il filo spinato irregolare, arriviamo sulla strada asfaltata. Lui affretta il passo, evita i crateri pieni di metallo contorto, detriti e macerie e vetri rotti. Non si guarda indietro. Superiamo capanni deserti e finestre vuote e pezzi di macchinari vecchi lasciati ad arrugginire nell'erba. Non c'è nessun segno di vita. Nemmeno un coniglio.

Quando arriviamo alla prima pagoda fa un passo indietro per lasciarmi passare per prima. La pioggia mi bagna il volto, mi scende sulla punta del naso, mi gocciola in bocca. Esito e mi fa un gesto impaziente con la mano. Le zanzariere oscillano su cardini spezzati. Mi muovo, inciampando sugli alti scalini per entrare. C'è uno stretto corridoio e aspetto che apra la porta, mi spinga davanti a lui, in una grande stanza.

«Guarda un po' cosa ho tirato fuori dall'acqua», dice quando entra alle mie spalle, chiudendo la porta.

Sbatto gli occhi nella debole luce, rabbrividendo. Un mucchio di coperte si sollevano nell'angolo, in mezzo al fagotto informe una creatura si alza lentamente. Emette uno strano rumore – per metà un pianto, per metà un singhiozzo – e tende le mani verso di me. «Faith», la sento ansimare. «Faith. Sei tu?».

Mi sento come in un sogno. Ma la bambina che cammina per la pagoda è reale. Si inginocchia davanti a me, mi fissa con gli occhi tondi, e lo vedo che è bagnata fradicia, i capelli e gli occhi scuriti dall'acqua. Sta tremando. Allungo le dita per toccarle il volto. La sua pelle è fredda. «Che ci fai qui?», riesco a malapena a dirle.

Si getta tra le mie braccia, il suo corpo pesante e bagnato per poco non mi fa cadere all'indietro. Seppellisco il volto nel suo collo, le mie labbra si poggiano sulla sua pelle salata. Sento il sapore del mare, e sotto, l'odore di casa. Si tira indietro per guardarmi. «Eva». Mi tocca i capelli, mi carezza la guancia. «Lo sapevo che eri qui. Lo sapevo».

Lancio un'occhiata a Billy. È appoggiato al muro, ci fissa, e non riesco a guardargli il volto, non riesco a immaginare che cosa sta pensando.

«Mia sorella», gli dico. «È mia sorella».

«Mi ha salvato», dice Faith, la sua voce è solo un basso ronzio contro il mio orecchio. «Sono caduta».

«Dio mio». La stringo forte, le scapole sporgenti premono contro la giacca dell'uniforme scolastica. «Non sa nuotare». Ciocche gelate di capelli mi finiscono in bocca. Seguo il percorso ossuto della sua spina dorsale, sfrego forte per cercare di riscaldarla.

«Che cosa facciamo?». Lo guardo, voglio studiare la sua espressione.

Lui scrolla le spalle. «Accendo il Primus. Preparo qualcosa da mangiare».

«Non capisci», dico. «La verranno a cercare».

Faith rimane in silenzio, mi abbraccia forte, la guancia premuta contro il petto. «Sei magra», dice. Sposto le mani sopra la sua testa, accarezzando i capelli annodati. Il suo corpo è scosso dagli spasmi, i denti battono senza sosta dietro le labbra blu, e penso che è sotto shock, forse persino in ipotermia.

«Dammi la tua coperta», gli dico. «È così fredda».

Un attimo dopo, Billy si china e raccoglie la sua giacca, viene verso di noi e si accovaccia al nostro capezzale. Gliela mette addosso, fissando il volto bianco di Faith. «Sei venuta qui per lei? Per tua sorella?».

Faith annuisce.

«Sapevi che non era morta?». Tocca Faith. «Riesci a vedere le cose, non è vero?».

Si tira indietro, si ritrae, e io le stringo addosso la giacca di Billy, sento il familiare odore della lana e della muffa. «Ma che cosa farai?». Guardo Billy. «Qualcuno di sicuro deve aver già denunciato la sua scomparsa. Forse hanno chiamato la polizia. La guardia costiera. Organizzeranno una ricerca».

Adesso fa un passo indietro, in piedi in fondo alla pagoda. Ma sembra rapito, allucinato, del tutto assorbito da Faith. Anche se il suo corpo è scosso dai tremiti del freddo, lei ha cominciato a canticchiare, la sua voce vibra contro le mie costole. È una delle sue vecchie canzoni. La musica che le dà conforto. Mormoro: «Va tutto bene, gamberetto. Andrà tutto bene». Mi alzo lentamente, lasciandola a terra per avvicinarmi a Billy.

Lei continua a fischiettare, e io ricordo luci fatate che scintillano su foglie verdi. Torte al limone e foxtrot intorno alle aiuole. Jack e nonna che si stringevano, vicini vicini.

«Billy...». Ho bisogno che capisca, devo scuoterlo dal suo sogno. «Verrà qualcuno...».

Solleva una mano per zittirmi. «Non ero un codardo, Eva». È di nuovo all'erta, mi prende il braccio, mi tira a sé, mi fissa negli occhi, ha un'espressione ansiosa dipinta in volto. «Quando volevano rimandarmi indietro, dopo che l'avevo uccisa, dopo il processo, sarei diventato subito un bersaglio per l'IRA. Ma non è stata quella la ragione per cui ho disertato. Non è che avessi paura». Mi sta stringendo così forte che mi fa male. «Non potevo lasciare che loro mi usassero di nuovo. Questo lo capisci, vero?». Ha gli occhi spalancati. Vedo me stessa catturata nelle sue pupille, simili a quelle di un girino. Anche lui mi sta fissando. «Dimmi che capisci».

Annuisco. Mi lascia il braccio, rilassa le spalle. «Faresti meglio ad andare». Inclina la testa a indicare Faith. «Prendila con te. Vai alla spiaggia. Là ti vedranno».

«Vieni con noi», dico. «Ti aiuteranno. Puoi risolvere tutto».

Scuote la testa. Faith si è avvicinata al bordo della fossa, la giacca troppo lunga è come uno strascico alle sue spalle. Fa scivolare la mano nella mia. Mi tira. «Eva. Non mi piace qui».

Billy mi guarda. «Andate».

«No». Mi mordo il labbro. «Ti prego. Vieni con noi. Non puoi continuare a scappare».

«Non è ancora finita», dice. «Non per me». Si avvicina. «Va tutto bene, Eva. L'ho sentita». Sorride. «È tornata. Sono stato colmato dalla sua voce. Anzi, più di una voce. Era come la luce del sole, come l'acqua, qualcosa che riempie ogni angolo. E so che cosa fare. Me l'ha detto».

Quando io e Faith usciamo il temporale si è trasformato in una nebbiosa pioggerellina. Sento le onde che si abbattono sulla spiaggia, il vento che soffia sulle pietre. Le sterne urlano in alto. Mi sento strana a lasciarlo qui. Io e Faith camminiamo sulla strada asfaltata mano nella mano, sento i piedi che calpestano i ciottoli, il mio cuore perde un battito. Ma non ci sta seguendo; cammina nell'altra direzione, verso la spiaggia opposta, quella che dà sull'oceano aperto. Supera il pendio verso le macchie di ginestrone, a testa bassa. Non si guarda indietro. «Dove va?», mi chiede Faith.

«Al mare», le dico.

«Oh, ma certo». Si volta a guardarlo.

«Faith», le stringo la mano, la fisso con grande attenzione. «Non parleremo di lui a nessuno. Non all'inizio, almeno».

Non mi guardo alle spalle, non fisso lo squadrato blocco di cemento con i piloni anch'essi di cemento e quello strano tetto dalla forma bizzarra. È un'immagine che porto impressa nella mente. Non riuscirò mai a dimenticare l'odore: ruggine, terra e umidità, la puzza della fossa e la sua solitaria vacuità. I miei disegni resteranno lì, dando forma alla nostra storia per chiunque vorrà vedere. L'ultimo è un angelo con le ali spiegate. Alla spiaggia, mi schermo gli occhi, guardo attraverso la pioggerellina verso la terraferma coperta dalle nubi.

Seconda parte

Ritrovata

49

Quando Clara apre la porta si trova davanti la figlia maggiore, avvolta in una vecchia giacca, le braccia strette intorno alla sorellina. Le sta sorridendo con il suo sorriso ampio, con i denti distanziati. Quello che Clara fissa nelle foto, quello che sogna di notte, convinta di non vederlo mai più. Eva tossisce, i capelli incolti le ricadono sul volto, e Clara si appoggia allo stipite di legno, le nocche sempre più bianche, come se cercasse di attaccarsi a quella visione. La sua bambina perduta è viva.

«Eva?». Le trema la voce.

In fondo al corridoio appare Max. Fa uno strano verso, il rumore gli muore in petto, ed Eva si raddrizza, cercando di sorridergli, asciugandosi la bocca con il dorso della mano. Clara ha l'impressione che l'aria stessa canti, avvolgendoli tutti nella stessa rete, gettando luce intorno alla sua famiglia mentre se ne stanno lì, all'ingresso, mezzo dentro e mezzo fuori dalla casa, fissandosi a vicenda. Una parte del suo cervello le dice che si ricorderà questo momento per sempre, e il momento stesso pare rallentare e cristallizzarsi. Ha smesso di piovere e il mondo è pieno di odori verdi e di una dolce nebbia. L'acqua scintilla sulle foglie e sull'erba, e dentro i capelli arruffati di Eva.

Faith stringe la mano di sua sorella, sorride d'eccitazione. Clara nota a malapena Ted in piedi sul sentiero del giardino. Tutta la sua attenzione è rivolta alle ragazze, attira ogni dettaglio nel suo sguardo famelico. Lei e Max fanno un passo avanti nello stesso istante, si impacciano a vicenda nello stretto passaggio, gomiti e spalle che sbattono tra loro mentre stringono le figlie. Non ci sono parole, solo suoni strozzati di sorpresa e sollievo che si alzano dalle loro gole. Clara sfrega la bocca sulla pelle delle sue figlie, le abbraccia, vuole stringerle a forza, mettersele dentro le costole, assorbirle nei suoi pori. Faith la spinge da sotto le spalle, la guancia di Eva premuta contro la sua, scivolosa di lacrime.

Quando rivedo mamma e papà, quando leggo il dolore sui loro volti, come posso essere arrabbiata? Non riesco a tornare all'isola, a risalire nel tempo per ritrovare la vecchia me stessa, le mie vecchie reazioni alle loro bugie. Non voglio farlo. Tutto è diverso adesso. Mi sono mancati. Ho voluto riabbracciarli ogni singolo momento che sono stata via. Mamma sta piangendo. Tutti piangiamo, ridiamo e piangiamo, e tutti ci abbracciamo all'ingresso della casa. Sono prigioniera in un intrico di membra e pelle e baci. I loro odori e le loro forme sono familiari e strani, sono di più e di meno di quanto ricordassi. Sembrano stanchi, papà è più pallido, più curvo di un tempo, e mamma è più magra, più abbronzata e meno curata. Continua a stringermi forte e poi mi fa fare un passo indietro, le sue dita mi stringono le braccia, mi fissa come se fossi un uccello raro e prezioso che volerebbe via se lo lasciasse andare.

Dentro la casa non riesco ad abbracciare con gli occhi tutto ciò che ho davanti. Andiamo in salotto, che in qualche modo mi sembra più piccolo. I colori sono troppo forti, mi sommergono, sono vividi, insistenti. Silver sta impazzendo, mi salta addosso, i suoi occhi sono accesi, la coda che batte frenetica in uno scoppio d'amore. Le sue unghie mi graffiano le gambe. Poi Faith lo porta via e sento i suoi guaiti attutiti dalla cucina. Mamma mi avvolge in una coperta, la stringe forte, e sento l'azzurro pulito del nostro detersivo. Tutto intorno a me, odori dimenticati mi fanno prudere il naso. Inalo caffè, moquette, profumo, cane. Papà prende una bottiglia di brandy dal mobile, lo versa nei bicchieri. Sento anche quell'odore, ricco e acuto in fondo alla gola.

Ted è entrato, si è accomodato su una poltrona, tende una mano per prendere un bicchiere da papà. Parla mentre sorseggia il suo drink. «Un uomo agli ormeggi… una giovane ragazza sola che se ne va verso il mare… canoa rossa». Ted si gratta il ginocchio con dita incerte. «Ho controllato la rimessa dei dinghy…». Fa l'occhiolino a Faith. «Ho beccato questa signorina sotto la pioggia che marinava la scuola…».

Sto cercando di ascoltare. I rumori sono troppo forti. È passato tanto tempo dall'ultima volta che ho sentito delle voci. Io e Billy restavamo spesso in silenzio. Parlava piano. Il mio mondo era fatto d'acqua, sferzato dal vento, ampio. Queste parole sbattono e si rivoltano nel mio cervello.

«Quindi sono andato sull'isola. Avevo il presentimento che l'avrei trovata lì», mi guarda, «ma non immaginavo certo che ci fossero tutte e due, se ne stavano mano nella mano come se mi stessero aspettando».

Mi siedo sul bracciolo del divano. Le mie gambe sono troppo deboli per sorreggermi. Mamma e papà mi stanno riempiendo di domande e io cerco di rispondere. Non riesco a smettere di battere i denti anche se non ho freddo. «Un uomo», riesco a dire. «Mi ha trovato, mi ha salvato la vita e poi non mi voleva lasciar andare». Non riesco a respirare. L'aria è soffocante. Mi scosto la coperta dal collo. «Mi ha tenuto nella pagoda…». Billy. Mi si chiude la gola. Ne esce un sospiro, duro, infuocato. E altri singhiozzi mi squarciano l'animo. Poi mamma mi stringe e piange e mi dice che non devo rispondere se non voglio. «Dopo», dice. «Prenditi tutto il tempo di cui hai bisogno».

«Vado a chiamare la polizia». Papà diventa serio: la sua bocca trema, si piega. «Devono venire qui».

«Vado a prepararti un bagno, tesoro, vuoi?», chiede mamma, accarezzandomi il braccio.

Annuisco. «Mi piacerebbe vedere la mia stanza».

«L'abbiamo lasciata esattamente com'era». Mamma mi abbraccia di nuovo, tremando. «Sei così magra», sussurra. «Hai fame? Che cosa ti va?».

Sono stanca, esausta. È una sensazione strana ritornare alla mia vecchia vita. Gli oggetti sono gli stessi ma io sono diversa e così sono diversi anche loro. Devo stare da sola. Sento mamma che chiama Faith, le dice di lasciarmi in pace per un attimo. La porta si chiude alle mie spalle. Mi appoggio allo stipite, mi guardo intorno. Lo specchio in camera scintilla, il vetro illuminato dai riflessi della stanza. Trattengo il fiato quando mi avvicino e la cornice si riempie: una figura umana che nuota verso di me.

Sopra i trucchi, gli smalti e i gioielli, una ragazza selvaggia mi restituisce lo sguardo. Un volto pieno di ossa, spigoloso, la pelle tirata. Gli occhi giganteschi in cavità scure. Un mucchio di capelli scompigliati e luridi le scendono intorno al volto, sfiorandole la schiena con punte sfibrate e annodate. Sbatto gli occhi e mi avvicino fino ad appannare il riflesso con il mio respiro. Sento il gelo del vetro che mi bacia le labbra, mi tiro indietro e mi porto le mani al volto, faccio scorrere le dita sul calore vivido di naso e guance. È il mio volto, i miei occhi che mi guardano dallo specchio con lo scintillio ferale di un animale. Ci vedo Billy là dentro. I suoi lineamenti si sovrappongono ai miei, le linee e le rientranze del suo volto toccano le mie come un'eco.

50

Mi hanno tenuta in ospedale. Hanno detto che avevo la polmonite ed ero malnutrita. Mi hanno infilato una flebo in vena. La sala d'attesa dell'ospedale risuonava di mille voci. I suoni dall'esterno premevano alle finestre: il traffico, i clacson e le sirene. Anche di notte c'era un borbottio di sottofondo: i generatori e i motori. Mi ferivano le orecchie. Le lenzuola erano pulite. Il tessuto ruvido mi dava fastidio sulla pelle appena strofinata, levigata.

I giornalisti volevano parlarmi, ma papà non lo ha permesso. È arrivata la polizia. Ho risposto alle loro domande su Billy. Ho pensato che sarebbe stato meglio se lo avessero trovato. Forse potrebbero aiutarlo; così non dovrebbe più scappare. Tutti mi hanno chiesto se mi ha fatto male: la polizia, i dottori, papà. Quando me lo chiedevano facevano una faccia strana. Ho scosso la testa. Di notte, sentendo le infermiere che solcavano con passi efficienti il pavimento e sussurravano, mi sono chiesta dove fosse Billy, quanto ci avrebbero messo a prenderlo.

Il giorno in cui mi hanno ritrovata c'è stata una caccia all'uomo, la gente del posto si è unita alla polizia per cercarlo. È andato anche papà. L'ho implorato di non farlo. Ha stretto la bocca. «È necessario trovarlo, Eva. Quello che ha fatto è imperdonabile». La voce di papà si è spezzata mentre mi teneva tra le braccia, sentivo il battito potente del cuore che si riempiva e si svuotava contro le mie costole. «Devo farlo». Mi ha guardato, gli occhi accesi. «Torno presto».

È ricomparso ore dopo, sporco di fango, stanco, deluso. La caccia non aveva dato frutti.

Oggi mamma e papà mi portano via dall'ospedale. Mi sembra uno di quei sogni che facevo sull'isola. Mentre percorriamo il sentiero del giardino fisso la casa. Il sole dell'autunno scintilla dorato sulle finestre. Non è cambiato nulla: ancora la pallida, consunta consistenza dei mattoni e i viticci del glicine che cresce fin sopra la porta d'ingresso. Tutto è esattamente come lo ho immaginato in questi mesi. Silver abbaia. Appena apriamo la porta mi salta addosso, mi mette le sue zampe da dinosauro sul petto, per poco non mi fa cadere. La sua bocca si apre in una smorfia sorridente, gli occhi ambrati fissi nei miei.

«Be'», ride mamma. «Dunque è così. Adesso che sei tornata io sono la seconda scelta».

La casa, che per tutta la vita mi è sembrata fredda e piena di spifferi, mi racchiude tra le sue mura spesse, a prova di vento. Mi sorprende ancora la meraviglia di toccare un rubinetto e vedere uscire l'acqua fresca da bere, l'acqua calda in cui immergersi. Mi fa male la schiena, il materasso è troppo morbido. Mi hanno detto di introdurre cibi diversi nella mia dieta in modo graduale, perché tutto quanto è troppo ricco per il mio stomaco. Sono stupefatta dalle scelte che all'improvviso ho a disposizione, le richieste che mi pongono con la loro semplice esistenza. A volte vado nel panico e devo chiudere gli occhi e immaginare di essere ancora sull'isola. Respiro a fondo, ricordando i suoni del mare, del vento sui ciottoli, delle ali che si spiegano.

Camera mia è diversa da come la ricordavo: più piccola, più sciatta. Più infantile. Tocco le cose, faccio scorrere le dita sopra la rosa del deserto di cristallo, mi provo un sacco di braccialetti, sfioro i vestiti nei cassetti. Non sembrano più miei. Abbraccio il vecchio orsacchiotto, in piedi davanti alla finestra guardo in fondo al giardino, verso gli acquitrini, verso il mare. L'isola è una massa scura, stretta tra cielo e orizzonte. Un giorno, probabilmente quando sarò molto vecchia o morta, l'isola scomparirà. La pagoda sarà inghiottita dall'acqua, le stelle marine si attaccheranno ai tubi arrugginiti, branchi di pesci saetteranno nelle stanze, delle pinne sfioreranno i miei dipinti della caverna, erodendo la storia di me e di Billy.

Faith bussa alla porta. Entra lentamente, mi guarda da sotto i capelli pallidi, improvvisamente timida. Le faccio segno di sedersi, rimaniamo fianco a fianco sul letto, a gambe incrociate, dei grandi sorrisi sui volti. «Non riesco a credere che sei davvero qui», dice.

«Meglio se ti ci abitui», le rispondo. «Perché non vado più da nessuna parte. Almeno per un bel pezzo».

«Eva». Allunga una mano per toccarmi, le sue dita sono un sussurro sulla mia pelle. Mi mordo il labbro, pensando a quanto è strano che non abbiamo in comune neppure una goccia di sangue. Ma siamo cresciute assieme, abitiamo gli stessi ricordi, amiamo gli stessi genitori e ci amiamo a vicenda. E questo è più che sufficiente, no? È mia sorella. Sono sicura che non gli abbiano confessato niente sulla mia storia. Avrebbe detto qualcosa. Faith non riesce a nascondermi nulla. Devo dirglielo io? Ma adesso non ce la faccio. Non ancora. La abbraccio. «Sei stata molto coraggiosa a venirmi a prendere». Premo la bocca contro i suoi capelli ispidi. «Non lo scorderò mai».

«E Marco?». Si tira indietro, mi guarda intensamente. «Ho il suo indirizzo».

«Davvero?». Sono sorpresa di sentire il suo nome, sono sorpresa che Faith se lo ricordi. Scuoto la testa. «È finita, Faith. Non voglio parlarne».

Sembra delusa. «Ma perché è finita? È venuto al fiume. Ti ama».

«Davvero? Be'», mi costringo a sorridere, «non sono più la stessa persona. Lascia perdere, Faith. Va bene?»

«Lo verrà a sapere», mormora. «Sei su tutti i giornali. Scoprirà che non sei annegata. Che sei a casa».

La spingo giù dal letto proprio come avrei fatto un tempo. Finisce a terra a bocca aperta. E poi mi sorride.

«Devi pensare un po' di più alla tua vita invece che alla mia». Sollevo le sopracciglia. «E tu che hai fatto in tutti questi mesi? Hai imparato qualche nuovo valzer o qualche charleston?»

«Nonna e Jack non possono più insegnarmi». Si gratta il naso. «Idiota».

Adesso stiamo giocando, troviamo un modo condiviso di esistere, ricordiamo i nostri ritmi. È così che siamo insieme. È come una danza.

«Non lo sai che esistono dei corsi? Non te l'hanno mai detto?». Mi metto le mani sui fianchi. «Chiedi a mamma di iscriverti da qualche parte. Sei brava, Faith. Hai talento».

Ma certo che penso a Marco. Faith probabilmente ha ragione. Leggerà qualche articolo sul giornale, ne sentirà parlare da qualcuno. Una parte di me si aspetta che mi cerchi.

I giornali adorano le storie come la mia: rapimenti, persone che tornano dalla morte. Mi hanno chiamato molte testate offrendomi dei soldi per l'esclusiva. Papà gli ha detto di lasciarmi in pace, ma in privato dice che se mi verrà mai voglia di raccontare la mia versione dei fatti e mettere da parte un po' di soldi, be', allora potremo parlarne, scegliere il giornale giusto o persino trovare un accordo editoriale. «Ma non ancora», dice. «Prenditi un po' di tempo. Per sentirti di nuovo a casa». Finalmente mi tratta da adulta. È bello. Ma devo ancora chiedergli cosa è successo quando ero piccola. Come hanno fatto a diventare i miei genitori. Ci sono così tante cose da affrontare, troppi sentimenti intrecciati.

I giornali parlano solo di Billy, il mio «malvagio rapitore». Ci sono delle foto di lui in uniforme sbattute in prima pagina. Un articolo dice che Billy aveva un'impeccabile carriera fino al momento della sparatoria. Molto popolare tra i suoi commilitoni, aveva agito «in modo per lui insolito e improvviso» nel corso della tragica uccisione di civili al checkpoint. Non era stato riconosciuto colpevole dalla corte marziale ed era stato giudicato in grado di tornare in servizio nell'Irlanda del Nord. Dopo di che Billy non si era presentato in caserma ed era svanito nel nulla. A seconda dei giornali, è «instabile», un «esperto in tecniche di sopravvivenza», un «pericolo per la società» o «emotivamente compromesso». Fisso la sua fotografia e vedo un ragazzo qualsiasi, ben rasato e molto sveglio, con l'uniforme. Guarda dritto nell'obiettivo con espressione seria. Sconvolta cerco il Billy che conosco dentro gli occhi sgranati che mi fissano dalla pagina.

Piove di nuovo. Distesa nel tepore del mio letto ascolto il rumore dell'acqua che picchia sui vetri. Immagino i ruscelli e le pozze di fango negli acquitrini che si gonfiano, il terreno nel giardino oscuro che si ammorbidisce e si trasforma in fanghiglia sotto l'acquazzone. Il mare si abbatte con violenza sulla spiaggia di pietre dell'isola. So che le mura della pagoda sono umide e fredde, le ombre si muovono quando gli uccelli entrano dall'apertura sotto il tetto, alla ricerca di un riparo.

Dov'è Billy? Hanno setacciato l'isola. Tutta l'area brulica di poliziotti. A volte mi chiedo se ha cercato di attraversare la Manica con la sua barca e se è annegato. Mi dico che è più probabile che sia scomparso nei boschi o nelle paludi, dormendo dove capita, mangiando ciò che trova, infilandosi in qualche nuovo nascondiglio. O forse se ne è andato dal Suffolk e sta tornando verso nord, da dove proviene. Forse là c'è un amico o un parente che gli offrirà riparo. Stringo le lenzuola tra le dita. Non riesco a dormire.

Un rumore fuori. Sembra il suono metallico del coperchio di un secchio dell'immondizia. Mi paralizzo sotto le coperte, le orecchie tese al massimo. Penso di udire un movimento debole e furtivo. Dei passi sul terreno zuppo. Mi alzo e attraverso il pavimento illuminato dalla luna fino alla finestra. Tiro indietro la tenda e osservo le nere profondità del giardino. Non vedo niente. Il mio primo pensiero è che potrebbe essere Billy e il mio cuore fa un salto. Ma poi mi copro la bocca con la mano perché un'improvvisa certezza mi riempie. Laggiù c'è Robert Smith. Il pensiero mi fa venire la nausea. Lascio la tenda, faccio un passo indietro. Non so cosa fare perché anche se non è nel mio giardino e non sta rovesciando i coperchi dei secchi, prima o poi lo vedrò, mi verrà incontro da sotto la pensilina della fermata dell'autobus oppure si fermerà al mio fianco in motorino. Ci sarà sempre, con i suoi occhi consapevoli e il suo sguardo lascivo. E non so se posso sopportarlo.

51

Hanno detto che non è stato l'Uomo Selvatico a prendere Eva. Era uno che si chiamava Billy. Ma l'ho riconosciuto appena l'ho visto sull'isola: il volto del fiume, il volto dei miei sogni, vecchio di centinaia di anni. Non lo troveranno mai. Non proviene da questo mondo. È scomparso nel fiume di nuovo, oscuro e invisibile come una foca.

La polizia ha fatto a Eva un sacco di domande su di lui, ma hanno dovuto interrogarla in ospedale perché stava male. Tutti siamo andati a trovarla, le abbiamo portato dei dolci e ci siamo seduti accanto al letto per tenerle compagnia. Sembrava diversa: più calma, più triste. I suoi occhi vedevano tutto, vigili, sospettosi. Mi ha fatto pensare a un cervo in una radura. Mamma piangeva in macchina di ritorno dalle visite in ospedale, singhiozzava sul sedile davanti, e papà si sporgeva verso di lei e le metteva la mano sul ginocchio. Lei e papà discutevano a casa, dietro le porte chiuse.

Non mi hanno fatto andare a scuola per un po'. Poi tutto è tornato come al solito. Ho varcato i cancelli del cortile il primo giorno, lo zaino sulle spalle, la testa bassa come al solito. Ma dritto davanti a me si era riunita una folla. Volevano sapere che cosa era successo, tutti i dettagli. Mi sentivo un'eroina. Tutti erano carini con me. Anche gli insegnanti. Mi trattavano come se fossi una persona importante. I miei compagni di scuola si volevano sedere accanto a me, mi volevano parlare, anche quelli che di solito mi ignoravano. A pranzo mi hanno invitato a tre tavoli diversi, contemporaneamente.

Le uniche a non venire da me sono state Joanna ed Ellie. Si sono tenute in disparte, imbronciate in un angolino, scoccavano occhiate tetre nella mia direzione. All'uscita le ho beccate che sussurravano in corridoio. Sembrava che Joanna avesse pianto. Mi sono fermata per chiederle che cosa avesse.

«Non sono affari tuoi», ha detto, gli occhi cerchiati di rosso.

«È suo cugino», ha detto Ellie, mettendo un braccio intorno alle spalle di Joanna. «Suo cugino è scomparso».

«Chi è suo cugino?»

«Lo sai», ha sussurrato Ellie. «Robert. Robert Smith. Nessuno sa dov'è finito».

Mi acciglio. «Forse se ne è andato con la mia ragazza alla pari. Anche lei è scomparsa. E stavano... uscivano insieme, credo».

«Non dire stupidaggini», ha detto Joanna. «Non se ne sarebbe mai andato con lei. Odia il cibo straniero e tutta quella roba. E comunque, è scomparso ieri sera, mentre andava a salutare un amico. Hanno trovato il suo motorino e il casco abbandonati così, buttati sul ciglio della strada. Amava quel motorino. Non lo avrebbe mai lasciato in quel modo, con le chiavi inserite».

«Tornerà», ha detto Ellie con voce calda, per tranquillizzare Joanna. Si è voltata verso di me e ha sollevato le sopracciglia, mi ha fatto l'occhiolino.

Mi sono ricordata di Robert che incombeva su di me sul sentiero bagnato del giardino. Più di tutto il resto ricordavo il suo culo nudo, i peli in fondo alla schiena, simili a una coda.

Dopo scuola trovo mamma, papà ed Eva che mi aspettano in cucina. Papà ha fatto una torta. Sento l'odore delle ciliegie, il sapore burroso del pan di Spagna caldo. Mamma sta camminando su e giù intorno al tavolo, gioca con l'anello e l'orologio, intreccia e riapre le mani. Silver è nella sua cuccia; sbatte la coda quando mi vede, fa un gran rumore sul pavimento.

Papà si schiarisce la gola e ci fa segno di sederci. «Io e mamma dobbiamo parlarvi. È una cosa che avremmo dovuto dirvi tanto tempo fa, a entrambe».

Io ed Eva prendiamo le sedie a un'estremità del tavolo e papà e mamma si siedono dal lato opposto. Siamo di nuovo noi quattro, tutti insieme, proprio come volevo; ma mi sembra sbagliato, rigido e formale come un dipinto vecchio stile. Sono spaventata. Alzo lo sguardo su Eva, in cerca di aiuto, ma lei continua a fissare un graffio sul tavolo. Papà si schiarisce la gola.

«Quando ci siamo sposati», dice, «io e mamma volevamo formare una famiglia. Desideravamo moltissimo un figlio. Ma non è successo. Ci sono state delle gravidanze. Ma...», guarda mamma, «abbiamo perso i bambini».

Mamma sbatte gli occhi, guarda Eva, poi si volta. Per un secondo immagino mamma e papà che con aria assente si scordano i figli in un supermercato, vicino al fiume, magari sul treno. Ma poi capisco che vuol dire che i bambini sono morti e non riesco a immaginare che cosa è successo e voglio chiedere se sono morti nella pancia della mamma e perché. Ma papà sta già dicendo qualcos'altro. «E poi ho conosciuto una giovane donna, si chiamava Suky, che non era sposata ma era incinta». Si sfrega il naso. «Voleva che crescessimo noi sua figlia. La bambina era Eva».

«Ed è morta?», chiede Eva, con una vocetta sottile. «Mia madre?».

Papà annuisce. «Mi dispiace».

Eva ha stretto i pugni, li tiene sul tavolo, le unghie conficcate nella pelle. «Quindi, quella ragazza, Suky. Era mia madre?». Eva è ferita. «La mia vera madre?».

Papà tossisce, come se si fosse strozzato con un pezzo di torta, solo che non sta mangiando proprio niente. Si sporge sul tavolo. «Sì», dice. «Suky era tua madre». Tocca le mani di Eva. «È morta appena dopo averti partorito».

«È solo colpa mia se non ti abbiamo detto che sei stata adottata». Mamma sta parlando molto velocemente. «Papà voleva dirtelo. Ma io ti sentivo come una figlia mia». La sua voce trema, traballa. «Non volevo che tu pensassi di non far parte della nostra famiglia. Non volevo che lo pensasse *nessu-*

no». Ha il naso rosso, si sforza di tirare fuori le parole: «Non volevo che pensassi che... che non ti amavamo esattamente come amiamo tua sorella».

Papà guarda me ed Eva, le sopracciglia che si uniscono in un'espressione incerta. «Puoi farci tutte le domande che vuoi».

«Perché mia madre non mi voleva?». La voce di Eva sembra provenire da una grandissima distanza.

«Oh, tesoro». Gli occhi di mamma brillano, gonfi di lacrime. «Non voleva darti via! So che ti voleva bene».

Mi sposto sulla sedia, infilo i pollici sotto il bordo del tavolo.

Mamma congiunge le mani sotto il mento, come se stesse pregando. «Ma era poco più grande di te adesso». È china su se stessa, guarda Eva negli occhi. Lei pare non accorgersi delle lacrime che le rigano le guance. «Senza alcun supporto, senza una famiglia che badasse a lei, non aveva scelta».

«Le cose erano molto diverse negli anni Sessanta», dice papà. «Il posto in cui stava, la casa per le madri non sposate...». Si interrompe, accigliato. «Non era un bel posto. Tua madre e io ci siamo sempre sentiti fortunati, ma allo stesso tempo... non lo so, ci siamo anche sentiti in colpa, suppongo, per averti avuto in dono».

«In colpa?». Eva si raddrizza. «Allora mi avete rubato?».

Mamma fa un verso strano, come se qualcuno le avesse dato un pugno nello stomaco lasciandola senza fiato. «No! No, era un'adozione. Suky. Tua madre. Lei era d'accordo. E anche tuo zio».

«Non ci sono documenti precisi, temo». Papà abbassa la testa, parla con un sussurro. «È sempre stata una nostra paura, che qualcuno della famiglia di tua madre potesse venire a reclamarti».

Eva si fissa di nuovo le mani. «Adesso non è più un problema, in ogni caso», dice lentamente. «Ora posso vivere con chi voglio, non è vero?».

Papà annuisce. Noto che sta stringendo le dita di mamma tra le sue. Li fisso, tutti e tre, esamino i dettagli dei loro volti.

Vedo delle cose che ho sempre saputo ma non ho mai preso in considerazione come si deve: Eva è tutto ciò che io non sono. Scura, bellissima e forte. Non possiamo avere alcun legame di sangue. È impossibile. Si piega sul tavolo, fissa i piccoli segni rossi che si è scavata nelle mani. Temo che stia per alzarsi e andarsene, che vada a cercare l'altra famiglia. Anche se sua madre è morta, avrà pur sempre dei familiari, zii, cugini, nonne e nonni, forse, gente che non avrà nulla a che vedere con mamma e papà. Questo pensiero mi fa cadere nel panico. Mi sembra che Eva sia di nuovo lontanissima. Voglio dire qualcosa per convincerla a restare. La mia mente è vuota, sento il mio corpo che diventa sempre più caldo, sempre più caldo.

«Com'era mia madre?».

Sospiro, l'aria che sibila fuori dai polmoni. Eva non è scappata via di corsa; rimane sulla sua sedia, i gomiti appoggiati sul tavolo, fa altre domande di cui però mamma e papà non conoscono la risposta. Papà dice che Eva ha uno zio nel Berkshire, e che possono contattarlo, lui dovrebbe essere in grado di rispondere ad altre domande su Suky. Fa un cenno a Eva. «Lo hai già conosciuto, no? Non è stato lui a dirti dell'adozione?».

Eva deglutisce, e la sento che si irrigidisce. «No», dice. «No, non l'ho mai incontrato».

«Ma allora», papà è perplesso, «chi te l'ha detto?»

«Uno del villaggio». Eva si sposta sulla sedia. «Quell'uomo, mio zio… penso che abbia detto qualcosa al barista del pub, il giorno in cui è venuto a vedermi. Quando ero una bambina».

«Chiacchiere di villaggio». Mamma è pallida. «Lo sanno tutti?»

«Non ha importanza», dice papà. «Non abbiamo nulla di cui vergognarci. E questo vale per tutti noi».

Nessuno sta mangiando la torta. Neanche un pezzetto. Sento l'odore dolciastro nell'aria, ho l'acquolina in bocca. È solo una storia, mi rendo conto. Una storia sugli inizi di Eva, come una di quelle introduzioni che trovi nelle guide. Un racconto. Non parla di oggi; non si tratta della sua vera vita insieme a noi, di tutti gli anni in cui siamo stati una famiglia, crescendo e litigando e facendo cose assieme, componendo dei ricordi.

«È ancora mia sorella, sì?», chiedo.

«Certo», dice mamma, asciugandosi gli occhi. «Ma certo che sì».

Eva si volta. «Tu vuoi che io sia tua sorella?».

Annuisco, mi sputo sul palmo e glielo tendo. Lei fa lo stesso. Uniamo le dita, stringendo i palmi bagnati delle mani.

«Un'ultima cosa», dice papà. «Dobbiamo decidere se vendere la casa o meno».

«Possiamo tirarci fuori adesso?». Mamma sembra sorpresa.

«Ma certo», dice papà. «È casa nostra. Possiamo pagare quella maledetta valutazione. Rimborsare le spese».

Facciamo una votazione. Tutti vogliamo restare a Holt House. Non riesco nemmeno a immaginare di vivere da un'altra parte, di non poter sentire il mare dalla mia camera, di non poterlo vedere dalla mia finestra.

«Sei sicura?», chiede mamma a Eva.

«Questa è casa mia», dice lei.

Papà taglia un'enorme fetta di torta e se la ficca dritto in bocca, le molliche gli cadono sul mento, pezzi umidi di ciliegie precipitano sul piatto.

52

Il dolore dentro è finito. Clara dorme bene la notte. Lei e Max rotolano nello stesso angolino caldo nel mezzo del letto invece di aggrapparsi ognuno al suo bordo. Dormono vicini vicini, stretti l'uno all'altra, in un groviglio di membra. Non ci sono più sogni in cui frusciano le vesti delle suore, non ci sono più sospiri furtivi e le urla piene di dolore di Eva.

Suky è scomparsa. Clara è tornata in sé; i confini del suo essere e della sua pelle sono intatti e separati. A volte ha l'impressione di vedere capelli biondi che tremolano ai confini del suo campo visivo, un lampo luminoso negli angoli oscuri, nelle ombre. Quando è da sola forse avverte la debole eco persistente di una madre che mormora dolci parole alla figlia, mezze canzoni e promesse d'amore e protezione.

Clara vorrebbe essere in grado di dire a Eva di Suky. Ma non ha nessuna informazione, nessun evento, solo la segreta conoscenza dei sogni. Max ha suggerito a Eva di contattare Charles dato che è suo fratello, avrà album di fotografie, storie, forse un albero genealogico da offrirle. Ma Eva sembra riluttante all'idea di parlare con Charles. «Diamole un po' di tempo per pensarci», ha detto Max. «È una bella montagna da scalare tutta in una volta. Ha dovuto superare così tante prove. E poi è grande ormai, no? Può decidere da sola».

Clara osserva attentamente Eva, alla ricerca dei segni di un trauma, delle conseguenze della sua esperienza che si stanno materializzando come danni, ferite. Eva è diversa. È più riflessiva, meno pronta alla rabbia, fa più affidamento sui suoi mezzi rispetto a prima. Non sembra spaventata. Si arrabbia soltanto quando la gente dice qualcosa di negativo su Billy. È stranamente protettiva nei suoi confronti. «Deve essere la sindrome di Stoccolma», sussurra a Max, «come Patty Hearst». Clara pensa che è sempre meglio di quello che poteva capitare. Si rifiuta di pensare a quello che è successo a sua figlia in quel bunker di cemento deserto. Quando pensa al giovane uomo che ha rapito Eva, Clara prova uno strano senso di gratitudine. Ha tenuto Eva al sicuro. E alla fine ha salvato la vita alle sue figlie. L'esperienza che Eva ha vissuto le ha donato una gravità nuova. Il suo aspetto fisico in verità dice l'opposto, e Clara sta cercando di farle mettere un po' di carne sopra le ossa. Offre a Eva pasti regolari, vitamine, bevande calde con l'aggiunta di integratori alimentari. Quando si siede di fronte alle sue ragazze, e osserva Eva e Faith insieme – di nuovo una famiglia, mentre mangiano e parlano, condividendo dei momenti di semplice quotidianità – Clara ha l'impressione di aver capito cos'è la felicità.

Max si è svegliato con un ricordo di Eva aggrappata all'albero della barca, acqua impetuosa dappertutto, lei che lo guardava sibilando: «Ti odio». Il giubbotto salvagente arancione e bagnato, ben assicurato, la cintura chiusa in vita. Lo aveva sempre saputo, il suo cervello nascondeva a se stesso quel ricordo. Adesso l'intera giornata è limpida, fino al momento in cui la barca si è rovesciata e qualcosa lo ha colpito sulla nuca. Ricorda gli occhi gonfi di Eva e il suo volto imbronciato. Avrebbe dovuto chiederle che cosa avesse, costringerla a dirglielo. Ma desiderava troppo uscire in barca, moriva dalla voglia di andare in mare per la prima volta quell'anno. Non si era accorto dei segnali di pericolo: il cielo che si scuriva e le onde inquiete. Peggio di tutto, aveva ignorato la strana espressione di Eva, il suo silenzio.

Eva ha spiegato che Billy l'ha trovata sulla spiaggia. «Mi ha salvato la vita», ha detto. Quell'uomo avrebbe potuto diventare un eroe, pensa Max; e invece aveva gettato il suo giubbotto salvagente in mare, tenendola prigioniera in un luogo primitivo e insalubre. Aveva lasciato che la sua famiglia pensasse che fosse morta. Billy si era comportato in modo deliberatamente crudele. Malvagio. Cattivo. Max si ripete quelle parole tra sé e sé.

La sua rabbia è un sollievo. Dopo tutti questi mesi di incertezza passiva, in mezzo al corrotto, logorante senso di colpa, schiacciato dal peso delle sue responsabilità, vuole fare qualcosa. Vuole trovare Billy e punirlo. È un criminale. La polizia se l'è fatto scappare. Max legge ogni giornale, è frustrato quando gli articoli sul rapimento iniziano a scemare rimpiazzati da notizie più fresche. Ha un raccoglitore pieno di ritagli su Billy. Telefona ogni giorno alla stazione di polizia locale, pretende di sapere quali informazioni sono venute alla luce. Voleva prendere una barca in prestito per raggiungere l'isola. Cercare da solo delle tracce del rapimento, degli indizi che potessero dirgli dove si trova Billy, ma l'isola è off limits e Clara l'ha scongiurato di non andare. «Sarà sconvolgente. Disturbante. E non troverai nulla che la polizia non abbia già trovato».

Eva entra nello studio mentre lui legge un articolo sulla vita di Billy prima dell'esercito, il raccoglitore aperto sul tavolo, un taccuino pieno di scritte accanto. Sua figlia si schiarisce la gola e lui alza gli occhi, le mani strette a pugno, l'articolo in mezzo.

«Basta». Eva si sporge in avanti e tira via il foglio. Le dita di Max si stringono meccanicamente, la carta si strappa; Eva rimane in piedi, rossa in viso, con un brandello tra le mani. «Che stai facendo?». Accartoccia violentemente il foglio. «Smettila. È finita. Sono a casa adesso. Non è questa la cosa importante?».

Lui si sfrega con forza la fronte. «Ma certo. Ma certo che è la cosa importante».

«E allora piantala con questa ossessione su Billy».

Max sussulta.

«Lo vedi? Non riesci neppure a sentir pronunciare il suo nome».

Max si passa la lingua sui denti. «Non posso farci niente. È quello che provo... come padre. Voglio ucciderlo. Quando penso a te lì...».

«No». Eva scivola sulla sedia accanto a lui, chiude con uno scatto il taccuino, allarga la mano sulla copertina.

«Che tipo di potere aveva su di te?», chiede con calma Max. Fa fatica a tenere sotto controllo la voce. «Quando sei tornata da noi, eri piena di ferite. Così tante che avevi la schiena e i fianchi neri. E ti si contavano le costole. Sembravi una bambina che moriva di fame...». Un singhiozzo di dolore gli blocca la gola.

Eva gli posa le dita sulle labbra. Le tiene lì, leggere e fresche, sulla sua pelle. «Lo so che quello che ha fatto era... sbagliato. Ma non ti perdonerò mai se gli farai del male», dice. «Tu non capisci. Nessuno capisce». Deglutisce, si tira su, la schiena dritta, distoglie lo sguardo. «E questo mi fa sentire così sola».

«Non capisco. Hai ragione». Max abbassa il capo. «Ma mi sforzerò», le promette. «E cercherò di dimenticare. Per te».

Si rende conto che non è più una bambina. Allunga la mano, le sfiora i capelli tagliati da poco. Lei non si muove. Le sfiora il mento e delicatamente le fa girare la testa, adesso sono faccia a faccia. Gli occhi di Eva sono luminosi, lo sfidano.

«Mi hai sentito?», le chiede gentilmente. «Ho detto che ci proverò».

Annuisce e abbassa la testa, la guancia sulla sua spalla. Con attenzione, Max la stringe tra le braccia. Adesso deve tenerla in modo diverso rispetto a prima. L'amore è lo stesso ma le regole e i confini sono cambiati. Si ricorda come si aggrappò a lui quando trovò il pulcino nell'uovo. Sa che non avrà mai più bisogno di lui in quel modo. Si sposta sulla sedia, accoglie la conformazione della testa, la dura linea della mascella.

53

Mamma sta tirando fuori la spesa da una busta di carta marrone. Latte. Pane. Mele. Scuote la testa. «Ho appena sentito una cosa straordinaria». Si interrompe e mi guarda. «Robert Smith è morto. A quanto pare si è ammazzato. L'hanno trovato ai piedi delle mura del castello».

Robert giace nell'erba alta, le membra contorte, sembra un pupazzo rotto. Ha il collo spezzato, la colonna vertebrale fratturata. I suoi occhi mi fissano, non vedono nulla, un velo li annebbia. *Bastarda*, sussurrano le sue labbra morte.

Billy. E il pensiero successivo che mi entra nella testa è che lui mi ama davvero così tanto. Abbastanza da uccidere per me. Chiudo una porta della mia mente. La porta che conduce a questi pensieri. Devo essere una persona cattiva. Robert è morto. Mi dispiace. Dio. Mi dispiace. Non so a chi sto chiedendo scusa. Non sento più i piedi. Crollo su una sedia, la mia testa scatta in avanti, pesante tra le mie mani. La stanza beccheggia e chiudo gli occhi.

Mamma è china su di me. La sua voce proviene da una grande distanza. «Mi dispiace. Che stupida, non dovevo dirlo così». Mi tocca la spalla. «Tesoro. Non avrei mai... non credevo che lo conoscessi bene».

Mi mordo l'interno del labbro, stringendo le mani per bloccare il tremito. «No». Costringo la mia voce a restare ferma. «Sono solo un po' scioccata. Che è successo?».

Ha aperto il rubinetto, mi passa un bicchiere d'acqua. Sta parlando, dice che ci sarà un'inchiesta. A quanto pare tutti nel villaggio ne parlano. Una ragazza a Ipswich è andata dalla polizia, ha detto di essere stata violentata da lui. Mamma mi passa l'acqua e faccio un sorso; mi solletica la gola, fredda, con un leggero sapore di terra. Sospira: «Dicono che probabilmente l'ha fatto per paura o per vergogna. E così si è buttato di sotto».

Robert non si sarebbe mai suicidato. Non era tipo da provare vergogna. La polizia lo capirà presto. Immagino la lotta, ombre che sfrecciano sul tetto buio, una luna nascosta e Robert che gratta disperatamente contro l'antica pietra, il lungo abisso di sotto che corre verso di lui. O forse era già morto quando è caduto. Il collo spezzato con una mossa esperta. Dovrei provare qualcosa. Senso di colpa, dolore.

Da sola nella mia stanza, guardo il giardino fuori dalla finestra, noto gli alberi, accesi da foglie rosse, gialle e arancioni, scintillano sopra l'erba adombrata, il sole è basso all'orizzonte. Mi concentro, mi costringo a figurarmi Robert, a trovare della pietà dentro di me. Ma ciò che provo è sollievo. Non uscirà mai da sotto la pensilina dell'autobus con il suo ghigno, non mi aspetterà vicino alla quercia. Non mi toccherà mai più. La sua lingua da anguilla e le dita invadenti sono finite, carne fredda sul tavolo dell'obitorio. La verità è che se dovessi affrontare Robert un'altra volta, penso che saprei gestire meglio la situazione. Vorrei aver avuto l'opportunità di dirlo a Billy. Grazie a lui sono più forte. Billy di sicuro voleva punire Robert con la stessa intensità con cui papà vuole punire lui. È tutto mischiato e confuso nella mia testa, mi sembra di essere pazza. Quando ho detto a Billy di Robert, ho forse emesso una condanna a morte? Penso che sia proprio così. Adesso lo so. Ma ai tempi non ne avevo idea. O forse sì?

Mi sembra irreale. Nessuna corte assolverà Billy questa volta. Ho paura per lui. Guardo nello specchio ma non vedo più il suo volto. Sto tornando me stessa. Sono pulita, addomesticata, il viso ben lavato, i capelli tagliati, i nodi sciolti. Adesso li porto come un tempo, come sempre: piccoli ricci che mi arrivano alle spalle. La luce nei miei occhi è meno selvaggia, meno animalesca. È una strana sensazione di perdita.

«Eva?». Faith è in piedi alla porta.

Annuisco e lei entra, si getta sul letto e mi guarda. «Ti stai truccando?»

«No». Mi volto e le sorrido.

«Stai bene? Sembri triste».

Salgo sul letto al suo fianco, mi appoggio al suo corpo magro. «*Sono* un po' triste. Ma è difficile spiegare». Le prendo la mano e le sue dita si chiudono sulle mie, mi stringono. La sua pelle è calda e morbida, abbasso lo sguardo sorpresa. «Le tue dita?».

Sorride: «Le verruche sono scomparse. Mi sono svegliata una mattina e non c'erano più. Il giorno in cui sei tornata».

Si china per prendere l'album da disegno ancora aperto sul letto, comincia a sfogliarlo. È pieno di schizzi veloci, ricordi disegnati con gesso e matita. Fissa la pagoda avvolta dalla nebbia; delle uova di sterna tra i ciottoli. Volta la pagina e contempla il volto di Billy. Chiude l'album e lo appoggia sul comodino.

«Ti manca l'Uomo Selvatico». Per un istante mi appoggia la mano sulla gamba.

«Billy?».

Annuisce.

«Come fai a saperlo?»

«Siete stati insieme per così tanto tempo. Solo voi due. E adesso non lo vedi più».

Annuisco. «Nessun altro lo capisce».

«Sei stata in un altro mondo». Comincia a canticchiare *Moon River*. Ci distendiamo vicine, sento la vibrazione dei suoi polmoni, la canzone sospesa tra noi, la sua voce fragile che resta appesa alla melodia. È stonata come nonna. Sto piangendo, in silenzio, ascolto mia sorella che canta in un pomeriggio invernale.

Novembre 1984

Dovrò ripetere un anno a scuola. Dopo voglio provare con la scuola d'arte. Billy mi ha detto che sarei diventata un'artista. L'ha mormorato tra le pieghe dei miei vestiti. Le sue labbra che si muovevano contro la mia schiena. Ma nella sua voce c'era un tono d'urgenza, come se fosse una cosa essenziale, come se dovesse dirmelo subito prima che il tempo finisse. Come se dovesse solo annunciarmi il mio futuro perché si realizzasse.

In cucina papà parla di comprare una nuova barca a primavera. Non riusciamo a decidere se è meglio una Laser o una Firefly. Papà pensa che la Laser è meglio per correre. La radio dà la Band Aid, *Do they know it's Christmas*? Alzo il volume.

Ho la bocca piena di toast e miele quando Silver si alza sulle zampe, tutto il pelo tirato su, e comincia ad abbaiare roco, ululando come il mastino dei Baskerville.

«C'è qualcuno alla porta», dice papà. «Vado io?».

Deglutisco, asciugandomi la bocca. «No, non preoccuparti».

Mi chiudo la porta della cucina alle spalle, lasciando Silver dentro con papà. Sento dei latrati attutiti e papà che urla: «Zitto!» mentre apro la porta.

All'inizio non lo riconosco. Ha i capelli di un castano chiaro, più lunghi. Un po' mossi. Il volto pulito, senza eyeliner scuro, senza cerone. Indossa un vecchio giacchetto di jeans, jeans strappati con dei buchi sulle ginocchia e delle scarpe da ginnastica. Sorride: «Ciao. Ne è passato di tempo».

Non riesco a muovermi, posso solo stringermi le mani sulla bocca.

Marco inclina la testa. «Vuoi dire che sei contenta di vedermi?». Spalanca le braccia. Esito per un momento prima di lanciarmi su di lui. Sento l'odore degli abiti puliti e una lieve traccia di dopobarba. Ho le spalle rigide. I miei denti davanti battono contro la sua clavicola.

«Non sembri più un goth». È davvero l'unica cosa che mi viene in mente.

«E tu sei più magra». Mi fa fare un passo indietro, mi esamina. Poi mi riabbraccia forte.

Mi schiarisco la gola, togliendomi i capelli dagli occhi, facendo un passo indietro. Mi sembra sleale lasciarmi abbracciare. Sleale nei confronti di Billy. Lo faccio entrare, Silver si mette a saltare qua e là, annusando, papà gli stringe la mano e dice: «Quindi sei tu "M"?», con le sopracciglia sollevate. Poi finalmente porto Marco a fare una passeggiata all'argine, perché sono sulle spine, nervosa, e voglio stare sola con lui.

Il cielo è grigio e nuvoloso, il vento si alza dal mare, soffia in alto i gabbiani, lanciandoli sulle ali tese. Gli alberi sono quasi del tutto spogli. Ramoscelli neri graffiano il cielo con dita tetre. Mi stringo nel cappotto mentre camminiamo fianco a fianco senza toccarci. Ho immaginato questo momento così tante volte nella pagoda. L'ho pensato come un attimo meraviglioso, come un lieto fine. Ma adesso mi sembra imbarazzante e strano.

«Il problema della musica goth», sta dicendo, come se non ci fosse stata nessuna pausa dall'ultima volta in cui ci siamo visti, «è che non ha alcun messaggio in sé. Adesso mi piace la musica che può cambiare davvero le cose. Prendi questa storia della Band Aid per esempio. Bob Geldof ha dimostrato che il pop può fare la differenza».

«Come hai scoperto che ero viva?», chiedo, interrompendolo. «Hai letto qualcosa sui giornali?»

«Scusa». Scuote la testa. «Sto vaneggiando, non è vero? Sono nervoso». Piega il collo per guardarmi. «Mi ha scritto tua sorella. È stata lei ad avvertirmi. Non ti ho contattata immediatamente. Ero lontano e volevo darti un po' di tempo». Mi stringe più forte il braccio. «È una cosa grossa, tutto quello che hai passato. Dio», sibila, «quel bastardo».

«Non è così semplice, Marco».

Si blocca e mi guarda perplesso. «Che vuoi dire?». Mi giro, stringendomi tra le braccia.

«Ti ha toccata?». Marco mi mette una mano sulla spalla. «Tutti quei mesi insieme». Annaspa: «Dio, che cosa ha fatto?»

«No». Scaccio le dita di Marco. «Non mi ha toccata e non voglio parlarne. Sono stufa della gente che pensa di sapere tutto e invece non sa niente».

«Ok», sospira, «mi dispiace. Ma non puoi incolparmi di averlo pensato. Non fare così, Eva. Sei sempre stata nei miei pensieri. Ma quando non sei venuta all'appuntamento ho pensato che avessi cambiato idea. Che ti fossi stancata di me».

«È successa una cosa che mi ha impedito di prendere l'autobus». Faccio una pausa ma lui non mi chiede spiegazioni e continuo in tutta fretta. «Senti, non è che ho cambiato idea». Esamino il suo volto; i suoi occhi languidi incontrano i miei e nel mio animo non succede nulla. Nemmeno una farfalla apre le ali. «Ma sono cambiata, Marco. Sono diversa».

«Vuoi dire che è finita, allora?». Si tocca i bordi sfilacciati del giubbotto.

«Anche tu hai girato pagina, no?». Lo guardo inarcando le sopracciglia. «Non dirmi che non ci sono state altre ragazze...».

«Be', sì, ma», arrossisce leggermente, «pensavo che fossi... che te ne fossi andata».

«Non sono arrabbiata, Marco». Mi metto le mani in tasca, piego le spalle contro il vento. «Non ce l'ho con te. Penso solo di aver bisogno di un po' di tempo, sai. Come hai detto, è stata una cosa grossa. Non sono pronta per una relazione».

Alza le spalle. «Forse è meglio così. Dovrò viaggiare parecchio in questo periodo. Con il gruppo e tutto il resto».

Rimaniamo fianco a fianco e io mi sento libera. Tocco piano la sua mano. È un estraneo. Guardiamo verso l'isola. Annuisce. «Ho scritto una canzone per te».

«Grazie», rispondo ma sto guardando i contorni di una terra distante, le linee nere come l'inchiostro delle pagode che si stagliano contro il cielo.

Marco se ne è andato per riprendere il treno per Londra. Ma mi ha detto che il suo gruppo ha firmato un contratto con la Island Records. «Buffo», ho detto, pensando ad alta voce.

«Cosa?». Non ha capito.

«Niente». Ho pensato a Billy chino sulla lenza mentre mi diceva che non avevamo bisogno della musica quando c'erano il mare e il vento. Ho ancora il suo giubbotto. Faith me lo ha posato sulle spalle quando siamo salite sulla barca di Ted. È appeso nel mio guardaroba, ammuffito. Porta ancora il suo odore. Nella tasca c'è il contenitore delle lettere, e ho paura che ne senta la mancanza. Billy aveva ragione. Mamma e papà sono i miei veri genitori. Ma allo stesso tempo ho un'altra madre, la madre che mi ha dato alla luce, e aveva solo pochi anni più di me. È morta a causa mia. Cerco di immaginare i suoi lunghi capelli biondi e la pelle chiara. Papà ha detto che Suky in qualche modo sapeva che avrebbe partorito una femmina. Aveva ricamato una coperta per me. Papà ha detto che ricordava ci fossero dei dragoni, dei draghi sputafuoco, che aprivano le ali su uno sfondo blu. Non mi metterò in contatto con mio zio. So che è lui l'uomo di cui mi ha parlato Robert, l'elegantone con le goccioline di sudore sul labbro, le mani che tremavano sul bicchiere. Qualunque cosa possa dirmi su mia madre non sarebbe altro che la sua versione di lei. Non saprò mai la verità. E forse è sufficiente credere che mi amava, anche se non mi ha mai vista, non mi ha mai tenuta tra le braccia. Ci deve essere qualcosa di lei nei miei lineamenti, nella mia voce o nel modo in cui gesticolo. Quando firmo, a volte disegno un piccolo dragone vicino al nome, come un segnale in codice tra me e lei.

54

Clara e Max sono a letto insieme. È pomeriggio pieno, ma hanno la casa tutta per loro. Clara non lo lascia parlare; gli passa la lingua sulle labbra, fa scivolare le gambe negli spazi lasciati liberi dalle sue alla ricerca del modo in cui erano un tempo. Le sue dita cercano la lieve rientranza familiare alla base della gola, le mani gli sfiorano la pelle come se stesse facendo una scultura. Immagina il peso e la densità dello scheletro sotto la pelle, il mistero di angoli pallidi che si aprono e si chiudono. Lui urla e lei gli preme la bocca nel collo.

Max rotola su se stesso e la guarda negli occhi, togliendole i capelli dalla fronte. Lei lo tira a sé, le braccia intorno alle sue spalle. Restano distesi, pelle contro pelle, respirano insieme. Fuori il vento soffia sullo spoglio castagno, imprimendo alla vecchia altalena un movimento spettrale.

Dopo un po', Clara chiede: «Ti dispiace non aver accettato il nuovo lavoro?».

Lui scuote la testa. «Mi sarei sentito in colpa a lasciare i miei clienti. Provo un senso di lealtà verso di loro. Solo Dio sa il perché. Nessuno mi paga mai le parcelle in tempo».

«*Se* pagano».

Ridono, e Clara si sposta sopra di lui, tenendogli i polsi. Una breve lotta, Max la tira verso di sé, Clara resiste, poi cede e si abbandona nell'incavo della sua spalla, lasciando che la guancia si accomodi contro il suo petto, respirando l'odore familiare e potente del sesso.

«Dio, mi sei mancata», le dice.

Lei mormora, dice che per lei è lo stesso, solleva il capo per guardarlo. «Max», dice lentamente, «pensi che faccia bene a Eva andare dallo psicoterapeuta? Mi sembra più posata, in un certo senso. Più tranquilla. Più se stessa».

Lui annuisce. «Di sicuro le fa bene avere una persona neutrale con cui parlare. Un posto sicuro».

«Non faccio che chiedermi... come faceva Faith a sapere dell'isola?».

Max fa un suono gracchiante e lei sente la vibrazione che gli scuote le costole, trasmettendosi alla sua guancia come un tremito sulla pelle: «Non lo so». Sposta il braccio che le tiene sotto la testa. «Istinto? Telepatia?». Fissa il soffitto, accigliato. «Tutto ciò che so è che non ho voluto ascoltarla. Non l'ho presa sul serio e invece avrei dovuto farlo».

«No. Non pensarlo nemmeno», dice subito Clara. «Non sentirti colpevole. Sembrava una cosa così improbabile. Abbiamo fatto quello che pensavamo fosse giusto». Si gira per guardare l'orologio. «Devo alzarmi tra un minuto», dice. «La vado a prendere a lezione».

«Posso pensarci io».

La sentono entrambi. Un'esplosione distante che si perde in onde sonore, ma è abbastanza forte e rumorosa da far tremare le finestre. Clara si alza, a bocca spalancata. Max si tira in piedi e corre alla finestra, le curve e i pieni del suo corpo nudo vulnerabili sotto la luce invernale.

«Gesù», dice. «Il fumo viene dall'isola. Penso che una di quelle vecchie mine sia esplosa».

Con il cuore che batte veloce, Clara scende dal letto e lo raggiunge alla finestra. Una nuvola di fumo si alza dal cuore dell'isola, spedendo miasmi neri e acidi nel cielo. Rabbrividisce. Ricorda a se stessa che sa esattamente dove si trovano entrambe le sue figlie, e che sono al sicuro. Max le passa un braccio sulla spalla.

«Se qualcuno si trovava là in mezzo, temo che non abbia fatto una bella fine. Ne sarà rimasto ben poco», dice a bassa voce.

Clara si rabbuia. «Forse è l'esercito», suggerisce. «Magari stanno bonificando il terreno».

Rimangono in silenzio per un istante, Clara pensa a Eva, si rende contro che poteva essere lei la sfortunata a salire sulla pietra sotto cui si nascondeva la bomba. Non dice nulla. È certa che Max stia pensando la stessa cosa.

L'isola è una sagoma contro il cielo pallido macchiato dal fumo. Le sembrerà per sempre diverso adesso che sa che le ha tenuta nascosta la sua ragazzina smarrita. Quei mesi lontana da loro, in cui ha vissuto da prigioniera, hanno dato a Eva una nuova forza, una forma in cui riversare la sua passione e darle concretezza. Clara ricorda la bimba piccola con i pugni stretti e la voce profonda. Dal primo momento in cui Max gliel'ha messa tra le braccia, Clara aveva capito che Eva era una lottatrice. È stata Faith a sorprenderla con la sua determinazione e il suo coraggio. La sua certezza che la sorella fosse su quell'isola è un mistero, una cosa che loro non capiranno mai. *Ma la gente è straordinaria*, pensa, *impossibile da scoprire fino in fondo, come le isole, seminascoste e piene di contorni in perenne mutamento.* «Mi sento così fortunata», mormora. «Come se ci fosse stata data una seconda opportunità». E Max le stringe la mano.

Si voltano, allontanandosi dalla finestra e dalla sagoma dell'isola, muovendosi l'uno intorno all'altra come hanno sempre fatto mentre raccolgono i vestiti e si mettono le scarpe. Non si guardano indietro, non vedono le nuvole che oscurano i contorni della pagoda, il fumo che si alza pesante, sollevando enormi ali nel cielo.

Nota dell'autore

Ho ambientato questo libro nel Suffolk, e alcuni dei posti che nomino, come Ipswich, sono ovviamente reali. Ho incluso il mito dell'Uomo Selvatico di Orford, basato su prove scritte che risalgono circa al 1100. Mentre descrivevo il castello sono stata ispirata dai ricordi infantili del castello di Orford. Per creare un'isola appena al largo della costa del Suffolk, ho fatto riferimento alla storia militare e ai dettagli geografici di un affascinante lembo di terra conosciuto come Orford Ness. Si tratta di una vasta area di ciottoli e sabbia, piana di marea e palude salmastra che si estende tra il fiume e il Mare del Nord. Nel 1913 il Ministero della guerra vi ha creato dei campi di aviazione per la Sezione di volo sperimentale. Da allora è stata utilizzata per esperimenti segreti a vasto raggio su diversi tipi di armamenti, con mastodontiche "pagode" che sono state aggiunte negli anni Cinquanta per contenere l'urto delle armi atomiche. Poiché sull'isola si testavano bombe e razzi, rimangono detriti pericolosi, incluse bombe inesplose. È un posto di tetra bellezza, con ciottoli, licheni ed erbacce che fanno da sfondo alle distese di filo spinato arrugginito, lastre di cemento cascanti e rifugi malandati che sono stati abbandonati dall'esercito – e naturalmente, le inconfondibili e indimenticabili forme delle pagode stesse, visibili a chilometri e chilometri di distanza. Quel terreno, avvolto dalla segretezza per gran parte del ventesimo secolo, ha accolto prigionieri di guerra tedeschi, molti dei quali sono morti di influenza e sono stati seppelliti nel cimitero locale. I confini cambiano in continuazione dato che la sabbia e i ciottoli si spostano a seconda dei movimenti dell'acqua. Lepri, volpi e conigli corrono sotto l'immensità del cielo aperto. Ogni inverno soffiano i venti impetuosi dal Mare del Nord, e costantemente le urla degli uccelli marini si alzano mentre volteggiano su ciottoli e onde. Anche se ho fatto ampio uso di questa ambientazione unica per creare l'isola del libro, essa rimane comunque una mia invenzione, così come il parcheggio dei camper, il villaggio e Holt House.

Ringraziamenti

Un grande ringraziamento va alla Little, Brown and Piatkus. Mi considero estremamente fortunata ad avere Emma Beswetherick come editor. Grazie mille, Emma, per l'incrollabile fiducia che mi concedi. Non riuscirò mai a dirti quanto sia importante per me. Grazie anche a Lucy Icke, che mi ha tenuto per mano nel corso di tutto il processo di pubblicazione di un'opera prima. E a Eve White, la mia agente, che mi ha regalato amicizia, supporto e consigli; e naturalmente a Jack Ram per tutto il suo aiuto.

Sono molto grata ad Andrew Warren, ex membro dei Royal Fusiliers, per avermi dato uno spaccato della situazione militare in Irlanda del Nord. I Fusiliers hanno portato a termine 37 periodi di servizio in Irlanda del Nord – più di qualsiasi altro reggimento di fanteria.

Grazie a Tony Booth per aver condiviso la sua profonda conoscenza di musica pop, in particolare della scena goth.

Grazie a Alex Sarginson per avermi corretto e instradato per quanto riguarda la terminologia di vela e le barche.

Grazie a Kinnetia Isidore per i consigli sul francese.

Sono in debito con i miei primi lettori che, in certi casi, hanno esaminato diverse bozze – grazie mille a tutti voi per il tempo che mi avete dedicato e i vostri impagabili feedback: Alex Marengo, Sara Sarre, Karen Jones e Ana Sarginson; grazie al corso di scrittura post master che ha lavorato insieme a me su diverse sezioni del libro: Viv Graveson, Mary Chamberlain, Cecilia Ekback, Laura McClelland e Lauren Trimble.

Il mio amore e la mia gratitudine vanno alla mia famiglia e ai miei amici, in particolare Alex, Hannah e Olivia, Sam e Gabriel, che ci sono sempre.

Questi libri mi sono stati molto utili nelle mie ricerche:

Ken Wharton, *A Long War*, Helion & Company Ltd, 2010.

Sue Elliott, *Love Child*, Vermillion, 2005.

Angela Patrick con Lynne Barrett-Lee, *The Baby Laundry for Unmarried Mothers*, Simon & Schuster, 2012.

Indice

Nuova Narrativa Newton

Ultimi volumi pubblicati:

G. L. Barone, *Il sigillo dei tredici massoni*
Seth Patrick, *Reviver. Il sussurro della morte*
Lisa Jane Smith, *I diari delle streghe. La caccia*
Lisa Jane Smith, *Il diario del vampiro. La salvezza*
Andrew Jacobson – Adam Jay Epstein, *The familiars. Il cerchio degli eroi*
Andrea Frediani, *300. Nascita di un impero*
Tiffany Reisz, *Peccato orginale. Il ritorno*
Letizia Triches, *Il giallo di Ponte Vecchio*
Franco Matteucci, *La mossa del cartomante*
Stuart MacBride, *Vicino al cadavere*
Anthony Riches, *L'impero. Lunga vita all'imperatore*
Jeri Westerson, *La misteriosa morte del ladro di pergamene*
Stefano Bonazzi, *A bocca chiusa*
Peter Harris, *Il segreto dello scrivano*
Ilaria Beltramme, *Il papa guerriero*
C.M. Palov, *Il codice nascosto dei templari*
M.R.C. Kasasian, *I delitti di Mangle Street*
Simon Scarrow, *L'aquila dell'impero*
Fabio Delizzos, *I peccati del papa. La saga*
Lisa Jane Smith, *I diari delle streghe. La tentazione*
Lisa Jane Smith, *Il diario del vampiro. La vendetta*
Marc Raabe, *Prima di uccidere*
Giulio Castelli, *L'imperatore guerriero*
Marcello Simoni, *L'abbazia dei cento peccati*
Joseph Finder, *Il sospettato*
Karo Hämäläinen, *I crudeli omicidi di una notte d'estate*
Rupert Thomson, *Il segreto della statua di cera*
M. Lugli, F. Bertuzzi, P. Roversi, D. Lama, G. Morozzi, P. Di Cara, D. Nelli, *Delitti di ferragosto*

Francesco Caringella, *Non sono un assassino*
John Searles, *Non rispondere*
Andrea H. Japp, *I delitti della cattedrale*
Andrea Frediani, *Guerra sui mari. Il dominio su Roma*
Harry Sidebottom, *Il trono di Cesare. Combatti per il potere*
Antonia Hodgson, *Il misterioso caso di Samuel Fleet*
Mario Mazzanti, *Un giorno perfetto per uccidere*
Joel C. Rosenberg, *Fuga da Auschwitz*
Andy Weir, *L'uomo di Marte*
Massimo Lugli, *La strada dei delitti*
Enrico Vanzina, *Il mistero del rubino birmano*
Jeanne Kalogridis, *I diari della famiglia Dracula. La storia mai raccontata*
Adam Jay Epstein – Andrew Jacobson, *The Familiars. Il palazzo dei sogni*
Simon Scarrow, *Il sangue dell'Impero*
Lisa Jane Smith, *Il diario del vampiro. La rivelazione*
Jonathan Stone, *Non puoi dimenticare*
Colin Falconer, *Il conquistatore*
Gwen Edelman, *Un treno per Varsavia*
Adam Brookes, *Il codice segreto di Pechino*
Freda Wolff, *Lo strano caso della bambina in fondo al mare*
Brian McGilloway, *Urlare non basterà*
Lucie Whitehouse, *Dimmi il tuo segreto*
G. L. Barone, *La chiave di Dante*
Eric Giacometti – Jacques Ravenne, *L'ultimo segreto dei templari*
Diana Lama, *27 ossa*
Roberto Wirth (con Corrado Ruggeri), *Il silenzio è stato il mio primo compagno di giochi*
VeloNero, *Un lungo fatale ultimo addio*
Diana Bretherick, *L'enigmatico caso di Cesare Lombroso*
C.M. Palov, *I sotterranei segreti dei templari*
A.G. Riddle, *Atlantis Genesi*
David Gibbins, *Codice Pyramid*
Franco Matteucci, *Tre cadaveri sotto la neve*
Simon Scarrow, *Roma sangue arena*
Roberto Genovesi, *Il ritorno della Legione occulta. Il re dei Giudei*
Antony Riches, *L'impero. Sotto un'unica spada*
Stuart McBride, *Omicidi quasi perfetti*
Bethany Neal, *Il mio ultimo bacio*
Vito Bruschini, *I cospiratori del priorato*
Letizia Triches, *Quel brutto delitto di Campo de' Fiori*
Mary Kubica, *Una brava ragazza*

Juliet Grey, *Le confessioni segrete di Maria Antonietta*
M.R. Carey, *La ragazza che sapeva troppo*
Fabio Delizzos, *Il libro segreto del Graal*
Andrea Frediani, *Sfida per l'impero*
Jason Mott, *La bellezza delle piccole cose*
Fabrizio Santi, *Il quadro maledetto*
Jane Shemilt, *Una famiglia quasi perfetta*
Mark Greaney, *Tre giorni per un delitto*
M.R.C. Kasasian, *La maledizione di casa Foskett*
Mario Mazzanti, *Non uccidere*
A.G. Riddle, *Atlantis Secret*
Leandro Sperduti, *La cripta segreta dei 7 anelli*
Catharina Ingelman-Sundberg, *La piccola ottantenne che cambiò tutte le regole*
Janet MacLeod Trotter, *La promessa sposa del mercante di tè*
Massimo Lugli, Mario Mazzanti, Francesco Caringella, Diana Lama, Francesca Bertuzzi, Paolo Roversi, Gianluca Morozzi, Piergiorgio Di Cara, Divier Nelli, *Delitti in vacanza*
Marcello Simoni, *L'abbazia dei cento delitti*
Jonathan Holt, *Giustiziato*
Irène Némirovsky, *Suite francese*
Ali Eteraz, *Il bambino che leggeva il Corano*
Simon Scarrow, *La spada e la scimitarra*
Gilly Macmillan, *9 giorni*
Tove Alsterdal, *Quella gelida notte a Stoccolma*
A.G. Riddle, *Atlantis Code*
Emma Kavanagh, *A un passo dall'assassino*
Marc Raabe, *Sono qui*
Mary Elizabeth Summer, *Credimi, sto mentendo*
Gordon Doherty, *Gli invasori dell'impero*
Unni Lindell, *Il caso della donna sepolta nel bosco*
David Liss, *La banda dei falsari*
Marcello Simoni, *La cattedrale dei morti*
Graham Hancock, *La guerra degli dei. La profezia del serpente piumato*
Donna Foley Mabry, *Non avevo scelta*
Scarlett Thomas, *Il messaggio segreto delle foglie*
Toni Marchitelli, *Il piccolo eroe della Grande Guerra*
Massimo Lugli, *Nelmondodimezzo. Il romanzo di Mafia capitale*
Tracy Ryan, *Una vita tranquilla*
Manuela Dicati, *L'assassino della porta accanto*
Andy Weir, *Sopravvissuto. The Martian*

ANDY WEIR

SOPRAVVISSUTO

THE MARTIAN

Andy Weir ha iniziato a lavorare come programmatore in un laboratorio all'età di 15 anni e da allora ha sempre lavorato come ingegnere del software. È appassionato di ingegneria aerospaziale, fisica relativistica, meccanica orbitale, storia dell'esplorazione spaziale. *Sopravvissuto. The martian* è il suo primo romanzo. Per saperne di più: www.andyweirauthor.com

Pagine 384, euro 12,00

Mark Watney è stato uno dei primi astronauti a mettere piede su Marte. Ma il momento di gloria è durato troppo poco. Un'improvvisa tempesta lo ha quasi ucciso e i suoi compagni di spedizione, credendolo morto, hanno abbandonato il pianeta rosso per fare ritorno sulla Terra. Mark si ritrova completamente solo su un pianeta inospitale e non ha nessuna possibilità di mandare un segnale alla base. E in ogni caso i viveri non basterebbero fino all'arrivo di una nuova spedizione. Nonostante tutto, con grande risolutezza Mark decide di tentare il possibile per sopravvivere. Ricorrendo alle sue conoscenze scientifiche e a una gran dose di ottimismo e tenacia, decide di affrontare un problema dopo l'altro senza perdersi d'animo. Fino a quando gli ostacoli si faranno insormontabili…

NEWTON COMPTON EDITORI

MANUELA DICATI

L'ASSASSINO DELLA PORTA ACCANTO

Manuela Dicati è nata nel 1979 a Perugia, dove vive con il marito e i tre figli. Laureata in Scienze della comunicazione, ama i cani, lo sport e la lettura. Ha iniziato a coltivare la passione per la scrittura durante la terza gravidanza. *L'assassino della porta accanto* è la sua seconda prova narrativa, dopo una prima serie autopubblicata.

Pagine 384, euro 12,00

Michela Bellani, giovane chef nel ristorante che gestisce con un'amica a Firenze, si è appena trasferita in un nuovo appartamento. Il vicino di casa è l'ispettore di polizia Gabriele Vittori, un tipo dai modi irritanti ma con una discreta dose di fascino. Una notte qualcuno entra in casa di Michela e solo il fortuito intervento di Vittori riesce a mettere lo sconosciuto individuo in fuga. L'indomani la ragazza, ancora spaventata, sporge denuncia, e cerca di riprendere la sua vita senza farsi influenzare troppo dall'accaduto. Anche se qualcosa è successo perché l'eroico soccorso da parte di Gabriele ha aperto una breccia nel cuore della giovane... Ma sembra che il destino si sia messo di traverso e una serie di sfortunati episodi mettono seriamente a repentaglio la serenità di Michela. Sono davvero tutte incredibili coincidenze come il quieto vivere suggerisce, o dietro questa serie di circostanze si nasconde un disegno criminale? E intanto, il cielo sopra Ponte Vecchio non promette niente di buono...

NEWTON COMPTON EDITORI